W0324075

Menace sur l'Eldorado

Lagrimas negras : une île ensoleillée des Caraïbes où les criminels viennent se cacher et oublier leurs méfaits. En face, sur le continent, l'ancien pilote Jack Stone a laissé ses deux enfants sous la protection de James Bond. Mais des cambrioleurs pénètrent dans la maison, au moment même où une tempête s'abat sur la ville ! Commence alors une fuite mortelle à travers la jungle mexicaine....

YOUNG BOND™

Traduit de l'anglais par Julien Ramel

Titre original : *HurricaneGold*
Édition originale publiée par Penguin Books Ltd

Charlie Higson

Menace sur L'Eldorado

la jeunesse de James Bond

GALLIMARD JEUNESSE

À Sidney

Préambule

Nous autres écrivains n'inventons jamais rien. Nous piochons nos idées à droite à gauche et, principalement, dans ce formidable réservoir d'histoires que l'humanité se raconte depuis qu'elle a appris à parler. J'ai emprunté l'idée d'une planque secrète pour riches criminels, dirigée d'une main de fer par un tyran mexicain, en lisant *The Getaway (Le Lien conjugal)* de Jim Thompson. Ce dernier fut meilleur écrivain que je ne le serai jamais (bien que totalement inadéquat pour un jeune public), mais j'aimerais néanmoins profiter de ces quelques lignes pour lui rendre hommage et le remercier pour cette brillante trouvaille.

1. El Huracán

1

Les règles de la maison

Treize hommes se tenaient autour de la table. D'ici à ce soir, l'un d'eux serait mort.

Deux énormes ventilateurs tombant du plafond agitaient nonchalamment leurs pales dans l'air brûlant et moite. Dehors, les eaux turquoise de la mer des Caraïbes miroitaient dans l'encadrement des fenêtres, toutes grandes ouvertes sans pour autant laisser entrer le moindre souffle d'air qui aurait pu tempérer la torride moiteur de la pièce. Une puissante tempête couvait quelque part au large. Le calme qui la précédait était pesant, l'atmosphère électrique. Un temps à vous coller la migraine.

Les hommes donnaient tous l'impression qu'ils auraient bien voulu être ailleurs. Certains d'entre eux, habitués à la chaleur, s'accommodaient tant bien que mal de la poussée de fièvre qui s'était emparée du thermomètre, en revanche, les autres, au bord de l'apoplexie, suaient sang et eau en s'agitant nerveusement sur leurs sièges. Ils s'éventaient, tiraient sur leurs cols, pinçaient du bout des doigts leurs chemises trempées pour aérer leur peau ruisselante.

L'homme qui se trouvait en bout de table, devant un verre

de tokay glacé auquel il n'avait pas encore touché, semblait, pour sa part, parfaitement calme et serein. Solennellement immobile et droit dans son habit d'aristocrate mexicain – veston de velours à brandebourg sur chemise à jabot et cravate bouffante, retenue par une épingle dorée, surmontée d'une perle –, il promenait silencieusement un regard menaçant sur l'assistance.

Son nez épaté saillait à peine de son visage buriné et mat dont les traits semblaient avoir été taillés dans une vieille pièce de bois très dur. Ses épais cheveux étaient coupés en une courte brosse, du même blanc immaculé que sa moustache et son bouc. Impossible de lui donner un âge, il aurait pu avoir aussi bien quarante que quatre-vingts ans. Ses yeux, quant à eux, semblaient en avoir vécu mille, au cours desquels ils avaient assisté à tout ce qu'il était possible de voir.

Enfin, le chef de table prit la parole :

– Messieurs, nous avons un problème, déclara-t-il dans un anglais impeccable bien que teinté d'une forte pointe d'accent mexicain.

– Quel genre de problème, El Huracán ? demanda un beau jeune homme, mince et élégant, dont la bouche semblait à jamais figée en un petit sourire ironique.

Robert King. Cette petite frappe originaire de Chicago avait épousé une riche veuve, héritière d'une dynastie de diamantaires, avant de la pousser à la mer alors qu'ils se trouvaient au milieu de l'Atlantique, à bord de leur yacht. Il avait graissé la patte des hommes d'équipage pour qu'ils gardent le silence et il avait hérité de la fortune de la défunte. Malheureusement pour lui, le skippeur, un poivrot notoire, avait raconté toute l'affaire après un whisky de trop dans un bar de Nantucket. Le lendemain, la police avait lancé un mandat d'arrêt contre Robert King, qui avait précipitamment fui le pays, non sans avoir précédemment rendu une petite visite au taudis dans lequel vivait son ex-barreur et lui avoir sereinement tranché la gorge d'un coup de rasoir.

Ensuite, il était venu se planquer ici, ses valises pleines de billets de banque et de diamants.

– La solution est simple, poursuivit El Huracán d'une voix égale, presque lasse. Il n'en demeure pas moins que c'est un problème sérieux.

– Sérieux comment ? demanda King en sirotant un verre d'eau fraîche.

El Huracán se leva et s'approcha d'une des fenêtres, ignorant la question. Il s'immobilisa, les yeux perdus sur les vagues qui se brisaient sur la barrière de corail.

– Cette île n'est-elle pas magnifique ?

Un concert de borborygmes approbateurs et un ballet de hochements de têtes fatigués lui répondirent.

– N'est-ce pas un vrai petit paradis ?

Une fois encore, les hommes approuvèrent en bougonnant.

– Alors pourquoi l'un d'entre vous voudrait-il nous quitter ? demanda El Huracán en tournant les talons et en fusillant l'assemblée du regard.

Les hommes ronchonnèrent et grognèrent. Mais personne ne répondit.

– Ici, à Lagrimas Negras, on a la meilleure des nourritures, dit-il en tendant le bras vers la table, où s'étalaient les restes d'un repas pantagruélique : poulets, morceaux de bœuf braisés, poissons et langoustes grillés, à côté d'un assortiment de patates douces, de riz, de salades et de fruits tropicaux. Il ne fait jamais froid. Il n'y a pas de maladie. On ne manque jamais de rien. Vrai ou faux ?

– Vrai. Tout à fait vrai, El Huracán, approuva un gros bonhomme au teint écrevisse, avec des petits yeux de porc aux éclats jaunâtres, et à la chemise blanche devenue grise sous l'effet de la transpiration.

Lui, c'était Dum-Dum White, un virtuose du braquage de banque, qui avait cambriolé une ribambelle d'établissements du Midwest, armé d'une Thompson à camembert, chargée de balles à tête creuse – ce qui lui avait valu son nom de guerre. Il s'était évaporé derrière la frontière mexicaine quand le reste de son gang s'était fait descendre par le FBI, à Tucson.

– Ici, on est tous en sécurité, poursuivit l'homme au teint tanné. Vous, et la centaine de femmes et d'hommes qui ont choisi de s'établir ici, sur MON île.

– Sûr, confirma Dum-Dum, qui se liquéfiait littéralement sur sa chaise.

– J'ai bien conscience que vous n'avez guère de respect pour l'autorité, déclara El Huracán avec malice. Et pour cause, vous êtes tous des hors-la-loi. Pour autant, vous conviendrez avec moi qu'aucun groupe humain ne peut vivre sans un minimum de règles communes, n'est-ce pas ?

– J'crois que c'est clair !

– Des règles auxquelles vous avez consenti de votre plein gré et qu'il ne viendrait à l'idée de personne de contester ?

– Cela va sans dire. Sans règle, ce serait le chaos et l'anarchie, répondit un autre Américain, Chunks Duhaine, un tueur à gages qui devait le premier terme de son patronyme[1] à l'état dans lequel on retrouvait ses victimes.

– Vous êtes tous relativement nouveaux ici, poursuivit El Huracán en avalant une lampée de tokay. Pour autant, vous avez eu le temps de vous familiariser avec les règles de la maison. Qui sont ? Je vous écoute !

– Règle numéro un, c'est vous le patron, répondit un homme typé, au visage large et basané, barré d'une fine moustache. La loi, c'est vous !

1. « Morceaux » (*N. d. T.*)

Lui s'appelait Abrillo Chacon, un Chilien, expert en explosifs, qui s'était fait une spécialité du braquage nocturne. Un soir, à Concepción, une douzaine de policiers l'attendaient de pied ferme dans la banque. Malheureusement pour eux, Chacon avait placé tellement d'explosifs que le toit s'était écroulé sur les malheureux, qui avaient péri sous les blocs de béton.

– Parfaitement, tonna El Huracán. Une bande ne peut pas vivre sans chef!

– Personnellement, je n'ai rien à redire à ça, confia Chunks. D'autant que vous êtes un boss aux petits oignons et que vous possédez la plus chouette des planques.

– Merci. C'est toujours agréable de se sentir estimé, répondit El Huracán en balayant lentement l'assistance du regard, jouissant du malaise qu'il voyait poindre sur les visages. Et puis ?

– Tout notre argent doit se trouver dans votre banque, répondit un grand échalas à la mine grêlée : Aurelio de la Uz.

Une nuit, Aurelio avait filoché un mafieux qui avait gagné une petite fortune au casino de La Havane avant de l'abattre d'une balle dans la nuque au coin d'une rue déserte et de le dépouiller de ses gains. En quittant Cuba, il était devenu un homme riche.

– En effet, confirma El Huracán avec un discret hochement de tête. De toute façon, si vous n'étiez pas venus ici, vous seriez, au choix, mort ou en prison. Dans les deux cas, votre argent se serait volatilisé à droite à gauche. En venant ici, non seulement vous avez eu la vie sauve, mais, en plus, vous êtes traités comme des coqs en pâte pendant qu'on s'occupe de défendre vos intérêts.

– Enfin… On n'a pas eu le choix, rétorqua Chunks Duhaine avec un sourire sardonique.

– Sans vouloir vous offenser, reprit El Huracán, sur une île peuplée prioritairement de criminels, on peut légitimement craindre pour son argent. Rien que dans cette pièce, il y a au moins quatre braqueurs de banque. Heureusement, personne ne serait assez fou pour braquer la mienne, puisque cent tueurs, parmi les plus redoutables que la Terre ait jamais porté, se lanceraient immédiatement à la poursuite du dément.

– Ça, c'est parlé, agréa Dum-Dum. Même si je dois bien admettre que la seule évocation de votre banque suffit à éveiller mon appétit.

Un éclat de rire général résonna autour de la tablée. El Huracán y joignit le sien un instant, avant de faire retomber un silence de plomb sur la pièce, d'un vague battement de doigts.

– Et après ?

– Aucune communication avec le monde extérieur, répondit la voix d'Eugène Hamilton, un homme dont la corpulence et l'allure, aussi insignifiante l'une que l'autre, auraient presque pu faire oublier qu'il avait détourné un million de dollars à une compagnie de pétrole. Derrière ses petites lunettes d'écaille, il faisait tache au milieu de ce rassemblement de gangsters. On l'eût plus facilement imaginé parmi des comptables. Et pour cause, c'en était un.

– Effectivement, approuva El Huracán. La règle la plus importante de toutes, messieurs. Il n'existe pas deux endroits comme celui-ci à la surface du globe. Cette île est un havre unique, un lieu où les hommes en bisbille peuvent venir se faire oublier sans crainte que la police ne vienne les importuner. Ici, leurs crimes ne comptent pas. Du moment qu'ils peuvent payer, ils peuvent vivre au pays de cocagne pour le restant de leurs jours. Il va de soi que c'est le genre d'endroit à propos duquel la discrétion est de mise. Personne ne voudrait que le monde soit au courant. Donc, quelle est la dernière règle ?

– Quand on y est, on y reste… pour toujours, répondit Luis Chavez, un bandit mexicain.

– En effet, acquiesça El Huracán en éclatant d'un rire guttural. Il m'arrive d'ailleurs de me demander combien d'entre vous seraient venus s'ils avaient eu connaissance de cette règle ?

Une fois de plus, un lourd silence lui répondit.

– Cet endroit doit rester le mieux gardé de tous les secrets. Une légende, un mythe, un rêve, poursuivit El Huracán. Pourtant, quelqu'un dans cette pièce a essayé d'envoyer des lettres à l'extérieur.

Il se leva et fit lentement le tour de la table.

– Quelqu'un dans cette pièce a essayé de soudoyer un de mes péons pour faire passer un message. Quelqu'un voudrait-il nous quitter ?

Sur ces mots, il avança vers la porte et l'ouvrit. Deux hommes entrèrent, des Indiens, dont la rumeur disait qu'ils étaient originaires du même village qu'El Huracán, quelque part au plus profond de la forêt tropicale du Chiapas, au sud du Mexique. Ils étaient vêtus d'un simple habit blanc, comme devaient en porter leurs ancêtres, deux siècles plus tôt. En revanche, les armes qu'ils tenaient à l'épaule n'avaient, elles, rien de primitif : des pistolets-mitrailleurs MP28, de facture allemande.

– Qu'est-ce que ça veut dire ? s'exclama Robert King.

– Évitons-nous tout désagrément susceptible de contrarier notre digestion. Ce serait regrettable, après un repas aussi délicieux, railla El Huracán avant de glisser quelque chose à l'oreille d'un de ses hommes, qui lui remit une petite fiole contenant un liquide cristallin.

– Mais par tous les diables, que se passe-t-il ici ? s'indigna Chunks Duhaine.

– Calmez-vous, répondit simplement El Huracán. Ceci

n'est qu'un antidote. Car, voyez-vous, quand j'ai eu vent de cette affaire, j'ai tout de suite pensé qu'il fallait régler le problème au plus tôt. J'ai donc empoisonné la nourriture du fautif. Bientôt, il va sentir les premiers effets du poison. Il aura des bouffées de chaleur et se sentira pris de vertiges. Sa gorge se serrera. Il transpirera au-delà du raisonnable et souffrira d'affreuses crampes d'estomac. Puis, progressivement, son système sanguin arrivera à son point de rupture. Les hémorragies internes se multiplieront, des taches noires apparaîtront sur son épiderme, et, quelques minutes plus tard, il mourra. À moins, bien sûr, que je ne lui administre un peu de cet antidote. J'ai eu recours à cette petite mise en scène car je savais que jamais l'homme ne se serait confessé spontanément. Mais… maintenant… s'il veut vivre, il va falloir qu'il se dénonce.

El Huracán ouvrit une petite boîte de bois et en sortit une seringue. Puis il planta l'aiguille dans l'opercule de la fiole et pompa une dose de liquide.

Durant quelques instants, personne ne pipa mot. Un silence pesant régna dans la pièce. Jusqu'à ce que Robert King bondisse subitement de sa chaise en se tenant l'estomac, son beau visage de gravure de mode tordu dans une expression d'affreuse douleur.

– Maudit serpent, siffla-t-il, transpirant si fort qu'on eût pu croire qu'il sortait de la douche. Donnez-moi…

– Quoi ? Ça ? demanda innocemment El Huracán en exhibant la seringue et la fiole. Mais pour quoi faire ?

– L'antidote, s'étrangla King. Donnez-moi l'antidote, espèce de ch…

– Quel antidote ? se moqua El Huracán en plantant sa seringue dans une pêche et en appuyant sur le piston.

King, dont le souffle raclait bruyamment au fond de la trachée, le regarda d'un air pétrifié puis leva un doigt tremblant vers l'homme qui se tenait calmement au bout de la table.

– Espèce de salaud, vous m'avez assassi…

– Reprenez-vous, monsieur King. Je n'ai rien fait de tel, répondit El Huracán en mordant à pleines dents dans la pêche qu'il venait de piquer. Vous venez juste de vous faire avoir comme un bleu. Il n'y a jamais eu de poison. Si vous vous sentez mal, c'est simplement parce que vous avez peur. Et si vous avez peur…

Dum-Dum éclata d'un rire cruel. Une rafale d'espagnol jaillit de la bouche de Luis Chavez.

King jeta un regard circulaire autour de lui, cherchant désespérément un soutien. Tous détournèrent les yeux.

– J'ai rien fait, s'écria-t-il finalement.

– Dans ce cas, pourquoi diable avez-vous cru que je vous avais empoisonné ? demanda El Huracán. Vous avez remarqué ? Personne d'autre que vous ne s'est manifesté. Pourtant je vous suspectais tous. C'est d'ailleurs ce qui vous a valu cette petite invitation à déjeuner. Comme c'est réconfortant de voir qu'un seul d'entre vous a fauté !

– Je suis innocent !

– Trop tard, monsieur King. Vous avez avoué. Et c'est précisément ce que je voulais. Gardes ! Emmenez-le. Et préparez *La Avenida*, que tout le monde voit ce qui arrive à ceux qui tentent de me trahir.

– C'est quoi *La Avenida* ? demanda Eugene Hamilton en se penchant vers son voisin.

– *La Avenida de la Muerte*, répondit Luis Chavez avec grandiloquence.

– Un calvaire maison, ajouta El Huracán avec un affreux sourire.

2

Le couloir de la mort

Bien vite, Robert King se retrouva dans une cellule aveugle aux murs couverts de signatures, d'inscriptions et de messages obscènes. De toute évidence, il n'était pas le premier à être enfermé ici. Assis sur l'unique objet présent, un banc rudimentaire, il se laissa absorber par la contemplation de la vieille porte d'acier qui occupait un des côtés de la petite pièce. Des éclats de rires étouffés résonnèrent au-dessus de lui. À première vue, il était sous terre. Bientôt, cette porte allait s'ouvrir et il devrait affronter l'épreuve qu'El Huracán lui avait préparée.

Il était prêt.

Et il avait toujours été optimiste.

Toute sa vie, il s'était arrangé pour franchir sans encombre les obstacles que le destin avait dressés sur sa route : l'orphelinat, l'armée, ses deux premières femmes et enfin la police, après qu'il eut tué sa troisième épouse, la riche héritière…

« Tout ce que j'ai à faire, c'est sauver ma peau une fois encore, se dit-il. Et pour ça il faut juste que j'arrive au bout du chemin de croix qu'il nous a concocté. »

Une clé raclant dans la serrure le tira de ses pensées. Il tourna la tête. Trois hommes pénétrèrent dans sa cellule. Trois descendants des anciens Mayas, avec de longs nez, de grandes bouches, le visage encadré de longs cheveux noirs qui leur tombaient sur les épaules. Chacun d'eux portait une lance surmontée d'une étroite lame.

Ils ne dirent pas un mot, se contentant de l'observer, sans ciller. Ils attendaient.

King déglutit, la gorge sèche, la salive collante.

– Écoutez, les gars… Je suis riche. Je ne sais pas combien vous paie El Huracán, mais je peux vous donner plus… beaucoup plus… faire de vous des hommes riches. *Mucho dollar. Sí ?* proposa-t-il en frottant l'extrémité de ses doigts en une gestuelle partagée par le monde entier. Vous avez juste à me laisser partir. Aussi simple que ça. Allez, les gars, écartez-vous.

Pour toute réponse, les trois Mayas le toisèrent en silence.

Dehors, à l'aplomb de la cellule, El Huracán observait la sombre masse nuageuse qui obscurcissait le ciel, par ailleurs parfaitement bleu, au nord-est.

– Une fameuse tempête est en train de se lever, dit-il. J'en connais qui vont se faire saucer.

– On aurait bien besoin qu'il pleuve, nous aussi, fit remarquer Chunks Duhaine, debout à son côté. Ce temps me porte sur les nerfs. Une bonne averse nous nettoierait tout ça !

– Mais l'atmosphère est *déjà* beaucoup plus saine, vous ne trouvez pas ? rétorqua El Huracán avec un sourire sournois.

De fait, l'ambiance qui régnait parmi les hommes amassés le long du couloir de la mort était sensiblement plus légère que celle qui avait prévalu au déjeuner. À l'appréhension générale succédait le profond soulagement de voir que le couperet était tombé sur quelqu'un d'autre.

Ils avaient pris place sur une large terrasse de pierre blanche qui formait un carré légèrement surélevé par rapport au sol. La construction faisait partie d'un ensemble de ruines, situées dans une partie des Lagrimas Negras généralement interdite aux résidants.

La terrasse était la base d'une ancienne pyramide, au sommet de laquelle, des siècles durant, les Mayas avaient rituellement offert leurs victimes expiatoires à des dieux assoiffés de sang. Mais la pyramide s'était écroulée. Ses énormes blocs de pierre avaient été pillés au profit d'autres constructions.

Quand il s'était installé ici, El Huracán avait fait déblayer les fondations, mettant ainsi au jour un vaste réseau de galeries. Une fois excavées, celles-ci étaient devenues *La Avenida de la Muerte* qui partait de l'ancienne pyramide pour sillonner ensuite le site jusqu'à une cuvette où s'élevait une seconde pyramide, plus petite, mais aussi plus complète car plus moderne.

– C'est quoi l'embrouille ? demanda Dum-Dum White, les yeux baissés sur la tranchée, en passant un mouchoir sur son gros cou écarlate.

– C'est simple, répondit El Huracán. Quand la porte va s'ouvrir, *señor* King n'aura d'autre choix que de tenter de rejoindre le bout du parcours. S'il n'est pas assez attentif, ou pas assez chanceux, ou encore trop lent, un des pièges le tuera. Les différents dieux que vous voyez là marquent les stations de son chemin de croix.

À ces mots, il pointa du doigt les divinités mayas dont les effigies ornaient les parois de la tranchée à divers endroits du tracé.

– Messieurs, où s'arrêtera son calvaire ? Car telle est la question, et il vous faut miser. Choisissez votre dieu de la mort. Faites vos jeux.

Tous baissèrent les yeux sur les sinistres figures ésotériques gravées dans la pierre.

– Ici, vous avez Gucumatz, poursuivit El Huracán. Puis Kinich Kakmo. Un peu plus loin, Balam-Agab, le jaguar de la nuit. Ixtab, la déesse des suicidés, celle qui a une corde autour du cou. En effet, les Mayas anciens croyaient que l'âme des suicidés montait plus vite au paradis que celle des autres. Nombreux sont ceux qui, atteignant la marque d'Ixtab, ont été du même avis et ont préféré mettre fin à leurs jours plutôt que d'endurer ce qui les attendait. Il faut que je vous dise que l'épreuve que va endurer *señor* King illustre un mythe maya : la descente dans Xibalba, le royaume du dessous, l'antre des morts. Inutile de préciser que la route est pavée d'embûches.

Il marqua une pause et tendit le bras vers la pyramide moderne.

– Au bout de son calvaire, s'il a la chance d'y parvenir, il affrontera l'ultime dieu vengeur : Hun Came, et, s'il réussit à franchir cette dernière épreuve, il sera libre de partir.

– Combien s'en sont tirés ? demanda Dum-Dum.

– Hun Came n'a jamais vu passer que des spectres, répondit El Huracán dans un grand éclat de rire.

Une excitation malsaine gagna l'assistance. Les hommes évaluaient les pièges qui jalonnaient le parcours, discutaient la bravoure et les qualités physiques de King, annonçaient bruyamment sur quoi ils pariaient.

Dans son obscure cellule souterraine, King entendait les échos de ce joyeux vacarme, bientôt couverts par le crissement de la porte d'acier disparaissant dans la pierre. Le long goulet à ciel ouvert, encaissé entre des murs de quatre mètres de haut, apparut aux yeux du captif. Celui-ci se tourna vers ses geôliers indiens, toujours aussi impénétrables.

– Écoutez, les gars…

Ceux-ci ne lui laissèrent pas l'occasion de finir sa phrase que, déjà, l'un d'eux lui avait donné un coup de la pointe de sa lance. Juste un avertissement. La lame ne s'était pratiquement pas enfoncée. Pour autant, la douleur était vive et un filet de sang coulait sur sa poitrine. Les deux autres levèrent leurs lances, eux aussi. King recula, les mains en l'air.

– OK, OK. Je crois que j'ai saisi le message, dit-il en s'engageant lentement dans la tranchée accablée de soleil.

Lui coupant toute retraite, les trois Mayas avancèrent d'un pas. La porte se referma sur la pointe de leurs lances.

King progressa prudemment dans la tranchée, dont le dallage de pierres était jonché d'indices d'une présence animale : des excréments, des bouts d'os desséchés et des morceaux de viande en putréfaction. Une écœurante odeur d'ammoniaque régnait dans le goulet où aucun souffle d'air ne circulait.

Il parvint à un coude, s'arrêta, et jeta précautionneusement un œil de l'autre côté, s'attendant au pire.

Aucun signe de vie. La seule nouveauté, c'était la pente de quelques mètres, qui disparaissait dans un bassin rempli d'eau. King comprit bientôt qu'il lui fallait plonger sous une petite arche de pierre pour poursuivre. Il baissa les yeux sur les eaux du cloaque, d'où émanait un déplorable remugle. Elles étaient si sales que l'on n'y voyait pas à plus de dix centimètres.

S'armant de courage, il se résolut finalement à descendre, jusqu'à avoir de l'eau à la poitrine. Arrivé à l'arche de pierre, il prit une profonde inspiration et plongea sous l'obstacle.

Quand il émergea de l'autre côté, crachant et toussant pour se libérer autant que possible du liquide nauséabond qui s'était insinué dans ses sinus et dans ses oreilles, il découvrit six paires d'yeux ronds, comme posées à la surface de l'eau, qui convergeaient lentement vers lui.

King jeta des regards éperdus en tous sens. Il se trouvait dans une sorte de chambre souterraine. Une trouée de lumière crevait l'obscurité à l'autre extrémité, sous une arche similaire à celle qu'il venait de franchir. Il tapa la surface de l'eau pour éloigner ces choses qui, aussitôt, disparurent. Il les chercha vainement des yeux, sans rien distinguer dans la vase du cloaque.

« Où sont-ils ? »

Une atroce douleur au talon lui donna un premier élément de réponse. Quelque chose venait de se planter dans sa cheville. Une deuxième déchirure lui cisailla le flanc. Il baissa les bras et sentit le cuir affreusement coriace d'une créature qui avait planté ses crocs dans son ventre.

Il poussa un hurlement démoniaque.

– *Crocodylus Moreletii*, expliqua fièrement El Huracán. Crocodiles mexicains. Ceux-là ne sont encore que des bébés, mais leurs dents sont déjà coupantes comme des rasoirs et ils ont horreur qu'un inconnu vienne patauger dans leur mangeoire.

Un autre hurlement résonna sous eux avant que, quelques secondes plus tard, King n'émerge de l'eau, un petit crocodile pendant à son côté. King se débattit, arracha le gavial, qui retomba dans l'eau avec un bruit mat et qui, d'un coup de queue, retourna dans sa grotte.

Dans ses haillons sanguinolents, ruisselant d'eau puante, King faisait vraiment peine à voir. Une tache vermillon grandissait à vue d'œil au niveau de son estomac.

– Bravo ! l'acclama El Huracán en tapant dans ses mains. Vous avez passé Chac, le dieu de la pluie. Remarquez, venant de vous, l'inverse m'aurait déçu. Les crocodiles n'étaient là que pour ajouter un peu de mordant à l'affaire.

De méchants rires parcoururent l'assistance.

– Vous allez le laisser faire ? beugla King en balayant la petite troupe du regard. Vous pensez tous comme moi. Je le sais. Vous voulez tous partir d'ici. Ouvrez les yeux, bon sang ! Vous n'allez tout de même pas le laisser s'en tirer comme ça ? Nous sommes tous prisonniers ici, aussi sûrement qu'à Alcatraz ou à San Quentin. D'abord il nous saigne à blanc, mais ensuite ? Demandez-lui ce qui se passera quand vous n'aurez plus de fric. Allez ! Demandez-lui...

– Je vous en prie, continuons, le coupa El Huracán. J'ai d'autres petits protégés qui meurent d'envie de faire votre connaissance.

King cracha par terre, autant pour exprimer tout le respect qu'il avait pour El Huracán que pour libérer sa bouche des effluves méphitiques qu'y avait laissés l'eau viciée.

– Et si je refuse d'aller plus loin ? demanda-t-il d'un ton bravache. Je vois mal vos trois larbins me suivre jusqu'ici.

– Restez là si ça vous chante, répondit El Huracán en riant. Je peux même vous rendre le séjour plus agréable, ça vous tente ?

Debout dans la petite flaque d'eau qui dégoulinait de ses haillons, King sentit soudain le sol bouger sous ses pieds et quelque chose transpercer la semelle de son soulier gauche. Il hurla et recula d'un bond. Une pointe d'acier avait jailli du sol et s'était fichée dans la plante de son pied.

Il se colla à la paroi et avança à cloche-pied tandis que d'autres pointes d'acier rouillé fusaient de partout. Le sol de la tranchée étant constellé de petits trous, il lui était impossible de savoir duquel allait gicler le poinçon suivant.

La petite troupe d'hommes qui suivaient son parcours de haut trouva cet intermède des plus réjouissants. Totalement oublieux du fait qu'une heure plus tôt, King était encore l'un des leurs, ils accompagnaient sa douloureuse progression en riant à gorge déployée, joignant leurs piques verbales aux aiguilles d'acier qui jaillissaient du sol.

S'il voulait éviter d'être planté à nouveau, King n'avait

d'autre choix que d'avancer. Il reprit donc sa marche forcée, laissant dans son sillage une longue traînée de sang et d'eau putride.

Marmonnant des chapelets de jurons, il essaya de prendre les pics de vitesse, ignorant la douleur qui le tenaillait chaque fois qu'il s'appuyait sur son pied meurtri.

Une pointe lui écorcha la cheville, une autre déchira le bas de son pantalon, une troisième traversa le bout de sa chaussure. Miraculeusement, elle était passée entre ses doigts de pieds, ne lui causant aucune blessure supplémentaire.

– Vas-y, King, tu y es presque ! hurla une voix. Allez, tu peux le faire.

D'autres vivats hystériques l'inondèrent d'en haut. Il savait que leurs auteurs se moquaient éperdument de savoir s'il allait s'en sortir ou pas. Tout ce qui les intéressait, c'était de gagner leur pari. Aucun d'entre eux ne l'avait joué perdant si tôt. Pourtant, il eût suffi qu'il trébuche et tombe maintenant pour qu'une des pointes le tue.

Heureusement pour lui, ceci ne se produisit pas et il parvint à prendre un peu d'avance sur les poinçons qu'il entendait jaillir du sol derrière lui dans un bruit de lame qu'on aiguise. Il hâta le pas jusqu'à se retrouver bloqué par un mur de pierre. Il jeta un regard désespéré par-dessus son épaule, suivant des yeux la progression mortifère des pics.

Finalement, il découvrit une cavité à la base du mur, juste assez grande pour s'y glisser. Il se coucha précipitamment sur le sol, s'attendant à chaque instant à sentir la brûlure d'une pointe d'acier s'insinuant dans sa chair.

Il se faufila par l'ouverture et s'enfonça dans la chatière, incapable de voir ce vers quoi il rampait. Sa main toucha quelque chose. Cela ressemblait à des brindilles de bois sec. Pourtant, quand il voulut les écarter de son chemin d'un revers de main, il ressentit une odieuse piqûre à son poignet.

Au-dessus de lui, les spectateurs suivaient avidement sa progression à travers la chambre aux scorpions, se délectant des soubresauts dont son corps était agité chaque fois qu'un dard se plantait dans sa peau. Il se tordait, changeait vivement de direction, avec, pour seul résultat, de se retrouver à portée d'un autre dard. Alors il bifurquait à nouveau, s'agitait, tremblait, reculait, avançait à nouveau. Il lui faudrait traverser toute la chambre en rampant, car un bardage d'acier horizontal lui interdisait de se redresser.

– Ek Chuah, annonça El Huracán. Le dieu-scorpion.

Un hurlement lui répondit. King venait d'être piqué, à la joue cette fois. Et il sentait déjà son visage enfler affreusement. Mû par la rage et la douleur autant que par l'énergie du désespoir, il se rua en avant, tentant vainement de se protéger des affreuses bestioles qui l'attendaient, la queue levée, prêtes à frapper.

Il concentra toute son attention sur la sortie, qui se trouvait à moins d'un mètre devant lui, en essayant d'oublier la douleur, pourtant insoutenable.

Il avait été mordu au talon et au ventre par de jeunes crocodiles, un poinçon lui avait transpercé le pied, il avait subi tellement de piqûres de scorpions qu'il ne pouvait plus les compter.

Et après ?

Il n'allait pas tarder à le découvrir. Au bout de la chambre aux scorpions, il se retrouva au bord d'un large trou, dans lequel il se laissa tomber sans hésiter, trop heureux d'échapper à l'enfer qu'il venait de traverser. Après une chute qu'il estima à environ deux mètres, il fut soulagé d'atterrir sur quelque chose de mou.

Un soulagement qui ne dura point.

Difficile de dire laquelle des deux créatures fut la plus surprise de découvrir l'autre : King ou l'énorme anaconda tranquillement lové au fond de sa cavité de pierre.

Dès que King comprit sur quoi il était tombé, il chercha frénétiquement un moyen de fuir. De son côté, le gros reptile réagit de la seule manière qu'il connaissait face à une attaque surprise : il serra furieusement la jambe de King dans ses anneaux.

– Gucumatz ! Le dieu-serpent, commenta El Huracán pendant que King, les mains agrippées au sommet du mur, essayait vainement de se hisser hors de la tanière du reptile.

Le poids de l'anaconda, qui devait bien mesurer cinq mètres, le tirait en arrière, l'empêchant de fuir. Il battit des pieds. Le serpent lui broyait la jambe, ses anneaux s'enroulant de plus en plus haut le long de son tibia, de son genou, de sa cuisse, dangereusement proche de son entrejambe.

– Lâche-moi, saloperie, grogna King en cognant l'animal contre la pierre.

Après quoi, il se débrouilla pour se hisser au sommet du mur, les membres inférieurs pendant encore dans la fosse.

Il rua, secoua la jambe et sentit enfin l'étreinte du serpent se desserrer quelque peu. Au prix d'un effort surhumain, il se libéra.

Le reptile dut se rabattre sur sa chaussure, qu'il broya avec une froide brutalité. Un soulier fait main en Italie, qui, à lui seul, devait coûter l'équivalent d'un mois de salaire de péon.

King ne s'en soucia pas davantage. Il se remit péniblement debout et fit quelques pas, grimaçant sous l'effet d'une nouvelle douleur. Il s'était foulé la cheville en tentant d'échapper à l'anaconda, ce qui signifiait que ses jambes n'étaient pas en meilleur état l'une que l'autre.

Il éructa les pires insultes qu'il put trouver à l'adresse d'El Huracán, occupé à récupérer l'argent de ceux qui avaient perdu leur pari.

– Vous devriez vous dépêcher d'aller à la prochaine station, *señor* King. Car, quand vous verrez ce que je vous ai concocté pour la suite, vous ne voudrez certainement pas rester dîner.

– De quoi tu parles, espèce de porc ? hurla King en jetant un regard inquiet autour de lui.

Le plancher de cette section du parcours était composé de plaques métalliques rivetées entre elles. Sous sa chaussette, King sentait déjà la chaleur de la tôle au soleil.

« Au moins, par ici, pas d'animaux, se rassura-t-il mentalement. Aucune bête ne supporterait un truc pareil. »

Il avança en clopinant. Le sol était plus chaud à chaque pas.

Plus loin, il remarqua une série de fentes au creux de la paroi, d'où s'échappait de la fumée.

C'est alors qu'il comprit.

Ce n'était pas seulement le soleil qui avait chauffé la tôle ardente, mais un feu, consciencieusement attisé par les hommes d'El Huracán qui s'activaient sous lui.

S'il ne quittait pas très vite cet endroit, il allait subir le même sort qu'un morceau de bœuf sur un gril coréen.

Malheureusement pour lui, courir avec une entaille au pied et une cheville foulée était impossible. Il en était réduit à se traîner comme un fantassin blessé quittant le champ de bataille.

Très vite, la tôle brûlante eut raison de sa chaussette et son pied fut nu, à même le gril. Il tenta de courir, mais ne parvint à enchaîner que quatre foulées avant de trébucher. D'instinct, il mit ses mains en opposition pour protéger sa chute et hurla de douleur quand, dans un crépitement malsain, celles-ci entrèrent en contact avec la tôle chauffée au rouge. Il tira. Trop tard. Elles étaient déjà en partie collées. Il serra les dents et rua, abandonnant deux empreintes en forme de main sur la plaque.

Il parvint néanmoins à se remettre debout et reprit son

chemin d'un pas chancelant. Une forte odeur de viande grillée flottait dans l'air.

Comment pouvait-on être assez pervers pour imaginer une chose pareille ? se demanda-t-il. Quelle sorte d'homme pouvait ainsi prendre plaisir à voir souffrir autrui ? Il n'eut pas à chercher bien loin la réponse. En effet, il suffisait pour cela d'être un homme comme lui, ou comme tous ceux qui peuplaient cette île : un criminel sanguinaire, impitoyable et froid.

La souffrance endurée atteignait de tels sommets qu'il commençait à délirer. Sa vue se brouillait, son cœur s'emballait, l'air dans ses poumons s'embrasait. La chaleur fit bientôt fondre la semelle de son unique soulier. Il se retrouva les deux pieds nus. Chaque pas devint un supplice.

Il était sur le point de s'évanouir quand il atteignit enfin la dernière plaque de métal. À demi conscient, il se laissa tomber dans le bassin qui divisait cette partie du parcours de la suivante. Le contact de l'eau était délicieusement rafraîchissant. Durant un moment, il ne se soucia pas de savoir quelle créature pouvait y être tapie.

– Félicitations, *señor* King, vous avez passé avec succès toutes les épreuves, y compris celle de Kinich Kakmo, le dieu-soleil. Avec tout ça... vous êtes presque à mi-parcours ! railla El Huracán avant d'ajouter, narquois : au fait, si j'étais vous, je ne resterais pas trop longtemps dans le bain, il grouille de sangsues.

King se débattit et sortit lourdement de l'eau, ignorant l'affreuse sangsue noire accrochée au dos de sa main – comparée à ce qu'il avait déjà enduré, elle n'avait pas de quoi l'inquiéter.

– Quels sont ceux qui ont parié qu'il n'irait pas plus loin que Balam-Agab, le jaguar de la nuit ?

Plusieurs hommes opinèrent du bonnet. El Huracán les

dévisagea un instant, avant de confier, ses yeux noirs brillant d'un éclat maléfique :

– Rares sont ceux qui vont plus loin.

Il n'avait pas terminé sa phrase qu'une porte s'ouvrit et qu'un profond rugissement résonna au fond d'une catacombe.

King y répondit par un long mugissement plaintif avant de se remettre debout, tant bien que mal. Ses jambes lui semblaient de plomb. Il trouva néanmoins la ressource de mettre un pied devant l'autre et fit quelques pas, tel un vieillard souffreteux à l'article de la mort.

Il perçut un mouvement, tourna la tête, et vit apparaître ce qu'il s'attendait à trouver : un imposant félin à la robe noire et soyeuse, l'air affamé, dont les yeux jaunes étaient fixement braqués sur lui. Souple, ramassé, aérien, l'animal effectuait ses premières manœuvres d'approche.

Les sens aiguisés par la peur, King regarda devant lui. La porte à l'autre bout de l'allée ne semblait pas si loin.

À quoi bon ? À quoi rimait cette mascarade ? Derrière cette porte, il y aurait autre chose, pire encore que celles qui avaient précédé.

Mais l'instinct de survie l'emporte toujours sur la raison. Peu importe la terreur ou le supplice promis, s'il existe la plus petite chance de sauver sa peau, la plupart des hommes la tenteront.

– Tu vas le faire, marmonna King entre ses lèvres craquelées. Juste arriver au bout… Vas-y… Cours…

Soudain, comme par magie, il se sentit courir, ses jambes martelant le sol de pierre. Peut-être que le jaguar était derrière lui, peut-être qu'à l'instant même il se préparait à bondir dans son dos et à planter ses crocs dans sa nuque…

Et puis, subitement, il ne courut plus. Il ne pouvait plus bouger. Il ne sentait plus son corps. La douleur avait disparu.

Il n'entendait plus que le goutte-à-goutte de son sang, qui coulait sur le sol.

Distrait par le jaguar, il n'avait pas vu les fines lamelles de métal, tranchantes comme des rasoirs, tendues en travers de la tranchée. Il avait couru droit dessus, s'y empalant littéralement.

Il en avait une à hauteur du cou, une autre au ventre, et une dernière à hauteur de cuisse, profondément enfouies dans ses chairs. Immobilisé dans une pose grotesque, son corps fut pris de soubresauts saccadés tandis qu'un froid morbide l'envahissait. La vie le quittait.

Au-dessus, les hommes tétanisés regardèrent la dépouille de King se raidir lentement. Figés d'horreur, ils virent le jaguar s'approcher et, de quelques coups de griffes délicats, retirer le corps sans vie des câbles d'acier. Puis il traîna sa prise vers sa tanière.

C'était fini. Au bout du compte, la mort avait été rapide, King n'avait même pas atteint la mi-parcours.

Les hommes présents étaient des durs, qui, en leur temps, avaient tous été témoin de choses terrifiantes. La majorité d'entre eux connaissait le goût du sang, le leur et celui des autres.

Pourtant, aucun n'avait jamais assisté à une scène pareille qui les laissait sans voix, abasourdis, pétrifiés.

Qu'avait-on fait d'eux sur cette île de carte postale ?

– Messieurs, lança joyeusement El Huracán en frappant dans ses mains. Je propose que nous réglions nos paris, après quoi j'aimerais vous inviter à une collation sur ma terrasse, où nous pourrons profiter du coucher de soleil.

Collège d'Eton
Windsor
Angleterre

Mon très cher James,

Ici, le temps est aussi maussade qu'à l'accoutumée... Non mais regarde-moi ! Un vrai petit Anglais ! À croire que je suis resté en Albion trop longtemps ! Me voilà incapable de parler d'autre chose que du temps. Il faut dire que l'hiver, chez vous, est une fichue épreuve et je doute de m'y faire jamais. Je suis d'autant plus jaloux de toi, qui, pendant que nous grelottons sous un ciel plombé, te prélasses au soleil du Mexique. Je suis retourné en Inde à Noël, suite à nos aventures. Quel bonheur de retrouver du ciel bleu et des couleurs vives ! Sans parler de la nourriture.

Après toutes les péripéties du semestre passé, la vie à Codrose a repris son cours normal. La cantine est toujours aussi ignoble, le recteur toujours aussi tatillon et buté. Pour être parfaitement exact, il est même pire (si tant est que cela soit possible) depuis l'épisode de l'incendie et du cambriolage. D'ailleurs, la bicoque sent encore la fumée. Katey, la femme de chambre, ne s'est pas remise de sa rencontre avec le monte-en-l'air. Elle est partie. Ô joie ! sa remplaçante n'est pas une autre vieille bique, mais une jeune Irlandaise nommée Roan. Le bruit court qu'elle n'a que dix-sept ans, et tout le monde est amoureux d'elle, moi y compris, alors même que je n'ai jamais éprouvé d'inclination particulière pour les filles jusqu'ici. Le truc c'est qu'on peut lui parler comme à une amie. Je suis sûr que tu vas l'apprécier.

En fait, je dis que les choses sont revenues à la normale, mais c'est inexact. La nouvelle Bibliothèque[1] *est aux mains d'une*

1. Bibliothèque : à Eton, terme désignant le collège d'anciens en charge de la discipline.

affreuse bande de rosses. Le terme écoulé a été trop agité pour qu'on le remarque vraiment, mais, maintenant que tu n'es plus là, que les choses se sont tassées, l'évidence s'impose dans toute sa brutale cruauté. Ce groupe d'anciens est la pire engeance à laquelle l'internat ait jamais eu affaire. D'infâmes petites frappes sadiques et suffisantes, qui paradent dans les couloirs comme autant de Mussolini d'opérette. La palme de la cruauté revient sans conteste à Theo Bentinck. Il a dérouillé tellement d'élèves, le plus souvent sans raison, qu'on l'a surnommé « La carne » (bien que d'autres gars l'appellent de façon pire encore). Cet affreux semble déterminé à nous rendre la vie impossible. J'ai le sentiment que si tu étais là pour prendre notre défense, ça lui rabattrait un peu son caquet. Nous, on est trop timides et trop effrayés pour ça. Résultat, on reste dans nos chambres et on fait le moins de bruit possible pour ne pas se faire remarquer. Je t'en prie, dépêche-toi de rentrer. On a plus que jamais besoin de toi.

Nos résultats sportifs aussi sont médiocres que la météo ces temps-ci. Theo Bentinck a eu beau menacer tout le monde d'une raclée en cas de défaite, les petits de l'internat sont perdus sans leur James national. De fait, tout le monde se sent perdu sans toi. L'autre jour, j'ai croisé ton ami, Perry Mandeville. Il m'a avoué que même la société du Danger était en sommeil en ton absence. La bonne nouvelle, c'est qu'ils ont commencé à travailler sur la Bentley. Je crois qu'ils entretiennent le fol espoir de l'avoir terminée pour ton retour. Pour ma part, je doute que ça arrive, les belles paroles de Perry étant rarement à la hauteur de ses actes. À ce propos, il a pris un malin plaisir à pérorer un peu partout à propos de l'affaire Fairburn. Il s'est tellement fait mousser que ton rôle dans toute cette histoire a été presque totalement éclipsé. (Te connaissant, toi qui détestes te retrouver sous le feu des projecteurs, je suis certain que ça t'arrange plus qu'autre chose.)

En résumé, tu nous manques et nous nous languissons tous de ton retour – ce d'autant plus qu'il m'apparaît de plus en plus clairement que toi seul pourras nous débarrasser de la bande de gredins qui a pris le pouvoir à Codrose. Aussi, je t'en prie, essaie d'éviter les ennuis tant que tu es là-bas. Repose-toi bien, on a besoin que tu sois en pleine forme quand tu rentreras. Et reviens-nous en un seul morceau, on ne veut pas d'un James auquel il manquerait un bras, une jambe, ou un œil – même si le bandeau peut avoir son petit effet !

Je t'écrirai une autre lettre bientôt pour te tenir au courant des derniers potins.

Bien à toi,

Pritpal S. Nandra

3

Angel Corona

Adossé à la cabine d'un bateau de pêche, James fourra la lettre dans sa poche avec un sourire satisfait, allongea les jambes sur le pont, et se laissa doucement bercer par le ronron régulier du diesel. Eton lui sembla une autre planète, qu'il se figura froide, humide et grise, c'était comme un vieux souvenir perdu dans les limbes oublieuses d'une vie antérieure. Bizarrement, aujourd'hui, il faisait gris ici aussi. Le temps promettait pourtant d'être au beau. Mais le ciel n'avait pas tenu ses promesses et il se couvrait.

Il fixa longuement l'horizon. L'eau prenait une couleur acier à mesure que de lourdes masses nuageuses s'amoncelaient à l'est. Impossible de dire où le ciel finissait et où la mer commençait. Un éclair jaunâtre zébra le gris des nuages, bientôt suivi d'un grondement lointain.

Quelque part au large, dans le golfe du Mexique, le grain faisait rage.

Étonnamment, ici, la mer était d'huile.

– Trop calme et trop plat, maugréa Diego Garcia, le capitaine du bateau.

De fait, le jour était comme mort. À croire que le temps

s'était arrêté. James regarda Garcia s'accroupir près du bastingage et plonger sa main dans l'eau.

Il fronça les sourcils.

– Trop chaud pour cette saison, dit-il en léchant rapidement le sel sur ses doigts. Mmh... Courants du sud...

Garcia était un solide gaillard, au visage avenant et qui affichait en permanence un large sourire. Charmian et James naviguaient avec lui depuis plusieurs jours, longeant lentement la côte vers le sud depuis qu'ils avaient quitté Tampico. Dès qu'il en avait le temps, Garcia enseignait à James les secrets de la pêche en mer. Leurs tentatives du jour s'étaient révélées parfaitement infructueuses.

– C'est pour ça qu'il n'y a pas de poisson, déplora Garcia qui, pour la première fois depuis que James avait fait sa connaissance, ne souriait pas. Normalement, ici, c'en est plein. Aujourd'hui, rien. L'eau est trop chaude. On rentre en vitesse. Ça va cogner.

Le cri strident d'une mouette vint rompre l'inquiétant silence qui régnait sur l'eau. Ils levèrent les yeux. Une volée d'oiseaux tournoyait au-dessus du bateau.

– Pas bon, poursuivit Garcia en secouant la tête. Les oiseaux ne devraient pas être là. Ils sont désorientés.

Plissant les paupières, il observa fixement la côte, qui formait une bande grisâtre, perdue dans la brume, loin à l'ouest.

– On est à moins de deux heures du port. Difficile d'éviter le coup de vent, mais on va essayer quand même.

Il n'avait pas fini de parler que James sentit le chalutier se soulever sous l'effet de la houle, comme si la mer s'était soudain réveillée d'un profond sommeil. Une bourrasque de vent frais balaya le pont, aussitôt suivie d'une rafale de pluie désagréablement froide. James frissonna et se redressa tandis que Garcia, revenant à l'espagnol, hurlait une série d'ordres à son équipage.

La menaçante masse sombre qui obscurcissait le ciel à l'est s'étendait à vue d'œil, tel un châle noir jeté sur les cieux.

Pris par une seconde vague, le bateau tangua sèchement.

– Vaut mieux que tu descendes, conseilla Garcia en se tournant vers James. La tempête arrive à toute vitesse.

James obtempéra et prit le chemin de la cabine d'un pas chancelant. Sous le pont, il retrouva Charmian, qui étudiait une carte en compagnie de son guide, Mendoza.

– Je crois que ça va chauffer, dit James en pénétrant dans la cabine.

– Garcia est un excellent marin, coupa Charmian avec assurance.

– Peut-être, mais, moi, je n'ai guère envie de me retrouver en mer en pleine tempête, poursuivit James.

– Ça, c'est Dieu qui décide ! répondit Mendoza avec un haussement d'épaules.

James ne put réprimer un sourire. Il sillonnait le Mexique avec sa tante depuis la mi-janvier, aussi avait-il eu le temps de se faire au fatalisme de ces habitants. Tout ce qui pouvait arriver était le fait de Dieu, de Jésus, de la vierge de Guadalupe ou de quelque autre puissance divine sortie de la cohorte de déesses, de démons, de saints, de pécheurs, de marabouts et de figures magiques auxquels la population locale croyait dur comme fer.

Les paysages, les bruits et les odeurs de ce nouveau pays avaient eu tôt fait de lui faire oublier l'Angleterre. Mais la lettre de Pritpal lui rappelait la maison et tout ce qu'il avait laissé derrière lui, comme un Noël placé sous le signe de la convalescence. Et pour cause, on ne l'avait autorisé à quitter l'hôpital que trois jours plus tôt. Il était rentré dans le Kent très faible et avec un profond besoin de calme. Le 24, il s'était toutefois arrangé pour faire un tour dans Canterbury afin de trouver quelque chose à offrir à Charmian. Son choix s'était finalement porté sur une paire de gants en cuir, un livre sur les oiseaux ainsi qu'une jolie broche qu'il avait dénichée dans un dépôt-vente.

Le lendemain, ils avaient dégusté ensemble une oie bien dodue et déballé leurs présents respectifs après le déjeuner. Charmian, enchantée par les siens, avait offert à James le dernier volet des aventures de Fu Manchu ainsi qu'un télescope.

James dormit la plus grande partie de Boxing Day[1], n'ouvrant les yeux que le lendemain, réveillé par un coup de sonnette. C'était M. Merriot, le professeur principal de James, une sorte de tuteur qui suivait ses études et servait de référent pour tout ce qui touchait à son cursus à Eton.

Merriot et Charmian avaient devisé pendant des heures dans le salon pendant que James était parti faire une longue marche à travers champ. Sa clavicule fracturée l'obligeait à porter son bras en écharpe. La plaie que lui avait causée la grosse écharde de bois en se fichant dans son épaule le faisait beaucoup souffrir. Il était conscient que ces blessures physiques ne tarderaient pas à guérir, en revanche, les cicatrices morales mettraient, elles, plus de temps à s'estomper. Il avait assisté à des scènes traumatisantes. Il avait besoin de repos, autant physique que moral.

À l'heure du thé, James retourna à la maison et rejoignit les adultes.

– On pense que tu ne devrais pas retourner à l'école tout de suite, confia Charmian. En tout cas, pas avant que tu ne sois complètement remis. En plus, tout le monde va t'assaillir de questions à propos de ce qui est arrivé à monsieur Fairburn. Nous estimons donc qu'il serait préférable d'attendre, de laisser passer un peu de temps avant que tu y retournes.

1. Littéralement : le jour des boîtes. Le 26 décembre, jour férié dans le monde anglo-saxon.

– Dès qu'à l'école, les choses auront retrouvé leur cours normal, et que toi, tu auras recouvré la pleine santé, alors tu pourras rentrer, ajouta Merriot.

– D'ici là, je m'assurerai que tu ne prends pas trop de retard sur le programme, renchérit Charmian. Après tout, c'est bien moi qui ai assuré ton éducation avant que tu n'entres à Eton. Ça nous rappellera le bon vieux temps.

– Mais… Il est prévu que tu partes au Mexique, objecta James. Que se passera-t-il en ton absence ?

– On verra comment tu te sens le moment venu, répondit Charmian. Soit tu retourneras à Eton, soit je t'emmènerai avec moi. L'air du large te fera le plus grand bien. Et puis, un voyage au Mexique est en soi une magnifique expérience pédagogique.

– Qu'en dites-vous ? demanda Merriot avec un sourire bienveillant.

– Mes amis vont me manquer, répliqua James. Mais je pense effectivement que quelques semaines de repos pourraient me faire du bien. Je me sens encore un peu faible.

– Écoutez-le ! tonna Merriot. Quelques semaines de vacances au Mexique pourraient lui faire du bien ! Ah, mais… il faut l'espérer, mon garçon ! Mais je vous en prie, n'allez pas vous fourrer dans un nouveau guêpier. Si c'est pas malheureux… Je me souviens comme si c'était hier du jour où nous sommes venus vous trouver, ici même, avec le proviseur. Le pauvre homme ! Je l'entends encore : « James, j'ose espérer que, dorénavant, vous ne ferez plus de vagues et que je n'entendrai plus parler de vous. » Ah, beau succès… Enfin… J'imagine qu'en votre absence, Eton va retrouver son calme proverbial…

Cinq semaines après cet entretien, James n'éprouvait plus qu'une vague douleur. Certes, son épaule était encore un peu raide, mais, dans l'ensemble, il se sentait en pleine forme.

À la faveur de la nourriture mexicaine, particulièrement roborative avec ses haricots, son maïs et ses torrides piments, il avait repris du poil de la bête ; il s'était aussi adapté facilement au rythme de vie du pays et se coulait, non sans délectation, dans l'indolence ambiante.

Sa tante et lui étaient arrivés par le port de Veracruz, puis ils avaient voyagé en train jusqu'à Mexico City, où Charmian avait passé plusieurs jours à s'entretenir avec différents professeurs d'université. En sa qualité d'anthropologue, elle espérait entrer en contact avec une ancienne tribu maya, établie au cœur de la forêt primaire septentrionale, dont les mœurs et les coutumes étaient visiblement inchangées depuis l'ère des conquistadors. Ils s'étaient ensuite envolés pour Tampico, où vivaient de nombreux Indiens qui avaient quitté leurs campagnes et leurs villages pour venir chercher du travail dans le pétrole. Charmian avait passé plusieurs soirées à écumer les bars et les *cantinas* pour engager le dialogue avec eux et accumuler ainsi le maximum d'informations sur les populations et les lieux qu'elle comptait visiter. C'est dans un bar qu'elle avait rencontré Mendoza. Il était agent de reconnaissance pour le compte d'une compagnie pétrolière et, de ce fait, connaissait parfaitement le pays. Elle l'avait engagé pour diriger son expédition.

Les magasins de Tampico possédaient tout ce dont elle avait besoin pour son périple. Elle acheta donc provisions et équipement puis fit charger l'ensemble sur le bateau de Garcia, dont elle avait loué les services. Après quoi, ils avaient mis cap au sud, où il était convenu qu'ils se sépareraient, James n'étant pas en état d'accompagner Charmian jusqu'au bout, dans la jungle. Celle-ci avait donc trouvé un arrangement avec une famille américaine de sa connaissance, qui vivait à Tres Hermanas et qui était censée accueillir James pendant la durée de l'expédition.

Il s'assit à côté de sa tante et baissa les yeux sur la carte.

– Voilà où nous allons aujourd'hui, Tres Hermanas, dit-elle en posant la pointe de son stylo sur une petite ville côtière, dans le golfe du Mexique. Ensuite, je continuerai ma route vers Carmen. – Elle matérialisa son itinéraire d'un trait de crayon. – De là, je prendrai un autre bateau pour remonter la rivière jusqu'à Palenque. – Son trait s'enfonça dans les terres, en suivant les méandres d'un cours d'eau qui se perdait dans la forêt équatoriale. – Et là, je commencerai l'expédition proprement dite.

James fixa des yeux le point minuscule, sur la carte, qui représentait Tres Hermanas – à n'en pas douter un bled paumé – et se perdit en conjectures. Jusqu'ici, accompagner Charmian dans les préparatifs de son expédition avait été passionnant, mais comment diable allait-il survivre à un séjour dans un village de pêcheurs au milieu de nulle part ?

Garcia tint parole. Il se débrouilla pour les ramener à bon port juste avant l'arrivée de la tempête. Une agitation fébrile régnait dans la rade. Ils accostèrent et arrimèrent le bateau à quai sous un ciel d'encre.

Tres Hermanas était plus étendu et plus vivant que James ne l'avait imaginé. En outre, la population se préparait à fêter un carnaval, prévu pour le lendemain. La ville était pleine de touristes et de gens des environs venus célébrer l'événement. Les habitants s'affairaient autour de leurs chars, auxquels ils apportaient les dernières décorations. Une immense effigie représentant un gros bonhomme à l'air ronchon était dressée au centre de la place principale, prête à être brûlée. En face était installée une scène, sur laquelle répétait une fanfare. Les rues couvertes de guirlandes, de drapeaux et de grotesques figures en papier mâché qui pendaient un peu partout, grouillaient de monde. Des hommes surexcités couraient sur les toits pour installer des feux d'artifice.

James et sa tante prirent un café dans une des petites *cantinas* de la place, d'où ils observèrent l'agitation ambiante, levant régulièrement les yeux vers le ciel qui s'assombrissait de manière alarmante.

Une étrange tension flottait dans l'air, lourd et électrique. Une atmosphère de fin du monde semblait s'être abattue sur la ville, comme ce qu'on ressent juste avant que l'orage n'éclate. Au bar, un groupe d'hommes se disputaient sur le fait de savoir s'il fallait décrocher les décorations patiemment mises en place ou risquer de les voir détruites par la tempête, l'irruption programmée de musique, de couleurs et de danse semblant en effet se diriger tout droit vers une explosion de tonnerre et d'éclairs, sous des trombes d'eau. Certains des hommes se contentaient de hausser les épaules en invoquant la fatalité. Si Dieu avait décidé de déchaîner les vents, eh bien, il pleuvrait, et le défilé serait balayé. C'était ainsi. Et l'on ne pouvait rien y faire.

Charmian, qui parlait couramment espagnol, épiait discrètement leur conversation.

– On ferait bien de se bouger, dit-elle bientôt, finissant son café d'un trait. Car si le Tout-Puissant est effectivement déterminé à ouvrir ses écluses, j'aimerais autant être à l'abri sous un toit quand ça se produira.

Les éléments en décidèrent autrement puisque, à peine s'étaient-ils engagés sur la place qu'il commença à pleuvoir : de grosses gouttes froides qui s'écrasaient sur le sol avec un bruit mat en faisant de petits cratères dans la poussière.

– Mmh, bougonna Charmian en dépliant son élégant parapluie. Enfin, peut-être que la tempête va passer rapidement et que demain il fera à nouveau beau. Tant pis pour la fête, mais je ne peux pas me permettre de perdre une journée. Si la météo le permet, nous lèverons l'ancre dès l'aube.

En passant, un bellâtre en costume impeccable lui fit un

clin d'œil, accompagné d'une flatterie. Charmian lui répondit par un sourire poli, avant de l'éconduire par un « au revoir, monsieur » sonnant clairement comme une antiphrase.

Avec le temps, James s'était fait aux regards insistants et aux remarques piquantes des Mexicains à l'égard de Charmian. Celle-ci n'étant pas accompagnée d'un homme, elle était la cible privilégiée des assauts galants des machos, qui auraient vécu comme une disgrâce le fait de ne pas témoigner de leur virilité au passage d'une jolie célibataire.

Dans l'immense majorité des cas, les commentaires n'étaient pas désobligeants et, au bout du compte, ces hommes ne faisaient qu'obéir au schéma culturel qu'on leur avait inculqué. En voyageuse aguerrie, ayant fait de longs séjours dans les endroits les plus reculés du monde, Charmian avait tout de suite su comment réagir avec eux.

Ils quittèrent la place centrale et s'engouffrèrent en jouant des coudes dans une ruelle noire de monde. James se plaça dans le sillage de sa tante car, en aucun cas, ils n'auraient pu avancer de front.

Pour tout bagage, Charmian portait la grosse sacoche de selle en cuir qui était de tous ses voyages. À l'origine, elle avait appartenu à un gaucho argentin. Depuis, elle avait subi les assauts du temps et était patinée par des années de bons et loyaux services. La fonte avait pile la bonne taille pour contenir tout ce dont elle avait besoin : son porte-monnaie, une trousse de secours, des cartes, un compas, des jumelles, de l'eau en bouteille, du papier toilette ainsi qu'une kyrielle d'autres choses essentielles en voyage.

Tandis qu'ils se frayaient difficilement un chemin dans la foule, James avisa un garçon de son âge qui s'était glissé derrière Charmian et qui calquait son pas sur le sien. Il ne s'en inquiéta pas jusqu'au moment où il aperçut un geste furtif du garçon. Ça s'était passé très vite, et de manière si inattendue, que, durant un moment, il se demanda s'il n'avait pas rêvé. Ça s'était vraiment passé ?

Eh bien, oui.

Le garçon avait sorti un couteau et sectionné la bandoulière du sac de Charmian. Avant qu'elle comprenne ce qui lui arrivait, Charmian avait perdu son sac, et le gamin était parti, bousculant James sur son passage.

Paralysé par la surprise, celui-ci demeura interdit un court instant, mâchoire béante, fasciné par la dextérité du jeune garçon. Heureusement, il retrouva bien vite ses esprits. Charmian avait toute sa vie là-dedans : son argent, son passeport et tous ses documents. Si elle ne le retrouvait pas, son expédition était fichue.

– Hé ! hurla-t-il à pleins poumons, avant de se lancer à la poursuite du voleur, qui zigzaguait à travers la foule, cinq mètres devant lui.

D'un coup d'épaule, James écarta deux personnes de son passage. Il savait que, s'il le perdait de vue maintenant, il ne reverrait plus jamais ni le sac ni le gamin, qui, par ailleurs, avait de bonnes jambes. Heureusement, en courant, il créait un passage dans la foule compacte, facilitant d'autant la poursuite.

James cria à nouveau. Le garçon s'engouffra dans une ruelle perpendiculaire.

James se rua à sa suite.

Le voyou descendit la ruelle en courant, sa silhouette se fondant dans la pénombre avant qu'il ne débouche sur une petite cour miteuse, entourée de hauts bâtiments. Un puits, au-dessus duquel virevoltait un essaim de mouches, occupait le centre de la placette. Du linge pendait un peu partout. L'air était étouffant et il y flottait des effluves de cuisine.

James allongea sa foulée et attrapa le garçon par l'épaule. Celui-ci fit brusquement volte-face accompagné d'un large geste avec son couteau. James n'eut que le temps de reculer d'un bond pour éviter la lame.

Le dos voûté, un sourire carnassier sur les lèvres, le jeune malfrat avança sur James, couteau à la main.

James jeta un regard autour de lui. Pas d'issue.

Il était pris au piège. Son gibier n'était pas venu là pour fuir, mais pour régler son compte au chasseur.

Pour la première fois, James détailla le garçon.

Il portait une chemise à manches courtes et un large pantalon informe. Ses cheveux noirs étaient gominés. Un sombre duvet surlignait sa lèvre supérieure. Il était de la même taille que lui. Pour peu qu'il ait eu les yeux bleus, et non noirs, on aurait aisément pu les prendre pour deux frères.

Le garçon leva sa lame, défiant James.

Celui-ci n'avait pas d'arme, qui plus est, il était conscient des sordides dégâts qu'une lame, même courte, peut infliger dans un corps à corps.

– Rends-moi le sac, dit-il calmement.

La réponse eut beau être en espagnol, son ton, comme le coup de menton qui l'accompagnait, ne laissait guère de doute quant aux intentions de son auteur.

– Le sac, répéta James, froidement, en faisant un signe de tête vers l'objet que le garçon tenait de sa main libre.

Sans sa bandoulière, la besace était lourde et difficile à porter.

– *Americano ?* demanda le garçon.

– Anglais, répondit James.

– Tu veux que je te laisse un souvenir, l'Inglize ? Pour que tu n'oublies jamais le nom d'Angel Corona.

James ne prononça pas un mot, se contentant de soutenir le regard de son vis-à-vis en essayant de paraître aussi calme et déterminé que possible. Il ne voulait surtout pas provoquer Angel.

Peine perdue. Celui-ci porta une nouvelle attaque. Une fois de plus, James dut reculer.

Angel fit quelques pas en avant.

– Ça te plairait de te retrouver les tripes à l'air ? demanda-t-il avec un large sourire carnassier, laissant apparaître des dents parfaitement blanches.

Les mains levées face au garçon, James recula lentement tout en sachant qu'il ne pourrait faire que quelques pas avant d'être acculé contre le mur, sans aucune échappatoire.

– Tu es stupide, l'Inglize, ajouta Angel. Jamais tu n'aurais dû me courir après.

James était forcé de l'admettre : il avait agi sans réfléchir.

Il sentit quelque chose au-dessus de lui, un drap qui séchait, accroché à une corde à linge. Il prit une rapide décision. Après tout, c'était peut-être sa seule chance. Il leva les mains plus haut, en signe de reddition, et, quand ses doigts effleurèrent le tissu de coton, il l'agrippa et tira sèchement. Le drap tomba sur son adversaire. Profitant de cette diversion, James lui donna un violent coup de pied au poignet.

Ses robustes chaussures anglaises, avec leur large semelle de cuir dur et coupant et leur bout renforcé lui furent d'un grand secours car le coup qu'il porta au poignet d'Angel lui fit lâcher son couteau, qui vola dans les airs.

Le voyou était fou de rage. Il se débarrassa maladroitement du drap et se jeta sur James.

Mais l'avantage avait changé de camp maintenant. Sans son couteau, et alourdi par le poids du sac, Angel n'était plus une menace.

James leva son avant-bras et le mit en opposition à hauteur de la gorge de son adversaire. Les lois de la physique firent le reste. Angel encaissa le coup avec un grognement et s'écroula par terre, lâchant le sac pour porter les mains à son cou. D'une voix rauque, il marmonna une insulte puis se remit debout et bondit sur James en rugissant. Celui-ci fit un pas de côté pour esquiver cet assaut désordonné et leva aussitôt un genou pour parer. Il sentit sa rotule s'enfoncer dans le ventre d'Angel, qui se plia en deux de douleur. Profitant de sa position avantageuse, James passa son bras autour de son cou et serra. L'immobilisant solidement au creux de son coude, il le fit avancer jusqu'au puits et lui enfonça la tête sous l'eau.

Angel se débattit, rua, battit des pieds et des mains. Quand James comprit qu'il avait son compte, il relâcha sa prise et laissa Angel s'effondrer sur le sol pavé. Assis au milieu de la cour, toussant et crachant, il porta sur James un regard à la fois craintif et haineux.

– Finalement, on dirait que c'est toi qui vas te souvenir de mon nom. James Bond, pour vous servir.

Sur ces mots, il ramassa le sac, puis le couteau qu'il jeta négligemment au fond du puits.

– *Adios*, lança-t-il enfin en retournant dans la rue, où il retrouva Charmian, plantée au milieu du passage et qui l'appelait en faisant de grands gestes.

– James, tu n'aurais pas dû faire ça, dit-elle quand il se fut porté à sa hauteur. C'était très imprudent. Ce garçon aurait pu te tuer.

– Je sais, répondit James. J'ai agi sur un coup de tête. Mais j'ai quand même récupéré ton sac. Il ne manque rien. En revanche, tu vas devoir lui trouver de nouvelles sangles.

– J'aurais dû faire plus attention, se reprocha Charmian. Enfin, tout est bien qui finit bien. Je ferai mettre des petites chaînes à la place des lanières. Ce sera plus difficile à couper.

Soudain, elle s'immobilisa en ouvrant de grands yeux horrifiés. Elle avait aperçu quelque chose derrière lui. James se retourna et vit Angel qui sortait de l'impasse en brandissant son couteau.

M.... Il aurait dû vérifier. De toute évidence, le puits n'était pas aussi profond qu'il l'avait imaginé.

Ses craintes furent de courte durée. En effet, Angel n'avait pas fait deux pas dans la ruelle que deux hommes solidement charpentés, portant moustache et costume, lui étaient tombés dessus. L'un d'eux avait un pistolet.

Angel commença par résister, mais le canon qui vint s'enfoncer dans sa joue ainsi que les quelques phrases en espagnol que prononcèrent les enquêteurs, auxquelles James ne comprit rien sinon qu'elles contenaient le nom du garçon, le calmèrent bien vite.

Le deuxième homme débarrassa Angel de son couteau et lui passa les menottes.

Avant de l'emmener, ils s'arrêtèrent face à Charmian. Celui qui tenait le revolver la salua d'un signe de tête obséquieux.

– Bonsoir, *señora*. Désolés pour ce regrettable incident. Ce garçon est connu de nos services. Voilà plusieurs semaines que nous essayons de l'arrêter en flagrant délit. Maintenant, c'est fait. Pouvez-vous passer au commissariat demain matin, *señora*, pour faire une déposition ?

– Bien sûr. Vous pouvez compter sur moi, répondit Charmian avec un sourire poli.

Les deux agents s'éloignèrent, escortant d'une main ferme le jeune garçon qui se débattait comme un diable.

Alors qu'ils descendaient la rue, ils croisèrent un groupe de touristes, quatre Américains et un Japonais, qui s'étaient arrêtés pour assister à la scène. Un homme presque aussi large que haut, avec un cou inexistant et une grosse tête carrée, apostropha Angel.

– Fais leur z'en voir, gamin !

– Qu'est-ce tu dis ? demanda un autre type, aussi grand et efflanqué que son compère était court et massif.

– Je dis juste : « fais leur z'en voir », répéta le courtaud en haussant la voix.

– Bien dit, s'exclama le maigrichon.

Et ils éclatèrent tous de rire, à l'exception de la femme qui les accompagnait, une grande blonde, le visage dissimulé sous un chapeau à large bord.

– Allez viens, dit Charmian en attrapant James par le coude. Je n'ai aucune intention de déposer demain matin. Premièrement parce que j'ai la ferme intention d'être à des centaines de kilomètres d'ici là, deuxièmement parce que, moins on aura maille à partir avec la police locale, mieux on se portera. Certes, ce garçon a bien tenté de me voler mon sac et je ne doute pas qu'il était animé des pires intentions à ton égard, mais, malgré tout, je le plains, car la police locale n'a pas bonne presse.

Le tonnerre gronda. Un véritable déluge se déversa sur les rues poussiéreuses.

– On ferait bien de se dépêcher, cria Charmian, avant de finir noyés !

Dans sa hâte d'échapper à la pluie, James oublia bien vite Angel Corona et les cinq pittoresques touristes.

Il était à cent lieux d'imaginer le rôle qu'ils allaient jouer dans sa vie.

4

Poupée cassée

Les Stone habitaient une maison isolée, à flanc de coteau, à l'ouest de Tres Hermanas. Son emplacement offrait un panorama exceptionnel sur le bourg et en particulier sur le toit de tuiles rouges de l'église Santa Maria, qui se découpait sur la mer. La demeure était un ancien palais, construit par un notable du cru. Son style, néoclassique, avec colonnades, terrasses et bas-reliefs lourdement ouvragés, était le fruit d'un architecte français, spécialement diligenté d'Europe, deux siècles auparavant.

– J'ai fait la connaissance de Jack il y a environ dix ans, dit Charmian en haussant la voix pour couvrir le bruit de la pluie. Au Texas. Dans un meeting aérien. C'était une célébrité à l'époque, héros de guerre, pilote de chasse adulé. Un personnage ! Il devrait te plaire.

Un domestique les accueillit à l'immense grille en fer forgé et les conduisit dans l'allée de gravier qui traversait un jardin extrêmement soigné. Sur le parfait tapis de pelouse verdoyante, au milieu des haies impeccablement taillées, s'élevaient un énorme avocatier ainsi que plusieurs palmiers.

Mais la pluie tombait trop drue pour que James et Charmian admirent le jardin.

– Je vais rester ce soir pour m'assurer que tu es bien installé, glissa Charmian alors qu'ils approchaient de la maison. En revanche, demain, je vais devoir partir avant que tu ne sois levé. Il m'est impossible de savoir combien de temps je passerai dans la forêt. Si je ne suis pas revenue à temps, monsieur Stone te conduira à Veracruz, pour prendre le bateau de retour.

Deux lions de pierre étaient couchés de part et d'autre de l'escalier d'honneur. Des rigoles de pluie jouaient dans les sillons de leurs crinières. Une rangée de roses, disposées dans de lourdes urnes de plomb, et deux poinsettias rouges, en pot, ployaient sous la violence de l'averse.

Un autre domestique, un vieux Mexicain avec des cheveux blancs et un simple uniforme noir, leur ouvrit la porte. Après leur avoir poliment souhaité la bienvenue, il débarrassa Charmian de son bagage et de son parapluie.

Le vaste hall d'entrée était sombre. Le sol de marbre luisait dans la pénombre. Des statues de bronze occupaient les angles. Un immense lustre de cristal scintillait au plafond. Les portraits de généraux mexicains oubliés ornaient l'un des murs, un autre, en face, accueillait une gigantesque représentation d'un duel aérien entre deux biplans : un américain et un allemand. L'artiste avait peint les mitrailleuses avec un luxe de détails évocateurs. Des flammèches orangées jaillissaient de la bouche des mitrailleuses et des volées de douilles s'élevaient dans les airs. Un panache de fumée blanche s'échappait de la queue de l'appareil allemand, en proie aux flammes. En arrière-plan, on distinguait un champ de bataille, avec des fantassins chargeant hors de leurs tranchées dans un paysage labouré par les obus.

James se demanda si le pilote américain était censé représenter Jack Stone.

– Charmian ! Quel plaisir !

James tourna la tête et découvrit M. Stone qui descendait l'escalier, chaussé de hautes bottes et vêtu d'un blouson d'aviateur. Avec sa fine moustache et ses cheveux plaqués en arrière, il avait toute l'apparence de l'as des as de la Grande Guerre.

– Jack ! s'exclama Charmian. Mais comment fais-tu pour être toujours aussi fringant ? Le temps n'a donc pas prise sur toi ? Laisse-moi te présenter mon neveu, James.

– Ravi de faire ta connaissance, James, répondit Stone avec l'accent traînant du Sud tout en gratifiant son hôte d'une virile poignée de main. Bienvenue à Tres Hermanas. Et bienvenue chez moi.

Avant que James ait eu le temps de répondre, Stone, la mâchoire serrée, se tourna nerveusement vers Charmian et la regarda d'un air concentré, sombre et dur.

– J'ai peur qu'il y ait un petit problème, dit-il d'un ton pénétré.

– Ah ? répliqua Charmian, décontenancée.

– Rassure-toi, poursuivit Stone avec un large sourire laissant apparaître deux rangées de dents impeccablement blanches. Rien de très sérieux. Mais, comme vous l'avez certainement remarqué, une grosse tempête se prépare dans le golfe.

– Sans blague ? moqua Charmian qui, en dépit de son parapluie, était trempée.

– Il semblerait qu'elle doive durer un certain temps, ce qui sous-entend que les bateaux vont rester à quai. Loin de moi l'idée de te chasser, mais si tu ne quittes pas la ville d'ici à ce soir, il y a de grandes chances pour que tu sois bloquée ici pendant plusieurs jours.

– Impossible, s'exclama Charmian. Il faut absolument que je sois à Palenque avant samedi.

– Aucune chance que tu y ailles par la mer, pas plus que par la terre d'ailleurs. C'est couru d'avance. Les routes sont déjà mauvaises en temps normal, je te laisse imaginer ce que c'est quand il pleut.

– Dans ce cas, comment vais-je faire ?

– Je vais t'y emmener en avion, répondit Stone avec un glorieux sourire. Il y a une piste d'atterrissage dans la jungle, construite par les compagnies minières. On peut s'y poser. Tu seras même en avance sur ton programme.

– Mais… Jack… Je ne voudrais pas abus…

– C'est avec plaisir que je me mets à votre entière disposition, madame, répondit Stone en claquant les talons et en la saluant avec un clin d'œil complice. Et puis… J'adore voler. Hélas, j'en ai rarement l'occasion ces derniers temps. Alors ne t'inquiète pas, tout le plaisir est pour moi. Le seul hic, c'est que j'ai bien peur que nous devions nous hâter. Si nous ne décollons pas dans l'heure, nous allons être cloués au sol.

– C'est très aimable de ta part. Vraiment. Mais… Et mes bagages ? Mon équipement ?

– J'ai pris la liberté d'envoyer mes gens au port. À l'heure qu'il est, ils doivent pratiquement avoir fini de tout charger à bord. C'est ton chef d'expédition, Mendoza, qui supervise les opérations. Crois-moi, il n'y a pas d'autre solution.

Charmian soupira et se tourna vers James.

– Je crains que nos routes ne doivent se séparer plus tôt que prévu, James. Les arguments de notre hôte sont frappés au coin du bon sens. Comme, par ailleurs, il semble avoir tout prévu…

– Pas de panique, ajouta aussitôt Jack Stone avec un sourire rassurant à l'adresse de James. Le personnel de maison prendra grand soin de toi durant tout le temps que je ne serai pas là.

– Ne vous en faites pas pour moi, répondit James en lançant à sa tante un sourire plein d'indulgence. Le plus important, c'est que tu mènes à bien ton travail.

– Bon garçon, complimenta Stone en passant un bras sur l'épaule de James pendant que, de l'autre, il lui faisait admirer son fief. Au fait, qu'en dis-tu ? Pas le pire endroit pour passer un mois de vacances, non ?

– En effet, c'est magnifique, admit James, qui, en toute honnêteté, trouvait la décoration surchargée et d'un parfait mauvais goût.

Lui qui aimait les choses simples se demandait même sincèrement comment l'on pouvait choisir de vivre entouré d'autant d'objets prétentieux et dans une atmosphère aussi ampoulée, pompeuse et guindée.

– Bien, poursuivit Stone, le bras toujours passé autour des épaules de James. Je parie que tu meurs d'envie de monter à l'étage pour jouer avec les enfants. Hein ?

– On ne peut rien vous cacher, répondit bravement James qui n'avait aucune envie de jouer à quoi que ce soit avec qui que ce soit.

– Ta tante et moi allons nous préparer pour le voyage. Nous passerons te voir avant de partir. D'ici là, Alonzo va te montrer tes quartiers, poursuivit Stone en faisant un signe de tête au vieux majordome qui, légèrement en retrait, attendait ses instructions.

Celui-ci conduisit James dans l'escalier monumental jusqu'à un premier palier où, après quelques mètres dans un couloir de la taille d'un salon ordinaire, ils rejoignirent un autre escalier, de taille plus modeste, au sommet duquel ils parvinrent devant une lourde porte de chêne sculptée, qu'ils franchirent pour déboucher enfin dans une immense salle regorgeant de tous les jouets possibles et imaginables. Il y en avait beaucoup trop pour tenter un inventaire, même succinct, mais James nota une maison de poupées, un théâtre de marionnettes, deux chevaux à bascule, une montagne de peluches, un piano, des quilles, des petits soldats, une voiture à pédales, un château fort et un train électrique. Un véritable paradis pour bambins, à ceci près que tout était en place, parfaitement rangé. Il en était à s'ébahir que des enfants puissent maintenir un tel éden en si bon ordre quand il remarqua une femme de chambre, à quatre pattes, qui nettoyait quelque chose. La jeune Mexicaine le regarda de ses yeux las et fatigués. Elle avait l'air épuisée et à bout de nerfs.

– Surtout ne touche à rien, ordonna une voix cassante et haut perchée. Les garçons sont maladroits. Ils abîment tout.

James découvrit bientôt celle à qui appartenait la voix, assise devant une coiffeuse ornée d'un grand miroir, ostensiblement occupée à se faire les ongles.

Elle portait une robe longue, en lamé or, et ses cheveux mi-longs étaient traversés d'élégantes vaguelettes, qui avaient sans doute demandé des heures de travail attentif à quelque consciencieuse dame de compagnie.

– James, je présume, dit-elle sans prendre la peine de lever les yeux de ses ongles.

– Exact.

– Moi, c'est Precious, poursuivit la fille, avec l'intonation et toutes les manières de l'arrogante petite peste *made in USA*. Et voilà Jack Junior. Mais tu peux l'appeler Jay Jay, comme tout le monde.

Un garçon d'environ sept ans, en costume, apparut derrière la maison de poupées, un baigneur à la main.

– Enchanté, déclara James.

– Tu joues avec moi ? demanda aussitôt le garçonnet. Je joue jamais avec d'autres garçons.

– Autant te le dire tout de suite, tu n'es pas le bienvenu ici, reprit Precious avant que James ait eu le temps de répondre au garçon. Personnellement, je ne voulais pas que tu viennes. Pas d'autre garçon ici !

– Je sais, répliqua James. Parce qu'on est maladroit et qu'on abîme tout.

Il s'approcha de la fenêtre.

– L'air est un peu étouffant ici, vous ne trouvez pas ?

Et il ouvrit en grand les battants avant de se pencher au-dehors. La salle de jeux du deuxième surplombait un petit balcon, sur le côté de la maison. La pluie tombait sans discontinuer. De grandes flaques apparaissaient çà et là, dans le jardin.

– Ôte-toi de la lumière, grogna Precious. Je ne vois plus rien !

– Mmh et aimable avec ça, ironisa James.

– Tu es anglais, non ? poursuivit la vipère en regardant James dans le miroir. Ça se voit ! Vous autres, Anglais, n'avez aucun style. Vous ne savez pas vous habiller. Vos vêtements sont d'un commun. Moi, au moins, je sais ce qu'est la mode.

James ne put retenir un fou rire. Precious se tourna sur son siège.

– Tu ris parce que tu n'as rien à dire pour ta défense, c'est ça ? Tu m'ennuies déjà, tiens. De toute façon, les garçons sont tous si ennuyeux. Ils ne s'intéressent pas à la mode, aux livres, aux vedettes de cinéma. Allez, joue avec Jay Jay. Moi, je suis trop vieille pour ce genre d'enfantillages. Mes poupées sont comme toi... elles m'ennuient.

Elle avait dit ça avec une telle morgue que James en perdit momentanément l'usage de la parole. Cette fille le rabaissant plus bas que terre en invoquant un droit d'aînesse imaginaire le laissait sans voix. D'autant qu'elle était peut-être même plus jeune que lui. Enfin, difficile à dire sous l'impossible couche de maquillage sans laquelle, avec ses grands yeux noirs et sa grande bouche, elle eût été plutôt jolie.

– Écoute, dit James en essayant de garder son sang-froid. Je vais rester ici quelque temps. Pour le bien de tous, il va bien falloir que nous trouvions, sinon un terrain d'entente, au moins un moyen de ne pas nous écharper.

Precious l'ignora superbement et, comme s'il s'était soudain transformé en un quelconque meuble, pencha la tête pour regarder JJ.

– Que fais-tu avec cette poupée ? demanda-t-elle. Apporte-la-moi.

– Manque une jambe, répondit le gamin en secouant la poupée.

Precious lui prit des mains et l'inspecta attentivement. Le visage de porcelaine était délicatement peint, de longs cheveux blonds, à l'éclat naturel, tombaient en anglaises dorées sur une luxueuse robe de soie.

– J'ai aimé cette poupée, dit-elle avec nostalgie. Mais plus maintenant. Je suis trop grande pour ça.

Contredisant aussitôt cette affirmation, elle se leva d'un bond et se précipita à la fenêtre où elle fit danser la poupée le long de la rambarde.

– Eh, regardez-moi, les amis, zézaya-t-elle en prenant une voix faussement enfantine et aiguë. Je suis la plus belle poupée du monde. Voyez comme je suis élégamment vêtue, et comme je danse bien... mais... que m'arrive-t-il ? Non... Ma jambe !

À ces mots, elle poussa la poupée de porcelaine par-dessus la rambarde et la regarda s'abîmer sur le dallage de pierre en riant.

– Oh, la pauvre ! Je crois qu'elle est morte.

S'arrêtant soudain de rire, elle se détourna de la fenêtre et fixa des yeux la jeune Mexicaine, toujours occupée à son ménage.

– Dolores ! Ma poupée est tombée. Va me la chercher !

Dolores acquiesça d'un rapide signe de tête et sortit précipitamment, l'air encore plus soucieuse que précédemment.

– Ils font tout ce que je leur dis, poursuivit Precious en

bousculant délibérément James d'un pas hautain, avant de se rasseoir à sa coiffeuse, tandis que JJ, cavalant bruyamment aux quatre coins de la pièce, salissait consciencieusement tout ce que Dolores venait de nettoyer.

– Est-ce vraiment nécessaire ? demanda James en levant le menton vers le garnement.

– Il ne t'aura pas échappé que tu n'es qu'un invité ici, répondit Precious. Tu n'as pas à nous dire ce qu'on doit faire.

– Très bien, j'ai compris, dit James en se dirigeant vers la porte.

– Attends, l'arrêta Precious, une nuance de douceur dans la voix.

James s'immobilisa.

– Je suis désolée.

Il pivota vers la fille, dont l'expression avait pris un tour triste et presque anxieux. Elle semblait différente. Une petite fille.

– J'ai rarement l'occasion de voir d'autres enfants ici. Il n'y a que Jay Jay et moi. C'est pas toujours drôle. On peut difficilement nous en vouloir de trouver le temps long et de faire n'importe quoi. Maman n'est jamais là.

– Je comprends, dit James, mais ce n'est pas une raison pour qu'on ne soit pas ami.

– En effet ! s'exclama Precious, le visage illuminé par un large sourire.

Elle se leva, tendit les bras et s'approcha de James, avant de lui serrer brièvement la main.

– Faisons la paix, dit-elle d'une voix conciliante. Viens, on va jouer avec Jay Jay.

James, qui n'eût su dire la dernière fois qu'il avait « joué », haussa les épaules.

– À quoi tu veux jouer, Jay Jay ? demanda Precious, les yeux pétillant de malice.

– Colin-maillard, s'exclama le garçon.

– Très bon choix, répliqua Precious en se précipitant vers un coffre contenant des déguisements. Pour commencer, James, on va te bander les yeux.

Joignant le geste à la parole, elle déroula une écharpe qu'elle noua autour de la tête de James. Puis les deux enfants le firent tourner en chantant une comptine. Finalement, ils s'arrêtèrent.

– Et maintenant ? demanda James, légèrement étourdi, qui vacillait sur ses jambes.

– Et maintenant ça ! répondit Precious en le poussant sèchement.

Surpris, James chancela. Il fit maladroitement quelques pas en arrière pour reprendre son équilibre, mais heurta quelque chose et s'affala lourdement sur le coccyx. Il arracha le bandeau et découvrit JJ, hilare, qui se roulait par terre tant il riait.

James perdit le peu de sang-froid qu'il avait si patiemment couvé jusqu'ici. Il sentit monter en lui un fol accès de colère, non que cette sale blague lui eût fait spécialement mal. Mais sa mesquine cruauté le mettait en rage. C'était un geste d'une pathétique crétinerie, accueilli néanmoins comme la farce la plus drôle du monde par ces deux pestes.

– Espèce de sale petite…, maugréa James en se relevant, s'arrêtant juste à temps pour ne pas dire quelque chose qu'il eût pu regretter.

– Quoi ? contre-attaqua Precious. Espèce de sale petite quoi ?

Dolores revint, la poupée fracassée pendant à son bras. Elle semblait à bout. Quand elle avisa l'état de la pièce qu'elle avait passé tant de temps à nettoyer, elle fondit en larmes.

– Ce n'est rien, je vais vous aider, la consola James d'un ton compatissant.

Et il se baissa pour ramasser un objet, sous l'œil noir de Precious.

– Décidément, rien ne te distingue d'un domestique !

– Fiche-moi la paix, tu veux ? coupa simplement James.

Heureusement, Jack Stone fit irruption dans la pièce avant que les choses n'aient eu le temps de s'envenimer. Il portait un long manteau de cuir par-dessus sa combinaison de vol. Un attaché-case en crocodile pendait à son bras. Il balaya la pièce en désordre d'un regard et, en espagnol, fit une brutale remontrance à Dolores. Celle-ci acquiesça du chef en s'activant de plus belle sur son ménage, tandis que ses larmes gouttaient sur la trame serrée d'un tapis dispendieux. Puis Stone, un sourire béat aux lèvres, se tourna vers Precious et JJ, qui lui répondirent en bombant le torse, un sourire innocent aux coins des lèvres, le dos bien droit et le menton levé. Deux petits anges.

– J'espère que vous vous amusez bien, les enfants !

– Non, papa, geignit Precious.

Surpris, James tourna la tête vers elle, et l'aperçut qui pleurait presque autant que sa bonne.

– James est méchant et horrible, sanglota-t-elle comme si elle retournait soudain en enfance. Il a jeté ma poupée par la fenêtre et… maintenant… elle est cassée ! En plus, c'était ma préférée !

– Ne t'inquiète pas, mon ange, je t'en rachèterai une autre, répondit Stone avant de se tourner vers James d'un air fâché. Je suis déçu, James. Sincèrement. Si tu veux rester ici, tu vas devoir faire davantage d'efforts pour t'entendre avec Precious et Jay Jay.

James se mordit les lèvres et ne dit rien.

– Je serai vite rentré, lança Stone en déposant un baiser sur le front de ses enfants. Avec des tonnes de cadeaux !

– Et aussi de nouvelles robes ? demanda Precious en trépignant.

– Oui, ma chérie. Et aussi de nouvelles robes, concéda Stone en l'embrassant de nouveau.

Puis il se redressa et pivota vers James.

– Veux-tu descendre ? Pour dire au revoir à ta tante ? demanda-t-il d'un air pincé.

– S'il vous plaît, répondit James, maudissant de toutes ses forces le funeste sort qui le soustrayait à la compagnie de sa tante pour le jeter dans les bras de ces deux monstres.

5

Quatre types avec des flingues

Les trois puissants moteurs du Ford « Tin Goose » luttèrent pour arracher l'appareil à la gravité terrestre et lui faire prendre un peu d'altitude dans un ciel plus qu'agité. Les hélices moulinaient à plein régime dans une longue plainte stridente, entrecoupée de silences intimidants chaque fois qu'elles entraient dans un trou d'air. L'avion était secoué de toutes parts. Il brinquebalait dans les airs en suivant la trajectoire chaotique d'un chariot de montagnes russes un jour de fête foraine. Une lourde pluie, que les essuie-glaces avaient le plus grand mal à combattre, cinglait le pare-brise.

Solidement attachée sur le siège du mécanicien de bord, derrière Jack Stone et Beto, le copilote mexicain, Charmian écoutait ses dents s'entrechoquer bruyamment. Elle jeta un œil vers son guide, Mendoza, qui, blanc de peur, donnait d'inquiétants signes de malaise. Le pauvre homme n'était jamais monté dans un avion auparavant, et cette entrée en matière contredisait violemment tout ce qu'on avait pu lui raconter sur le plaisir des baptêmes de l'air.

Stone hurla quelques mots dans son microphone, des

mots que Charmian, en dépit du casque rivé à ses oreilles, eut la plus grande peine à comprendre par-dessus les hurlements des moteurs, du vent et de la pluie.

« Maison ? »

Stone tendit le bras vers le hublot, de côté. Derrière le nuage qui lui boucha un instant la vue, elle vit apparaître la villa des Stone, perchée sur la colline surplombant Tres Hermanas.

– J'espère qu'ils vont penser à barricader la maison, mugit-il. Sans quoi, je peux dire adieu à quelques fenêtres.

– Oublie tes fenêtres, cria Charmian. Contente-toi de nous sortir de là entiers.

Solidement enracinée sur sa colline, la maison lui parut un havre de sécurité enviable depuis ce minuscule et frêle avion, malmené par la tempête. À tout instant, le vent donnait l'impression de pouvoir lui arracher une aile, l'effacer du ciel.

Elle était tendue.

Stone allongea à nouveau le bras, vers le large cette fois. Charmian tourna la tête et faillit s'étrangler en voyant une trombe noire s'élever dans les cieux en tourbillonnant.

– C'était moins une, beugla Stone.

La gigantesque masse noire enflait démesurément en s'enroulant sur elle-même, couvant, gagnant de la puissance et semblant regarder la ville avec l'appétit d'un Moloch se préparant au festin.

– Ce n'est pas encore la saison des ouragans, poursuivit-il d'un débit haché par les accrocs de la communication. Mais c'est quand même une sacrée tempête.

Au cœur ténébreux de la trombe scintillaient des éclairs. Charmian essuya la buée sur la vitre. Une puissante rafale de vent fit sèchement tanguer l'avion lui interdisant de profiter du spectacle une seconde de plus.

– Je prends par les terres, cria Stone. Pour essayer de la semer. Ça secoue un peu mais, dès qu'on sera en altitude, ce sera plus tranquille.

Stone tira sur la manette des gaz. La plainte des moteurs redoubla. L'avion grimpa. Charmian se retrouva collée à son siège.

À son côté, Mendoza vomissait dans un sac en papier.

Comme elle enviait James, confortablement installé dans la chaleur douillette et rassurante de la villa.

Las, pour être à l'abri, James n'en était pas moins aux prises avec un souper plus que détestable, auquel Precious n'était pas étrangère.

En effet, cet être – probablement le plus affreusement égoïste qu'il ait jamais rencontré – se montrait infecte avec le personnel. James supposa que, profitant de l'absence de son père, elle se délectait d'endosser l'habit du maître de maison tyrannique, craignant aussi, parfois, qu'elle n'en rajoutât à son intention.

– Mais fais un peu attention, Rita, se lamenta-t-elle en fusillant du regard la femme rondelette qui, le plus obligeamment possible, lui présentait un plat de pommes de terre à l'eau. Ce que tu peux être maladroite ! Encore un peu et tu me les mettais sur les genoux.

Rita murmura quelques mots d'excuse tandis que Precious étudiait dédaigneusement les pommes de terre de la pointe de sa fourchette.

– Ça ne va pas. Remmène-les. Pas assez cuites. Et puis, finalement, je ne veux plus de pommes de terre. Donne-moi plutôt du riz.

Rita se retira de sa démarche de canard, sous les mouvements de tête courroucés de Precious.

– Le problème, dit-elle d'un ton affligé, c'est que bien manger, ils ne savent même pas ce que ça veut dire ! Eux-mêmes se nourrissent d'une telle bouillie qu'il est présomptueux d'attendre qu'ils servent quoi que ce soit de décent à des palais aussi civilisés que les nôtres. J'ai déjà dit à papa qu'on devrait faire venir un chef d'Europe. Un Français ! Ce serait parfait. Enfin ! N'importe... Du moment que ce n'est pas un Anglais ! Rita, elle, n'est qu'une paysanne. Tout ce qu'elle sait faire c'est du riz avec des haricots. Mais, tu sais, ils mangent vraiment n'importe quoi. J'ai entendu dire qu'ils mangeaient même des lézards. Beurk ! Tu imagines ? Quand bien même je mourrais de faim, jamais je ne pourrais manger un truc pareil. Mais, que veux-tu, ils sont si retardés.

Tous trois étaient assis autour d'une immense table ancienne en acajou massif. Les couverts en argent étaient de sortie, tout comme le candélabre et les plats de service, impeccablement alignés sur la nappe de dentelle blanche.

Sur le mur derrière Precious était accroché un grand portrait de son frère et elle, posant cérémonieusement dans des habits d'apparat. Le tableau semblait de la même main que la bataille aérienne dans l'entrée. James se fit la réflexion que le peintre était plus doué pour les avions que pour les modèles vivants. Un portrait de femme, d'une beauté sèche et froide, faisait son pendant, sur le mur opposé. James en déduisit qu'il s'agissait sans doute de Mme Stone, la mère des enfants.

Il porta à ses lèvres le verre en cristal qui lui faisait face et avala une lampée d'eau. Il transpirait. Dans la salle à manger, l'air était chaud et humide. Il faisait une moiteur étouffante et la pluie, qui tombait toujours aussi abondamment, ne faisait rien pour alléger l'atmosphère. Peut-être qu'en se déchaînant, la tempête allait balayer tout ça. Un grondement de tonnerre lui répondit. L'orage était encore loin, mais il se rapprochait.

La lourde horloge ouvragée qui trônait dans un coin sonna cinq heures. La soirée s'annonçait douloureusement longue.

Dehors, Alonzo faisait tout ce qu'il pouvait pour occulter les fenêtres avant l'arrivée de la tempête, ce qui, pour l'heure, revenait à se débattre avec une grande plaque de bois dans un vent violent. Luis était bien censé l'aider, mais il l'avait envoyé quérir un marteau et des clous dix minutes plus tôt et il n'était toujours pas revenu. Luis avait quinze ans. C'était le plus jeune des gens en place chez les Stone ; et, du point de vue d'Alonzo, qui le trouvait fainéant, lent et effronté, plus une source de problèmes qu'autre chose. C'était ça l'ennui avec les jeunes de nos jours : plus aucun respect pour les anciens !

Alonzo laissa échapper un juron. Il était trop vieux pour ce genre de cabrioles. Ses bras lui faisaient mal, il avait froid, et il était trempé jusqu'aux os. Si Luis ne se radinait pas bientôt, il abandonnerait. Cette maison s'élevait là depuis plus de deux cents ans, ce n'était pas un petit grain qui allait la mettre par terre.

C'est le moment que choisirent Luis et son sourire benêt pour réapparaître.

– Désolé, Alonzo. J'arrivais pas à ouvrir la porte de la remise. Elle est voilée.

– Arrête de discuter et viens plutôt m'aider à poser ce foutu volet.

– Comment tu dis que ça s'appelle, Rita ? ironisa Precious en baissant les yeux d'un air dégoûté sur le saladier de légumes vapeur que lui présentait la cuisinière. Tu as arrêté la cuisson juste avant la purée, c'est ça ? Faut-il que j'aille moi-même en cuisine, Rita ? Pour préparer quelque chose ?

Parce que si c'est ça, dis-le tout de suite. Non, mais enfin, Rita ! C'est une blague ! Tu ne crois tout de même pas que je vais avaler ça. Allez, remporte-le.

– J'en prendrai volontiers, l'interrompit James, non qu'il eût vraiment faim, mais le sort de ces pauvres gens, qui s'étaient donné tant de mal pour préparer les plats que la petite peste renvoyait arbitrairement, l'apitoyait bien assez pour lui faire avaler quelques légumes.

Sa tête ronde fendue d'un petit sourire narquois duquel il ne semblait jamais devoir se défaire, JJ observait la scène d'un regard sournois. Totalement complice de sa sœur, il éclatait de rire à chacune des aigres piques que celle-ci lançait au personnel.

Rita sourit à James et s'apprêtait à le servir quand Precious l'arrêta, posant une main sur le poignet de la cuisinière.

– N'en faites rien, James. Ils vous rendraient malade.

– J'en doute, ils ont l'air fameux.

Precious cracha dans le plat.

– Même des porcs n'en voudraient pas, dit-elle méchamment.

Plus dépitée que jamais, Rita soupira profondément avant de tourner les talons et de remporter son plat de légumes d'un pas traînant.

– Il m'arrive de me demander s'ils ne le font pas exprès pour pouvoir manger entre eux, à la cuisine, tout ce que je renvoie. Au moins, ils ne se jetteront pas sur ces légumes-là.

JJ rit bêtement et, probablement pour suivre l'exemple de sa sœur, cracha lui-même dans son assiette.

– Non, Jay Jay ! explosa Precious. Ce n'est pas drôle. Décidément, tu es au contact de ces primitifs depuis bien trop longtemps. Tu vas finir comme eux, mon pauvre.

JJ lui répondit par un nouveau rire imbécile, et cracha à nouveau dans son assiette.

Precious pouffa.

– Je suis sûre qu'ils crachent dans nos assiettes, dit-elle en baissant la voix. Quand on ne regarde pas.

« Qui oserait les en blâmer », pensa James.

– Bon, ça suffit, déclara Precious en repoussant l'assiette de porcelaine blanche, où coagulait la nourriture froide qu'elle n'avait pas daignée toucher. Il fait trop chaud pour pouvoir avaler quoi que ce soit, maintenant. Allez, viens Jay Jay, on monte. De toute façon, on pourra toujours demander à Rita de nous apporter du gâteau plus tard. Vous venez, James ?

– Je suis fatigué, mentit ce dernier. Je crois que je vais aller me reposer dans ma chambre.

– Comme vous voudrez, répondit Precious en se levant. En sortant, elle glissa quelque chose à l'oreille de son frère qui jeta un regard par en dessous en direction de James, avant de repartir de son rire niais.

Quand ils furent enfin hors de vue, James recula sa chaise, allongea les jambes et termina son verre d'eau. Après quoi il remplit à nouveau son verre et but encore. Il avait eu pas mal de soucis avec l'eau depuis qu'il était au Mexique, mais il présumait que celle des Stone était pure.

Il s'épongea le cou avec sa serviette, ignorant, au prétexte que personne n'était là pour le voir, la petite voix au fond de son cerveau qui lui disait que ça ne se faisait pas. Debout à côté de sa chaise, il était sur le point de quitter la salle à manger quand Rita revint, portant un plat de riz. Remarquant l'absence des deux autres gamins, elle posa le récipient sur la table d'un geste las.

– Ils sont montés, dit simplement James.

Rita baissa des yeux dépités sur son plat de riz, marmonna quelques mots d'espagnol et poussa un soupir à fendre l'âme, avant de retourner à sa cuisine de son pas de canard.

James s'épongea à nouveau le cou. Les quelques secondes qui le séparaient du précédent coup de serviette avaient suffi à le tremper.

Il fit quelques pas dans l'entrée, contempla quelques instants le duel aérien, son regard s'arrêtant ensuite sur les affreuses sculptures de bronze. Vraiment, il détestait cette maison. Il allait falloir ruser pour ne pas (beaucoup) s'ennuyer dans les jours à venir.

Il remonta dans sa chambre d'un pas lourd. En y entrant, il s'aperçut qu'il avait laissé la fenêtre ouverte. Les volets claquaient dans le vent, une mare de pluie s'était formée sur la moquette, qu'il suffisait de regarder pour voir qu'elle était hors de prix.

– Et m… ! On pourrait me faire des reproches…

Il se précipita à la fenêtre et tenta de rabattre le volet. Un coup de vent l'en empêcha. Il l'agrippa à nouveau sans pouvoir davantage contester à Zéphyr le fait qu'il restât ouvert.

Pour changer, Alonzo attendait Luis. Mon Dieu, ce gamin ! Et qu'est-ce qu'il allait encore inventer cette fois ? Il ne fallait tout de même pas vingt minutes pour aller chercher un malheureux escabeau. C'est qu'il y avait du pain sur la planche. Ils n'en avaient fait que quatre : ça en laissait des ouvertures à protéger !

Il laissa tomber ses outils et contourna la maison en direction de l'entrée principale. Son large chapeau protégeait vaguement sa tête de la pluie, pour le reste il était à tordre. Quand il aurait terminé, il irait s'asseoir un moment dans la cuisine, près du fourneau, pour faire sécher ses vêtements. Peut-être qu'il en profiterait pour boire un bon verre de vin. Ou un bon rhum. Celui qu'il gardait caché dans le tiroir. Ça, ça lui ferait du bien. Il se figurait déjà la scène idyllique quand il aperçut une silhouette, allongée dans l'herbe.

– Luis ? Luis, c'est toi ? demanda-t-il, approchant au petit trot.

Il s'agissait bien de Luis, qui gisait par terre les yeux clos. Un filet de sang coulait de son crâne, juste derrière l'oreille.

– Bonté divine ! s'écria Alonzo en s'agenouillant auprès de lui.

Il palpa un faible pouls. Le garçon n'était pas mort. Mais que s'était-il passé ?

Il leva les yeux et vit deux hommes qui traversaient la pelouse, marchant droit sur lui. L'un d'eux était japonais, l'autre, le petit gros, avait tout l'air d'un Américain.

– Pas la peine de te lever, lança l'Américain en lui envoyant sèchement un coup de matraque à la tête.

Alonzo eut juste le temps de comprendre ce qui lui arrivait. Un flash aveuglant scintilla devant ses yeux, une violente douleur lui vrilla la cervelle et il sombra dans l'inconscience.

De la fenêtre de sa chambre, où il se battait toujours avec son volet, James avait assisté à toute la scène. Quand il vit Alonzo s'écrouler comme une poupée de chiffon sur le gazon détrempé, le volet cessa d'exister. Il se précipita dans le couloir et arriva à la rampe d'escalier au moment précis où trois inconnus, deux hommes et une femme, pénétraient dans la maison. Il reconnut le groupe d'étrangers qu'il avait croisé dans Tres Hermanas et qu'il avait d'abord pris pour des touristes – les revolvers que portaient les deux hommes contredisant de manière évidente cette première impression.

Tandis que les agresseurs d'Alonzo rejoignaient le premier trio, James s'engouffra dans l'escalier du second. Le cœur battant à tout rompre, il poussa la porte de la salle de jeux.

JJ, assis par terre, un petit soldat à la main, leva les yeux.

– Où est ta sœur ? demanda James, hors d'haleine.

– Vous devriez savoir qu'il est plus poli de frapper avant d'entrer, répondit Precious d'un ton méprisant, sans quitter des yeux le miroir de la coiffeuse dans lequel elle se mirait essayant une paire de boucles d'oreilles.

– La ferme, coupa James. On a un problème. Il faut se cacher, vite !

– Si vous croyez m'impressionner avec ces simagrées…

– Je suis tout ce qu'il y a de plus sérieux, poursuivit James. Je viens de voir deux hommes attaquer Alonzo. Il est étendu sur la pelouse, à côté d'un autre employé, inconscient lui aussi.

Precious écarquilla ses grands yeux, se crispa dans une expression ambiguë, bouche bée, avant d'éclater d'un rire atrocement aigu. JJ leva les yeux de son jouet et l'imita.

– Et qui l'a attaqué, je vous prie ? Frankenstein ? King Kong ?

– Il y a quatre types avec des flingues en bas.

– Laissez-moi deviner… L'ennemi public numéro un… l'ennemi public numéro… deux et puis aussi trois et quatre, c'est ça ?

JJ n'avait visiblement jamais rien entendu d'aussi drôle de toute sa vie car il se roulait littéralement par terre en lançant des coups de pied dans les airs pour ne pas s'étrangler entre les grognements de cochon qui ponctuaient son fou rire.

Des cris et des bruits de pas résonnèrent dans l'escalier.

– Planquez-vous ! cria James en plongeant vers le théâtre de marionnettes.

À peine avait-il pris position derrière le petit rideau que la porte s'était brutalement ouverte et qu'un jeune homme s'était avancé dans l'encadrement. Il portait des vêtements voyants, mais toujours moins que le gros revolver qui pendait à son bras. Precious poussa un hurlement. JJ fondit en larmes.

– Tu me crois maintenant ? murmura James, embusqué derrière son paravent.

Pour autant, il n'y avait pas de quoi crier victoire, car, en dépit du peu d'affection qu'il portait à ces deux gamins, il savait déjà que sa conscience lui ordonnerait de leur venir en aide.

À condition, bien sûr, qu'il ne tombe pas lui-même aux mains des agresseurs.

6

Au cœur de la tourmente

– Où est votre père ? hurla l'homme en braquant successivement les deux enfants. Dites-le ou vous allez le regretter !

– Il n'est pas là, brama Precious. Il est parti dans le sud en avion. Il ne sera pas de retour avant la fin de la tempête.

À peine eut-elle dit le mot « tempête » que trois choses se produisirent simultanément : un énorme grondement de tonnerre frappa la terre, la maison vacilla jusqu'à ses fondations, et la lumière s'éteignit.

Après des heures d'attente, la tempête était bien là.

Precious poussa un cri. D'un grognement, l'homme la fit taire. Il filtrait juste assez de lumière à travers la fenêtre pour permettre à James de distinguer l'homme qui se saisissait des deux enfants et les traînait dehors.

James attendit, le souffle court. Visiblement, les braqueurs n'étaient pas là par hasard. Restait à espérer qu'ils ignoraient sa présence.

James resta cinq bonnes minutes derrière son rideau de théâtre miniature. Quand il fut convaincu que l'inconnu ne faisait pas demi-tour, il sortit de sa cachette et se glissa jusqu'à la porte sur la pointe des pieds.

Une précaution dont il eût pu se passer, tant le vacarme

de la tempête était impressionnant : un improbable concerto pour craquements et hurlements, claquements et sifflets.

En sortant dans le couloir, James fut frappé de ressentir physiquement le coup de poing qu'une rafale de vent particulièrement puissante venait d'infliger au manoir. Le sol sous ses pieds avait tremblé. Les murs eux-mêmes semblaient avoir frissonné. Il jeta un œil par la fenêtre. Le vent, les nuages et la pluie se confondaient en un inquiétant maelström. Un éclair ahurissant, accompagné d'un violent coup de tonnerre, creva la nuit. La seconde suivante, une bourrasque fit voler les fenêtres en éclats. La pluie s'invita aussitôt dans les débats, cinglant dans le couloir à l'horizontal. Les murs furent instantanément lessivés. Un tableau s'envola.

Jamais James n'avait entendu pareil fracas. L'impression qu'une montagne se désagrégeait en gros blocs de pierre qui dévalaient les pentes en direction de la maison. Le vent s'engouffrait dans les couloirs. Les murs vibraient, comme si la bâtisse tout entière se trouvait sur le point d'être arrachée du sol et emportée par les vents.

Plié en deux, James avança dans le couloir, sur la moquette gorgée d'eau, des débris filant au-dessus de sa tête.

Dos au mur, il se glissa dans l'escalier et descendit quelques marches dans l'obscurité. Le palier atteint sans encombre, il se précipita vers la rampe et baissa les yeux sur l'entrée.

Deux hommes étaient en train de rassembler les domestiques dans la salle à manger. Décidément, ce raid avait été planifié avec une minutie quasi militaire.

James était la seule personne susceptible de pouvoir sortir pour aller chercher de l'aide.

Il s'écarta de la rambarde et retourna précipitamment dans sa chambre, fermant soigneusement la porte derrière lui. Il resta un moment adossé au battant, reprenant son souffle. Un torrent de pluie s'engouffrait par la fenêtre ouverte. La moquette était définitivement ruinée. Une grosse flaque s'était formée au centre. James transpirait à nouveau. Une sueur froide. Une sueur qui, même si la température avait beaucoup chuté, n'était pas le fait du froid, mais de la peur.

James considéra un instant les options qui s'offraient à lui. Une seule se détachait du lot : descendre par le mur extérieur et… courir.

C'est alors qu'il se rappela le petit balcon d'ornement ainsi que l'épais buisson de plantes grimpantes, sur le pignon de la maison.

Il s'approcha de l'ouverture et, aussitôt, s'aplatit sur le sol. Une plaque de bois de la taille d'un dessus de table explosa par la fenêtre, pulvérisant la pièce de petit-bois. Une porte ! Que le vent avait arrachée ailleurs et portée jusqu'ici.

Derrière le hurlement de la tempête, James entendit résonner des cris. Puis le pas de quelqu'un se ruant à l'assaut de l'escalier.

D'instinct, il plongea sur le lit et s'enroula dans les draps, ne laissant qu'une minuscule échancrure devant ses yeux.

La porte s'ouvrit, deux jambes apparurent dans l'interstice des draps.

– Juste la tempête, semblèrent beugler les jambes. Fenêtre HS. La vache ! Ça cogne sévère dehors.

Les jambes disparurent. La porte claqua.

James rampa hors du lit. Le sol était jonché de morceaux de bois, des feuilles mortes virevoltaient dans les airs. Il s'avança jusqu'à la fenêtre en luttant contre le vent et contempla le ventre de la tempête.

C'était sans espoir. Il ne tiendrait pas cinq minutes là-dessous. Quand bien même il arriverait à sortir du jardin sans encombre, ce qui, en soi, relevait de l'exploit, il eût été utopique de compter trouver une âme charitable au cœur de cette tourmente. Personne ne serait disposé à quitter l'abri de sa maison pour braver ce monstre, qui balançait des trucs tous azimuts.

Les palmiers étaient couchés. Sous ses yeux, une rafale déracina un des gros massifs ornementaux qui égayaient la pelouse et le souleva dans les airs avant de l'envoyer bouler à l'autre bout du jardin. Une autre bourrasque, encore plus forte que la précédente, arracha de ses gonds la grille en fer forgé, qui roula un instant sur la route avant de disparaître dans un fossé.

Parfois, le vent changeait brutalement de direction. Les nuages se dissipaient momentanément et il pouvait apercevoir le bourg, où aucune lumière ne brillait plus. De toute évidence, la panne était générale.

Fasciné par la fabuleuse puissance de la trombe, James se laissa absorber quelques instants par le spectacle. Des meubles de jardin fusèrent sur le gazon et renversèrent une statue. Au bord de la route, le tronc d'un gros arbre, moins souple que les autres, s'ouvrit en deux dans la hauteur avant de s'effondrer sur le mur d'enceinte, qui s'écroula en partie. Toutes les tuiles des dépendances sautèrent en même temps. James eut juste le temps de s'abriter avant qu'elles n'explosent au petit bonheur contre la façade de la maison, comme lancées par quelque Goliath en colère.

Il avait le visage trempé et ses yeux le piquaient. Il n'arrivait plus à distinguer si c'était lui ou la bâtisse qui tremblait.

Probablement les deux.

Jamais il n'avait vu un déluge pareil.

Inutile de rester planté là. Dès qu'il se fut ressaisi, il s'accroupit sur le sol et courut à la porte, qu'il entrebâilla pour vérifier que la voie était libre avant de se glisser dehors. Il s'avança doucement jusqu'au sommet de l'escalier et inspecta le rez-de-chaussée, plongé dans le noir. Il descendit furtivement l'escalier. Arrivé au bas des marches, il entendit des voix, sur la droite, dans une pièce dont la porte était mal fermée. Se glissant sur les dalles de marbre, il s'approcha et colla son œil dans l'interstice.

À en juger par ce qu'il vit se dessiner sous la lumière vacillante des lampes à pétrole – dont les émanations nauséeuses emplissaient la pièce –, il s'agissait du bureau de monsieur Stone.

La grande blonde qu'il avait aperçue plus tôt se tenait debout devant la porte close du coffre encastré dans le mur. Le gros Japonais et le type aux fringues voyantes qui avait cueilli les enfants dans la salle de jeux étaient avec elle.

De l'endroit où il se trouvait, James ne voyait ni Precious ni JJ. En revanche, il les entendait qui sanglotaient.

– Je repose la question, dit la femme d'une voix tranchante. Quelle est la combinaison du coffre ?

– Je ne sais pas, se lamenta Precious. Jamais papa ne nous la donnerait.

– Où garde-t-il la combinaison ?

– Dans sa tête.

– Je crois qu'ils disent la vérité, madame Glass, déclara le Japonais, engoncé dans un costume trop petit pour lui, d'où émergeaient de petites mains potelées. Ils sont terrorisés. Je pense que, s'ils savaient, ils nous le diraient.

Pour toute réponse, ladite Mme Glass alluma une cigarette. Son visage disparut derrière des volutes de fumée. Elle avait gardé ses vêtements de pluie, un ciré et un grand chapeau qui dissimulait ses traits.

– Mmh... Vous avez sûrement raison, Sakata. Pensez-vous pouvoir le forcer ?

– Je peux toujours essayer, mais c'est un tout nouveau modèle. Pas évident que j'y arrive...

– Qu'est-ce que je fais des marmots ? demanda le jeune voyou en pinçant sa lèvre inférieure entre le pouce et l'index.

– Enferme-les quelque part, qu'ils ne nous dérangent pas, répondit Mme Glass. On les emmène avec nous. Il pourrait se révéler utile d'avoir des otages. Cette tempête va rendre les choses difficiles. S'ils nous gênent, on les enterrera quelque part dans la jungle.

– Entendu, patron, acquiesça le jeune malfrat avec un sourire vicieux.

– Ah ! Et, Manny ! ajouta Mme Glass. Vois si tu ne peux pas trouver des outils. On va peut-être devoir desceller ce foutu coffre.

– Pigé, répondit Manny en se tournant vers le coin de la pièce que James ne pouvait voir.

– En route, les chéris, ordonna-t-il en lissant ses cheveux en arrière de sa main libre.

James se recroquevilla dans l'ombre, retenant son souffle.

Les enfants Stone émergèrent du bureau quelques secondes plus tard. Ils faisaient plus juvéniles que quelques heures auparavant, et surtout, plus effrayés. Manny, un pistolet nonchalamment pointé dans une main, une lampe à pétrole dans l'autre, ne tarda pas à suivre.

James se figea. À aucun moment Manny ne tourna les yeux dans sa direction, préférant étudier son reflet dans un grand miroir et lisser à nouveau ses cheveux, cette fois, avec le dos de son arme. Il était beau gosse, et il le savait. Satisfait, il reporta son attention sur les enfants.

– Montez l'escalier, grogna-t-il.

Les enfants, docilement, obtempérèrent.

Profitant de l'ombre, et de la tempête qui couvrait tous les bruits qu'il pouvait faire, James les suivit.

Arrivé au sommet des marches, Manny s'immobilisa.

– Bougez pas, ordonna-t-il en jetant un coup d'œil de part et d'autre du couloir.

Un éclair creva la nuit derrière la haute ouverture qui se

trouvait là. La sinistre silhouette du malfrat, avec son arme et sa lampe à pétrole, se découpa momentanément dans l'obscurité. James s'aplatit sur les marches, mais, pas plus que la fois précédente, Manny ne regarda dans sa direction, et, tandis qu'un grondement de tonnerre rugissait dehors, il poussa les enfants vers une des chambres.

– Allez, entrez là-dedans.

– Qu'allez-vous nous faire ? demanda Precious d'un ton plaintif.

– Je peux vous faire tout ce qui me passe par la tête, railla Manny en faisant mine de se curer les dents avec la mire de son revolver.

– Nous refusons catégoriquement d'entrer là-dedans, objecta Precious.

Alors comme ça la gamine avait encore un peu de ressort ?

– Tu veux parier ? la défia Manny.

– Non, on n'ira pas, répéta Precious. Et vous ne pourrez pas nous y forcer puisque vous avez reçu l'ordre de nous garder en vie.

– Ah, tu crois ça ? Écoute-moi bien, gamine. Si vous ne rentrez pas là-dedans immédiatement, je vous descends là où vous êtes, compris ?

Et il leva lentement son arme, la bouche tordue par une redoutable grimace.

Manny n'eut jamais l'opportunité de mettre ses menaces à exécution, ni même de finir son geste puisque, l'instant suivant, l'enfer se déchaîna dehors, entraînant un immense palmier qui s'effondra sur la fenêtre et aplatit le malfrat. Instantanément, celui-ci disparut sous une touffe de longues feuilles effilées, noires et brillantes, où s'emmêlaient petits bois, tessons de verre et gravats.

L'instant du choc passé, Precious empoigna son petit frère.

– Cours, Jay Jay, hurla-t-elle en se précipitant dans le couloir.

Manny était blessé à la tête, sur le côté du crâne. Il saignait abondamment et il était sérieusement commotionné, mais pas assez pour rester au sol. Il se remit debout et tira en l'air. Même avec le bruit de la tempête, qui rugissait par la fenêtre enfoncée, la détonation fut saisissante.

Les deux enfants coururent en hurlant se réfugier dans une chambre au bout du couloir et claquèrent la porte.

Manny étouffa un juron et se lança à leur poursuite en boitant. Arrivé devant la porte, il secoua la poignée et hurla de toutes ses forces :

– Ouvrez, stupides moutards. Vous ne ferez qu'aggraver les choses.

Puis il attendit un moment, recula de quelques pas et tira trois coups dans la serrure.

Il y avait une autre fenêtre au bout du couloir. James y vit sa chance. Il avait remarqué comme celle de l'escalier s'était brisée facilement. Le bâti de bois était vieux et pourri par la salinité de l'air marin.

Tandis que Manny se concentrait sur la porte, James s'engouffra dans le couloir, fondant sur lui à toutes jambes. Manny oscilla une fraction de seconde trop tard. James bondit sur lui et le poussa de toutes ses forces vers la fenêtre.

Le résultat fut spectaculaire. Le dormant céda, les vitres volèrent en éclats et Manny passa par-dessus bord. Un court instant, il parut voler, comme si un courant ascendant le portait malicieusement dans les airs. Puis un débris le heurta de plein fouet à la tête et il disparut aux regards.

À la faveur des deux fenêtres brisées, le couloir s'était transformé en soufflerie. James eut la plus grande peine à rester debout.

Il poussa la porte de la chambre. La serrure mutilée tomba, emportée par le vent.

Il faisait un noir d'encre dans la pièce. Et la nuit avait aspiré la lampe à pétrole en même temps que Manny.

James attendit qu'un éclair illumine la chambre. Il était sur le point d'appeler doucement Precious quand quelque chose fonça vers lui, le heurtant en pleine poitrine et le faisant tomber à la renverse.

L'impact l'avait quasiment assommé. Il releva la tête, s'attendant à découvrir un chat sauvage. Un éclair dissipa ses craintes animales. C'était Precious, le visage blême, qui se tenait sur lui.

– Arrête ! C'est moi, James !

– Où est le type ?

– Il est sorti prendre l'air.

– Quoi ?

– Il n'est plus là, je l'ai poussé par la fenêtre.

Precious l'aida à se relever et ils s'enfoncèrent dans la pièce pour se mettre à l'abri de la pluie et du vent qui soufflait dans le couloir.

James remarqua que Precious grelottait sous sa fine robe dorée.

– Ça va aller, dit-il. Où est Jay Jay ?

– Là, répondit une petite voix.

James baissa la tête et aperçut la bouille ronde du garçonnet où brillaient deux grands yeux apeurés.

– Peut-on se cacher quelque part ? demanda James. Un endroit où ils n'auraient pas l'idée de nous chercher ?

– Le grenier ? proposa Precious.

– Non, c'est le premier endroit où ils iront.

– Y a la glacière, embraya JJ. Dans le jardin. Parfois on s'y cache quand on veut pas que papa nous trouve.

– Qu'est-ce que tu appelles la glacière ?

– Une sorte de pièce souterraine. Elle n'est plus utilisée. P'pa l'a murée en disant que c'était dangereux, mais on a trouvé une entrée l'été dernier.

– Comment on y arrive d'ici ? demanda James. Il faut qu'on passe par l'extérieur, c'est ça ?

– Oui, acquiesça le garçon en hochant tristement la tête.

– On ne peut pas sortir ! objecta nerveusement Precious.

– Il le faut, dit James. Même sans ces gangsters, ce serait beaucoup plus sûr que de rester ici. La tempête est en train d'ébranler la maison.

– Moi, j'sors pas d'ici, répondit-elle avec la moue pédante qui l'avait un instant quittée.

– On n'a pas le choix, répliqua James. D'une minute à l'autre ils vont monter voir ce qui est arrivé à Manny.

Il se tourna vers JJ.

– Une fois dehors, à quelle distance est cette glacière ?

– Pas loin. Même pas une minute.

– Tu te sens le courage ?

– Oui, acquiesça timidement le petit garçon.

Il ne faisait guère de doute qu'il mentait.

– Et toi ? demanda James en regardant Precious.

– Moi, je n'appelle pas ça du courage. J'appelle ça de la démence.

– Tu verras que, parfois, la différence est très mince, dit James en la traînant dans le couloir.

Tous trois durent lutter pour parvenir jusqu'à l'escalier, transformé en cascade d'eau vive par la fureur des éléments. La pluie tombait si abondamment qu'un petit lac s'était formé dans l'entrée.

– On ne peut pas prendre le risque de passer par la porte principale, cria James. Si quelqu'un venait à sortir du bureau, nous serions faits.

– Et ? demanda Precious.

– On descend par l'arbre, répliqua James.

Et avant qu'elle ait le temps de l'en empêcher, il commença à escalader les débris, en direction de l'endroit où le tronc était nonchalamment accoudé à la maçonnerie. L'impossible obscurité de la nuit lui interdisait de voir à quel point la tempête était violente, en revanche, le bruit était pire que jamais.

« L'esprit en alerte. Parler moins. Agir plus. »

– Faites attention, dit-il en se frayant un chemin parmi les palmes. Les feuilles sont coupantes et il y a des ép…

Le reste de sa phrase fut emporté par le vent.

Jamais il n'aurait pu imaginer que la situation fut aussi apocalyptique dehors. L'arbre, penché à quarante-cinq degrés, était tout à la fois coupant et glissant. Le tronc entrait quasiment en résonance sous la puissance du vent. Il s'y accrocha néanmoins du mieux qu'il put et commença à se laisser glisser.

La foudre s'abattit sur une cheminée, qui s'écroula. Une pluie de briques s'abîma au pied de la maison. À la faveur d'un bref éclair, James vit JJ prendre position au-dessus de lui.

James hurla quelques encouragements, mais ils furent balayés par le vent. Il devait se concentrer sur sa descente s'il ne voulait pas lui-même être désarçonné. Quand il leva à nouveau les yeux, JJ n'était plus là. Il ne voyait plus que Precious.

James descendit encore un peu avant de se laisser tomber sur le sol. Il trouva JJ recroquevillé derrière un muret. Il avait chuté. Par chance, la pelouse gorgée d'eau avait amorti l'impact, et il paraissait indemne.

Precious, luttant pour reprendre sa respiration, les rejoignit bientôt, sa jolie robe en guenilles. Ils s'accrochèrent les uns aux autres pour ne pas être emportés par le vent, qui projetait une myriade d'objets plus ou moins ragoûtants, dont un qui infligea une vilaine gifle à James.

– Par où ? hurla ce dernier en se collant à l'oreille de JJ.

D'un signe du bras, celui-ci laissa entendre qu'ils allaient devoir traverser un carré de pelouse totalement à découvert.

Une entreprise suicidaire. James en était conscient. Il ferma les yeux. Le bruit était proprement terrifiant. La pluie s'insinuait dans son nez, sa bouche, ses oreilles, lui donnant l'impression qu'il se noyait.

Il referma solidement sa main sur celle de JJ. Precious agrippa l'autre.

– On y va, lança James.

Et ils se levèrent.

7

Contre mauvaise fortune bon cœur

Mi-accroupis, mi-rampants, penchés au-delà du raisonnable pour combattre le vent, ils luttèrent pied à pied contre la tempête pour avancer de quelques centimètres. Precious et James s'accrochèrent à JJ et tentèrent de le traîner avec eux. La pluie qui grêlait leurs visages les aveuglait.

Au fond de lui, James eut la faiblesse de penser que, s'ils pouvaient simplement ignorer la pluie et le vent et se contenter de mettre un pied devant l'autre, alors ils réussiraient à atteindre l'abri, même si, jusqu'ici, il fallait bien l'admettre, ils n'avaient pas parcouru la moindre distance. La rafale suivante eut définitivement raison de son optimisme. Le vent les fit basculer et les poussa sur la pelouse comme de vulgaires fétus de paille. Ils finirent emmêlés dans une courte haie qui résistait vaillamment à tout ce que la tempête pouvait lui envoyer. Ils traversèrent maladroitement le rempart végétal et se tapirent contre le sol, dans la saignée boueuse où s'alignaient les pieds de la charmille, qu'ils longèrent en s'appuyant sur les coudes et les genoux.

Mais la haie s'arrêta bientôt. James essaya de voir où ils se trouvaient. La pluie lui inondait littéralement le visage. Son corps se raidissait de froid, de douleur, de tension. JJ parvint à se glisser à sa hauteur. Le petit bonhomme était le plus amoché des trois. On eût dit qu'il sortait d'une essoreuse.

– Par où ? hurla James.

JJ chercha à s'orienter.

Un éclair illumina un court instant le jardin, mieux qu'en plein jour.

– Là-bas ! s'écria JJ en tendant le bras. La tache noire. Où y a les buissons !

Le massif se trouvait à moins de dix mètres, pourtant il leur sembla qu'il y en avait cent. Ils seraient totalement exposés. James inspecta les alentours à la recherche d'un autre abri potentiel. Il repéra bientôt une treille blanche, autrefois agrémentée d'un massif de rosiers grimpants dont il ne restait plus que quelques tiges brisées. La structure était nichée dans un arrondi de pierre qui semblait juste assez haut pour offrir une bonne protection.

La pergola n'était pas directement sur le chemin, ce qui signifiait qu'ils allaient devoir faire un détour. D'abord couper par la gauche, totalement à découvert tout du long, puis revenir sur la droite, vent dans le dos. Ce qui, somme toute, était toujours plus raisonnable que d'affronter la tempête de face.

James fit signe aux autres d'approcher.

– À la première accalmie, on court, cria-t-il.

En effet, James avait remarqué que, cycliquement, le vent faiblissait, tourbillonnait, puis changeait de direction comme si Zéphyr, jusque-là si déterminé, semblait soudain hésiter quant à la direction à prendre. Ces instants de calme relatif ne duraient que quelques secondes.

James attendit, cherchant désespérément un signe de décrue dans l'assourdissant rugissement de la tempête, tandis que la haie ployait et s'agitait à son côté.

« Maintenant. »

Le bruit s'apaisa. La haie s'immobilisa.

– Go ! cria-t-il en se ruant en avant, entraînant dans son sillage JJ, qu'il tenait fermement par le bras.

Il courut de toutes ses forces, espérant que Precious suivait.

À mi-parcours, le vent se remit à souffler, plus furieusement encore qu'auparavant. Horrifié, James vit alors la treille être littéralement arrachée du sol. La structure de bois fit la culbute avant de rouler dans leur direction en bondissant sur la pelouse. Il plongea, emmenant avec lui JJ, qui se ficha dans la boue avec un bruit sourd. La treille passa juste au-dessus de leurs têtes.

James se retourna. Precious était à côté de lui.

– C'était moins une !

Precious acquiesça d'un hochement de tête.

– Tu crois que tu peux tenir ? poursuivit James.

Une fois encore, elle fit oui de la tête.

Ils se remirent péniblement debout, agrippant chacun JJ par un bras. Mais il perdit ses appuis et fut aussitôt soulevé dans les airs comme un cerf-volant.

– Tiens bon ! hurla James.

Au prix d'un douloureux effort, ils parvinrent à ramener sur le sol le pauvre garçon battu par le vent.

– On va devoir ramper !

Ils s'exécutèrent, avançant douloureusement durant dix longues minutes pendant lesquelles la pluie et la boue ne cessèrent de leur cingler le visage tandis que des dizaines de débris les frôlaient en sifflant – quand ils ne s'écrasaient pas purement et simplement sur eux. Enfin, ils atteignirent ce qui restait de la treille et se recroquevillèrent à l'abri du muret en ruine.

L'étape suivante serait plus aisée car ils auraient le vent dans le dos, ce qui ne les dispensait pas de faire très attention à ne pas être emportés, poussés au-delà de leur point d'arrivée ou heurtés par un débris.

James n'osait pas croiser le regard des enfants. Il ne voulait pas lire la peur et le désespoir dans leurs yeux. Il se contenta donc de prendre JJ par la main, qui lui parut étonnamment petite, frêle et fragile.

– On y va, dit-il en se redressant dos au vent.

C'était presque comme barrer un voilier, ou traverser une rivière avec le courant. Ils volaient plus qu'ils ne marchaient, faisant des pas gigantesques sur la pelouse avant de s'arrêter brutalement en heurtant de plein fouet le massif d'arbustes. Precious finit sa course folle non loin d'eux, avec la même violence.

Ils avaient réussi. Et ils étaient encore entiers.

James emboîta le pas à JJ tandis que celui-ci s'enfonçait à quatre pattes dans les fourrés. Il gratta la terre et mit au jour une petite construction de briques évoquant le sommet d'une cheminée. Une trappe en bois fermait l'entrée. James tira. JJ se faufila à l'intérieur. James attendit que Precious se soit, elle aussi, glissée dans le puits pour les suivre. Il referma soigneusement la trappe derrière lui. Des barreaux de métal étaient scellés au mur. James descendit à l'aveuglette jusqu'à sentir le contact du sol sous ses pieds.

Il faisait nuit noire là-dessous. Et l'atmosphère était étonnamment sèche. Plus aucun bruit ne filtrait.

Quelques secondes plus tard, on entendit craquer une allumette. La lueur d'une lampe à pétrole creva la nuit.

Ils étaient à environ six mètres sous terre, dans une chambre ronde, au plafond voûté et aux murs constitués de lourds blocs de pierre emboîtés les uns dans les autres.

– Où on est ? demanda James.

– Avant l'électricité, on stockait la glace ici, répondit fièrement JJ. On pouvait la garder pendant un an.

– De la glace venant d'où ?

– De la montagne, poursuivit JJ. Ils la prélevaient directement dans les lacs et les étangs gelés.

James le regarda et lui adressa un large sourire.

– Bien joué, Jay Jay. Ils ne nous trouveront jamais ici. En plus, on est à l'abri de la tempête.

– On a même installé de quoi dormir, ajouta fièrement JJ en désignant une pile de vieux matelas, de couvertures et de coussins.

– Parfait, le félicita James.

JJ accueillit le compliment avec un sourire enjoué.

– On a failli mourir, objecta Precious avec véhémence.

– Certes, répondit James. Mais on est toujours vivants. C'est rassurant, non ? Les dieux nous sourient aujourd'hui.

– Eh ben… Qu'est-ce que ce serait s'ils étaient en colère ? demanda Precious en roulant de grands yeux.

– On a eu beaucoup de chance, répliqua James. Qu'est-ce qu'il te faut de plus ?

Precious secoua la tête.

– Bouh ! C'est horrible, mugit-elle en secouant la tête. Regarde ma robe. Elle est complètement fichue. Et je ne l'ai que depuis une semaine. Une Jean Patou. Direct de Paris.

James ne put s'empêcher d'éclater de rire.

– Tu aurais mieux fait de porter un maillot de bain, dit-il en regardant la robe haute couture réduite à un infâme tas de chiffons.

JJ éclata de rire.

Precious les fusilla du regard.

– Pourquoi personne n'a essayé de nous aider ? demanda-t-elle ensuite. Les domestiques ? Pourquoi n'ont-ils rien fait ?

– Que pouvaient-ils faire ? demanda James. Ces gangsters sont armés. En plus, on n'en sait rien, peut-être qu'ils ont effectivement tenté quelque chose. Au fait, que contient le coffre de ton père ?

– Toute sa fortune, répondit Precious. Il n'a jamais fait confiance aux banques mexicaines.

James se gaussa une nouvelle fois. Precious lui fit ravaler son rire d'une gifle sèche et précise.

– Comment oses-tu te moquer ainsi de nous ? demanda-t-elle avant de se figer et de fondre en larmes. Je suis désolée… J'ai si peur… Je ne sais pas ce qui m'arrive.

– Si ça peut te rassurer, j'ai très peur, moi aussi, confessa James en passant une main sur sa joue endolorie.

Ramenant sa main, il y découvrit une large trace rouge. Il regarda la paume de Precious. Elle était couverte de sang.

– Ça va ? demanda-t-il en levant le menton vers la blessure.

Precious n'avait même pas remarqué la coupure. Quand elle réalisa qu'elle était blessée, elle laissa échapper un sanglot étouffé et pâlit. James lui-même était couvert d'entailles et de petites coupures, probablement récoltées lors de la descente du palmier. Il était écorché sur tout le torse et se sentait vraiment meurtri.

– Je crois que je suis touché aussi, murmura calmement JJ d'une toute petite voix.

Effectivement, le jeune garçon avait une vilaine entaille à la cuisse.

– Y a-t-il quelque chose ici qu'on pourrait utiliser pour nettoyer la plaie ? demanda James.

– Comme quoi ? répondit Precious.

– Je ne sais pas. Un antiseptique, de l'alcool, de l'eau claire…

– Non, il n'y a rien, répondit JJ en secouant tristement la tête.

– Ce n'est pas grave, dit James. La pluie a sans doute nettoyé la blessure. Dès que la tempête sera passée, on va t'arranger ça. D'ici là, il faut au moins te faire un bandage, pour qu'aucune saleté ne vienne infecter la plaie. Precious, déchire un bout de ta robe.

– Vous divaguez, très cher !

– Tu l'as dit toi-même. Elle est fichue. Mince, c'est quand même ton frère !

– Tournez-vous.

– Oh, je t'en prie, ne sois pas stupide, dit James en se portant à sa hauteur.

Puis il releva le bas de sa robe et déchira sèchement une longue bande de tissu dans l'ourlet effrangé.

Precious ne pipa mot, mais James eut le sentiment qu'il ne devait qu'à l'identité du blessé qu'elle ne le frappe à nouveau.

Il réalisa un rapide bandage autour de la cuisse de JJ. Precious déchira un autre bout de tissu qu'elle enroula autour de sa main.

Silencieusement assis au milieu des coussins, adossé au mur, JJ donnait l'impression d'une pauvre petite chose sans défense. Il était terrifié et commençait à montrer les contrecoups du choc qu'il avait subi. James se sentit pris de pitié, sachant à quel point il devait se sentir désemparé. Il posa sur lui une couverture. Le jeune garçon lui répondit par un regard pathétiquement reconnaissant.

Il faisait froid dans la chambre souterraine. Une faible chaleur émanait toutefois de la lampe à pétrole autour de laquelle ils se pelotonnèrent, perdus dans leurs pensées. Le fracas de la tempête qui faisait rage au-dehors, assourdi par plusieurs mètres de terre, ne semblait plus qu'un inoffensif ronflement.

James sombra finalement dans un sommeil agité et fiévreux. Quand, plus tard, il s'éveilla, il toussait atrocement et son corps endolori n'était plus qu'un tas de chairs dolentes. Il se mit debout et se força à faire quelques pas pour ranimer un tant soit peu ses muscles et ses articulations. Il mit quelques minutes à réaliser qu'il n'entendait plus aucun bruit provenant de l'extérieur.

Un faible halo de lumière tombait du puits. Il boitilla jusqu'à la lumière et leva les yeux. Du soleil.

Il grimpa les barreaux et ouvrit prudemment la trappe. Un soleil éclatant brillait dehors, doux et chaud.

Il prit pied dans le jardin.

La tempête était passée. Il n'avait jamais été aussi heureux de voir du ciel bleu. Il se fraya un chemin à travers les décombres des arbustes et avança sur la pelouse en titubant.

Il se tourna vers le soleil et s'abandonna un instant à sa chaleur vibrante, emplissant ses poumons d'air frais.

Comme c'était bon d'être en vie !

Puis il retourna au puits et appela les autres, qui ne tardèrent pas à émerger à la lumière du jour en clignant des yeux. Precious esquissa un sourire, qui s'effaça de son visage dès qu'elle eut posé les yeux sur les ravages causés par la tempête.

Il n'y avait plus un arbre debout. Le jardin ressemblait à un champ de bataille, et la maison était en partie détruite.

À l'intérieur, c'était pire. L'eau et les débris s'étaient insinués partout. Une fétide odeur de mouillé viciait l'air.

Hormis les trois grenouilles et le lézard qui folâtraient dans la mare de l'entrée, aucun signe de vie. Le personnel semblait avoir déserté l'endroit, tout comme les cinq cambrioleurs, partis en laissant un trou béant dans le mur du bureau, à la place du coffre.

Precious s'assit sur les marches et pleura à chaudes larmes.

– Qu'est-ce qu'on va devenir ?

– Je ne sais pas, répondit James. Mais ce qui est sûr, c'est qu'on ne va pas rester assis là à se lamenter sur notre sort. On va descendre en ville. On trouvera bien quelqu'un pour nous aider.

– Papa va venir nous chercher ? demanda JJ.

– S'il trouve un endroit où se poser, répliqua James. Et encore, s'il n'a pas été pris par la tempête.

– Si ceci et si cela…, dit Precious d'un ton courroucé. Vous ne savez donc rien.

James soupira, mais se garda de répondre, préférant tourner les talons et retourner au soleil.

Ses deux compères d'infortune le rejoignirent bientôt. Precious affichait une mine maussade et grincheuse, JJ avait l'air anxieux.

– C'est quoi ça ? Sur la pelouse ? demanda JJ en tendant le bras.

– Finalement, peut-être que les domestiques n'ont pas tous filé, répondit James.

– Que voulez-vous dire ? demanda Precious.

– Je crois que c'est Alonzo.

Ils approchèrent, confirmant ainsi la première impression de James. Il s'agissait bien du vieux domestique, allongé sur le gazon, à moitié enfoui sous un tas de feuilles et de branches.

De deux choses l'une, soit il avait succombé au coup qu'il avait reçu à la tête, soit il était mort noyé. James n'eut pas le courage de vérifier. Grâce à Dieu, le visage du vieil homme leur était caché.

JJ fixait le corps inerte avec un mélange de fascination et d'horreur. Il n'avait jamais vu de cadavre auparavant.

Ce ne fut pas le seul corps sans vie qu'ils croisèrent ce matin-là.

Sur le chemin du bourg, ils passèrent devant plusieurs habitations écroulées où des familles en pleurs fouillaient désespérément les gravats. On se serait cru dans un pays en guerre. Tout n'était plus que ruines et décombres. Des gens hébétés erraient sans but dans les rues. Ici et là gisaient les vestiges de ce qui aurait pu être : des drapeaux, des banderoles, des épaves de chars.

Le centre-ville, noyé sous trente centimètres d'eau, était totalement dévasté. Submergés, les égouts avaient débordé.

La mer était entrée dans les terres, emmenant des épaves de bateaux avec elle. C'était comme si quelqu'un avait pris la ville et l'avait secouée.

Pour ne rien arranger, des incendies, que des habitants désorganisés tentaient maladroitement de circonscrire, s'étaient déclarés un peu partout.

Ils marchèrent un long moment au hasard des rues inondées.

– Nous devons trouver un moyen d'entrer en contact avec votre père, déclara finalement James. Peut-être que si on trouvait une radio ?

– On pourrait essayer au commissariat de police, suggéra Precious.

– Bonne idée, acquiesça James.

Leurs espoirs de trouver une aide quelconque au commissariat furent balayés par l'image surréaliste qui les attendait devant le poste de police : un gros bateau encastré dans la façade du bâtiment réduit à un tas de gravats.

Un groupe de policiers commentaient le sinistre avec force éclats de voix et gesticulations.

James réalisa bientôt que le bateau n'était autre que celui sur lequel il avait navigué depuis Tampico. D'ailleurs, le capitaine, Garcia, se trouvait non loin de là, discutant calmement avec l'un des enquêteurs en civil qui avait arrêté le pickpocket.

James, les deux autres sur ses talons, se hâtèrent d'aller le trouver.

– Garcia, l'interpella James. C'est quoi, ça ?

– Pff! Grand malheur, répondit le marin en levant tristement le menton vers son bateau.

– Partout, grand malheur, ajouta le policier en toisant les enfants de la tête aux pieds.

– Nous avons besoin d'aide, déclara Precious.

Le policier éclata de rire.

– Prenez un ticket et faites la queue. Tout le monde à Tres Hermanas a besoin d'aide. En quoi êtes-vous si extraordinaires ?

– Je suis Precious Stone, mon père est…

– Rentre chez toi, coupa le policier d'une voix blanche.

– Ce n'est pas aussi simple que ça, objecta James.

– Oh, que si ! répondit le policier. Parce que, pour le moment, je ne peux rien faire pour vous. Peut-être que d'ici à quelques semaines, quelques mois, ou quelques années, les choses seront rentrées dans l'ordre, revenez à ce moment-là !

– Je vous en prie, implora Precious.

Le policier fit volte-face et la fusilla du regard.

– Du vent ! grogna-t-il. J'ai d'autres soucis, croyez-moi ! Tous les prisonniers ont filé !

À ces mots, il s'éloigna en fulminant.

James se tourna vers Garcia, qui haussa les épaules d'un air fataliste.

– Je ne sais pas quoi faire, dit-il. Mon bateau, c'était toute ma vie. Mon seul revenu… Et, maintenant, t'as vu dans quel état il est ?

– Je suis désolé, répondit James.

Pourtant, en dépit du désastre, il se sentit pris d'une folle envie de rire face au spectacle grotesque de ce bateau planté dans le commissariat. Il mit la main devant sa bouche, mais ne put réfréner un rire. Il croisa le regard de Garcia d'un air penaud. À sa grande surprise, il souriait aussi.

– Il est ridicule, hein ? dit-il avec malice.

La seconde suivante, ils étaient pris d'un irrésistible fou rire.

Precious fit la grimace.

– Je suis heureuse de voir que vous avez trouvé un motif d'amusement, dit-elle d'un ton cassant, ce qui, après un court silence, eut pour seul effet de faire rire encore davantage James et Garcia.

– Parfois, dit Garcia quand il eut enfin repris ses esprits, il faut savoir s'amuser des tours que Dieu nous joue et faire contre mauvaise fortune bon cœur !

James fit les présentations, puis raconta à Garcia tout ce qui s'était déroulé pendant la nuit.

– Vous voyez dans quelle misère nous nous trouvons, déclara Precious quand James eut achevé son récit. N'y a-t-il donc personne qui puisse faire quelque chose pour nous ?

– Toutes les lignes sont coupées, expliqua Garcia. Il n'y a plus de courant nulle part. Aucun moyen de communication avec le monde extérieur. Et c'est probablement comme ça sur toute la côte. Je vais essayer de voir si je ne peux pas récupérer la radio du bord. Si elle marche encore, elle pourrait se révéler utile. Elle marche sur batteries. En attendant, si j'étais vous, j'essaierais d'aller dans les terres.

– Nous ne pouvons pas quitter la ville, objecta Precious. Que se passerait-il si père venait nous chercher ?

– Et comment viendrait-il ? fit remarquer Garcia. Les routes sont coupées, les bateaux ont coulé, les ports sont en ruines et il y a de l'eau partout. Il n'y a pas un endroit où il pourrait poser son avion.

– Nous ne partirons pas, affirma Precious.

– Pourtant il le faut, répondit Garcia. Il n'y a pas d'électricité, pas de nourriture, pas d'eau potable. Les égouts ont tous explosé. Bientôt, il y aura des épidémies. Le garçon saigne. Il faut l'emmener chez le médecin. Et ici personne ne pourra vous aider. Vous trouverez un dispensaire à la mission de Puente Nuevo, de l'autre côté de la rivière. Là-bas, ils s'occuperont bien de vous et du petit. Débrouillez-vous comme vous pouvez, mais allez-y, tant qu'il est encore temps. La route pour s'y rendre est encore praticable, mais ça risque de ne pas durer. Si la rivière sort de son lit, même cette voie-là sera fermée. Je vais essayer de récupérer ma radio, si j'y parviens, je contacterai votre père, il a forcément une radio à bord, je lui dirai que vous êtes partis vous mettre en sécurité. Mais, d'ici là, je vous en prie, partez.

– Merci de vous souciez de nous, mais c'est non, répondit Precious, boudeuse.

James lui jeta un regard interrogateur.

– Au fait, est-ce que ton père a une voiture ?

– Pas une, trois, répondit Precious. Mais je ne vois vraiment pas en quoi ça peut nous aider.

8

La Doozy

Les portes du garage ne tenaient plus que par leurs charnières et pendaient pitoyablement dans l'encadrement. James tira sur les battants et les ouvrit. Le toit avait été soufflé, le sol était jonché de feuilles mortes, flottant dans de grandes flaques d'eau. Pourtant, miraculeusement, les trois voitures avaient été en grande partie épargnées.

À la place d'honneur trônait une imposante Duesenberg Model J, gris argenté. Une puissance diabolique se dégageait de ses longues lignes pures et ramassées. Derrière l'étincelante grille du radiateur, flanquée de deux énormes phares ronds, s'étendait un interminable capot carré, sur lequel James, admiratif, promena lentement sa main.

– Elle te plaît ? demanda fièrement JJ.

– Elle est magnifique.

– C'est une Doozy.

– Je sais, confia James. Je l'ai vue en photo dans des magazines, mais c'est la première fois que j'en vois une en vrai.

Quatre tubes d'échappement cannelés sortaient des flancs du capot, juste devant la roue de secours, montée latéralement, avant de disparaître sous le gros marchepied qui soulignait le bas de caisse, dans la continuité de l'aile avant.

James laissa échapper un sifflement admiratif. C'était le

tout dernier modèle. Une SJ, avec moteur suralimenté par un compresseur qui faisait passer la puissance maxi à 320 chevaux, et la vitesse de pointe à un décoiffant 215 km/h. Seuls de rares exemplaires de ces véhicules d'exception, construits au compte-gouttes, étaient en circulation, faisant le bonheur de quelques vedettes de cinéma, de riches aristocrates et des plus grands magnats de la pègre.

La capote avait souffert de la tempête, aussi James la replia-t-il.

– Dites-moi juste ce que vous comptez faire ? demanda Precious. La conduire vous-même ?

– Tu vois que tu comprends vite, quand tu veux.

– Oh non ! se récria Precious. Non, non, non. Père ne permettrait jamais une chose pareille.

– Et moi, je pense que vous comptez plus à ses yeux que sa satanée voiture, rétorqua James. Même si, personnellement, je choisirais plus volontiers la voiture.

JJ fit une moue froissée.

– Mais non, le rassura James avec un sourire rassurant. Je plaisantais.

Le visage de JJ s'illumina.

– Tu sais conduire ? demanda-t-il, les yeux brillants.

– Mmh, mmh, acquiesça James.

– Mais vous n'avez pas l'âge, protesta Precious. Jamais je ne vous laisserai prendre le volant.

– Très bien. Dans ce cas, nous moisirons ici.

Precious plissa les paupières et étudia un instant la situation. Ses yeux se posèrent sur JJ. Il était atrocement pâle et son pantalon était taché de sang. Après réflexion, elle acquiesça d'un signe de tête.

– Parfait, s'exclama James. Rassemblez tout ce dont vous pourriez avoir besoin pendant le voyage.

James retourna à sa chambre dévastée et récupéra la valise qu'il n'avait pas eu l'occasion de défaire la nuit précédente. Elle était pleine d'eau, et tout ce qui s'y trouvait également. Il n'en avait pas moins un besoin urgent de se changer. Les vêtements qu'il avait sur le dos étaient sales et déchirés. Il fouilla la maison jusqu'à dénicher les chambres de service, au dernier étage. Dans l'une d'elles, il découvrit un placard qui avait miraculeusement échappé au carnage. Les vêtements qui s'y trouvaient étaient parfaitement secs. Il enfila donc une ample chemisette et un pantalon de coton bien large. Il étudia son reflet dans la glace. Sa peau avait bruni depuis qu'il était ici. Cet accoutrement aidant, il aurait pu aisément passer pour un Mexicain.

Il ramassa quelques couvertures, prit un manteau, puis descendit à l'office afin de collecter tout ce qui serait encore comestible. Par bonheur, il y trouva également deux jerricans d'eau claire.

Il était en train de charger la Duesenberg quand les deux jeunes Stone arrivèrent, tenant chacun une pesante valise. Precious avait mis une nouvelle robe, tout aussi extravagante que la première, et emporté tous ses plus beaux vêtements. JJ avait pris tous ses jouets.

James était trop fatigué pour discuter. Le coffre, et l'un des minuscules sièges arrière, étant déjà occupés par le bagage qu'il y avait mis, il attrapa une corde et attacha les valises des enfants sur le marchepied.

Après quoi ils s'installèrent à bord. Precious sur le siège passager, à côté de James, JJ à l'arrière, à côté du paquetage.

James passa un moment à se familiariser avec les commandes, puis il sortit prudemment du garage. Cinq minutes plus tard, ils dévalaient la colline en direction de la grande plaine à laquelle était adossé Tres Hermanas.

La voiture était un monstre, d'une puissance à faire peur.

James devait se démener pour en garder le contrôle. Un seul coup de pédale intempestif et l'incroyable moteur, qui s'allongeait à perte de vue au-delà du pare-brise, la transformait en taureau sauvage.

Au bas de la colline, la route était barrée par un groupe d'hommes aux visages masqués par des foulards. Durant un instant, James craignit qu'il ne s'agisse de bandits. Pourtant il s'avéra bien vite que ces hommes ne faisaient que nettoyer un égout, au bord de la route ; les foulards n'étaient destinés qu'à les protéger des odeurs pestilentielles qui s'élevaient du conduit.

James ralentit lentement et s'arrêta.

Les charognes boursouflées de plusieurs chiens et chèvres gisaient dans la boue. Un peu plus loin, sous des draps tachés, les corps de trois hommes.

L'équipe dégageait un nouveau cadavre. Quand ils le sortirent du fossé, James réalisa avec horreur qu'il le connaissait.

C'était Angel Corona. Il avait dû s'échapper de la prison ouverte par le bateau de Garcia avant que sa cavale ne trouve une issue tragique, dans un vulgaire égout, transformé en piège mortel par la tempête.

James sortit de la voiture et s'approcha.

Les hommes allongèrent la dépouille d'Angel sur le sol. Il avait l'air endormi. Son corps ne portait aucune trace de blessure. Une fois encore, James fut frappé de voir à quel point tous deux se ressemblaient. L'émoi n'en fut que plus fort. Cela aurait facilement pu être lui qu'on ait repêché comme ça. La Faucheuse était passée sur Tres Hermanas hier soir et sa lame avait frappé sans discernement.

Le dernier corps étant remonté, les hommes dégagèrent la route. James remonta en voiture.

– Partons d'ici, déclara Precious en protégeant son nez et sa bouche du plat de la main.

James engagea la première et démarra, se languissant déjà de trouver une route dégagée pour lâcher la bride aux chevaux-vapeur qu'il sentait vibrer sous ses pieds. Il déchanta bien vite, comprenant que « trafic fluide » n'était pas le terme adéquat pour décrire la journée. En effet, la route principale, la seule digne de ce nom, qu'ils ne tardèrent pas à atteindre, était entièrement bloquée.

Un flot silencieux d'humanité dépenaillée suintait de Tres Hermanas. Hommes, femmes, enfants, vieillards, entassés dans des camions et des carrioles, juchés sur des ânes ou des chevaux ou tout simplement à pied, un baluchon sur l'épaule ou poussant des charrettes chargées de vêtements, d'objets de valeur, de volailles, de bébés, avançaient tristement, au pas. De rares voitures se mêlaient à ce pathétique exode, leurs conducteurs faisant un usage immodéré du Klaxon. Un vieux bus plein jusqu'à la gueule – et même au-delà puisqu'une foule triste se pressait également sur le toit – cahotait dans l'embouteillage, laissant régulièrement échapper un nuage de fumée noire.

La route, en léger faux plat, s'étirait au milieu des champs inondés, en direction des montagnes de la Sierra Madre, qui s'élevaient dans le lointain. Les ravages de la tempête semblaient s'étendre à l'infini. Le vent et la pluie avaient balayé la campagne, emportant les récoltes, abattant les arbres et noyant les champs. Des vaches mortes, la panse gonflée sous l'effet de la chaleur, flottaient un peu partout.

Sous un soleil de plomb qui, en l'absence de capote, s'abattait impitoyablement sur leurs têtes, James prit sa place dans la lente procession, contraint de caler son rythme sur celui de la colonne, c'est-à-dire s'arrêtant sans cesse puis redémarrant. Il éteignait régulièrement le moteur pour éviter que celui-ci ne chauffe. Au milieu de l'après-midi, ils n'avaient parcouru que quelques kilomètres. Ils avaient chaud, ils étaient de mauvaise humeur et démoralisés. De toute la journée, Precious n'avait cessé de se plaindre. Elle avait d'abord pesté contre l'idée même de quitter Tres Hermanas, puis contre la manière de conduire de James, contre les autres personnes sur la route, contre sa coupure à la main qui la lançait, contre JJ lorsque celui-ci s'était plaint que sa jambe le faisait souffrir et, enfin, contre ses domestiques.

– C'est eux, j'en suis sûr, accusa-t-elle d'un ton fielleux. Ils ont dû tout planifier avec cette femme. Je parie qu'ils projetaient de nous voler depuis le début. Pff, on ne peut pas faire confiance aux Mexicains. Jusqu'au policier, là ! Il se souciait comme d'une guigne qu'on ait des ennuis. Ils nous détestent. Ils nous détestent parce que nous sommes américains, parce que nous sommes riches…

Au début, James tenta de se montrer magnanime et compréhensif. Elle était éreintée, choquée, son père lui manquait ; et puis, il fallait bien reconnaître qu'elle avait fait preuve de courage durant la tempête. Pourtant, ses jérémiades eurent bientôt raison de sa patience. Il avait beau tenter de faire abstraction de ce qu'elle disait, sa voix bourdonnait dans sa tête avec l'insistance d'une mouche coincée dans un bocal.

Au coucher du soleil, alors que la lumière déclinait dans les terres, ils aperçurent enfin, au loin, la ville de Puente Nuevo. Le problème c'est qu'ils n'avançaient plus d'un pouce. Plus personne ne bougeait et l'embouteillage semblait encore plus dense que pendant les heures précédentes.

De guerre lasse, James gara la voiture sur le bas-côté, près d'une aire relativement sèche où passer la nuit.

Le temps était clair et coupant, la voûte du ciel nocturne constellée de milliers d'étoiles scintillantes, le halo blanchâtre d'une lune pleine transformait les eaux stagnantes en flaques argentées. James s'émerveilla des infinis pouvoirs de la nature, qui, de l'affreuse tempête qui s'était déchaînée la veille, faisait la magie de ce paysage.

Puis, assis par terre, il se perdit dans la contemplation de l'interminable procession qui défilait en silence sur la route.

Quand la nuit se fit plus fraîche, ils se blottirent sous les couvertures que James avait récupérées dans la villa et ils essayèrent de dormir.

À l'aube, l'essentiel des réfugiés de Tres Hermanas était passé. Il restait quelques traînards, mais la route était dégagée.

– Ça devrait mieux rouler aujourd'hui, dit James quand Precious eut ouvert un œil.

– Il faut l'espérer, dit-elle en se regardant dans le miroir de poche qu'elle avait emporté avec elle.

Et, visiblement, elle n'était guère satisfaite de ce qu'elle y découvrait.

– Mon Dieu ! De quoi j'ai l'air, geignit-elle, furieuse dans la brume matinale. Mes cheveux ne ressemblent à rien et j'ai un coup de soleil sur le visage. De mieux en mieux !

James l'ignora, préférant se concentrer sur la préparation d'un petit déjeuner à base de pain rassis et de fromage. Ils burent une ration de leur précieuse eau, puis, dans la fraîcheur de la brise matinale, James fit filer la Duesenberg vers Puente Nuevo.

Ils dépassèrent quelques véhicules en panne : un vieux camion à l'ombre duquel s'entassaient patiemment une vingtaine de Mexicains dans l'attente que le chauffeur ait réparé le moteur, ainsi qu'une Ford poussiéreuse avec une roue à plat. Plus loin, ils croisèrent un groupe de nonnes se dirigeant dans la direction opposée à dos d'ânes. James supposa qu'elles allaient porter secours aux sinistrés de Tres Hermanas.

Quand ils furent à leur hauteur, les nonnes s'écrièrent

toutes en même temps d'une voix anxieuse et haut perchée en se tournant sur leurs bêtes, le bras tendu vers Puente Nuevo.

– Qu'est-ce qu'elles disent ? demanda Precious.

– Je l'ignore, répondit James. Mon espagnol laisse à désirer.

– Quelque chose à propos d'une rivière, affirma JJ.

Quelques kilomètres plus loin, sur le bas-côté de la route, James avisa un autre camion en panne. Il regarda négligemment le véhicule grossir dans son pare-brise, et son sang se glaça lorsqu'il réalisa que la forme carrée qu'il voyait à l'arrière n'était autre qu'un coffre-fort. Il plissa les paupières pour lutter contre les rayons du soleil et concentra son attention sur les trois hommes à côté du poids lourd.

Aucun doute possible. C'était bien le gang qui avait cambriolé les Stone, la nuit dernière.

– Baissez-vous ! Sous les couvertures ! ordonna James.

– Et pourquoi donc ?

– Parce qu'il y a des gens là devant que vous ne voulez certainement pas recroiser si vite. Alors faites ce que je vous dis ! La voiture est assez voyante comme ça. Ils ne vont pas manquer de la regarder passer.

Precious et JJ firent ce qu'il leur demandait. Dès qu'ils eurent passé les dernières nonnes qui lambinaient en queue de peloton, James appuya sur l'accélérateur et passa un rapport.

Le moteur émit un long feulement sourd et James se retrouva collé au siège tandis que la Doozy se ruait à l'assaut de l'asphalte. Le temps d'arriver à leur hauteur, la voiture avait atteint une vitesse plus que respectable et le visage des trois hommes se perdit dans le flou. James garda le pied au plancher, serrant le volant d'une main de fer afin de maintenir la trajectoire de la voiture qui sautait et bringuebalait entre les nids-de-poule et les ornières. Durant quelques instants, la montée d'adrénaline provoquée par cette vive accélération lui fit oublier jusqu'au dernier de ses soucis. Il aurait voulu se noyer dans son excitation, pousser un cri de guerre dément, et continuer d'appuyer sur l'accélérateur, jusqu'à s'y perdre. Il n'en eut pas le loisir puisque l'instant suivant, ils arrivaient en vue de Puente Nuevo, un agrégat de constructions densément enchevêtrées sur les deux rives d'une large rivière.

La ville regorgeait de réfugiés. Roulant au pas, James se fraya prudemment un chemin dans les étroites ruelles qui sillonnaient la vieille ville, craignant à chaque instant de renverser quelqu'un.

Les généreuses mensurations de la Duesenberg étaient particulièrement inadaptées à la topographie de Puente Nuevo, dont le tracé des rues remontait à une époque largement antérieure à l'invention de l'automobile. Tentant de passer un vieux portique voûté, aux pierres usées par les ans, James raya un côté de la carrosserie.

– Faites un peu attention, bougre d'idiot, râla Precious en trépignant sur son siège.

– Tu veux conduire ? coupa James.

Precious ne donna aucune suite à cette pique et ils poursuivirent leur route dans un silence pesant, jusqu'à ce qu'un embouteillage ne les contraigne à s'arrêter. Un bus et plusieurs voitures bloquaient la route. Impossible de faire demi-tour. Les immeubles de part et d'autre de la rue faisaient rempart contre les rayons du soleil. Une épaisse noirceur baignait la rue.

– Vous n'aviez pas dit que ça roulerait mieux aujourd'hui ? ronchonna Precious.

– Je me trompais, répondit James.

– Vous arrive-t-il de ne pas vous tromper ?

– À croire que non.

– Nous nous en sortirions mieux tout seuls. Vous ne faites qu'aggraver les choses en nous trimballant ainsi d'un bout à l'autre du pays.

James éteignit le moteur.

– Si c'est que ça… Ça peut facilement s'arranger, dit-il en sortant de la voiture et en claquant la portière.

– Nous laisse pas, supplia JJ.

– Laisse, répondit Precious. Il fait semblant. C'est du bluff.

– Vraiment ?

JJ se mit à sangloter.

– Oh, arrête de faire le bébé, dit Precious. Si ce malotru d'Anglais veut nous abandonner, et bien qu'il le fasse. De toute façon, j'en ai assez de le voir.

– Moi, je l'aime bien, répondit JJ. Il nous a sauvés.

– Je t'interdis de dire que tu l'aimes bien. Tu es mon frère, tu feras comme je dis.

– Écoute-moi bien, dit James en se penchant à la vitre et en plantant ses yeux dans ceux de Precious. Je vais aller voir pourquoi la route est bloquée. Tu as le choix, soit tu m'attends là, soit tu pars. Personnellement, je m'en contrefiche. C'est à toi de choisir. Si tu veux partir et chercher quelqu'un d'autre pour vous aider, pas de problème. Mais une chose est sûre. Si tu es toujours là quand je reviens, il va falloir me supporter, moi et mes façons de faire. Compris ? Ce qui sous-entend arrêter de geindre à tout bout de champ et faire ce qu'on te dit.

– Eh bien ! s'exclama Precious. On dirait que vous vous montrez enfin sous votre vrai visage, James Bond. Partez. Puisque telle est votre volonté. Mais je peux d'ores et déjà vous dire que nous ne serons plus là lorsque vous reviendrez.

– À votre guise, lâcha James en tournant les talons.

Et il se glissa contre le flanc du bus.

La rue donnait sur une petite place très animée, au bout de laquelle se trouvait un pont bloqué par un embouteillage. James réalisa alors qu'il s'agissait de la seule voie pour traverser la rivière, ce qui expliquait pourquoi le trafic s'était soudain arrêté à l'approche du centre-ville.

Garcia avait dit qu'ils trouveraient des infirmières à la mission, sur la rive opposée. De toute évidence, il allait falloir s'armer de patience pour y parvenir. Il se demanda s'il n'y avait pas un endroit où acheter de quoi manger pendant qu'ils attendaient, mais il ne vit aucun magasin ni aucun stand.

Un groupe de villageois surexcités s'activaient sur la berge. En approchant, il remarqua que certains portaient des sacs de sable, d'autres des pierres ou des gros gravats. Il hâta le pas pour voir de quoi il retournait. Et il eut un choc.

Le niveau de la rivière était dangereusement élevé. Les villageois essayaient désespérément de surélever un remblai.

Il observa à nouveau le pont. Les gens qui le traversaient semblaient nerveux, et ceux qui s'apprêtaient à le faire, encore davantage.

Si la rivière sortait de son lit, ce serait le chaos.

Un mince filet d'eau s'épanchait déjà à travers les moellons de blocage, au sommet du quai. Quatre hommes armés de pelles et d'une brouette de sable se précipitèrent pour colmater la brèche.

C'était sans espoir. À peine avaient-ils calfaté la première fissure qu'une autre s'ouvrait à quelques mètres de là. Bientôt, trois ou quatre petites rigoles se déversèrent sur la place.

Enfant, James avait passé de longues heures sur la plage, à construire des barrages contre le courant. Une grande part du plaisir consistait à regarder l'ouvrage céder sous la pression de l'eau. Et il avait encore à l'esprit la rapidité avec laquelle une insignifiante rigole passant au-dessus d'un rempart se transformait en torrent furieux emportant tout sur son passage.

Il fit demi-tour et retourna à la Duesenberg au pas de course. Zigzaguant dans la file de voitures, il aperçut bientôt Precious et JJ, qui l'attendaient.

– Je voulais partir, mais Jay Jay a insisté pour qu'on reste.

– Nous ne sommes pas hors de danger, répondit James en bondissant par-dessus la portière pour prendre le volant.

– Que voulez-vous dire ? demanda Precious.

– Il faut qu'on parte d'ici en vitesse, répondit James en enclenchant la marche arrière. (Par chance, personne n'était encore garé derrière eux.) La rivière est sur le point de déborder ! C'est sûrement ce que voulaient nous dire les nonnes.

Il se tourna sur son siège et recula prudemment.

– Ouah, regarde, s'exclama JJ.

James tourna la tête. L'eau commençait à couler dans la rue. Une jeune fille et une femme portant un bébé les dépassèrent en criant.

– Bon sang, elle arrive plus vite que je craignais, s'écria James.

Il appuya sur l'accélérateur et recula à toute allure, cognant et rayant les deux côtés de la voiture dans la manœuvre. Precious lui cria de faire attention, mais, l'instant suivant, un grondement énorme et un bruit de bousculade changèrent ses remontrances en cri de terreur.

James se risqua à tourner la tête.

Un mur d'eau déferlait dans la rue, emportant tout sur son passage.

Il allait falloir le prendre de vitesse.

9

La résurrection d'Angel Corona

Gonflé par les abondantes pluies récemment tombées sur le bassin, le débit de la rivière était deux fois plus important qu'à la normale. Dans la campagne, il y avait des déversoirs dans lesquels le trop-plein s'épanchait en douceur, mais ici, dans le goulet de pierre de Puente Nuevo, l'énergie du cours d'eau était décuplée et potentiellement dévastatrice.

Maintenant, toute cette puissance se ruait hors de sa prison, tel un génie jaillissant de sa lampe. L'eau s'élançait dans les ruelles, cherchant désespérément une porte de sortie, et malheur à ce qui osait se dresser face à elle.

Pas un seul endroit où faire demi-tour. James n'avait d'autre choix que de continuer en marche arrière, dans la longue plainte aiguë montant du moteur de la Duesenberg.

Jusqu'ici, il avait réussi à garder un peu d'avance sur le raz-de-marée enragé. Hélas, une voiture atteint rapidement sa vitesse de pointe en marche arrière et l'eau gagnait du terrain.

– Plus vite, hurla Precious.

– Je ne peux pas, protesta James, voyant se dessiner l'arche qu'ils avaient accrochée un peu plus tôt.

Il étouffa un juron. Passer cette chicane était déjà une

gageure en marche avant, alors, en reculant à fond, il ne fallait tout simplement pas y penser.

Comme il le redoutait, la voiture se présenta sous un mauvais angle et s'encastra brutalement dans la tenaille de pierre, projetant les enfants sur le dossier de leur siège.

Ils étaient coincés dans le portique, ne pouvant plus ni avancer ni reculer. Ils avaient perdu la course. Avant qu'ils aient eu le temps de recouvrer leurs esprits, le torrent s'abattit sur la calandre et bouillonna sur le capot.

Son écoulement une fois de plus contrarié, l'eau se mit à monter, passant bientôt par-dessus les portières.

– Il ne faut pas rester là, hurla James. Sortez !

– Mes affaires, gémit Precious.

– Tu préfères la noyade ?

La débandade fut aussi frénétique que désordonnée, mais tous trois parvinrent à s'extraire de la voiture qui agissait comme un bouchon géant dans le goulet de pierre. Pour peu hermétique qu'elle fût, cette bonde improbable retenait l'essentiel de l'eau.

James, Precious et JJ descendirent la rue au pas de course, pataugeant dans vingt centimètres d'eau sale. Le garçon boitait horriblement.

– La voiture devrait ralentir le flot un moment, dit James. C'est peut-être notre chance.

Il n'avait pas terminé sa phrase qu'un sinistre craquement retentit dans leur sillage. De gros blocs de pierre s'étaient détachés de l'arche, qui s'effondrait dans la rue. James attrapa la main de JJ et se mit à courir.

Quelques secondes plus tard, le reste de la voûte se disloqua. Pathétique gondole de tôle et d'acier, la Duesenberg, propulsée par la formidable puissance de l'eau, fondit sur eux à toute allure.

Precious poussa un cri de terreur.

James essaya d'accélérer, mais ses efforts se perdirent dans l'eau qui lui arrivait aux genoux. Il fallait se rendre à l'évidence, jamais ils ne réussiraient à atteindre la perpendiculaire suivante. Il chercha désespérément du regard une fenêtre ou une porte ouvertes. Las, les maisons étaient encore toutes en habit de tempête, entièrement barricadées, portes et fenêtres occultées. C'est alors qu'à moins de cinq mètres devant eux, il remarqua un escalier menant à un toit-terrasse.

– Si on y arrive, c'est bon, cria James.

Il prit JJ dans ses bras. Precious les dépassa, avançant étonnamment vite dans sa robe du soir.

Derrière eux, le bruit était assourdissant. Le grondement de l'eau et les grincements de la voiture, qui cognait et raclait d'un côté à l'autre de la rue, se rapprochaient dangereusement.

– Accroche-toi, dit James d'une voix hachée tandis que JJ s'agrippait à lui avec l'énergie du désespoir.

James sentit ses jambes se dérober sous lui. Il pria pour avoir la force d'atteindre les marches.

Precious prit pied sur les marches et se précipita vers le toit. James était sur ses talons, malheureusement, la voiture également, qui heurta les jambes de James, lui faisant définitivement perdre l'équilibre. Un deuxième choc, probablement dû à un débris, lui fit lâcher le blessé.

James fut projeté en avant, au bas des marches, aspergé d'eau comme si une grosse vague l'avait jeté sur la grève. Toussant et crachant, il se remit péniblement debout et se traîna vers le toit.

– Où est Jay Jay ? s'étrangla-t-il, écœuré d'avoir perdu le garçon si près du but. Tu le vois ?

Trop pétrifiée pour parler, Precious pointa la rue du doigt.

Emporté par le flot impétueux, JJ se raccrochait éperdument au capot de la voiture.

– Il faut l'aider ! hurla sa sœur.

James jeta un rapide regard circulaire aux toits-terrasses. Sa position lui offrait un bon point de vue sur la ville, lui permettant de constater que l'eau envahissait toutes les rues de la rive sur laquelle ils se trouvaient. Il estima instantanément la direction que la voiture allait prendre et imagina un itinéraire pour la suivre par les toits.

– Qu'est-ce qu'on peut faire ? cria Precious.

Pour toute réponse, James traversa le toit en courant et sauta sur le bâtiment voisin, et de continuer sur le suivant, calquant sa progression sur celle de JJ. Il évalua qu'une oblique lui permettrait de prendre de l'avance sur la voiture. Tout en courant, il appréciait les difficultés du parcours. Par bonheur, la plupart des immeubles étaient proches les uns des autres, il n'en restait pas moins un ou deux vides particulièrement effrayants à franchir.

Mais l'heure n'était pas aux atermoiements. Rompu à ce genre d'urgence, James préféra se concentrer sur sa course et sur le timing de ses sauts plutôt que sur le fait de savoir s'il pouvait y arriver ou non. Le premier intervalle dangereux fut franchi proprement. Au second, en revanche, il se réceptionna lourdement sur l'arête du toit. Malgré la violence de l'impact, qui lui coupa le souffle tout net, il parvint à reprendre pied sur le toit et poursuivit sa course en avant.

Il avait vu juste. Bientôt, il posséda une légère avance sur la montée des eaux. Il continua à courir jusqu'à trouver l'endroit idéal et se jeta du toit au moment précis où la voiture passait sous lui.

Il atterrit sur le siège avant. La voiture tangua d'un bord à l'autre. Il se cramponna et tint bon. La Duesenberg était à moitié remplie d'eau, mais elle surnageait toujours, tout comme JJ, aimanté au capot, auquel il s'agrippait avec la détermination butée que seul un instinct de survie à l'agonie peut susciter.

– Reste calme, dit James en lui tendant la main par-dessus le pare-brise. Tout va bien se passer. Surtout ne panique pas.

JJ lui répondit d'un hochement de tête hésitant.

– Tu peux attraper ma main ?

Le garçon ne répondit pas. S'armant de courage, il leva une main tremblante dans les airs, que James attrapa aussitôt, puis il le tira dans l'habitacle.

– Ouah ! C'était plutôt bath ! tenta crânement JJ, dont la voix chevrotante contredisait l'élan bravache.

– Ce n'est pas terminé, répondit James.

– Mais tu vas me protéger ?

– Tu peux compter sur moi.

– Tu ne vas pas nous laisser tout seuls, hein ? Même si Precious dit…

– Non. Tout va bien se passer maintenant.

Mais James réalisa bien vite qu'il avait peut-être péché par excès d'optimisme. En effet, ils se dirigeaient droit vers un carrefour encaissé où trois rues se rencontraient. Une eau jaunâtre chargée de débris convergeait de toutes parts vers l'intersection noyée sous un formidable torrent bouillonnant et mousseux.

La voiture heurta la retenue d'eau à pleine vitesse, éjectant ses deux occupants hors de leurs sièges. Le capot disparut aussitôt sous la surface. James fut avalé par le tumulte, qui le secoua et le retourna dans tous les sens, au point qu'il perdit rapidement tout repère, ne sachant plus où était le haut et où était le bas.

Le courant le projeta contre un mur d'immeuble puis le traîna sur le sol. Sans qu'il sache comment, la furieuse lessiveuse l'expulsa et il se retrouva dégoulinant sur un rebord de fenêtre.

Il vomit l'eau qu'il avait dans le ventre et chercha JJ des yeux.

Deux cadavres passèrent à la surface de l'eau. Dieu merci, aucun d'eux n'était le jeune Stone. C'est alors qu'il aperçut une petite forme sombre qui flottait à la surface des vagues : la tête de JJ. Pour autant, James n'avait aucun moyen de lui porter secours. Retourner à l'eau eût été suicidaire.

Le garçon allait peut-être rester à flot. La fureur de l'inondation ne pouvait pas durer éternellement. Tôt ou tard, le courant s'atténuerait.

Mais JJ n'avait que sept ans et James n'était même pas certain qu'il sût nager.

– Tiens bon, Jay Jay, marmonna James en ravalant des larmes amères. Tiens bon…

Un affreux sentiment de culpabilité s'empara de lui. Par deux fois, il avait perdu le gamin. Il l'avait laissé tomber. James se fit la promesse solennelle que, si JJ survivait à cette épreuve, il ne dormirait plus avant que le petit garçon et sa sœur soient en sécurité quelque part.

Mais JJ allait-il s'en sortir ? Il suivit des yeux la tête du garçonnet emporté par le courant à l'autre bout de la rue. Régulièrement, il disparaissait au regard, chaque fois plus longuement que la précédente. James retenait sa respiration le temps qu'il réapparaisse.

C'est alors que quelqu'un se dressa contre le flot tumultueux, qui lui arrivait presque à la poitrine.

Garcia !

Il se planta là, combattant la force du courant et attrapa JJ au passage. James remarqua bientôt qu'il avait une corde attachée autour de la taille, il regagna donc le bord en toute sécurité.

James pleura de soulagement.

Il demeura sur son rebord de fenêtre une bonne demiheure en attendant que l'eau baisse. Finalement, il entendit quelqu'un patauger dans l'allée. Precious ne tarda pas à apparaître, morte d'inquiétude.

James sauta de son perchoir. Il y avait encore beaucoup d'eau, mais il pouvait se tenir debout sans craindre d'être emporté.

– Où est-il ? demanda Precious d'une voix cassée par l'angoisse.

– Il va bien.

– Dieu soit loué !

Precious fondit en larmes. Il la prit dans ses bras.

– Il va bien, répéta James d'un ton rassurant. On va le retrouver.

Precious était glacée de peur. James lui raconta ce qui s'était passé et l'emmena rejoindre Garcia et JJ.

Ils les trouvèrent juchés sur un balcon. Garcia essuyait le front du garçon, en essayant de le sécher au soleil. JJ était conscient, mais faible. Precious le serra dans ses bras et l'embrassa en bredouillant qu'il avait failli la tuer d'angoisse. Cet élan d'amour maternel sembla faire le plus grand bien à JJ, qui se redressa en souriant, entamant aussitôt, d'un débit fiévreux, le récit de sa folle cavalcade dans « les rapides ».

Le bandage improvisé dans un morceau de robe avait été emporté par le courant. Sa jambe blessée était à vif.

La plaie avait l'air vilaine. Elle était très rouge et purulente. Les deux lambeaux de chair ne montraient aucun signe de cicatrisation. Garcia ausculta l'entaille et fronça les sourcils.

– Sois courageux, dit le beau marin d'une voix douce et réconfortante. Il faut que tu t'accroches. Bientôt, tout ceci ne sera plus qu'un mauvais souvenir. J'ai réparé ma radio. Je venais justement vous dire la bonne nouvelle.

– Quelle bonne nouvelle ! s'écria aussitôt Precious.

– Votre père est sain et sauf, répondit Garcia avec un sourire. Il a atterri dans la jungle, près de Palenque. Mais son avion est endommagé. Il est coincé là-bas.

– Vous lui avez parlé ? demanda Precious.

Garcia secoua la tête.

– Il a pris contact avec la capitainerie de Veracruz. C'est par eux que j'ai su. Je leur ai transmis le message disant que vous étiez à Puente Nuevo.

Il se leva.

– Bon, il faut trouver quelque chose pour nettoyer cette plaie. James, tu viens avec moi ! On va voir ce qu'on peut dégotter.

James suivit Garcia au pied d'un escalier donnant dans la rue.

– Le petit ne va pas bien, dit Garcia quand ils furent hors de portée de voix. Sa jambe est en train de s'infecter et il a avalé un paquet d'eau croupie. Impossible d'aller à la mission maintenant. La crue a détruit le pont. Il faut absolument qu'on trouve des médicaments et de l'eau potable de ce côté-ci du fleuve.

– Je vais voir ce qui est arrivé à la voiture, répondit James. Peut-être que je pourrai récupérer quelque chose.

– Entendu. On se retrouve ici.

Cent mètres plus loin, à la lisière de la ville, James tomba sur l'épave de la voiture, gisant pitoyablement sur le flanc. Il eut un pincement au cœur à la vue de cette mécanique d'exception ainsi vautrée sur le côté. Aucune trace des valises, arrachées par la fureur des flots. La nourriture, quant à elle, était irrécupérable. En revanche un des jerricans d'eau potable se trouvait encore dans la malle arrière. Il en dévissa le bouchon et avala quelques gorgées d'eau. Elle était chaude et avait un goût affreux. Il la but néanmoins avec le net sentiment qu'elle lui ferait du bien.

Il inspecta la boîte à gants et avisa une paire de lunettes de soleil ainsi qu'une carte imprégnée d'eau. Il fourra la carte dans sa poche et chaussa les lunettes. Le soleil tapait fort ce matin. Inutile d'ajouter une migraine à la débâcle présente.

Il rebroussa chemin, traînant la bonbonne d'eau dans son sillage. Quand il arriva devant la maison où il avait laissé Precious et JJ, ceux-ci n'y étaient plus. Il les appela, regarda partout, en vain. Dans un premier temps, il supposa que Garcia était revenu avant lui et qu'il les avait emmenés quelque part. Mais quand, quelques minutes plus tard, le Mexicain réapparut, une bouteille d'alcool et un rouleau de gaze à la main, James dut se faire une raison.

Garcia nota la présence d'un mégot de cigarette encore fumant, sur le balcon.

– C'était pas là, tout à l'heure. Quelqu'un est venu.

– Sûrement quelqu'un qui voulait les secourir, tenta de se persuader James, en dépit de la sueur froide qui lui parcourait l'échine.

– Est-ce que la gamine aurait pu décamper sans rien dire ? demanda Garcia.

– Possible. D'autant qu'elle ne semble guère apprécier ma compagnie.

– Il faut qu'on les retrouve.

– Ils ont dû partir il y a peu de temps, présuma James. On ferait peut-être bien de se séparer. Ils n'ont pas pu prendre la route principale qui quitte la ville. Je les aurais vus passer.

– Et ils ne sont sûrement pas remontés vers la place principale non plus, ajouta Garcia. Ça nous laisse les rues perpendiculaires.

Ils remontèrent jusqu'au croisement et prirent chacun une direction opposée.

James remonta la rue en petites foulées, jetant un œil dans chaque ruelle qu'il croisait. Les habitants commençaient à sortir de chez eux pour évaluer les dégâts. Dans un mélange d'espagnol de cuisine et de chanson de gestes, James demanda à un couple s'ils avaient vu passer deux enfants américains, un garçon et une fille. À la troisième tentative, un vieux paysan tendit le bras, lui confirmant qu'il était sur le bon chemin.

Il se mit à courir. Après un virage, il émergea sur une petite place ceinturée d'arcades au centre de laquelle poussait un bosquet d'arbres rabougris. Precious et JJ étaient assis à l'ombre d'un arbre. Il ouvrit la bouche pour les appeler. Au dernier moment, une sorte de sixième sens lui recommanda de tenir sa langue.

Il jeta un regard circulaire à la placette.

Un certain camion était garé dans un coin, capot ouvert ; le coffre de Stone clairement visible sur le plateau. Il reconnut les bandits américains penchés sur le moteur.

James recula pour se dissimuler dans l'ombre et sursauta en sentant une main se poser sur son épaule.

Il fit volte-face, prêt à se battre, mais ce n'était que Garcia.

– C'est eux, dit James en posant un doigt sur sa bouche et en s'enfonçant plus profondément dans l'ombre. Ceux qui sont venus à la maison.

– Ils t'ont vu ?

James secoua la tête.

– Aucun d'eux ne m'a vu la nuit dernière, sauf peut-être celui que j'ai poussé par la fenêtre. Manny, je crois bien. Lui pourrait peut-être me reconnaître, je ne sais pas. En tout cas, il n'a pas l'air d'être là.

– Bon, parfait !

– Qu'est-ce que tu veux faire ?

Garcia le dévisagea de la tête aux pieds et ébouriffa la mèche de cheveux qui lui tombait sur les yeux.

– Fais semblant d'être avec moi. On va essayer de les bluffer. Ce qui compte c'est de ne pas laisser les enfants aux mains de ces voyous.

Joignant le geste à la parole, Garcia s'engagea sur la place d'un pas sûr et altier, James sur ses talons. Le premier se dirigea droit vers le camion, affichant le sourire le plus niais qu'il put trouver.

– *Hola*, lança-t-il en forçant sur l'accent. Un problème de moteur, hein ?

Les trois hommes et la femme se raidirent avant de lui jeter un regard suspicieux.

– Tu t'y connais en mécanique ? demanda la voix rauque et cassante du petit trapu dont le visage abîmé laissait clairement entendre que son propriétaire s'était trouvé plus souvent qu'à son tour dans des mauvais coups.

– *Mecánica ? Sí*, répondit gaiement Garcia. Moi connaître très bien. Vous voulez que je regarde pour vous ?

– Éventuellement, grogna le malfrat dont le strabisme laissait planer un doute quant à la direction exacte de son regard.

Pourtant, présentement, tout indiquait que ses yeux s'étaient posés sur James. Celui-ci lui répondit par un vague sourire. Le voyou fronça les sourcils, jaugeant son vis-à-vis d'un regard en coin hésitant entre l'œil gauche et l'œil droit.

– On se connaît ? grommela-t-il finalement.

– Ça m'étonnerait, répondit Garcia du tac au tac. Lui, c'est mon cousin.

Un des autres hommes s'invita dans la discussion : le maigrelet avec les grandes oreilles.

– Qu'est-ce qui se passe ? demanda-t-il, sa pomme d'Adam jouant au yo-yo dans son cou de vautour. Qu'est-ce tu dis, Strabo ?

– Que je suis sûr d'avoir vu le gamin quelque part, répondit le courtaud en forçant exagérément la voix.

– Tu m'étonnes ! s'esclaffa son compère efflanqué. C'est celui qu'on a vu se faire épingler par les rouquins à Tres Hermanas !

– Mais t'as raison ! C'est ça ! s'écria Strabo.

– Mon nom est Angel Corona, dit James en essayant de prendre l'accent mexicain.

Le résultat lui parut déplorable, mais il espéra qu'il suffirait à tromper les gringos.

– Alors, comment ça s'est passé ? demanda Strabo qui, de toute évidence, avait mordu à l'hameçon. Y t'ont laissé sortir, ou quoi ?

– J'ai échappé avec la tempête, répondit James avec une confiance grandissante. La prison… effondrée…

– Ouais, j'ai entendu ça, poursuivit Strabo en éclatant d'un rire gras. T'as été vernis sur ce coup-là, gamin ! Qui aurait cru que la maison poulaga était un panier percé ?

James éclata de rire. Garcia aussi.

Precious et JJ observaient la scène, totalement médusés. James enleva un instant ses lunettes de soleil et fit un clin d'œil à Precious. Les gangsters interpréteraient sans doute ce geste comme une preuve de machisme de bon aloi. James espérait seulement que Precious comprendrait l'allusion et que, pour une fois, elle se tairait.

– Alors ? C'est quoi cloche dans ce moteur ? demanda Garcia.

– Cette saloperie n'arrête pas de caler, répondit Strabo. Si t'arrives à le réparer, on te donnera une belle somme. Et si tu réussis à nous sortir de ce trou pourri, tu recevras encore davantage.

– Mmh, j'aime quand on me parle comme ça, répondit Garcia avec un sourire plus avenant que jamais. Angel va m'aider.

– Ça me va, concéda Strabo. Après tout, il est des nôtres.

– Vous allez où ? demanda innocemment Garcia.

– À la civilisation, railla le gangster.

– *No problema.*

Strabo jeta un œil sur le coffre, à l'arrière du camion.

– Euh... J'ai oublié de dire qu'on transporte un chargement du genre précieux.

– *No problema*, répéta Garcia en s'approchant du compartiment moteur.

La femme blonde avait suivi toute la scène d'un œil impassible en tirant nonchalamment sur sa cigarette. Sous son chapeau à large bord, son visage ne laissait rien paraître.

– Est-ce qu'on peut leur faire confiance ? demanda-t-elle finalement.

– Les Mexicains n'ont qu'un dieu, et ce dieu s'appelle dollar, grinça Strabo. Du moment qu'on le paie, on fera de lui un métèque heureux.

– On ne veut surtout pas de problème avec la justice, répondit Mme Glass.

– Comme tout le monde, embraya Garcia en relevant un instant le nez de son moteur.

Mme Glass renifla sèchement en faisant une moue dédaigneuse.

– Vous nous créez le moindre problème, menaça-t-elle en toisant Garcia et James, et je m'occuperai personnellement de vous retirer les yeux pour pouvoir jouer au bowling avec vos têtes. *Comprende ?*

– Cinq sur cinq, répondit James en imitant le sourire benêt de son comparse. Vous, durs, hein ? Bang, bang. Kill, kill !

– Durs de durs, acquiesça Strabo en passant un bras autour des épaules de James. Mais, j'aime ton style, gamin. Tu vas voir, toi et moi ça va rouler comme sur des roulettes. Bienvenue dans la bande, kid.

2. Le kid

Regent's Park
Londres
Angleterre

Cher James,

Les honorables membres du club du Danger t'envoient une dernière fois leurs plus sincères salutations. Oui, tu as bien lu : une dernière fois. Le club est mort de sa belle mort. Nous sommes dissous ! Et, comme tu peux le voir à mon adresse, j'ai quitté Eton et regagné la maison familiale, à Regent's Park. Mais, je vais trop vite, comme d'habitude. Tu le sais, écrire des lettres n'est pas mon fort, mais cette histoire mérite qu'on la raconte. En outre, l'écrit aura le mérite de t'épargner mon bégaiement.

J'ignore si tu recevras jamais cette lettre. Je m'en remets à la poste mexicaine non sans appréhension. J'ai du mal à imaginer comment c'est là-bas. Je te vois à dos d'âne, avec un grand sombrero, grattant une guitare, et comme, si mes souvenirs sont bons, la musique n'est pas la plus grande de tes qualités, je me félicite de ne pas avoir à supporter ça.

Dernièrement, il s'en est passé de belles à Eton. Tu vas sans doute te mettre des claques à l'idée que tu as raté tout ce chambard, même si, à la réflexion, je pense que tu peux remercier le ciel d'être passé au travers, vieux frère. Mais ne t'inquiète pas, Perry a prévu une séance de rattrapage rien que pour toi !

Au fait, avant de partir, j'ai vu ton copain Pritpal (c'est lui qui m'a donné ton adresse). Il boitait comme un mutilé de guerre et se tenait douloureusement le dos. Il semblerait qu'une brute épaisse du nom de Bentinck fasse régner la terreur à coups de knout dans Codrose. Imagine-toi qu'il a tabassé Pritpal deux fois, dont une si durement, avec un tuyau en caoutchouc, que le pauvre Prit en a saigné pendant deux jours. De quels crimes odieux s'était-il rendu coupable, me demanderas-tu ? Un : trop de bruit au petit déjeuner ; deux : manger dans High Street – cette seconde accusation étant, de l'avis même du plaignant, inventée de toutes pièces. Prit est le garçon le plus respectueux des lois qu'il m'ait été donné de rencontrer. Je suis certain que, dans tous tes voyages au Mexique, tu ne croiseras personne d'aussi viscéralement méchant et brutal que ce Theo Bentinck.

Mais, revenons à nos moutons. Comme je te le disais, le club du Danger n'est plus. Tout a commencé quand j'ai admis un nouveau membre : Alistair Seaton. Il me tannait depuis des mois et, idiot que je suis, j'ai fini par céder. Las, il s'est vite avéré que cette cruche racontait tout à son frère aîné qui, lui-même, jasait chez ses parents. Ceux-ci ont été horrifiés d'apprendre que leur cher ange (cette sainte-nitouche moisie de la bouche) faisait partie d'un club secret dédié au danger, à la prise de risque et, plus généralement, à l'adrénaline que procure l'interdit. Ils sont allés trouver le proviseur, qui, comme tu peux l'imaginer, est entré dans une colère noire. Il a fait un barouf de tous les diables et exigé qu'on lui amène les responsables. Les autres et moi-même n'avons pas tardé à nous retrouver dans son bureau, où il nous a cuisinés comme il se doit. Moi, bien sûr, je me la suis bouclée. Il a eu beau faire, il n'a pas réussi à me faire craquer.

Ensuite, j'ai décidé de tout arrêter, car ça commençait à sentir le roussi, mais pas avant qu'on réalise un exploit qui resterait gravé dans les annales, une ultime provocation en guise d'oraison funèbre pour le club, et une vengeance pour le sale quart d'heure que nous avait fait passer le proviseur !

Mon pauvre James, je suis vraiment un crétin. Quel dom-

mage que tu n'aies pas été là ! Je suis sûr que tes paroles m'auraient ramené à la raison et dissuadé de le faire.

Tout s'est déroulé comme suit. D'abord, on a kidnappé un troupeau de moutons dans un champ près d'Eton. Kidnapper des moutons ? Ça se dit ? J'en doute. Enfin, quoi qu'il en soit, on a, disons, « emprunté » des moutons. Pour tout dire, il ne s'agissait pas vraiment d'un troupeau, à moins de considérer que cinq ovins constituent un troupeau. N'étant pas éleveur, ce n'est pas à moi de juger. Toujours est-il qu'on a conduit les bêtes jusqu'à l'école et qu'on les a fait monter dans les appartements du proviseur à la faveur de la nuit, pendant qu'il était à la chapelle. (Gordon Latimer s'était débrouillé pour avoir une clé, j'sais pas trop comment.)

On a installé les bestioles dans la chambre, on a dévissé toutes les ampoules et on s'est taillés.

Imagine un peu la tête du proviseur quand il est rentré des vêpres, fatigué d'une longue journée et frigorifié d'être resté à genoux sur son prie-Dieu dans l'air glacial de la chapelle. Il entre. Tiens, y a pas de lumière… Mais… C'est quoi ce bruit ? Argh ! Un démon de l'enfer a pris possession de ma chambre ! Non. Pas un. Cent !

Il a dû avoir la trouille de sa vie. Quand il a repris ses esprits, il était doublement furax car les moutons avaient boulotté ses meubles, apparemment de grande valeur.

Le problème, c'est que je n'avais pas vraiment mesuré les conséquences de cet acte. Le proviseur a commencé par se demander qui était assez azimuté pour monter un canular pareil.

Réponse : Perry Mandeville.

Les beaks[1] *me sont tombés dessus alors que, de retour dans ma chambre, je m'escrimais à retirer la laine collée à mon manteau.*

1. Surnom des professeurs d'Eton, de *beak*, bec.

Ils ont menacé d'exclure tous les membres du club du Danger si je ne confessais pas mon forfait. J'ai mangé mon chapeau pour protéger les autres et assumé l'entière responsabilité à condition que personne d'autre ne soit puni.

Cet acte héroïque marque la fin de mon illustre carrière à Eton. Pour me récompenser, mon père a décidé de me frapper d'ostracisme. Il m'envoie dans un endroit oublié des dieux appelé Fettes, en Écosse.

Adieu donc. Aie une pensée pour ton vieux pote Perry, mais ne verse pas de larmes. Je m'en sortirai.

Adios, amigo!

Perry

10

Le pilori

Debout sur sa terrasse, dominant du regard ce qu'à Lagrimas Negras on appelait simplement « La place », El Huracán alluma un cigare. Une marque cubaine, El Rey Del Mundo. Il tira une longue bouffée et savoura les arômes d'épices, de chocolat, de bois et de noisettes, qui explosaient à ses papilles. Il sourit. Si la réussite devait avoir un goût, ce serait sans doute celui-ci.

« Le Roi du Monde ? » Peut-être pas. Mais incontestablement roi de ce monde-ci.

Un doux brouhaha montait de la place où des hommes arborant de magnifiques costumes cousus main déambulaient en discutant dans la douceur du soir. Certains avaient une femme à leur bras. Celles-ci avaient en commun d'être jeunes et belles. Leurs robes scintillaient à la lumière dansante des lampions colorés qui ceinturaient l'endroit. Des photophores étaient accrochés dans les arbres, les bougainvilliers, ou pendaient à la vigne vierge des tonnelles et aux massifs de jasmin qui recouvraient les murs de pierre usés par les ans.

Assis aux terrasses des trois cafés, les gens sirotaient leur apéritif sous la voûte étoilée du ciel. Bientôt, ils se dirigeraient vers l'un des restaurants pour dîner. Déjà, les serveurs en impeccable habit blanc s'activaient autour des tables, essuyant les verres, dressant les couverts en argent, plongeant les bouteilles de champagne dans les seaux de glace.

Un groupe de mariachis jouait *La Adelita*, une des chansons préférées d'El Huracán. Du haut de son balcon, il en fredonna l'air en lissant sa courte barbe blanche et en soufflant une bouffée de cigare.

Il s'assit dans un gros fauteuil d'osier et sirota une lampée de jerez dans le verre qu'on avait déposé à son attention sur une petite table en marbre, puis se pencha sur le plateau d'amuse-gueules qu'on lui avait préparé. Des *antojitos*, comme on disait ici. L'assortiment du soir comprenait *tostadas*, *sopes*, *empanaditas* et *guacamole* accompagnés de *totopos*, des chips de maïs. Il se laissa tenter par le *guacamole*. Il trempa la chips et mâcha machinalement, sans plus d'appétit que ces jours derniers. Comme elles étaient loin, ces périodes au cours desquelles, tenaillé par la faim, il avait mangé des rats et des insectes pour survivre.

Un bouchon de champagne sauta sous les « ah » enjoués d'une tablée, en bas, au bar.

La place était un endroit dédié à la fête et au farniente. Les hommes qui y prenaient du bon temps étaient des braqueurs de banques, des escrocs de tous poils, des kidnappeurs… Ici, ils pouvaient s'amuser tout leur soûl sans crainte de la police, des gouvernements ou des honnêtes citoyens, pour la simple et bonne raison qu'il n'y avait pas d'honnêtes citoyens sur cette île, devenue au fil des ans la planque ultime, l'absolu repaire de tous les coquins que la terre pouvait porter.

Tout coquins qu'ils fussent, ces hommes ne tardaient pas à se laisser gagner par la nonchalante atmosphère de Lagrimas Negras. Ils mettaient de côté leurs manières rustres et brutales et passaient leurs journées à attendre le soir, c'est-à-dire le moment où ils pourraient parader dans leurs costumes chics et profiter de la délicate nourriture qu'El Huracán mettait à leur disposition.

Au centre de la place, légèrement surélevée, se dressait une petite colonne de pierre avec deux anneaux scellés à mi-hauteur. L'objet paraissait incongru au milieu de ce tableau fait d'élégance et de romantisme. El Huracán savait bien que, de temps à autre, un homme s'arrêtait et observait la chose en se demandant ce que c'était et pourquoi le maître des lieux ne l'avait pas fait remplacer par quelque chose de plus gracieux – comme, par exemple, une fontaine ou une statue.

Mais jamais, au grand jamais, El Huracán ne se séparerait de cette survivance d'un sombre passé, chargée de rappeler à tous l'ancienne nature pénitentiaire de ces lieux.

Cette colonne était un pilori. Il fut un temps où l'on y attachait les prisonniers pour les flageller au fouet ou à la canne. D'autres fois, ils y étaient purement et simplement passés par les armes. Et on les laissait pourrir au soleil pendant des jours, comme un avertissement aux autres. Les dalles de pierre à la base de l'édifice étaient creuses à force de passage. Des torrents de sang avaient coulé de ces dalles jusqu'aux caniveaux alentour.

Tellement de sang.

L'imposante maison où vivait El Huracán, et qui dominait la place, avait longtemps abrité l'administration pénitentiaire, ainsi que les appartements privés du directeur. Les autres constructions qui bordaient la place, aujourd'hui transformées en échoppes et en restaurants, constituaient le corps de garde, ponctué de quelques cellules d'isolement.

Lagrimas Negras était située entre la péninsule du Yucatán et l'archipel des Caïmans, à l'extrémité ouest de ce chapelet d'îles en arc de cercle qui ponctue la mer des Caraïbes, et qui comprend la Jamaïque, Haïti, Puerto Rico avant de se perdre dans la constellation de cailloux s'étendant jusqu'à Trinidad, au large du Venezuela.

Les premiers à s'y être installés étaient les Mayas. Personne ne savait précisément quand ils étaient arrivés. Mais, au cours du Xe siècle, ils avaient bâti plusieurs structures monumentales dont des temples, des sépultures, deux pyramides, une piazza et un observatoire. De ces constructions ne restaient que des ruines. En effet, les colons qui avaient supplanté les Indiens avaient, sans égard pour l'histoire, démantelé les monuments pour construire leurs maisons, quand ils n'avaient pas tout bonnement bâti sur les ruines des temples.

Au XVIIe siècle, la position privilégiée de Lagrimas Negras dans les îles des Caraïbes, à équidistance de l'Amérique centrale et du sud des États-Unis, en avait fait un des centres névralgiques du commerce triangulaire. Un marché aux esclaves avait été installé, plus tard remplacé par une colonie pénitentiaire pour les fuyards, les fauteurs de troubles, et, de manière plus générale, les récalcitrants qui refusaient de se plier aux lois des plantations.

Aux yeux des Mayas, l'île était sacrée. Ils la considéraient dévolue au dieu Hurakan, qui avait noyé la Terre sous le déluge après que les premiers hommes eurent provoqué la colère des dieux. Après quoi, il avait refaçonné le monde en le faisant naître des zones noyées. Le nom que les Mayas donnaient à cette île était tombé dans l'oubli, ne restait plus que l'appellation espagnole Lagrimas Negras – les Larmes Noires.

Un nom synonyme de terreur pour les esclaves. En effet, s'il y avait une chose pire qu'être réduit en esclavage, c'était d'être envoyé ici.

Pourtant, en 1830, les prisonniers se mutinèrent et renversèrent leurs geôliers. Quelques jours plus tard, ils déclarèrent

Lagrimas Negras, état libre et indépendant. À l'époque, de nombreuses communautés de Nègres marrons (ces esclaves ayant fui leurs maîtres) s'étaient déjà constituées en villages et en bourgs, sur les côtes de l'Amérique centrale, dans l'actuel Honduras. Lagrimas Negras s'ajouta logiquement à la liste.

Ils auraient sans doute vécu en paix durant des siècles si le président Santa Anna n'avait déclaré la guerre aux États-Unis en 1846. Les Américains avaient besoin d'une base navale dans la région. Quand ils réalisèrent l'intérêt géostratégique de cette île, ils envoyèrent des navires de guerre. La bataille fut brève, mais sanglante. Les ex-prisonniers, pauvrement armés et en sous-effectif, n'avaient pas la moindre chance.

Un seul était parvenu à s'échapper : Gaspar, le père d'El Huracán.

Il vola un bateau, fit cap au sud-ouest et réussit à gagner les côtes du Honduras britannique. Puis il s'enfonça rapidement dans les terres, jusqu'au cœur de la forêt tropicale, avant de s'établir finalement avec une famille d'Indiens Lacandon. Quand il mourut, à l'âge de quatre-vingt dix-sept ans, il avait dix enfants et trente-huit petits-enfants.

Le plus jeune fils de Gaspar fut baptisé Hurakan, en l'honneur du dieu qui l'avait protégé. Il grandit à l'ombre des grands arbres, sans jamais voir la lumière du soleil, et, à douze ans, savait survivre seul dans une jungle impitoyable. Mais les histoires que son père lui avait racontées à propos de cet autre monde, hors de la forêt, avaient allumé en lui une inextinguible soif de découvertes. Il brûlait de voguer sur l'océan, de parcourir les grandes villes, de voir des champs cultivés, des chevaux et, enfin, il voulait voir l'horizon.

Il quitta donc sa maison.

C'était il y a cinquante-cinq ans.

Depuis, il en avait vu plus que ce qu'il aurait jamais pu imaginer.

Il avait travaillé comme guide de jungle pour les exploitants forestiers, puis comme marin. Il avait trimé dans une plantation de canne à sucre à Cuba. Il avait combattu aux côtés des Cubains contre les Américains dans la guerre hispano-américaine. Après quoi il était retourné au Mexique et avait participé à la révolution, s'enrôlant dans le bataillon de cavalerie d'élite de Pancho Villa : *Los Dorados.* C'est là qu'il s'était forgé un nom : El Huracán, l'ouragan, en descendant des collines avec ses cavaliers s'abattant sur l'ennemi avec la soudaine violence de la tempête avant de tout ravager sur son passage.

La guerre terminée, il se fit une spécialité de l'attaque de train, puis vendit des encyclopédies, devint banquier, trafiquant d'armes, contrebandier, fermier et enfin commerçant. Il fora la terre à la recherche de pétrole, se fit orpailleur. Durant un temps, il embrassa la carrière politique, avant de décider qu'il préférait la compagnie des vrais escrocs à ceux qu'il avait croisés au gouvernement. Résultat, il connaissait les personnalités les plus influentes du pays, depuis les aristocrates et les gens du monde jusqu'aux officiers de la police et de l'armée en passant par les leaders paysans et les rois de la pègre. Qui plus est, il était devenu immensément riche.

Il avait été marié quatre fois et s'était retrouvé veuf autant de fois. Sa première femme était morte en couches, la seconde avait succombé à la variole, la troisième avait été abattue par un soldat de Carranza, la quatrième était morte dans un accident de cheval.

En 1918, après cinquante-deux ans d'une vie agitée et bien remplie, il avait visité Lagrimas Negras, pour voir d'où venait son père. L'île était abandonnée. La rade fortifiée était ensablée. Les constructions désertées étaient devenues le refuge des chauves-souris, des serpents et des scorpions.

Il avait aussitôt pressenti ce qu'il pourrait faire de cet endroit.

Les Américains revendiquaient toujours la propriété de l'île, mais ils avaient depuis longtemps construit une base navale plus importante et plus commode pour eux à Cuba. Aussi ne furent-ils pas mécontents de se débarrasser de Lagrimas Negras, qu'ils cédèrent à El Huracán contre trente-cinq mille dollars.

Celui-ci installa ses plus fidèles lieutenants sur l'île, essentiellement des Indiens du Mexique, originaires du Chiapas, mais aussi quelques Marrons et des ex-révolutionnaires qui avaient combattu à ses côtés.

Il fit reconstruire les maisons, dragué le port, installé l'électricité, ainsi que des réseaux d'égouts et d'eau courante. Il dessina d'élégantes rues, fit élever de nouvelles villas. Il convertit un dépôt de munitions en banque. Les travaux achevés, Lagrimas Negras ressemblait à un luxueux village de vacances. Mais ses hôtes n'auraient rien du touriste ordinaire.

Il commença à faire passer le mot : si vous êtes en cavale, si vous avez de gros ennuis, si vous avez besoin d'une planque, venez vous mettre au vert à Lagrimas Negras. Contre quelques billets, on vous y accueillera à bras ouverts et votre sécurité sera garantie.

Petit à petit, les criminels avaient afflué. S'ils avaient assez d'argent, ils étaient autorisés à rester. Dans le cas contraire, El Huracán les emprisonnait avant de les livrer à la police mexicaine, ou américaine, ou brésilienne ou…

Son plan avait marché à merveille. Son île regorgeait de desperados, sa banque débordait d'argent, il était bel et bien « Le roi du monde ».

11

Un art ancestral

– Vas-y, Corona, plante-le, beugla Strabo d'une voix rauque et grinçante, comme s'il avait besoin de s'éclaircir la gorge. Transperce son gros bide de Jap !

– Qu'est-ce tu dis ? demanda son compère efflanqué, qui répétait si souvent cette question que « Kesstudi » était devenu son sobriquet.

En était-il conscient ? James n'aurait su dire.

– Je dis au gamin de le trouer bien comme il faut, répondit Strabo, en hurlant dans l'oreille de Kesstudi.

James tenait en main un couteau de chasse. Un méchant surin à cran d'arrêt avec une lame d'acier de vingt centimètres à arête dentelée. Sakata, le Japonais de la bande, n'avait pas d'arme. Il se tenait debout dans la lumière du feu de camp, l'air parfaitement à l'aise, comme en témoignait le petit sourire qui hésitait sur ses lèvres. Il était énorme, grand et bouffi, mais, en même temps, il semblait léger et agile sur ses petits pieds. Il se déplaçait avec une élégante légèreté, comme un danseur. Il parlait peu et, le plus souvent, se tenait à l'écart des autres.

James ne savait que faire. Il jouait toujours le jeune Mexicain élevé à la dure dans la rue. Un pickpocket. Un crac du couteau. Aux yeux de la bande, ce duel n'était qu'un jeu, mais un jeu crucial. S'il voulait garder la face, James devait absolument leur montrer qu'il était au moins aussi intraitable qu'eux dès qu'on lui manquait de respect. Il devait au moins faire semblant de vouloir planter le gros Japonais.

L'absolue sérénité de Sakata était impressionnante. Surtout si l'on considérait que le jeune homme face à lui voulait clairement sa peau.

La clique se trouvait dans une vaste clairière, au cœur de la forêt. Il était tard. Dans la nuit, un feu flambait. Les deux Américains étaient soûls. Assise à l'écart du groupe, Mme Glass les ignorait ostensiblement. Elle fumait une cigarette d'un air absent, le regard perdu dans les ténèbres.

Garcia était assis près de Precious et JJ qui semblaient tous deux particulièrement pâles, sales et fatigués. Pelotonné sous une couverture, JJ tremblait et transpirait à grosses gouttes. Garcia avait fait ce qu'il pouvait, mais la plaie que le petit garçon avait à la jambe s'était infectée.

Mme Glass et les autres n'en avaient cure, et James devait prétendre s'en désintéresser, lui aussi. Mais, de toute évidence, JJ était au plus mal. Même s'ils le conduisaient à l'hôpital dans les prochains jours, James s'interrogeait sur ses chances de s'en sortir. Il était petit et très affaibli ; sa constitution fragile ne pourrait pas encaisser beaucoup plus longtemps un tel traitement. Si l'infection s'étendait, aucun médicament au monde ne pourrait le sauver. Il pouvait y laisser sa jambe. Il pouvait même en mourir.

Pour Mme Glass et sa bande, les difficultés s'étaient multipliées ces derniers jours. Ils avaient désespérément cherché à échapper à la bande côtière, ravagée par la tempête. De nombreuses zones étaient encore noyées sous un mètre d'eau et la subite crue des rivières interdisait de nombreux passages. Aussi durent-ils s'enfoncer profondément dans les terres, en empruntant essentiellement des routes non goudronnées.

James s'était juré d'aider JJ et Precious. Il priait en secret pour trouver un moyen de fausser compagnie au gang dès que l'occasion se présenterait. Pour l'heure, il paraissait raisonnable de rester en place jusqu'à atteindre les abords d'une grande ville où ils pourraient plus facilement trouver de l'aide. Au moins avaient-ils à manger et un moyen de transport, même si le camion était chaque jour plus poussif. Garcia redoublait d'ingéniosité pour le faire marcher, mais la mécanique était à l'agonie et il n'y avait guère d'organes qu'il n'eût réparés.

C'est lui qui conduisait, assis à l'avant en compagnie de Mme Glass et de Sakata. James et les enfants voyageaient avec les deux autres, à l'arrière, où ils profitaient pleinement des bosses et des trous qui émaillaient la route. Strabo n'arrêtait pas de houspiller Kesstudi à propos du camion, lui reprochant de ne pas avoir barboté quelque chose de plus fiable. Kesstudi répondait en ronchonnant que ce n'était pas sa faute, qu'ils l'avaient choisi ensemble.

Durant le trajet, James avait tout le temps d'étudier ses compagnons de voyage et, plus il en apprenait, moins il les appréciait. Outre sa silhouette d'armoire à glace, Strabo possédait la particularité d'être l'homme le plus poilu que James avait jamais vu. Il avait des poils jusque dans le cou, au dos des mains et des touffes hirsutes dépassaient du haut de sa chemise et entre les boutons. Au réveil, il commençait par se raser, mais, cinq minutes plus tard, son menton prenait déjà une teinte bleutée. On pouvait presque voir sa barbe pousser à mesure que le jour avançait.

Le contraste avec Kesstudi, émacié et quasiment imberbe, n'en était que plus saisissant. La courte brosse qui coiffait le haut de son crâne le faisait ressembler à un soldat, ou à un fermier. Il avait perpétuellement l'air mal dans sa peau. La chaleur lui provoquait des irritations cutanées, il se grattait sans arrêt. Agité et irascible, il s'emportait pour un rien. Son oreille défectueuse le rendait acariâtre. Les enfants faisaient régulièrement les frais de sa méchante humeur qui, ils en firent souvent l'expérience, se déchaînait sans crier gare.

Ne voulant surtout pas se les mettre à dos, James ménageait les deux affreux autant que faire se pouvait. Il riait à leurs blagues salaces, écoutait sagement leurs histoires, dont la teneur tournait invariablement autour du déclenchement d'une bagarre ou d'un tabassage en règle. Le soir, il buvait et jouait aux cartes avec eux, les parties donnant d'ailleurs lieu à de sévères empoignades entre le quartier de viande et le grincheux dur de la feuille. Dès qu'il le pouvait, James mettait à profit cette proximité pour mener discrètement l'enquête. Ses questions lui avaient ainsi appris qu'ils avaient perdu un gars durant la tempête, Manny, et que, dans leur hâte de décamper avec le coffre, ils n'avaient pas pris la peine de partir à sa recherche.

Il touchait aussi peu que possible aux bouteilles de bière mexicaine frelatée, récupérées dans un bar louche de Tres Hermanas, qu'ils lui servaient en rafale. Il en buvait un peu, puis vidait le reste par terre dès qu'ils avaient le dos tourné. Il voulait garder les idées claires, car il cherchait en permanence un moyen de fuir.

Cette soirée s'était déroulée comme les précédentes. Les rires gras de Strabo et Kesstudi résonnaient dans la nuit. Lassés du tournoi de bras de fer et du concours d'insultes, ils avaient poussé James à se battre avec Sakata. Le premier avait bien tenté de les en dissuader, mais, pour toute réponse, Strabo avait confié à James son couteau en levant le menton vers le Japonais.

– Ça devrait équilibrer les chances, grogna Strabo pendant que Kesstudi obligeait James à se mettre debout, avant de le pousser violemment vers Sakata, qui se leva lestement, d'un bond.

Ils se retrouvèrent face à face, dans la lumière du feu de camp.

– Vas-y, kid, fais-nous voir la couleur de ses boyaux, s'égosilla Kesstudi. Saloperie de niakoué !

James planta ses yeux dans ceux de Sakata, essayant de prédire ce qu'il allait faire. Peine perdue. Aussi immobile et impassible qu'un bloc de pierre, le Japonais ne laissait rien paraître de ses intentions.

– Je vais le crever, grogna James, qui, dorénavant, parlait naturellement avec l'accent mexicain.

Aux yeux des gangsters, il ne faisait aucun doute qu'il était du cru.

– Qu'est-ce qu'y dit ? demanda Kesstudi avec sa voix de crécelle.

– Je dis que je vais le tuer ! hurla James en retour.

– Ça, ça m'étonnerait, gamin, ajouta Strabo en laissant échapper un rot particulièrement sonore. T'arriveras même pas à l'approcher.

Un large sourire tordait la bouche de Sakata maintenant.

– Ne t'inquiète pas, dit-il calmement. Je suis prêt. Donne tout ce que t'as.

– OK, répondit James en secouant la tête d'un air incrédule.

Et il se rua sur Sakata en hurlant, la lame en avant. Il ne voulait pas le tuer, juste faire couler un peu de sang pour satisfaire les hommes.

James n'aurait su dire ce qui se passa ensuite. C'est tout juste si Sakata sembla bouger. Pourtant il attrapa bel et bien James par le bras et le plastron, puis il se laissa tomber sur le dos, lança une jambe, et l'envoya bouler dans les airs. Celui-ci ne comprit pas ce qui lui arrivait. La seconde d'avant il courait et voilà qu'il volait, tête la première, dans le feu. Il atterrit à la lisière du foyer, éparpillant brindilles et braises, avant de promptement rouler sur le côté pour éviter de se brûler.

Strabo et Kesstudi étaient tordus de rire. James toussa et s'épousseta avec frénésie, ses vêtements roussis étaient déjà constellés de petits trous noirs. Son visage était couvert de cendre et de suie, mais il n'était pas blessé. Il se retourna vers Sakata, qui s'était relevé et avait repris son calme imperturbable.

– Tu veux refaire une tentative ?

James ramassa son couteau, le fit sauter au creux de sa main avec un sourire et hocha la tête. Il se montrerait plus prudent cette fois. Il avança précautionneusement, sur la pointe des pieds, se balançant d'une jambe sur l'autre en cinglant l'air de sa lame. Sakata demeura immobile, les genoux fléchis, les épaules en avant, les mains ouvertes, légèrement écartées du corps.

Il ne quittait pas James des yeux.

James porta un coup, une fente sèche et précise, mais, une fois encore, Sakata l'attendait au tournant. Rapide comme un chat, il lui attrapa le poignet et le tordit. James sentit une vive douleur au coude. Il lâcha le couteau et, d'une seconde à l'autre, se retrouva immobilisé au sol, son bras si bien contorsionné qu'il ne pouvait que demander grâce. Sakata le toisa un instant de haut puis l'aida à se relever.

– T'en as assez ?

James secoua la tête.

– Te retiens pas, ajouta Sakata en lui rendant son couteau. Vas-y à fond.

– C'est ce que je fais…

Sakata esquissa un sourire. James pivota vivement, espérant lui porter un coup avec le tranchant de la lame avant qu'il ne soit prêt. Sakata se contenta d'esquiver d'un petit saut de côté. James tenta une attaque sur le mouvement de retour, mais Sakata était trop rapide pour lui et, après une rafale de mouvements déroutants, James se retrouva face contre terre à mordre la poussière, son bras armé tordu dans son dos.

– C'est bon, cette fois ? demanda Sakata.

James ne pouvait plus bouger d'un pouce. Toutes ses articulations, de l'épaule aux phalanges, étaient en feu. Il se débrouilla néanmoins pour bafouiller un « oui » penaud. Sakata le relâcha.

James se redressa maladroitement, assis par terre.

– Comment tu fais ça ? demanda-t-il en frottant son bras endolori.

– Ça s'appelle le ju-jitsu, répondit Sakata. Un art martial ancestral au Japon. Il faisait partie de la formation de tous les guerriers samouraïs.

– Tu pourrais m'apprendre ?

– Peut-être…

James remarqua alors que du sang coulait de la manche du Japonais. Sakata le remarqua également et s'en émut.

– Mmh… On dirait que tu m'as eu en fin de compte, dit-il d'un air approbateur. Oui, je crois que tu pourrais faire un bon samouraï. Tu es brave et tu n'as pas peur de te battre. Je te montrerai.

James aimait bien le gros Japonais. Il émanait de lui une sorte de dignité qui faisait cruellement défaut aux deux autres. Sakata n'en était pas moins un gangster. Il ne fallait pas qu'il l'oublie. Il était venu chez les Stone dans l'intention de les cambrioler. Au cours de l'attaque, un homme avait été tué et personne ne semblait s'en émouvoir.

Trop de questions restaient sans réponse. Le gang était incontestablement à la recherche de quelque chose, quelque chose dont James ignorait tout. Pourquoi la bande était-elle descendue jusqu'au Mexique pour procéder à un vulgaire cambriolage ? Qu'y avait-il dans le coffre de Stone qui possédât une telle valeur ? Pourquoi avaient-ils pris Precious et JJ en otages ? Quel secret Mme Glass cachait-elle ?

Il fallait qu'il trouve des réponses à ces questions. En effet, plus il en apprendrait sur le gang, plus il serait en bonne posture au moment d'agir.

Sakata montra quelques mouvements à James et ses facultés d'apprentissage impressionnèrent son professeur.

– Tu dois, soit projeter ton ennemi, soit l'immobiliser de telle sorte qu'il ne puisse plus bouger, expliqua Sakata. Pour cela, il faut travailler sur les articulations. Les bloquer sur elles-mêmes. Et apprendre à connaître tous les points faibles du corps humain.

James opina du chef. Ses expériences récentes lui en avaient déjà appris long sur les points faibles du corps humain.

– Tu dois être léger et souple, pouvoir te plier facilement, comme un jeune bambou, mais tu dois aussi bloquer ton adversaire de façon à ce qu'il ne puisse pas utiliser ses muscles contre toi. Utilisées à bon escient, ces techniques permettent de vaincre un ennemi beaucoup plus fort que soi.

Au bout d'une heure, James était épuisé, couvert de bleus et trempé de sueur. Sakata, pour sa part, était toujours aussi calme et détendu que lorsqu'ils avaient commencé. En dernier ressort, James se dirigea en boitant vers Precious et Garcia.

Il attrapa une gourde d'eau, but quelques gorgées, et s'assit sur une bille de bois.

JJ dormait, la tête posée sur les genoux de sa sœur.

– On dirait que vous vous entendez bien, dit Precious d'un ton amer.

– Ne sois pas stupide, répondit James en oubliant son accent mexicain. Tu sais bien que notre seule chance, c'est qu'ils croient que je suis de leur côté. Tout ce que je fais, c'est essayer de trouver un moyen de nous sortir d'ici.

– Pour l'instant, on doit attendre, renchérit Garcia. Quand viendra l'heure d'agir, on le saura.

James était content qu'ils aient pu compter sur Garcia. Ça faisait quatre contre quatre.

– Le meilleur avantage que nous ayons, c'est le coffre, dit James en se tournant vers Precious. Ils tablaient sur le fait que ton père allait le leur ouvrir. C'est pour ça qu'ils n'ont pris ni outils de forage ni dynamite avec eux. Le fait est que, vu comment les choses ont tourné, ils vont devoir très vite trouver un autre camion ou tout abandonner.

– Ils ne feront jamais ça, objecta Garcia. Ils ont fait tout ce voyage pour s'emparer du contenu de ce coffre. Je doute qu'ils l'abandonnent en chemin.

James chassa un moustique et se gratta négligemment l'épaule.

– Si le camion tombait définitivement en panne, on aurait peut-être une chance, dit-il. Ils ne pourraient pas nous poursuivre et, si ça se trouve, ils ne prendraient même pas la peine de nous traquer.

– Et comment voyagerions-nous ? demanda Precious, les yeux brillants des éclats du feu de camp.

– On se débrouillera comme on pourra, répondit James. À pied s'il le faut. À moins, bien sûr, que la qualité de ton rang ne t'interdise de fouler le sol de tes augustes pieds ?

– Je marcherais jusqu'au pôle Sud s'il le fallait, coupa Precious. Mais jusqu'où croyez-vous que Jay Jay ira ?

L'âpreté du ton dissimulait mal le souci qu'elle se faisait pour son jeune frère.

– Je suis désolé, répondit James.

– Je suis plus résistante que vous ne le croyez, poursuivit Precious d'un ton accusateur.

– J'ai dit que je m'excusais...

– Je sais que vous me détestez, déclara calmement Precious.

Et ça peut se comprendre, tant il est vrai que j'ai peut-être manqué de courtoisie à votre égard. Aujourd'hui, nous sommes tous deux dans le même guêpier. Nous n'avons d'autre choix que de nous entraider. Mais il est hors de question que je laisse tomber Jay Jay.

– Personne n'en a l'intention, moi encore moins que quiconque, répondit James.

– Je pourrais le porter, proposa Garcia. Je suis fort.

Precious détourna la tête pour cacher les larmes qui perlaient à ses yeux.

– C'est sans espoir, dit-elle. Tout est perdu.

James se sentit pris d'une folle envie de la prendre dans ses bras et de la rassurer, mais il savait qu'il ne devait lui témoigner aucun signe d'affection devant les gangsters qui discutaient bruyamment de l'autre côté du feu de camp.

– Ne t'inquiète pas, murmura-t-il à son oreille. J'ai dit que je nous sortirais de là, et je vais le faire. Tu peux compter sur moi.

– Pourquoi ne nous relâchent-ils pas ? demanda Precious. Si c'est le coffre qui les intéresse, pourquoi nous gardent-ils prisonniers ?

– Bonne question.

James et Precious levèrent les yeux en même temps. La silhouette de Mme Glass se dessina dans la nuit. Elle les observait en silence. Depuis combien de temps était-elle là ? Qu'avait-elle entendu au juste ?

Elle les toisa de toute sa hauteur durant quelques instants puis laissa tomber le mégot de sa cigarette, qu'elle écrasa sous sa semelle. Il était plus de onze heures et elle portait toujours son couvre-chef. Elle ne l'enlevait que pour dormir, et, même là, elle gardait une écharpe nouée autour du crâne. Le large bord du chapeau dissimulait ses yeux le plus clair du temps. Toutefois, présentement, la lumière du feu l'éclairait par en dessous, et James distinguait clairement son visage.

Son teint pâle et parfaitement lisse, ses yeux clairs et cristallins, ses boucles blondes qui tombaient du chapeau lui donnaient des airs de vedette de cinéma. À ceci près que l'éclat glacial de son regard la rendait à la fois belle… et effrayante.

– On vous retient parce que vous êtes notre assurance, ma jolie. Tant que nous n'aurons pas ce que nous voulons, nous vous garderons avec nous.

– Mais vous l'avez ! répondit Precious. Vous avez le coffre !

– Et si l'on découvre qu'il est vide au moment de l'ouvrir, hmm ? Tu y as pensé ?

– Dans ce cas, vous aurez perdu votre temps, chère madame, ironisa amèrement Precious.

Mme Glass esquissa un sourire.

– Il se peut que votre père ait emporté avec lui ce que nous sommes venus chercher. Ou qu'il l'ait caché ailleurs, auquel cas je suis persuadée qu'il sera tout disposé à nous le donner en échange de ses deux enfants.

– Que voulez-vous dire ? Tout son argent se trouve dans le coffre, affirma Precious.

– Vois-tu, ma jolie, il n'y a pas que l'argent dans la vie, répondit Mme Glass en allumant une nouvelle cigarette.

– Alors quoi ? demanda James en reprenant son accent mexicain.

Mme Glass souffla un nuage de fumée sur son visage.

– Tu m'intrigues, Corona… Tu es le premier Mexicain aux yeux bleus que je rencontre.

– Ma mère n'était pas d'ici, répondit James. Elle était suisse.

– Suisse, hein ?

– Oui, dit James qui, jusque-là, disait la vérité, avant de

s'en écarter dans la phrase suivante. Elle était infirmière. Elle travaillait ici. Mon père est tombé amoureux.

– Tous ses frères et sœurs ont les mêmes yeux que lui, confirma Garcia.

– Vraiment ?

– Absolument. Ils sont connus comme le loup blanc à Tres Hermanas.

Mme Glass plia les genoux et, accroupie sur le sol, dévisagea James un long moment, sans dire un mot. Imperturbable, celui-ci lui rendit la pareille en la regardant d'un air narquois.

Precious rompit le silence :

– Quand tout ça sera terminé, mon père vous chassera et il ne s'arrêtera que lorsque vous aurez été jugés et pendus.

– À ta place, ma chérie, je ne présagerais pas des réactions de ton père, répondit Mme Glass d'un ton acide.

– Vous ne le connaissez pas.

– Crois-tu ?

– C'est un héros.

– *C'était* un héros, nuança Mme Glass. Ça, il en a descendu des Allemands avec son avion, pendant la guerre. Combien d'hommes crois-tu qu'il a tués ?

– Je vous défends de parler de lui comme ça.

– Le problème avec les héros, ma jolie, c'est qu'une fois la guerre terminée, ils s'aperçoivent bien vite que leur pays n'a guère de place pour eux. Si tu connaissais mieux ton cher papa, tu comprendrais que lui et moi sommes deux instruments d'un même orchestre.

– Taisez-vous, coupa Precious, très en colère. Je ne veux plus vous entendre.

Mme Glass souffla une nouvelle bouffée de fumée en direction de James.

– Au fait, qu'est-il arrivé à ta maman, beau Mexicain aux yeux bleus ?

– Elle est morte, répondit James, en s'en tenant cette fois encore à la vérité.

Garcia passa son bras autour de ses épaules et le secoua vivement.

– Il s'est un peu égaré quand elle a disparu, dit-il. Et il a basculé du mauvais côté de la barrière, comme vous dites.

– Et vous ? embraya James. Comment êtes-vous arrivé là ?

Mme Glass lui jeta un regard perplexe.

– Un jour, peut-être, je te raconterai.

– Ça me plairait bien, rétorqua James.

– Pourtant, ce n'est pas une belle histoire, dit Mme Glass en se relevant.

– Elle finit bien, au moins ? lança James tandis qu'elle s'éloignait.

– Ça, ça reste à prouver, répondit-elle par-dessus son épaule.

– Je la hais, grogna Precious quand elle fut trop loin pour entendre. Je veux la tuer.

– À ta place, je ne m'y frotterais pas, conseilla James. Elle te mangerait toute crue.

Disant cela, James aperçut un éclat qu'il n'avait jamais vu briller au fond des yeux de Precious. Elle semblait métamorphosée. Soudain, elle paraissait plus mûre et, surtout, bestialement féroce. James sentit une sueur froide lui parcourir l'échine.

– J'en fais le serment, maugréa Precious. Je tuerai cette femme. Je les tuerai tous autant qu'ils sont pour tout le mal qu'ils nous ont fait.

12

La fanfare de la mort

Ils progressèrent bien mieux le jour suivant, laissant derrière eux la forêt et s'engageant sur les contreforts de la Sierra Madre. Graduellement, la luxuriante végétation de la jungle céda la place à des paysages plus ouverts et l'air se fit plus sec et plus frais. De l'arrière du camion, James voyait se découper la masse des montagnes sur fond de ciel bleu.

Soudain, ils entendirent le ronron d'un avion. Ils balayèrent l'azur du regard.

– Peut-être que c'est papa, dit faiblement JJ en levant la main pour se protéger du soleil. Il a dû réparer son avion. Il vient nous chercher.

Il se redressa au prix de lourds efforts. Precious l'aida, contente de voir que son frère possédait encore quelque ressource.

Hélas, quand enfin ils le repérèrent, il s'avéra aussitôt qu'il ne s'agissait que d'un avion-cargo, reconnaissable à sa lourde silhouette arrondie. L'appareil traversa lentement l'éther en direction du nord-ouest.

– Il nous trouvera jamais, dit tristement JJ.

Et il se mit à pleurer.

Precious le prit dans ses bras, lui murmurant des mots réconfortants jusqu'à ce qu'il se rendorme.

Sur cette piste abrupte, le camion peinait encore plus que de coutume. De longues plaintes crachotantes s'échappaient de son capot. Par deux fois, James dut mettre pied à terre pour aider les autres à pousser. Contre toute attente, ils parvinrent néanmoins à passer la côte et s'engagèrent bientôt sur une vraie route, dont tout laissait penser qu'il s'agissait de l'autoroute principale reliant le nord au sud. Pour autant, la direction du nord, vers la frontière américaine, était bloquée par de gros blocs de pierre tombés sur la voie suite à la pluie. Des paysans du coin se démenaient avec les moyens du bord pour dégager la route. De toute évidence, ça allait leur prendre des jours.

– On n'a pas le choix. On va devoir se diriger vers le sud, déclara Garcia après s'être entretenu avec les hommes occupés au déblaiement. C'est la seule voie ouverte. Mais ça va aller. Un peu plus loin, il y a une route qui coupe par l'intérieur et qui va jusqu'à Mexico. Une fois là-bas, vous pourrez, au choix, prendre un avion, ou remonter plein nord par la route.

– Et par Veracruz ? demanda Mme Glass. Ne pourrait-on pas prendre un bateau ?

– Tout dépend des dégâts causés par la tempête, répondit Garcia.

– Pensez-vous pouvoir nous y conduire ?

– Je peux toujours essayer.

– Parfait, s'exclama Mme Glass. Allons aussi loin que possible avant que le camion ne rende l'âme.

Ainsi partirent-ils, cliquetant et pétaradant, vers la ville portuaire. En chemin, ils ne croisèrent personne ni dans un sens ni dans l'autre. La nuit tomba lentement sur une campagne déserte. Il eut beau chercher, James ne vit aucun signe de vie nulle part. Aucune ville, pas même un village. Il avait le sentiment qu'ils étaient seuls au monde. Il essaya de dormir, mais le camion, dépourvu de suspensions, était trop inconfortable pour cela, surtout quand certaines parties de la route n'étaient qu'une vulgaire piste jonchée d'ornières et de nids-de-poule. De guerre lasse, il s'allongea sur le sol, la tête cognant contre le coffre et se laissa absorber par la contemplation des étoiles. Leur éloignement semblait défier l'imagination. Sous leur voûte, la Terre paraissait minuscule.

Finalement, juste avant minuit, il y eut une terrible détonation, aussitôt suivie d'un sifflement mouillé, et le moteur s'arrêta de tourner. Emporté par son élan, le bahut bringuebala doucement sur le bas-côté de la route jusqu'à s'immobiliser. Strabo jura.

– Ça sent pas bon, grommela-t-il en se penchant pour jeter un œil au compartiment moteur. On dirait qu'on va devoir finir le trajet à pied.

Garcia sortit et ouvrit le capot. Un panache de vapeur s'éleva dans les airs.

James se redressa douloureusement et sauta du plateau. Après quelques étirements destinés à soulager ses membres engourdis, il huma l'air parfumé de la nuit et profita du profond silence qui avait succédé à l'incessant grognement plaintif du moteur. Il s'approcha nonchalamment de Garcia, qui, le nez sous le capot, essayait de mesurer l'ampleur des dégâts à la lueur d'une allumette.

– Le moteur est mort, dit-il en passant une main dans ses cheveux. Je ne peux plus rien faire.

– Saloperie de camelote mexicaine, maugréa Strabo après les avoir rejoints.

– Erreur, *señor* Strabo, répondit Garcia en se redressant. Ce camion est de fabrication américaine. Si j'avais les pièces, je pourrais éventuellement le réparer, mais…

Et il haussa les épaules.

Strabo donna un coup de pied dans une roue, puis il alla trouver Mme Glass et lui annonça la mauvaise nouvelle.

– On va dormir là, répondit-elle en descendant de la cabine. On avisera demain matin.

Sitôt dit, sitôt fait. En attendant que Kesstudi prépare quelque chose à manger, Sakata enseigna à James de nouvelles prises de ju-jitsu. La nuit était déjà bien avancée quand ils s'allongèrent enfin pour prendre un peu de repos.

Ils furent réveillés par un bruit de moteur. Tout ankylosé d'avoir dormi sur le sol pierreux, James avait l'impression qu'il venait tout juste de fermer l'œil. Dans un demi-sommeil, il se demanda si, contre toute attente, Garcia, à force de cajoleries, était parvenu à ranimer la pauvre vieille bouilloire.

Il ouvrit péniblement les paupières, cligna des yeux sous les assauts du soleil matinal et découvrit bientôt que le moteur en question n'était pas le leur. Un autre véhicule approchait. Un transport de troupes de l'armée mexicaine, plateau ouvert à tous vents.

Mme Glass, Sakata et Strabo étaient déjà debout, les yeux rivés sur la route. Kesstudi ronflait comme un sonneur. De toute évidence, il n'avait rien entendu. Strabo lui donna un coup de pied dans le bas des reins. Kesstudi grogna, frissonna, et s'assit.

Six soldats vêtus de vieux uniformes défraîchis étaient assis à l'arrière du camion. Ils avaient l'air fourbus et assommés d'ennui. Un officier était assis à l'avant, à côté du chauffeur. Dès que le camion s'arrêta, il coiffa sa casquette et mit pied à terre, souriant à pleines dents. Un pistolet pendait à son côté, dans un holster de cuir marron parfaitement lustré.

– *Buenos días*, dit-il en balayant la petite troupe du regard.

C'était un petit homme efflanqué, avec de grandes dents et une fine moustache.

Deux soldats se joignirent à lui, fusils en bandoulière. Ils semblaient tout juste plus âgés que James. L'un d'eux était pieds nus.

– *Buenos días*, répondit poliment Mme Glass, ce qui eut pour effet d'illuminer encore davantage le sourire de l'officier.

– *Americanos ?*

Mme Glass acquiesça d'un hochement de tête.

– Bien le bonjour, madame, poursuivit le gradé avec un accent mexicain à couper au couteau. C'est votre camion ?

– Exact, répondit Mme Glass. Pourquoi ? Un problème ?

– Non, non, aucun problème. Et vous allez où comme ça ?

– Au sud. À Veracruz.

– Veracruz ?

– En effet. C'est encore loin ?

– Non, pas très, répondit l'officier. Un jour de route. Peut-être deux. Mais c'est vraiment dommage que vous alliez à Veracruz.

– Ah bon ? Et pourquoi ça ?

– Nous avons un cruel besoin de camions comme le vôtre. Nous allons sur la côte, où la tempête a fait des ravages. Vous allez nous aider. Un camion comme celui-là nous serait d'un grand secours.

– Hélas, répondit Mme Glass. Il est en panne. Définitivement, je le crains.

– En panne, hein ? répéta l'officier en s'approchant lentement du camion.

Il laissa échapper un sifflet admiratif en voyant le coffre.

– Ouh ! Mais qu'est-ce que vous avez là ?

– À votre avis. Ça ressemble à quoi ?

– À un coffre-fort. Vous l'emmenez à Veracruz ?

– Tout à fait. La tempête est passée là-bas aussi ?

– *Sí.* Mais elle n'a pas fait autant de dégâts que dans le nord. Juste quelques bateaux coulés.

Deux soldats descendirent du camion et s'accroupirent à l'ombre du châssis, leur fusil sur les genoux, dévisageant ouvertement les Américains dans l'insistant cliquetis du moteur, que le chauffeur avait décidé de laisser tourner au ralenti.

L'officier reporta son attention sur Precious et JJ, toujours allongés sur le sol, enroulés dans leurs couvertures. Il lança un sourire à Kesstudi.

– Ce sont vos enfants ?

– Qu'est-ce tu dis ?

– Je dis, ce sont vos enfants ?

– Qu'est-ce tu dis ?

– Vous êtes sourd ou quoi ?

– Si je suis sourd ?

– *Sí.*

– Sûrement un petit peu. Pourquoi ça pose un problème ?

– Non, non. Aucun, répondit l'officier avec un sourire.

– Ça vous fait rire ? grogna Kesstudi. Moi, je ne trouve pas ça drôle.

Il se leva et tira sur sa veste de costume.

– J'ai un bourdonnement dans les oreilles, monsieur ! D'accord ? En permanence. Comme une sonnerie qui tinterait jour et nuit dans ma tête. Drrrrrrrrrrrr. Vous croyez que c'est drôle, ça ? Vous vous moquez de moi ou quoi ?

– Jamais de la vie, se défendit le militaire.

– Alors pourquoi vous rigolez comme ça ? Fendu comme un cul.

– Vous me traitez de cul ?

– Laisse tomber, dit Strabo en s'approchant de son ami et en posant une main sur son bras.

Kesstudi retira vivement son bras.

– Ce bronzé trouve que je suis marrant.

– Mais non, il essayait juste d'être poli, répondit Strabo. Il voulait juste savoir pour les enfants.

– Quoi ? Qu'est-ce tu dis ? J'aime pas ses manières en tout cas.

Strabo soupira avant de se retourner vers l'officier mexicain en secouant la tête.

– Ouais, ces enfants sont à nous. On est une grande et joyeuse famille en route pour Veracruz afin d'y livrer un coffre-fort.

L'officier mexicain s'immobilisa un moment, suçotant ses dents de lapin tandis qu'il réfléchissait.

Pour la première fois, James observa le paysage et fit un point rapide. Ils se trouvaient sur le versant d'une montagne, au flanc de laquelle serpentait la route, entre figuiers de Barbarie, agaves et touffes d'alfa. Sur la droite s'élevaient d'abrupts rochers, en arrière-plan desquels se dressaient les pics des montagnes. À gauche, un ravin de terre, parsemé de blocs rocheux, surplombait une forêt de pin, une vingtaine de mètres en contrebas.

Subitement, le petit officier mexicain parut parvenir à une décision.

– Puis-je voir vos papiers ? demanda-t-il d'un air grave.

– Qu'est-ce tu dis ? demanda Kesstudi en fronçant les sourcils.

– Papiers, répéta l'officier. Montrez vos papiers.

– Quels papiers ?

– Tous, hurla l'officier mexicain. Ceux du coffre-fort, ceux des enfants, vos passeports. Vous avez bien des passeports, non ? Allez. Vous entendez ce que je dis, là ?

– Ça va, ça va, grommela Kesstudi en se dirigeant vers le camion. Je vais vous les montrer ces papiers.

Il ouvrit la porte de la cabine et fourragea à l'intérieur en marmonnant dans sa barbe.

Droit dans ses bottes, l'officier mexicain pencha la tête en souriant à Mme Glass. Tout à coup, Kesstudi poussa un cri.

– Ah, tu veux les voir mes papiers ? beugla-t-il. Et qu'est-ce que tu penses de ça ? Hein ?

Un pistolet automatique dans chaque main, il avança à grands pas vers l'officier.

James eut juste le temps de se jeter sur le sol avant que quatre coups rapprochés ne partent.

L'officier ne fut pas aussi prompt à s'extraire de la ligne de tir. Au contraire, il perdit un temps précieux à tripatouiller son holster. Le temps qu'il en sorte son arme, quatre balles lui avaient perforé la poitrine. Il s'écroula en arrière dans la poussière en poussant un petit cri.

Au même instant, Strabo faisait irruption de l'autre côté du camion, armé lui aussi et ouvrit le feu sur les quatre soldats restés sur le plateau du semi-remorque.

Mme Glass avait, elle aussi, sorti une arme de quelque part (trop rapidement pour que James voie d'où) ; et elle vidait son chargeur avec une belle conscience sur les deux soldats près du camion. Avec leurs lourds fusils malhabiles, ceux-ci n'avaient pas la moindre chance d'échapper à la mort. À courte distance, contre une arme de poing servie par un esprit froid et méthodique, comme celui qui présidait à l'action précise et soigneuse du gang dans son entier, ils étaient perdus d'avance.

Durant quelques secondes, il y eut une affreuse succession chaotique de coups de feu et de hurlements. Une brève fanfare de la mort, à laquelle succéda le silence. Un silence absolu. Le silence de la mort. Même les insectes s'étaient tus. James dut attendre plusieurs secondes avant d'entendre les premières mouches, attirées par l'odeur du sang.

James se releva. Il n'eut pas le courage de regarder les dépouilles des soldats.

– Y s'sont taillés ! hurla soudain Kesstudi.

De fait, le chauffeur et deux hommes de troupe avaient pris leurs jambes à leur cou et s'étaient jetés dans le ravin, qu'ils dévalaient en dérapant entre les rochers.

Strabo arracha un fusil des mains d'un soldat mort. Il étudia rapidement l'arme, actionna la culasse, engagea une balle dans la chambre.

– Sont loin, commenta Kesstudi.

– La ferme, coupa Strabo en fermant un œil et en calant la crosse contre son épaule.

Il arma le chien, visa, et appuya sur la détente.

Une détonation sèche résonna en écho dans la montagne. La balle manqua sa cible. James vit exploser un morceau de cactus. Strabo jura, réarma le fusil et tira à nouveau. Cette fois, le chauffeur, un vieil homme grassouillet qui ne pouvait pas courir bien vite, leva les bras au ciel et s'étala tête la première dans la pente.

– Joli coup, s'exclama Kesstudi, admiratif.

– Difficile de le rater, le gros lard, railla Strabo en riant.

– J'parie qu't'arrives pas à dégommer les deux autres.

– Ah ouais ?

Un autre coup retentit, blessant l'un des soldats. Il vacilla, mais continua sa course. Le coup suivant l'arrêta pour de bon.

– Où est le troisième mec ? s'interrogea Kesstudi. Y z'étaient bien trois !

– Merde, s'exclama Strabo en ratissant la pente derrière sa mire. Il a dû réussir à atteindre le bois.

– Descendez et retrouvez-le, ordonna Mme Glass. Il ne faut pas de témoins.

Strabo et Kesstudi s'engagèrent maladroitement dans la descente.

Garcia s'approcha de Mme Glass. Il tremblait de colère.

– Vous êtes dingues ou quoi ?

– Un problème, Garcia ? répliqua négligemment Mme Glass en allumant une cigarette.

– Sûr que j'ai un problème. Vous venez de tuer sept hommes de sang-froid.

– Seulement des Mexicains.

– Je vous rappelle que je *suis* mexicain.

– Écoutez, c'était typiquement le genre de traquenard qui, dans ce pays, finit, au mieux, par un bakchich, répondit Mme Glass d'un ton coupant. Que vouliez-vous que je fasse ? Que je les laisse nous voler, nous arrêter, nous tuer ou nous soumettre à je ne sais quel traitement dégradant ? En plus, on a besoin de leur camion. Maintenant, aidez-moi à dégager ces corps de la route.

Garcia prit à bout de bras le cadavre d'un soldat mort et alla le déposer délicatement à l'arrière du camion, à côté du coffre. Il psalmodia quelques mots, se signa et, d'un geste de la main, ferma les paupières du défunt.

James avisa le revolver du frêle officier, qui dépassait sous sa dépouille. Profitant d'un instant d'inattention de Mme Glass, il le ramassa prestement et le fourra dans la ceinture de son pantalon, sous sa chemise. Puis il alla réconforter Precious et JJ qui pleuraient à chaudes larmes. Sakata était à leur chevet. James fut frappé de réaliser qu'il n'avait pas pris part à la fusillade.

– Ils vont bien, dit Sakata, aussi laconique et impassible qu'à l'accoutumée.

Et il alla aider Garcia.

Precious cessa un instant de pleurer. Elle s'essuya le visage d'un revers de main et cria à l'adresse de Mme Glass :

– C'est à ça qu'on doit s'attendre ? Quand vous n'aurez plus besoin de nous, vous nous abattrez comme des chiens au bord d'une route ?

– Je n'ai jamais tué personne sans y être obligée, répondit Mme Glass d'une voix blanche.

– Ah oui ? Et Jay Jay, alors ? s'écria Precious. Il a besoin d'un médecin. Vous êtes en train de le tuer.

– Ça, c'est Dieu qui en décidera, pas moi.

– Dieu ? s'esclaffa amèrement Precious. Qu'est-ce que vous y connaissez à Dieu ?

– Bonne question, répondit Mme Glass avant de tourner les talons en riant.

Vingt minutes plus tard, Strabo et Kesstudi revinrent, sans avoir pu mettre la main sur le fuyard.

– Mauvais, ça, maugréa Mme Glass.

– Bah, que peut-il faire ? grogna Strabo de sa voix rauque. On est à des kilomètres de la première ville. Il est à pied. On sera à Veracruz avant qu'il ait eu le temps de prévenir qui que ce soit.

– Quand même. C'est préoccupant, répondit Mme Glass. Il pourrait y avoir d'autres patrouilles dans le coin. Ils pourraient le récupérer. En plus, on va devoir prendre leur camion. On sera repérable à un kilomètre. Sans compter ce maudit coffre.

Elle laissa tomber sa cigarette et l'écrasa sous la semelle de sa botte d'un geste rageur.

Strabo tenta vainement de reprendre la main.

– Et si on…

– La ferme, l'interrompit Mme Glass. J'essaie de réfléchir.

Strabo cessa immédiatement de parler. Une fois encore, James fut impressionné par l'autorité que possédait cette femme. Ces hommes durs et frustes acceptaient ses ordres sans broncher. À aucun moment, ils ne semblaient remettre en cause son commandement. Il l'avait vue en action contre les soldats, et il avait pu mesurer à cette occasion quelle impitoyable tueuse elle était. Plus il côtoyait cette femme, plus elle l'effrayait.

– Il faut qu'on ouvre le coffre et qu'on s'en débarrasse,

dit-elle. Ensuite, on abandonnera le camion et on cherchera un autre moyen de transport.

Elle se tourna vers Garcia.

– Tu connais cette région ?

– Un peu.

– À ton avis, où est-ce qu'on pourrait trouver le matériel pour ouvrir ce coffre ?

Garcia se pinça la bouche en réfléchissant.

– À l'écart de cette route, il y a un vieux champ de pétrole. Mon frère y a travaillé. Tout est fermé aujourd'hui, mais il doit sûrement rester quelques outils. Des perceuses, des foreuses, peut-être même de la dynamite, qui sait ?

– Loin ?

– Difficile à dire.

Garcia balaya l'horizon des yeux, puis il pointa du doigt un sommet couvert de neige, au loin, qui dominait les collines couleur terre.

– Ça, c'est le Pico de Orizaba. Si on se dirige droit dessus, on devrait finir par tomber sur la piste qui mène au champ de pétrole.

– OK, approuva Mme Glass. Maintenant, au boulot.

Ils transbordèrent le coffre à bord du camion militaire, après quoi Kesstudi s'installa derrière le volant de leur vieux fardier et il relâcha le frein à main. Le camion se mit à rouler doucement dans la descente, Kesstudi le dirigea vers le bas-côté et sauta de la cabine juste avant qu'il ne tombe dans le ravin. Puis il le suivit tranquillement des yeux tandis qu'il dévalait la pente, prenant inexorablement de la vitesse avant de disparaître dans la forêt sous les hourras des hommes postés sur la crête. Bientôt, même la poussière soulevée par le vieux tas de tôle retomba.

– Saloperie de chiotte, jura Strabo en crachant par terre. On ne te regrettera pas.

– Préparez-vous ! ordonna Mme Glass. On démarre.

Precious leva des yeux désespérés vers James.

– J'en peux plus, murmura-t-elle tristement.

– Courage, répondit James. Dès qu'on sera arrivés aux derricks, on tentera quelque chose. Jay Jay va s'en sortir, tu verras.

Si seulement, au fond de lui, il avait pu être aussi confiant que ses mots le laissaient supposer.

13

L'écume du diable

Le panneau de métal était rouillé. En outre, tout portait à croire qu'on l'avait utilisé pour s'entraîner au tir car il était sérieusement bosselé et troué en plusieurs endroits. Malgré tout, l'inscription était encore lisible :

MEXICOIL
Servicios de la exploración y el perforar
Pozo número 23. Localización Verde De Las Colinas.
CARACTERÍSTICA PRIVADA

En dessous se trouvait un panneau plus récent, aux lettres grossières, peintes à la main, rehaussées du symbole commun pour prévenir d'un danger : un crâne et deux os croisés.

MANTIENE DEL PELIGRO HACIA FUERA.
INSEGURO. CERRADO.

Le camion quitta la route principale et s'engagea sur une mauvaise piste qui serpentait entre les escarpements rocheux. La pluie de ces derniers jours avait laissé de profondes flaques que la lourde glaise était incapable d'absorber. Le camion s'embourbait fréquemment. Garcia relançait alors le moteur qui ahanait plaintivement en lançant de hautes gerbes de boue derrière son essieu.

La piste semblait ne jamais devoir finir. Son état déplorable, conjugué aux lacets qu'elle dessinait, rendait leur progression particulièrement lente et difficile. Ici, l'air était plus frais et moins humide que sur la côte. Il était encore trop tôt dans l'année pour qu'il fasse vraiment chaud, pourtant, au milieu de la journée, le soleil pouvait déjà taper fort, aussi James et Precious faisaient-ils tout ce qu'ils pouvaient pour maintenir JJ à l'ombre. Ses lèvres étaient sèches et craquelées, ses yeux rouges comme s'il avait pleuré.

Le paysage s'ouvrit enfin et ils émergèrent sur une aire plane, en forme d'immense soucoupe, dont tout portait à croire qu'elle avait été arrachée à la montagne par la main de l'homme. Dans un lointain passé, cet endroit avait sûrement été vert et boisé. Depuis, les activités de forage avaient détruit le limon fertile et remplacé la végétation par une vilaine cicatrice brune et stérile. D'épais bosquets d'épineux poussaient bien ici ou là, mais, dans l'ensemble, la cuvette était aussi morne que désolée. Tout n'était plus que boue et rochers. Un petit ruisseau sinuait au milieu de cette terre à l'abandon, entre de grandes flaques multicolores d'eau stagnante. Certaines, vertes d'algues, d'autres orange de pollution et de rouille, d'autres enfin, plus répugnantes encore, sombres et violacées, leur surface irisée à cause des rejets de pétrole. Au loin, ils pouvaient distinguer un haut derrick de bois, entouré de quelques bâtisses à l'abandon.

Un triste monument, symbole de la fièvre de l'or noir qui s'était emparée du Mexique quelques années plus tôt. Mais les gisements s'étaient taris, et les puits avaient été abandonnés. Depuis, ils pourrissaient sur place dans l'indifférence générale.

Pour autant, le site sur lequel ils se trouvaient n'était pas totalement déserté, comme en témoignait la chaîne, à laquelle pendait un écriteau, tendue en travers du chemin, juste à côté d'une guérite le long de laquelle était garée une vieille berline Chevrolet vert bouteille, poussiéreuse et toute cabossée. Le camion s'arrêta. Deux hommes sortirent du poste de garde, l'air étonné de recevoir des visiteurs. Le premier était un homme grassouillet vêtu d'un complet et d'un chapeau, le second portait une veste militaire sur un ample pantalon blanc, et il n'avait pas de chaussures. Émergeant au soleil, il se coiffa d'une casquette de gardien et prononça quelque chose en espagnol.

Un troisième homme, lui aussi coiffé d'une casquette de gardien, se pencha à la fenêtre. À première vue, il était vieux et édenté.

Strabo et Kesstudi sautèrent de l'arrière du camion et s'avancèrent vers la guérite. Il apparut bien vite qu'ils étaient Américains et que l'homme au costume parlait anglais.

– Vous êtes perdus ?

– On est venus inspecter le puits, répondit Strabo.

– Ça fait belle lurette que le puits est fermé. En plus, c'est dangereux. Y a rien à voir par ici, répondit l'homme au costume en essayant de congédier ces importuns d'un geste agacé.

Mais ceux-ci ne semblaient pas décidés à partir.

– On a été envoyés par une grosse compagnie de forage, dont le siège est au Texas, poursuivit Strabo. Il est question qu'on rachète ce puits.

– Il n'est pas à vendre. Il est fermé. Y a plus une goutte de pétrole ici.

– Notre employeur n'est pas de cet avis.

– Croyez-moi, *señor*, il n'y a plus rien à tirer de ce gisement.

– Ne pourrait-on au moins jeter un œil au site ? demanda Strabo. Nous avons fait une longue route pour venir jusqu'ici.

– Désolé, *señor*. Mais j'ai bien peur que vous ayez fait tout ce chemin pour rien.

– Qu'est-ce qu'il y a dans ces bâtiments là-bas ?

– Des outils et du matériel de forage. D'ailleurs c'est pour ça que c'est gardé. J'appartiens à une entreprise de récupération, d'ici peu nous allons tout débarrasser.

– Et vous dites qu'il n'y a plus rien ici, répondit Strabo avec un large sourire de connivence, allant jusqu'à donner une pichenette de son poing fermé sur l'épaule de l'homme au costume.

Celui-ci ne sembla guère goûter cette familiarité déplacée.

– Je vous en prie. Rentrez chez vous, répondit l'homme, le visage soudain rembruni.

– Quoi ? Qu'est-ce tu dis ? Rentrer où ? demanda Kesstudi. J'irai nulle part avant d'avoir pu jeter un coup d'œil à ce que vous avez dans cette guitoune.

– *Señor !* l'arrêta l'homme au costume en posant une main sur son bras.

– Comment ? Qu'est-ce tu dis ? Parle plus fort, j'entends mal, répondit Kesstudi en s'engouffrant dans le poste de garde.

Les deux Mexicains se précipitèrent à sa suite en poussant des cris d'orfraie.

James entendit les échos de la dispute qui faisait rage dans la guérite, jusqu'au fracas extraordinaire, dans une explosion de verre brisé et de petit-bois, qui accompagna le passage de l'homme au costume par la fenêtre. Il roula quelques mètres sur le sol et s'immobilisa. Quelques secondes plus tard, les deux gardes sortirent, les mains en l'air, sous la menace du pistolet que Kesstudi pointait dans leur dos.

– Avec un peu de persuasion, tout finit toujours par s'arranger, ironisa Kesstudi. On a la permission de faire une visite.

Strabo alla examiner l'homme au costume. Il avait la nuque brisée. Il le traîna sous un buisson, à l'abri des regards, puis décrocha la chaîne qui barrait la piste. Les deux gardes terrorisés montèrent à l'arrière, avec les enfants, et s'assirent par terre, les mains sur la tête.

Ils s'engagèrent sur le chemin. Durant de longues minutes, ils serpentèrent entre les mares d'eau stagnantes et les monticules de terre et de pierre déposés là lors des travaux de nivellement. Puis ils traversèrent un ruisseau sur un pont de bois branlant et parvinrent enfin au pied du derrick, devant un alignement de longues baraques en bois délabrées et partiellement effondrées. Une atmosphère lugubre baignait l'endroit. Des machines-outils rouillées étaient abandonnées un peu partout, entre des montagnes de bidons vides et les vestiges d'un énorme feu dont ne restait qu'un tas de cendres et de bois à moitié calciné.

Quand James sauta du camion, il s'enfonça des deux pieds dans la boue. Il ne se libéra de la fange qu'au prix de lourds efforts accompagnés d'horribles bruits de succion et encore y laissa-t-il une chaussure, coincée dans une tourbe puante dont la teinte hésitait entre le jaune et le gris.

Il était en train de la nettoyer sur la roue arrière du camion quand retentit un coup de feu. Strabo venait de faire sauter le cadenas d'une des baraques. Il ouvrit la double porte et, pendant que Kesstudi, Sakata et Mme Glass partaient reconnaître les autres remises, il fit signe d'entrer au reste de la troupe.

C'était un ancien entrepôt de stockage, comme en témoignaient les pots de peinture abandonnés et les vieux sacs dont le contenu se répandait sur le sol de béton, essentiellement de la chaux et du ciment qui avaient sans doute servi à la construction des fondations des hangars et à celles du derrick. Une puissante odeur de produits chimiques flottait dans l'air. James sentit sa gorge le gratter. Au moins, c'était à l'ombre.

Strabo dénicha un rouleau de fil de fer et s'en servit pour attacher les deux gardes à un support de la charpente. Ceux-ci semblaient s'être définitivement résignés à leur sort et, adossés au poteau, ils se ratatinèrent sur eux-mêmes, leurs visages basanés affichant une triste expression.

Strabo examina les pots de peinture.

– Les mômes ! s'exclama-t-il en poussant James dans le dos. Occupez-vous de repeindre le camion pour qu'il soit un peu moins voyant.

Puis il sortit son couteau de chasse et le tendit à James.

– Juste au cas où, grogna-t-il avec un clin d'œil. J'pense pas qu'ils essaient de se tirer, mais on ne sait jamais. Mieux vaut se préparer à toute éventualité.

James acquiesça en silence d'un air dur.

Kesstudi les appela dehors. Strabo sortit avec Garcia. James s'approcha de la porte et jeta un œil à l'extérieur. Le gang avait reculé l'arrière du camion devant un baraquement voisin et transvasé le coffre à l'intérieur où des bruits de perceuse et des coups de marteau ne tardèrent pas à retentir.

James et Precious s'assurèrent que JJ était bien installé, puis ils allèrent au camion avec leur pot de peinture.

– Pourquoi est-ce qu'on les aide ? demanda Precious. Pourquoi on jette pas la peinture dans leur réservoir ?

– Parce qu'il faut qu'on les amadoue jusqu'à ce qu'une opportunité se présente.

La peinture récupérée à côté consistait en une émulsion noire, atrocement épaisse, normalement destinée à assurer la protection de structures métalliques en extérieur. Elle faisait de gros paquets et laissait d'énormes coulures, mais couvrait néanmoins avec une redoutable efficacité les emblèmes militaires et le vert olive du transport de troupes.

Ils travaillèrent ainsi tout l'après-midi, au son des coups de marteau monotones qui résonnaient dans la baraque où la bande était à l'ouvrage. Ils s'arrêtèrent seulement quand il fit trop sombre pour continuer. Bientôt, Kesstudi et Strabo ressortirent de la remise, le visage et les mains maculés de crasse.

– J'sais pas qui a conçu ce foutu coffre, maugréa Strabo, mais c'était un sacré vicelard, pour ne pas dire un sadique !

– Tu l'as dit, renchérit Kesstudi. On n'arrivera à rien avec ces outils. Ce qui nous faudrait, c'est une bonne dose de TNT. Et là, en cinq minutes, l'affaire serait réglée.

– On verra ça demain, répondit Strabo. Pour l'instant, on mange.

Kesstudi se chargea de faire un feu et de préparer de quoi souper. Garcia et Precious s'assirent aux côtés de JJ. Sakata dispensa un nouveau cours de ju-jitsu à James. Strabo se soûla. Mme Glass resta seule à l'écart, fumant cigarette sur cigarette. Étrangère au drame qui se tramait à sa lueur, la lune brillait d'un pâle reflet argenté. Le raffut des insectes et des grenouilles emplissait la nuit.

Le lendemain matin, une aube blafarde succéda à la nuit. Un ciel couvert, gris acier, faisait comme un couvercle au-dessus des montagnes. Aucun souffle d'air ne venait rompre l'immobilité générale. On étouffait. James se leva avant tout le monde et en profita pour arpenter les abords du campement à la recherche de tout ce qui pourrait se révéler utile. Cette petite marche matinale lui permit, en outre, de faire le vide dans sa tête. Un vide à partir duquel les pièces d'un plan ne tardèrent pas à se mettre en place.

Caché derrière un monticule de terre, il découvrit un

blockhaus de béton, niché au creux de la colline, sa porte lourdement cadenassée était frappée d'un avertissement aussi saisissant qu'éloquent : le pictogramme d'une explosion.

Pendant que Kesstudi préparait le petit déjeuner, James lui raconta ce qu'il avait découvert, criant pour se faire entendre et se répétant à plusieurs reprises.

Kesstudi accueillit la nouvelle avec un sourire de fouine.

– Mmh, ça m'a tout l'air d'un dépôt d'explosifs. Bravo, kid, c'est juste ce dont on avait besoin.

James conduisit Strabo et Kesstudi au bunker. Les deux hommes forcèrent le cadenas et ouvrirent prudemment la porte, levant ainsi les doutes qui pouvaient encore subsister. En effet, l'intérieur regorgeait bel et bien de caisses de dynamite. Kesstudi demanda qu'on le laisse inspecter seul le contenu du dépôt. Il en ressortit quelques instants plus tard, vibrant d'excitation.

– Va falloir faire gaffe, expliqua-t-il en grattant nerveusement son cou écarlate. C'est pas de la première bourre. Tout ce TNT est super instable. Il sue. C'est sûrement pour ça qu'ils n'ont pas voulu le transporter. Si on essaie de s'en servir là, on court de sérieux risques de s'envoyer tout droit rôtir en enfer.

– Alors on fait quoi ? demanda Strabo.

– Qu'est-ce tu dis ?

– Alors on fait quoi ? hurla Strabo.

– On le fait bouillir, répondit seulement Kesstudi.

– Très peu pour moi, déclina Strabo en levant vaguement les mains en l'air. Je ne connais que trop bien les effets de ce truc.

– Le kid, lui, il peut le faire, proposa Kesstudi, des éclairs dans les yeux.

Loin à l'écart des bâtiments, Strabo et Sakata installèrent un vieux bidon de pétrole au-dessus d'un feu et le remplirent à moitié d'eau du ruisseau. Kesstudi supervisait les opérations depuis le blockhaus où James n'allait pas tarder à devoir entrer.

– Trois bâtons devraient suffire. Sors-les un par un. La gelée baveuse qui suinte, c'est de la nitroglycérine. L'écume du diable, Corona ! Plus redoutable que tout ce que tu peux imaginer. Au moindre choc, ça pète. Tu dérapes et – boum – t'es transformé en chair à saucisse. C'est précisément pour ça qu'on a inventé la dynamite. Pour que la nitroglycérine soit moins dangereuse à utiliser. Ils la mélangent avec de la craie et du calcaire et la conditionnent en bâtons. Mais si on les laisse attendre trop longtemps, la nitro se met à suinter. Alors vas-y mollo.

Sur ces mots, il fit gentiment rentrer James dans le bunker avant de se retirer à distance.

Le sang battant aux tempes, James avança vers la caisse la plus proche de lui. Au creux du bois, il découvrit une vingtaine de bâtons, dont le sage alignement faussement inerte accentuait encore l'impression morbide émanant de ces objets, d'une vague couleur rouille, collants d'une bave venimeuse incrustée de cristaux blanchâtres. Ces trucs avaient l'air viciés, malsains, mortifères. Si quoi que ce soit tournait mal, on ne retrouverait même pas de quoi l'enterrer.

« Autant éviter de penser à ça. Fais le vide dans ta tête. Concentre-toi. »

Ses mains tremblaient.

Il essuya la transpiration qui coulait devant ses yeux, prit une profonde inspiration et saisit un bâton.

Rien.

Tel un zombie, il sortit lentement, tenant l'horrible chose à bout de bras.

– Va jusqu'au feu et mets-le dans la marmite, lui cria Kesstudi depuis son abri.

D'un pas lent et mesuré, James obtempéra. Du coin de l'œil, il aperçut Strabo et Sakata qui filaient, eux aussi, derrière un rocher. Il toucha au but sans encombre et déposa délicatement le bâton dans l'eau bouillante.

Rassuré, il retourna au blockhaus pour transporter le suivant et, bientôt, trois bâtons de dynamite sautillèrent dans le bouillon.

Kesstudi le rejoignit et jeta un œil à la préparation.

– L'eau va faire sortir le reste de la nitro, expliqua-t-il. Ensuite, on n'aura plus qu'à la récupérer à la surface. Mais attention ! Va pas croire qu'y a plus de risques. Ce truc peut encore nous péter à la tronche à tout moment. J'ai appris tout ça à l'armée, pendant la Grande Guerre, en Europe. Dans le génie ! L'essentiel de mon boulot consistait à faire sauter les ponts. Selon moi, il n'y a rien de plus beau au monde qu'une bonne explosion.

– C'est comme ça que t'es devenu sourd ? demanda James sans se soucier plus que ça de son accent mexicain.

– Kesstudi ? Non. Ça, c'est plus tard. Après la guerre, je me suis reconverti dans les coffres-forts. Un jour, dans l'Iowa, je me suis un peu emmêlé les pinceaux avec les mèches et je me suis retrouvé trop près quand ça a pété. Depuis, j'ai un bourdonnement permanent dans les oreilles. Ça me rend cinglé.

Tout en s'attelant à sa tâche, Kesstudi raconta à James tout ce qu'il savait sur la dynamite : quelle quantité il fallait utiliser, comment c'était fabriqué, sur quels principes physiques c'était basé, comment monter une mèche… Tout en parlant, il écuma délicatement la nitroglycérine de la surface de l'eau et la transvasa tout aussi précautionneusement dans un bocal de verre.

– Quand on en aura ramassé assez, j'irai en verser dans les

trous qu'on a percés dans le coffre. Comme je te l'ai dit, la nitro explose sous l'effet d'une percussion. Dans le cas présent, je crois que je vais utiliser un de ces fusils qu'on a piqués aux soldats. En heurtant le coffre au bon endroit, la balle déclenchera la détonation.

– Combien de temps ça prendra pour tout préparer ?

– Environ une heure pour placer la nitro en toute sécurité, et moins d'une seconde pour ouvrir le coffre.

Au déjeuner, James profita d'un instant de tranquillité pour s'entretenir en aparté avec Garcia.

– Une fois qu'ils auront ouvert ce coffre, Dieu sait ce qu'ils décideront, déclara James. S'ils trouvent ce qu'ils sont venus chercher, il y a des chances qu'on ne soit plus d'aucune utilité pour eux.

– Tu as raison, acquiesça Garcia en hochant du chef d'un air déterminé. On ne peut plus attendre.

– On va devoir agir pendant qu'ils seront occupés à l'intérieur, avec le coffre, poursuivit James. Tout ce qu'il faut, c'est emmener Jay Jay et Precious à la voiture, près de l'entrée.

– Ça fait une trotte, fit remarquer Garcia. Jay Jay n'y arrivera jamais.

– On a qu'à le porter, répondit James. Les deux gardes nous donneront un coup de main. À nous tous, on peut y arriver.

– Ça me fend le cœur de le voir dans cet état, dit tristement Garcia. À Veracruz, il y a un hôpital. Avec la voiture, on pourrait y être rapidement…

Dès que l'occasion se présenta, James exposa son plan à Precious tandis que Garcia allait parler aux gardes – qui ne cachèrent pas leur joie à l'idée de fuir.

Après le déjeuner, Mme Glass et les autres se rendirent à

la baraque pour préparer le coffre. James et Garcia étaient sur le point de mettre leur plan à exécution quand Strabo revint.

– On a besoin de toi, Garcia, dit-il du ton rauque et dur dont il était coutumier. Il faut qu'on déplace le coffre.

– Bien sûr, répondit calmement Garcia. Je finis mon café et j'arrive.

– Oui, ben, pour une fois, essaie de faire fissa. Tous un poil dans la main, ces métèques, bougonna Strabo en tournant les talons.

James se précipita vers Garcia.

– Et maintenant, on fait quoi ?

– C'est peut-être mieux ainsi, répondit Garcia d'un air fataliste. Comme ça, je pourrai essayer de les retenir à l'intérieur et faire en sorte qu'ils ne s'aperçoivent de rien.

– Sans toi, on n'y arrivera jamais, objecta James.

– Oh que si, répondit Garcia. J'ai confiance en toi, James. Tu peux le faire. Tu es jeune, mais tu es plus brave que bien des hommes. Les gardes te guideront jusqu'à Veracruz. Je t'y retrouverai quand tout ceci sera terminé.

Cherchant ses mots, James serra brièvement la main de Garcia.

– Merci, dit-il finalement.

– Bah, c'est rien, répondit Garcia en se dirigeant vers la remise d'un pas nonchalant.

James se mit en action sans perdre une seconde. Il utilisa le couteau de Strabo pour cisailler le fil de fer avec lequel les gardes étaient ligotés.

À peine libérés, ceux-ci se précipitèrent sur lui pour l'embrasser chaudement en bredouillant un chapelet de mercis auxquels James coupa court en leur ordonnant de se tenir tranquilles.

Precious avait beau trembler de tous ses membres, son

regard était dur et déterminé. Nul doute qu'elle surmonterait ses craintes pour aider son cadet, qui transpirait à grosses gouttes et qui semblait plus fiévreux que jamais. De fait, il ne paraissait plus réellement conscient de ce qui se passait. James l'aida à s'agripper au dos du plus jeune garde. JJ poussa un petit cri plaintif. On avait cogné sa jambe blessée. Precious vint aussitôt à son chevet et l'apaisa de quelques caresses et de quelques mots gentils. Il se calma. Ses lourdes paupières semblèrent se fermer d'elles-mêmes.

Tout était prêt. James sortit pour vérifier que la voie était libre.

Las. Kesstudi, qui se dirigeait à grands pas vers le camion, les empêchait de faire mouvement. James signala prestement aux autres de rester en arrière et il s'avança.

– Alors ? Comment ça se passe ? demanda-t-il.

– Kesstudi ?

– Ça avance ?

– Doucement. La nitro, faut pas la brusquer… Hé, mais c'est quoi, ça ?

– Quoi donc ? demanda James en tournant la tête.

Horrifié, il découvrit le plus vieux des gardes, qui avait passé la tête par l'entrebâillement de la porte. Celui-ci retourna promptement se cacher à l'intérieur, mais pas suffisamment vite pour éviter de se faire repérer.

– Je t'avais pourtant dit de les avoir à l'œil, aboya le gangster en poussant James hors de sa route, avant de se précipiter vers le baraquement.

James ramassa une pierre et courut pour le rattraper. Il aurait bien voulu pouvoir éviter ce geste, mais il n'avait pas le choix. Aussi cogna-t-il de toutes ses forces, cueillant Kesstudi à la base du crâne. Celui-ci s'effondra comme un chêne qu'on abat. James le dépassa d'un bond et s'engouffra dans la baraque.

Le Mexicain s'excusa en bredouillant. James lui répondit seulement de se taire et de se mettre en route. Mais, avant qu'ils aient eu le temps de faire un pas, la silhouette de Kesstudi, brandissant son revolver, se dessinait dans l'encadrement de la porte.

Le coup que James lui avait porté ne l'avait que momentanément assommé.

Et il avait l'air furieux.

– T'aurais pas dû faire ça, grogna-t-il sans desserrer les dents. J'sais pas à quoi tu joues, Corona, mais, quoi qu'il en soit, pour toi la partie est définitivement terminée.

14

Une lueur au bout de la nuit

Il était trop tard pour avoir des regrets, trop tard pour réfléchir. Il fallait agir.

James plia les genoux, ramassa une poignée de chaux, et la lança au visage de Kesstudi avant que celui-ci n'ait eu le temps d'appuyer sur la détente. Le gangster poussa un affreux cri et porta instinctivement les mains à ses yeux, mortifiés par la poudre corrosive.

– Courez ! hurla James.

Kesstudi tira plusieurs coups de revolver à l'aveugle. Les balles traversèrent les fines planches du baraquement, grêlant les parois de petits trous par lesquels filtrait la lumière du soleil.

James et Precious s'aplatirent sur le sol tandis que les deux gardes se ruaient à l'extérieur, emportant JJ.

Kesstudi avait le visage noyé de larmes. Ses yeux étaient d'un rouge saisissant. Il rugissait de douleur, beuglait de colère. James se remit debout, entraînant dans son sillage une Precious terrorisée. Ils bousculèrent l'assaillant et se précipitèrent dehors.

Kesstudi n'avait pas abdiqué pour autant. Il était sur leurs talons. Et il tirait de plus belle.

Se tenant par la main, Precious et James zigzaguèrent pour éviter les balles autant que les mares d'eau boueuse. Kesstudi chancelait derrière eux.

Un projectile se ficha dans le sol à leurs pieds avec un bruit mouillé. James lâcha la main de Precious et ils se séparèrent.

Il n'avait fait que quelques foulées lorsqu'une autre balle siffla à ses oreilles, dangereusement proche. Il se laissa tomber à genoux dans une mare de boue et perdit Precious de vue.

Les coups de feu avaient alerté le reste de la bande. Strabo sortit en trombe de l'autre baraque, Sakata sur ses talons.

– Gaffe ! Kesstudi ! Regarde où tu vas ! hurla Strabo.

– Quoi ? Kesstudi ? Qui parle ?

Fou furieux, la vue aussi brouillée que l'ouïe, Kesstudi fit volte-face et ouvrit le feu en direction de la voix.

Ce fut au tour de Strabo de plonger par terre, pendant que Sakata s'abritait derrière un tas de gravats.

– C'est moi, crétin ! Strabo ! C'est Strabo. Arrête de bouger et laisse-moi m'occuper d'eux.

– Kesstudi ? Kesstudi ?

Dérapant sans cesse, James tenta péniblement de retrouver ses appuis dans la glaise gorgée d'eau et de pétrole tandis que Kesstudi continuait de vider consciencieusement le magasin de son automatique. Des rafales de balles sifflaient dans toutes les directions alors que le gangster décrivait un vague cercle d'un pas toujours aussi hésitant.

Enfin, les tirs cessèrent. Kesstudi était venu à bout de son chargeur. Continuant d'avancer, il fouilla maladroitement sa poche à la recherche de munitions.

Strabo profita du répit pour se lever d'un bond et se précipiter sur lui.

– Kesstudi ! Bouge pas, cria-t-il. N'avance pas…

Mais c'était trop tard. Juste au moment où il enclenchait

le nouveau magasin, Kesstudi fit un pas de trop dans une mare vaseuse. Il bascula en avant et s'effondra dans la fange en levant une formidable gerbe de boue. Il battit pitoyablement des bras, sortit la tête de la bouillasse en jurant et en crachant. Il avait beau faire, il était incapable de s'extraire de l'étau de vase dans lequel il s'était fourré. La boue nauséeuse qui gisait sous la surface huileuse le tenait fermement dans son étreinte.

– C'est quoi ça ? hurla-t-il. Qu'est-ce qui m'arrive ? Où suis-je ?

Il essaya de s'essuyer les yeux, ce qui eut pour seul effet d'étaler la souillure et de la faire entrer plus profondément sous ses paupières.

– Tiens-toi tranquille, hurla Strabo. N'essaie pas de te débattre, ça ne ferait qu'empirer les choses.

En peine crise de panique, Kesstudi restait sourd à ces suppliques. Et plus il remuait et trépidait, plus il s'enfonçait dans l'immonde bourbier.

– Arrête de bouger, bon sang !

Mme Glass sortit de la baraque et s'approcha à grands pas, escortée de Sakata.

Enfoncé jusqu'à la ceinture dans sa propre mare, James se retrouvait coincé lui aussi, incapable de détourner les yeux de ce sinistre spectacle.

– Allez chercher une corde, n'importe quoi ! hurla Strabo.

Sakata ramassa une planche et s'approcha prudemment du bord de la mare.

Seules la tête et les épaules de Kesstudi émergeaient de la surface. Ses mains battaient désespérément la fange.

– Attrape ça, ordonna Sakata.

– Kesstudi ?

Sakata se pencha en avant et passa le bout de la planche à Kesstudi qui, d'un geste désordonné, la repoussa avec effroi.

– Aide-moi ! Ô Dieu ! Aide-moi, s'égosilla-t-il. Sortez-moi de là.

– J'essaie, répondit Sakata. Mais pour ça, il faut arrêter de gigoter.

– Kesstudi ? Parle plus fort. J'entends rien, j'vois plus rien.

Fut-ce d'épouvante ou intentionnellement, nul ne le sut, toujours est-il que Kesstudi tira une rafale d'automatique, à laquelle Sakata répondit en reculant vivement, de peur d'être touché. Puis il se tourna vers ses compagnons, l'air désemparé.

James avisa Mme Glass, totalement impassible, qui regardait Kesstudi couler sans esquisser le moindre geste. Un mélange d'effarement et de fascination se lisait sur ses traits.

Le menton de Kesstudi disparut sous la surface. L'instant suivant, ses lèvres furent avalées par la tourbière. Il toussa, cracha, essaya de crier. Mais la boue obstruait déjà sa bouche, le condamnant au silence. Seule une énorme bulle ballonna lentement devant lui, puis une plus petite et enfin une longue série de bulles minuscules qui pétillèrent à la surface tandis que son nez disparaissait dans la boue. Durant un instant, on ne vit plus de lui que ses yeux, injectés de sang et exorbités, comme s'ils fixaient les cercles les plus profonds de l'enfer.

Puis eux aussi disparurent, et n'émergea plus du redoutable piège de vase qu'une main droite, pathétiquement agrippée à un automatique. Une arme qui avait si aisément ôté la vie à tellement de gens, mais qui se révélait parfaitement inopérante pour en sauver une seule.

L'index de Kesstudi se referma sur la gâchette. L'arme laissa échapper une rafale de balles qui se perdirent dans le ciel. Bang, bang, bang…

Puis l'automatique, lui aussi, coula.

Et ce fut le silence. Plus rien ne bougeait.

Strabo et Sakata s'approchèrent du bord et baissèrent les

yeux sur la mare, redevenue lisse. Une dernière balle jaillit enfin de sous la mélasse, et ce fut fini.

– Pauvre diable, commenta Strabo. Quelle mort horrible !

– Que s'est-il passé ? demanda Mme Glass en fixant James d'un air absent.

C'est alors qu'elle réalisa.

– Les enfants ! s'exclama-t-elle. Les enfants sont partis.

Il y eut une brève explosion de bruyante agitation. Mme Glass aboya une série d'ordres, puis sauta à bord du camion avec Strabo et ils démarrèrent en trombe. Le vieux bahut souffla, craqua et grogna, bringuebalant à vive allure sur le sol défoncé, bondissant d'ornière en ornière. Il s'engagea sur le vieux pont de bois à une telle vitesse que James était certain que l'ouvrage n'y résisterait pas.

Il n'en fut rien et le camion disparut à la vue. Un calme lourd de menaces s'abattit sur le campement. Sous les yeux de Sakata, Garcia aida James à se libérer de la gangue. Puis ils attendirent en silence, immobiles, le regard perdu au loin. James évita de croiser celui de Garcia redoutant ce qu'il pourrait y lire. Du désespoir ? De la consternation ?

Ils attendirent ainsi, dans un silence glaçant, perdus au milieu de ce paysage désolé, sous un ciel plombé. Seules les mouches bougeaient encore. Mais ce fut tout juste si James les remarqua bourdonner autour de son visage et courir sur sa peau. Il retenait son souffle, l'oreille à l'affût du moindre bruit. Tout son être était tendu vers ce qui allait se passer par-delà les tertres de terre et de pierre qui bloquaient la vue sur l'entrée.

Precious, JJ et les deux gardes avaient-ils la plus petite chance de s'en tirer ?

Quelle avance possédaient-ils au moment où le camion avait démarré ? Pouvaient-ils atteindre la voiture avant que le camion ne les rattrape ?

Comme les autres, James s'était tellement laissé absorber

par la mort de Kesstudi qu'il n'avait pas prêté attention à ce que faisait Precious. Si seulement il avait pu confier aux gardes le pistolet qu'il avait caché dans la ceinture de son pantalon. Alors ils auraient eu une chance.

Finalement, ils l'entendirent. Une détonation lointaine, bientôt suivie d'une autre et puis plus rien. Les gardes n'avaient pas d'arme. Cela ne pouvait signifier qu'une chose.

À moins que...

À moins qu'ils aient des armes cachées dans le poste de garde ? Ou dans la voiture ? Peut-être même qu'ils avaient monté une embuscade, et attendu que le camion se présente au sommet de la côte... ?

James se tourna vers Sakata. Celui-ci évita son regard, visiblement gêné, presque honteux.

Un grondement de moteur rompit le silence. La silhouette du camion se dessina au sommet de la côte. Le temps sembla s'étirer à l'infini. L'attente était intolérable, douloureuse. La lente marche inexorable du camion semblait ne jamais devoir finir.

James se sentit en proie à des sentiments contradictoires. Il voulait qu'il n'arrive jamais et, en même temps, il aurait voulu qu'il soit déjà là.

Quand, enfin, il s'arrêta à leur hauteur, James avisa Strabo, assis à l'arrière, et Mme Glass installée au volant, à côté de Precious.

Aucun signe de JJ ni des gardes.

Mme Glass sortit de la cabine et alla se planter devant James et Garcia d'un air décidé.

– Bien ! bougonna-t-elle d'un ton coupant. Que s'est-il passé ?

– Un des gardes avait caché un couteau, répondit James. Il a dû couper le fil de fer pendant la nuit. Ils m'ont débordé.

– Ah oui ? Disons qu'ils ont failli. On aurait dû les abattre dès le début au lieu de les faire prisonniers. Enfin... Maintenant, c'est fait.

James essaya de ne pas montrer la moindre émotion. Il observa Precious par-dessus l'épaule de Mme Glass. Elle descendait de la cabine d'un air dépité, mais elle ne pleurait pas. Peut-être n'avait-elle plus de larmes ?

Mme Glass attrapa James par le bras.

– Tu as merdé, Corona, hurla-t-elle avec colère. Refais-moi un coup comme ça et je t'étripe.

– Je suis désolé, marmonna James.

– Je me fiche bien de tes remords. Ils ne ramèneront pas Charlie.

– Charlie ? répéta James, momentanément perdu.

– C'était son nom, dit Mme Glass en tournant la tête vers le puits de boue. Charlie Moore.

Strabo ramassa quelque chose sur le plancher du camion et sauta à terre, tenant au creux de ses bras JJ qui semblait avoir perdu connaissance. Il le porta jusqu'à Precious et le déposa à ses pieds.

– Il est tout à toi, chérie, grogna-t-il. Mais attention, la prochaine fois, on risque de ne pas être aussi attentionné avec vous deux.

– La prochaine fois ? cria Garcia avec colère. Vous ne voyez donc pas qu'il n'y aura pas de prochaine fois ? Ce gamin est presque mort !

– Ça, c'est pas mon problème, *muchacho*, répondit Strabo, riant sous cape, et il tourna les talons.

Garcia fit quelques pas en avant, posa la main sur son épaule et le fit pivoter.

– Espèce de salopard, grommela-t-il. Ne t'avise plus de toucher à ce gamin.

– Tu sais à qui tu parles, bronzé ? répondit le gangster sans se départir de son sourire imbécile.

Garcia n'hésita pas une seconde. Il le gifla sèchement du dos de la main. Strabo s'écroula sous la puissance de l'impact et resta un moment au sol, sur le flanc, clignant des yeux pour reprendre ses esprits, sans croire complètement à ce qui lui arrivait.

Pour finir, Garcia lui cracha en plein visage. Cette ultime humiliation ramena Strabo à la vie. Il se releva prestement et dégaina le colt qu'il portait à la ceinture. Mais Garcia s'attendait à cette réaction. D'un ample geste du bras, il cogna le poignet de Strabo. Celui-ci lâcha son arme qui vola dans les airs puis ricocha sur le sol avant de couler dans une flaque de boue.

– C'est ça, grogna Garcia en le giflant à nouveau. Sors ton flingue. C'est tout ce que tu sais faire. Défourailler et tuer. Tu n'es pas un homme. T'es qu'une raclure insignifiante.

Une gifle du revers de la main, une autre du plat, et ainsi de suite, jusqu'à ce que la grosse tête carrée de Strabo ne soit plus qu'une chiffe molle oscillant de droite à gauche au rythme des baffes.

Une vie de labeur en mer, à remonter des filets et à charrier de lourdes caisses de poissons, avait doté Garcia d'une force étonnante. Ses bras, surtout, étaient d'une puissance prodigieuse. Strabo ne pouvait rien contre la pluie de coups qui s'abattait sur lui sinon reculer en titubant en espérant que ça cesse.

James chercha des yeux Mme Glass pour évaluer sa réaction. Subjuguée, elle assistait à l'assaut avec la même froideur impassible, la même fascination quasi amusée que celles dont elle avait fait montre lors de la disparition de Kesstudi. De toute évidence, elle ne ferait rien pour arrêter Garcia.

Strabo tomba à genoux, sonné et confus. Garcia l'attrapa par le revers de sa veste et le traîna jusqu'à une mare d'eau viciée, verdâtre de pollution et d'algues malsaines. Il lui plongea la tête dedans, l'y maintenant de longues secondes avant de relâcher son étreinte.

Strabo se retira vivement de l'eau infecte, toussant, crachant et dégoulinant de souillures immondes. Une fois à genoux, il fut pris d'un spasme et vomit sur lui.

– Debout, *cabròn*, ordonna Garcia.

Strabo se remit péniblement sur ses jambes, et Garcia le cogna à nouveau, encore et encore, jusqu'à avoir du sang sur les phalanges, jusqu'à ce que le visage sanguinolent de Strabo soit à vif, boursouflé et mou comme une pièce de viande sur l'étal d'un boucher. Étonnamment, pour la première fois de sa vie peut-être, son regard était droit. Il avait perdu son strabisme.

Garcia le cogna jusqu'à n'avoir plus de force, après quoi, épuisé, il poussa simplement sur le côté le gangster, dont le corps s'affala sur le sol comme une poupée de chiffon.

Ensuite, Garcia alla au chevet de JJ. Il s'agenouilla près de l'enfant blessé et lui caressa tendrement le visage.

– Ça va aller, dit-il doucement. Je ne laisserai personne te faire de mal *mi niño.* Je vais te trouver un docteur, tu vas voir.

Puis il prit gentiment l'enfant dans ses bras, se redressa, et marcha jusqu'à Mme Glass.

– J'emmène le gamin à la voiture, affirma-t-il avec assurance. N'essayez pas de m'en empêcher ou je vous tue de mes propres mains.

Mme Glass soutint le regard de Garcia sans piper mot. Après un silence, celui-ci tourna les talons et s'engagea sur le chemin menant à l'entrée. Mme Glass alluma une cigarette et le regarda s'éloigner.

La silhouette de Garcia se fit de plus en plus petite et se fondit dans le paysage.

James sentit une chaude vague de réconfort envahir sa poitrine. Il aurait tant aimé pouvoir se montrer aussi brave que Garcia, lui qui, pour sa part, n'avait rien fait pour le jeune garçon.

Puis, soudain, son sang se glaça. Et en un instant, son monde bascula.

Un coup de feu avait crevé l'air. Garcia s'était effondré.

Strabo, un masque tuméfié et saignant à la place du visage, se tenait debout, un fusil à la main.

Il souriait.

Precious poussa un cri perçant. James et elle coururent vers l'endroit où Garcia était tombé.

Il était à l'article de la mort. Il prit la main de James.

– C'est à toi, maintenant, murmura-t-il dans un filet de voix. Dieu a fait son choix. Tu dois être *valiente*. Prends soin de Jay Jay pour moi.

Et il baissa les paupières. Precious prit son beau visage entre ses mains.

– Non, non, non, non…, marmonna-t-elle dans un sanglot. Pitié, non…

Precious enterra Garcia elle-même, refusant catégoriquement qu'on l'aide. Sous le regard compatissant de James, elle creusa une fosse, au bord de laquelle elle traîna doucement le corps. Puis elle le fit précautionneusement rouler à l'intérieur et le recouvrit de terre. Après quoi elle s'assit à côté de la tombe, et demeura ainsi un long moment, seule, tandis que la lumière du jour déclinait.

C'est tout juste si James entendit le coup de feu et la petite explosion en provenance de la baraque où Mme Glass et Strabo venaient enfin d'ouvrir le coffre. Peu de temps après, ils sortirent et rejoignirent James, qui aidait Sakata à préparer le feu. Les deux Américains avaient l'air fatigués et sombres. Le visage de Strabo était détruit, tuméfié, couvert de coupures et de bleus. Son œil droit était totalement fermé. Il attrapa une bouteille de whisky dans un sac et avala bruyamment une longue gorgée d'alcool. Mme Glass réajusta son chapeau à large bord et s'immergea dans la contemplation des flammes qui dansaient au-dessus du feu de camp.

– J'espère que ça en valait la peine !

Tous les yeux se tournèrent simultanément vers Precious, qui fusillait Mme Glass de regards assassins.

– Tu me parles ? demanda Mme Glass en prenant la bouteille des mains de Strabo.

– Oui, c'est à *vous* que je parle, poursuivit Precious. Je veux savoir si l'argent du coffre valait les vies qu'il a coûtées. Au fait, on en est à combien maintenant ? Douze ? Treize ?

– Je ne tiens pas de comptabilité, répondit Mme Glass avec un petit rire.

– Mais moi, si, rétorqua Precious. Et, croyez-moi, vous allez payer pour chacune d'elle.

– Des promesses, mon ange, toujours des promesses, railla Mme Glass. Mais, au bout du compte, seulement des mots. Que comptes-tu faire, hein ? Que crois-tu sérieusement pouvoir tenter, ma petite chérie ?

– Vous ne répondez pas à ma question.

– Si ça valait la peine ? Je dois reconnaître que c'est une bonne question. Prenons les hommes qui ont foré ce puits de pétrole, et qui se sont tués au travail dix-huit heures par jour dans l'espoir de devenir riche. Pensaient-ils que ça valait la peine ? Et les généraux, tranquillement planqués à l'arrière pendant qu'ils envoyaient des milliers de jeunes hommes à la boucherie, se demandaient-ils si ça valait la peine ? Et le bon Dieu sur son nuage ? Quand il a soufflé la tempête qui a balayé Tres Hermanas…

– Dieu n'a rien à voir là-dedans, coupa Precious. C'est à vous que je pose la question. L'argent de ce coffre vaut-il tout le sang qu'il a fait couler ?

– Pour être tout à fait franche avec toi, mon ange, non.
– Alors pourquoi avez-vous fait tout ça ?
– Le fait est, répondit Mme Glass en frottant ses yeux cernés, que nous ne nous attendions pas à trouver des liasses et des liasses de billets dans ce coffre.
– Quoi ? Vous voulez dire qu'il n'y a pas d'argent à l'intérieur ?
– Oh ! si. Il y en a. Mais ce n'est pas ce que nous sommes venus chercher.
– Dois-je comprendre que vous allez jeter l'argent ?
– Bien sûr que non. Nous allons l'utiliser pour prendre du bon temps. C'est bien le moins que nous méritions après tout ce que nous avons traversé. Mais on ne tiendra pas bien longtemps. Vois-tu, ton papa n'avait pas beaucoup de cash dans son coffre.
– Que vous dites ! Mon père est un homme riche.
Mme Glass émit un petit rire condescendant avant de reprendre.
– Oh, bien sûr, ton papa aime s'afficher et donner l'impression qu'il est riche. Il n'y a qu'à voir sa maison et le luxe ostentatoire de ce qu'elle contient. Mais, après tout, il a un standing à tenir. Celui du grand héros de guerre américain, dûment décoré par sa nation. Mais la villa est louée, les meubles également. Même ses voitures ne lui appartiennent pas. Il les a empruntées.
– C'est faux, s'insurgea Precious. Nous habitons la plus belle villa de Tres Hermanas.
– Penses-tu sincèrement qu'il pourrait se permettre tous ces domestiques s'il vivait aux États-Unis ? À ton avis, pourquoi crois-tu qu'il a emménagé ici ?
– À cause du boom pétrolier. Il travaille pour les grandes compagnies. Il prospecte de nouveaux gisements.
– Exact. Ce qui l'autorise à voler partout où il veut. Au

Mexique. Aux États-Unis. En Amérique centrale et dans les Caraïbes. Sacré Jack Stone. Le pilote. Le héros de guerre. Libre de sillonner l'azur, où bon lui semble, sans autre formalité.

– Qu'est-ce que vous sous-entendez ? demanda Precious.

– Il semblerait que je connaisse ton bon papa mieux que toi, poursuivit Mme Glass d'un air entendu. Ce doit être parce que c'est l'un des nôtres.

– Certainement pas ! se cabra Precious. C'est un héros ! Il a gagné trois médailles durant la guerre. Il a été reçu à dîner par le Président.

– Bah, de nombreux escrocs ont partagé la table du Président.

– Vous pouvez en dire autant ? demanda Precious avec mépris.

Un large sourire se dessina sur le visage de Mme Glass.

– Eh bien, vois-tu, mon ange, il se trouve que oui, dit-elle.

– Taisez-vous ! éructa Precious. Je ne vous crois pas.

– Tu peux croire ce que tu veux. C'est le cadet de mes soucis.

– Alors pourquoi ? s'emballa Precious. Pourquoi avez-vous volé le coffre sinon par cupidité ? Répondez au moins à ça.

– Certaines choses ont plus de valeur que le cash, même en grosses coupures.

– Mon père ne possède ni bijoux ni or, si c'est à cela que vous faites allusion.

– Du tout, trésor. Car il existe des choses qui possèdent encore davantage de valeur que l'or.

– Comme quoi ?

– Les secrets.

15

Le Bon Samaritain

– Laissez-moi vous raconter une histoire, dit Mme Glass en se réchauffant les mains auprès du feu. L'histoire d'un héros de guerre, d'un as. L'histoire d'un homme qui a parcouru le monde entier, côtoyé les princes et les rois, festoyé avec les plus grandes vedettes de cinéma, une publicité ambulante pour les produits « made in USA », un représentant idéal pour l'industrie américaine. Un homme qui a découvert à ses dépens que, lorsque les combats s'arrêtent, le pays n'a plus guère de place pour ses héros. Il a au contraire besoin de cadres, d'ouvriers et d'agriculteurs. Le monde est en perpétuelle évolution, mon ange, et les hommes n'ont d'autre choix, même si c'est souvent douloureux à admettre, que de changer avec lui. Ainsi l'engouement du public pour les têtes brûlées du ciel, capables de réaliser les plus folles acrobaties, n'aura duré qu'un temps. En outre, les avions sont des machines coûteuses à entretenir. L'argent de ton père s'est mis à fondre comme neige au soleil. Alors, il a vendu ses services d'aviateur hors pair à qui en avait besoin. Et, effectivement, quand le boom pétrolier s'est emparé du Mexique, comme beaucoup d'autres aventuriers qui avaient flairé l'argent facile, il est parti au sud.

« Il a liquidé tout ce qu'il possédait et s'est exilé ici, à El Dorado, avec femme et enfants, espérant faire fortune dans l'or noir. Mais il a bien vite découvert que les choses n'étaient pas aussi simples. Bien sûr, certains s'enrichissaient – ceux qui possédaient des parts dans les grosses compagnies pétrolières –, mais tous les autres, comme d'habitude, se faisaient arnaquer. Il a fait ce qu'il a pu. Il a fait de la prospection, travaillé en tant qu'observateur, monté un service de taxi pour les magnats de l'industrie. Mais, fut-il pilote d'avion, aucun chauffeur de taxi n'est jamais devenu riche. À son grand désespoir, il dut se résoudre à ce que ses rêves ne deviennent jamais réalité. Mais lorsqu'on s'appelle Jack Stone, on tient son rang. Aussi continua-t-il à feindre d'être riche, à jouer le fier-à-bras à qui tout réussit. Et puis, il avait une grande demeure à faire tourner, des domestiques à payer, une femme à chérir. Mais tout ça c'était du vent.

– Pas du tout, s'insurgea Precious. Ce n'est pas vrai.

– Oh, allez, trésor, répondit Mme Glass. Tu ne vas pas me dire que tu ne t'es jamais doutée de rien ? Tu ne t'es jamais demandé, par exemple, pourquoi ta mère avait quitté la maison ?

La jeune fille détourna vivement la tête.

– Ton père est un bon acteur, il faut bien le reconnaître, poursuivit Mme Glass. Mais, même en refusant de le voir, tu as forcément su que quelque chose ne tournait pas rond. Tu ne peux pas ne pas avoir remarqué sa mine soucieuse, ses rendez-vous secrets avec des gens bizarres…

– Continuez, coupa Precious d'une voix aussi monocorde que possible.

– Ton père a enfin trouvé un moyen de faire de l'argent : la contrebande ! Il avait la plus parfaite des couvertures pour ça, lui le héros américain bien propret, qui plus est, qui pouvait voler où bon lui semblait sans éveiller le moindre soupçon. Il a commencé tout petit. Un type qui l'aborde dans un bar et qui lui demande si, par hasard, il ne peut pas transporter quelque chose pour lui de l'autre côté de la frontière. Et puis ce type raconte qu'il a un ami, qui lui-même en a un autre. Le mot s'est répandu. Et bientôt, il s'est retrouvé au centre d'un important réseau de contrebande. Il a fait spécialement aménagé son avion, avec compartiment secret dans la cale pour éviter les regards indiscrets.

« Sa spécialité ? Les antiquités précolombiennes. Il a ainsi convoyé nombre d'objets « sensibles », comme des pièces d'or incrustées de pierres précieuses, découvertes au plus profond de la forêt équatoriale, dans les jungles d'Amérique centrale. Ton père repérait les ruines oubliées depuis les airs. Ensuite, il revenait avec une équipe et pillait les sanctuaires, les tombes, les temples et les caches. Il ne lui restait plus alors qu'à transporter ces trésors là où se trouve l'argent, c'est-à-dire chez des collectionneurs fortunés au Brésil, en Amérique ou dans les Caraïbes. Je suis certaine qu'il était persuadé de ne faire de mal à personne, puisque tout se passait sans coup férir. Pourtant, en chemin, il fit la connaissance de beaucoup de gens, dont certains guère fréquentables. De leurs bouches, il apprit l'existence d'un formidable trésor. Il ne s'agissait ni d'or, ni d'argent, ni de jade : juste des mots sur du papier. Des secrets dérobés par un officier de la marine américaine qui, sans trop qu'on sache comment, avait réussi à obtenir des informations capitales sur la flotte américaine du Pacifique : le nom et l'immatriculation des navires, leurs mouvements, le détail de leur construction, la configuration de leur armement et même le cryptage de leurs émissions radio. Non seulement ça, mais aussi les plans de construction de nouveaux bâtiments de guerre. Tout était écrit noir sur blanc dans ces documents. L'officier naval était bien placé pour connaître la valeur de ces documents. Il a fui au Mexique, où l'on a pu suivre sa route, émaillée d'histoires dans lesquelles se mêlent la trahison, la mort et l'appât du gain. Il a cherché partout un moyen de se débarrasser de cet encombrant magot pour, un jour, finir par frapper à la porte de ton père. Ils passèrent un marché. En échange d'une coquette somme d'argent, ton père devait amener clandestinement l'officier naval en Argentine où ce dernier avait un acheteur.

« Durant le vol ton père a simulé un problème moteur. Il s'est posé sur une piste secrète qu'il connaissait, au cœur de la forêt équatoriale, à des centaines de kilomètres de tout. Et il a roulé l'officier, qu'il a laissé sur place tandis que lui rentrait tranquillement chez lui avec les documents. Le fameux officier n'a plus jamais refait surface.

– Vous mentez, accusa Precious. Et puis d'abord, comment êtes-vous au courant de tout ça ?

– C'est mon boulot de tout savoir, répondit Mme Glass.

– Si mon père a dérobé ces documents, c'est sûrement qu'il voulait les rendre à qui de droit. Mon père n'est pas un traître.

– Quand il est question d'argent, trésor, nous sommes tous des traîtres en puissance. Ton père s'est mis à chercher qui pourrait lui donner le maximum en échange de ces informations, mais, ce faisant, il entrait dans un jeu pour lequel il n'était pas de taille. Il se mit à frayer dans des eaux très troubles et, surtout, se montra trop cupide. Son prix ne cessait de grimper. Il passait un accord un jour, changeait d'avis le lendemain. Au bout du compte, ce qui devait arriver arriva : un des acheteurs perdit patience.

– Lequel ? demanda Precious.

– Qui a le plus d'intérêt à savoir ce qui se trouve dans le Pacifique ? Qui serait prêt à payer le plus cher pour obtenir des informations confidentielles sur les forces navales américaines ?

– Les Japonais, dit James en se tournant vers Sakata.

– Exactement, confirma Mme Glass. Les principaux rivaux des États-Unis dans le Pacifique. Et ils étaient particulièrement inquiets à l'idée que ces documents puissent leur échapper, aussi ont-ils envoyé un homme.

– Sakata ! s'exclama James.

– En effet, opina Mme Glass avec un hochement de tête.

– Mes supérieurs connaissaient Mme Glass, renchérit Sakata. Ils m'ont dit où je pourrais la trouver.

– Il se trouve que les Japonais étaient disposés à payer une énorme somme pour entrer en possession de ces documents. J'ai donc monté une équipe car l'affaire s'annonçait comme un jeu d'enfant. Il nous suffisait de contraindre Stone à ouvrir son coffre. Point final. Après quoi Sakata ramenait les documents avec lui, à Tokyo. Et ton père n'aurait rien pu faire en représailles. Raconter tout à la police était inconcevable. Il ne pouvait rien dire à personne. Comme je l'ai dit, ça aurait dû être du gâteau. Mais, dès le départ, les choses ont mal tourné. Premier écueil, Stone n'est pas là, et personne d'autre que lui ne connaît la combinaison du coffre. Ensuite, la tempête. Et maintenant…

Mme Glass laissa planer un silence et croisa les regards de James et de Precious.

– Les documents ne se trouvaient pas dans le coffre, c'est ça ? demanda James.

– Et non, acquiesça Mme Glass. Ce qui sous-entend que Jack Stone les a emportés avec lui.

Elle planta ses yeux dans ceux de Precious en allumant une cigarette sur un tison pris au feu.

– Ce qui sous-entend que nous n'en avons pas terminé toutes les deux.

– Que voulez-vous dire ?

– Que ton père pourrait bien se résoudre à nous donner ces papiers en échange de sa petite fille chérie.

– Mais… Et Jay Jay ? Il faut le conduire chez le docteur. Sinon, il va mourir.

– Un seul de vous deux suffira, répondit froidement Mme Glass.

– Vous ne pouvez pas le laisser mourir comme ça ? pleura Precious.

– Et pourquoi pas ? Je pense que ça pourrait définitivement convaincre ton cher père. Un enfant mort, il ne prendrait pas le risque qu'il arrive du mal au seul qui lui resterait, tu ne crois pas ? Toutefois, pour cela, il y a une chose que j'ai besoin de savoir.

– Laquelle ?

– Où se trouve ton père ?

– Parce que vous pensez que je vais vous le dire ?

D'un mouvement de tête, Mme Glass fit un signe à Strabo, qui se dirigea aussitôt vers la remise d'où il revint quelques instants plus tard, portant JJ dans ses bras. Il le déposa par terre, près du feu.

Mme Glass se leva et dégaina le pistolet qu'elle portait à la ceinture, puis elle le pointa sur le petit corps endormi.

– Où est ton père ? demanda-t-elle calmement.

– Vous allez trop loin, objecta Sakata.

– Où est ton père ?

– Arrêtez ! Arrêtez ! hurla Precious. Il est près de Palenque. Son avion a été endommagé. Il y a une piste de brousse là-bas.

– Tu vois quand tu veux, dit Mme Glass en baissant son pistolet. Ce n'était pas si difficile que ça…

Avant d'ajouter, avec la froide autorité qui la caractérisait :

– Demain, on quitte ce dépotoir. Corona, tu nous guideras jusqu'à ce bled-là… dont j'ai déjà oublié le nom.

Ce soir-là, James se sentait trop mal pour avaler quoi que ce soit. Il s'assit seul sous la voûte étoilée et repensa à tout ce qui s'était passé : l'histoire que leur avait racontée Mme Glass, la mort de Kesstudi et la disparition de Garcia. Aujourd'hui, James avait perdu un ami. Certes, il ne connaissait Garcia que depuis peu, pourtant, il lui était cher. Car Garcia était un homme bien, il en avait la conviction. Toutefois, James connaissait suffisamment le monde pour savoir que les hommes de bien meurent aussi facilement que les autres.

Il prit sur lui de ne pas céder au désespoir. Une faible lueur d'espoir lui avait permis de tenir jusqu'ici, ce n'était certainement pas le moment de flancher, d'autant que, juste à côté de cette minuscule étincelle, sourdait une chose froide et sombre.

La vengeance.

Il avait assisté à suffisamment de sermons dans la chapelle d'Eton pour savoir qu'un bon chrétien était censé tendre l'autre joue, et que le pardon valait toujours mieux que la vengeance. Peut-être que certains garçons se reconnaissaient dans ces belles paroles, et si oui, tant mieux, mais, indéniablement, ça ne prenait pas sur lui. Il n'irait peut-être pas au paradis après sa mort, mais emmener quelques-uns de ces affreux avec lui en enfer, constituerait déjà une belle consolation.

Peu à peu, tout le monde dans le camp s'installa pour la nuit. Bientôt, il fut le seul éveillé. Il ne voulait pas dormir. Le sommeil répare, le sommeil apaise, et lui voulait, au contraire, attiser sa colère, la sentir gonfler en lui comme une vague irrépressible. Il ne voulait pas subir l'influence ouatée des rêves. Les rêves ne feraient que lui mentir et le transporter dans un monde onirique, faussement agréable et rassurant. Il se retrouverait chez lui, à Eton ou dans le charmant petit cottage que tante Charmian possédait dans le Kent.

Parfois, il lui arrivait même de rêver que ses parents étaient encore en vie.

Il n'avait pas besoin de rêves.

Il tressauta en entendant un bruit. Quelqu'un venait de sortir de la remise et faisait les cent pas devant la porte en silence.

Un homme. Trop grand pour qu'il s'agisse de Strabo. Sans doute Sakata.

James le regarda un instant déambuler avant de l'interrompre :

– Que faites-vous ?

Sakata tressaillit et se figea.

– Ah ! C'est toi ? Je ne savais pas que tu étais là.

– Je n'arrive pas à dormir.

Les traits tirés, l'air soucieux et triste, Sakata s'approcha de James.

– Je suis désolé pour Garcia.

– Malheureusement, ce n'est pas ça qui le ramènera à la vie, répondit froidement James.

– Je ne veux pas que tu croies que je suis comme les deux autres.

– Ah bon ? Et comment pourrais-je croire le contraire, quand, ne vous en déplaise, tout indique que vous vous entendez comme larrons en foire ?

– Jusqu'à il y a un mois, je ne les connaissais pas du tout, plaida Sakata. Si j'ai été envoyé pour cette mission c'est juste que je parlais bien l'anglais. C'est tout. J'ignorais qu'ils seraient comme ça. Ils n'ont aucun sens de l'honneur. Ils sèment la mort et la destruction partout où ils passent. Je ne prétends pas être tout blanc, je suis moi-même un gangster, un yakuza, mais Mme Glass et Strabo n'ont aucune morale. Ils ne servent rien ni personne en dehors de leurs propres intérêts. Ils n'ont pas de code de…

– Oh, je vous en prie, maugréa James. Je crains de ne pouvoir accorder beaucoup de crédit à un assassin qui se prétend meilleur qu'un autre au seul prétexte qu'il tue les gens poliment, avec un rituel. Non. Vous êtes aussi détestables les uns que les autres.

– Tu as sûrement raison, concéda Sakata avec un soupir. Mais je peux peut-être améliorer les choses.

– Il est un peu tard, vous ne croyez pas ? Le mal est fait.

– On verra. Quoi qu'il en soit, j'en ai assez de tout ça. Les enfants n'ont rien à voir avec le fait que cette mission ait échoué. Ils sont innocents.

– Vous voulez vraiment aider Precious et Jay Jay ? demanda James avec colère. Alors emmenez le petit à l'hôpital de Veracruz. Sinon, bouclez-la. Bouclez-la et laissez-moi seul. Vous me dégoûtez tous autant que vous êtes.

Au matin, Sakata avait disparu. Et avec lui JJ et la Chevrolet.

Strabo entra dans une colère noire. Il arpenta le campement en hurlant des obscénités et en donnant des coups de pied à tout ce qui avait le malheur de se trouver sur sa route. La colère ajoutée à ses plaies encore fraîches le firent virer au violet vif. Il beugla tellement que sa voix rauque se perdit bientôt en un vague gargouillis râpeux. James n'avait jamais entendu d'insultes plus ordurières que celles qu'il proféra contre Sakata ce matin-là.

Mme Glass, pour sa part, feignit de garder son calme. Pourtant, James constata bien vite qu'elle aussi était en colère ; peut-être encore plus que Strabo ; même si elle refusait obstinément de le montrer. Bouillante d'une fureur rentrée, elle s'enferma dans un silence maussade et venimeux, s'assit sur un rocher, alluma une cigarette et se perdit dans la contemplation des volutes de fumée qui ondoyaient autour d'elle dans l'air immobile. James nota que Strabo gardait prudemment ses distances.

Légèrement en retrait, près du camion, Precious et James les observaient, attendant de voir ce qui se passerait ensuite.

Precious semblait désemparée depuis la disparition de JJ. Elle était saisie de sentiments contraires : espoir et peur, soulagement et amertume.

Elle posa une main sur le bras de James.

– Où crois-tu que Sakata l'a emmené ? demanda-t-elle. Où est Jay Jay ?

– Je crois que notre homme a eu une subite attaque de compassion, répondit James. Le pendant japonais du Bon Samaritain. Le bon samouraï, en quelque sorte ?

– Tu veux dire que Jay Jay va s'en tirer ?

– Je le crois. Tout porte à croire que Sakata l'a emmené à Veracruz. Il ne voulait pas le regarder mourir. Il t'aurait probablement prise avec lui si Mme Glass ne t'avait surveillée d'aussi près.

Puis, James raconta la discussion qu'il avait eue avec le gros Japonais le soir précédent. En l'écoutant, elle ne put s'empêcher de fondre en larmes.

Elle sanglota longuement avant de, finalement, sécher ses yeux et essuyer son nez.

– Je ne pleurerai plus, dit-elle. Je ne leur donnerai pas ce plaisir !

– Nos chances sont bien meilleures dorénavant, lui glissa James avec un sourire cruel. C'est du deux contre deux.

Finalement, la rage de Strabo retomba. Mme Glass envoya le mégot de sa cigarette mourir dans une flaque. Cette pichenette parut dissiper son animosité. Elle réajusta son chapeau et s'approcha de James avec son détachement habituel.

– Strabo ! Rassemble les affaires et charge ! Toi, Corona ! Montre-moi où l'on va !

À ces mots, elle déplia une vieille carte chiffonnée sur le capot du camion.

– D'après ce que je peux en juger, dit-elle en posant son doigt au nord-ouest de Veracruz, nous sommes quelque part par là.

James essaya de se souvenir de ce que Charmian lui avait montré, lorsqu'ils étaient à bord du bateau de Garcia.

– Vous devez prendre au sud, dit-il en suivant la route de l'index. Palenque se trouve dans la jungle, ici, près de la frontière avec le Guatemala. C'est une ancienne cité maya.

– Ça fait plus de cinq cents bornes, maugréa Strabo, et tout dans le mauvais sens. Je serais bien rentré à la maison, moi.

– La maison ? s'exclama Mme Glass.

– L'Amérique, répondit Strabo.

– Nous sommes en Amérique depuis bien trop longtemps, dit Mme Glass. Nous ne sommes plus américains, Strabo. Et, maintenant que Sakata n'est plus là, on n'a plus besoin de vendre les plans aux Japs. On peut faire ce qu'on veut ! Comme chercher le plus offrant.

Un sourire vicieux se dessina sur la face ravagée de Strabo.

– Je commence à voir où tu veux en venir, dit-il. Mais alors ? On irait où ? En Amérique du Sud ? En Europe, pourquoi pas ?

– Pas besoin, répondit Mme Glass. Je connais un endroit où l'on pourrait en tirer un bon prix et échapper à la justice en même temps.

– Où ?

– Lagrimas Negras, répondit-elle en pointant son doigt vers une île au large de la péninsule du Yucatán.

– Sérieux ? chancela Strabo, l'air abasourdi. J'ai toujours pensé que c'était un mythe, comme l'Atlantide ou l'Eldorado.

– Oh si ça existe !

– J'sais pas…

– Mon vieux Strabo, écoute bien ce que je vais te dire ! Tu crois pas que ça fait trop longtemps que toi et moi on roule notre bosse par monts et par vaux ? Tu crois pas qu'on a eu notre compte de galère et qu'il est largement temps qu'on se retrouve au calme ? Ça te dirait pas de te la couler douce et de profiter des plaisirs que la vie a encore à t'apporter ?

– Mmh ! Tu sais me parler, toi ! De longues soirées à rien faire sinon siroter des cocktails, manger des bons steaks et compter le pognon qu'on a à l'ombre.

– Exactement. Alors pourquoi ne pas s'en payer une bonne tranche au pays de cocagne ? On aura qu'à vendre notre butin à la vieille bique qui gouverne l'île, après quoi il ne nous restera plus qu'à prendre de grandes, grandes vacances.

– Alors *ça*, c'est un plan ! s'extasia Strabo.

– Mais avant toute chose, il faut se débarrasser du camion. Et trouver une bagnole à la place, dit Mme Glass en repliant la carte. Même avec cette peinture, on pourrait se faire repérer. Voilà maintenant plusieurs jours qu'on a dessoudé les soldats. La nouvelle a dû se répandre.

– Si seulement j'avais pu empêcher le bronzé de se tirer, grogna Strabo en crachant par terre.

– Ce qui est fait est fait, répondit Mme Glass, magnanime. Maintenant, mettons-nous en route ! J'ai plus que hâte de quitter cet endroit.

Elle ouvrit la porte passager et fit signe à Precious et à James de monter.

– Hors de question que je m'assois à côté de vous, se cabra aussitôt Precious. Je refuse, un point c'est tout. Et si vous essayez de me forcer, je crierai, hurlerai et me débattrai tout le long du chemin.

– Pff ! Je suis trop fatiguée pour ça, souffla Mme Glass. Monte ou je te…

– Ou vous me quoi ? la coupa Precious, les mains sur les hanches, la tête légèrement basculée sur le côté. Vous n'allez tout de même pas tirer sur le seul atout qui vous reste.

Mme Glass laissa échapper un profond soupir.

– Mets-la à l'arrière et attache-la au banc, dit-elle à Strabo, qui s'exécuta aussitôt, attrapant une corde et portant Precious à l'arrière du camion. Et reste avec elle, au cas où il lui viendrait des idées saugrenues.

– Vous êtes sûre ? demanda James.

Mme Glass fit sèchement volte-face.

– T'as une meilleure idée, Corona ?

– Peut-être que ça serait mieux si moi, je montais à l'arrière avec elle.

– Toi ?

– S'il vous plaît, donnez-moi une autre chance, poursuivit James. Strabo est repérable à dix kilomètres. En plus, ils vont chercher un homme ; jamais ils ne s'arrêteront sur deux adolescents.

– Là, tu marques un point, concéda Mme Glass en posant une main ferme sur l'épaule de James et en plantant ses yeux d'un bleu glacial dans les siens. Mais tu as aussi une autre raison de vouloir être à l'arrière avec elle, hein ?

Légèrement désarçonné, James haussa les épaules de l'air le plus innocent qu'il put trouver.

– Que voulez-vous dire ?

– Ne me prends pas pour une idiote, Corona. Voilà un moment que j'observe ton petit manège. T'inquiète, je sais parfaitement ce que tu as derrière la tête.

– Mais je n'ai absolument rien derrière la tête, *señora*, répondit James avec un sourire niais.

– Allez ! Ne fais pas l'innocent avec nous, Corona. Tu ne vas pas me faire croire que tu n'es pas un tombeur, si ?

– Eh bien, je..., bafouilla James, le rouge aux joues.

Mme Glass partit d'un grand rire.

– T'as le béguin pour cette môme... Tu peux le dire, poursuivit-elle. Tu me prends pour une aveugle ou quoi ? En même temps, je ne peux pas t'en vouloir. C'est vrai qu'elle est mignonne, même si, sans vouloir t'offenser, beau gosse, j'ai du mal à croire qu'en d'autres circonstances, la gentille fille à papa se serait intéressée à un *muchacho* dans ton genre. Tu sais, elle, c'est villas, jolies robes et dames de compagnie…

– C'est vrai qu'elle est pas mal, répondit James. Mais elle a aussi une langue de vipère.

– Ça, tu l'as dit ! s'exclama Mme Glass en lui tendant une gourde d'eau. OK. Tu montes à l'arrière avec la môme. Mais ne la laisse pas t'embobiner !

– Vous pouvez me faire confiance.

– Vraiment ? Je t'ai fait confiance avec les gardes…

– Ça n'arrivera plus.

– Ah, ça non, dit-elle en tournant les talons, avant d'ajouter en s'éloignant : je t'aime bien, Corona… Mais ça ne m'empêchera pas de te tuer s'il le faut.

16

Maintenant ou jamais

Le camion cahota doucement hors du champ pétrolier, passa le poste de garde déserté, puis remonta la piste jusqu'à la route. Assis face à elle, James observait Precious, attachée au banc du transport de troupes, qui, étrangement, affichait un large sourire.

– Tu me regardes comme si j'avais un plan, déclara James.

– Ne t'inquiète pas, tout va bien se passer, répondit Precious. On va se sortir de là et on va aider mon père.

– Tu es vraiment sûre que c'est ce que tu veux ? Après tout ce qu'il a fait ?

– Non, mais tu ne vois donc pas ?

– Quoi ?

– Pourquoi il n'a jamais cédé ces plans ? Pourquoi il n'a jamais finalisé une vente ?

– Parce qu'il était trop gourmand.

– Pas du tout ! réfuta Precious avec le ton de quelqu'un s'adressant à un chiot stupide. Il n'a jamais eu l'intention de les vendre. C'est évident, voyons ! Il a volé ces documents à cet officier naval véreux simplement pour être en mesure de les rendre au gouvernement américain.

– Mmh, effectivement, c'est possible, répondit James, surtout soucieux de ne pas entamer la discussion.

Après tout, si cela l'aidait de croire à cette histoire, il n'avait aucune intention de la détromper.

– Papa ne trahirait jamais son pays, poursuivit Precious. Jamais.

– Non…

Il ne pouvait pas lui en vouloir de se bercer ainsi d'illusions. Ça devait faire un choc d'apprendre tout à coup que le père que vous vénérez comme un héros depuis votre plus tendre enfance est en fait aussi faible et vénal que n'importe qui d'autre.

– Je suis désolé, murmura James.

– Pour ?

– Euh… J'sais pas… Pour ton père, pour toi, pour tout. J'ignorais que ta mère avait quitté la maison.

– Encore un mensonge, cracha durement Precious. Elle voyage, voilà tout. Elle passe beaucoup de temps aux États-Unis, où elle a laissé toute sa famille. Et puis, elle préfère la vie là-bas, les magasins, tout ça… Il fait trop chaud au Mexique pour elle…

James opina du chef et détourna le regard. Les êtres humains fonctionnent parfois bizarrement.

– Toi, tu n'as peut-être pas de plan, dit Precious après un silence. Mais moi, oui !

– Ah, oui ?

– Absolument. On saute de ce camion, on arrête une voiture et on fonce chercher de l'aide.

James la dévisagea. Ses yeux brillaient de mille feux, elle semblait euphorique.

– Effectivement. Ce plan en vaut un autre. Le seul problème étant que, si ça rate et qu'ils nous attrapent, ils me tueront probablement.

– Tu as peur ?

– Non, mentit James. Et toi ?

– Plus maintenant, rétorqua Precious.

– Bon, parfait, dit James en sortant le couteau de chasse de sa ceinture. Voilà ce qu'on va faire…

Aucun autre véhicule ne circulait sur cette route ; seuls quelques paysans, parfois une famille avec un âne, déambulaient à pied sur l'interminable ruban de terre. S'ils parvenaient à échapper à la vigilance des deux autres, il leur faudrait peut-être attendre des heures avant de trouver de l'aide. Mentalement, James balaya l'objection d'un revers de main. Il ne voulait plus se concentrer que sur le fait de quitter ce camion. Une fois qu'il eût sectionné les liens qui entravaient Precious, ils se levèrent doucement et se collèrent prudemment à la paroi de la cabine afin de pouvoir étudier la piste à la recherche d'une opportunité.

Après une longue attente, celle-ci se présenta enfin sous la forme d'une forêt qui se dessinait lentement à l'avant du camion. De grands arbres recouvraient totalement la piste, faisant comme un tunnel végétal.

– Prépare-toi, murmura James en s'arc-boutant, les mains jointes en courte échelle. Et surtout, ne fais pas de bruit. Tu y vas la première. Je t'aide.

Precious acquiesça d'un petit hochement de tête.

Les premières centaines de mètres ne leur furent pas favorables : les branches étaient trop fines, ou trop éloignées de la route. Lorsque, enfin, le terrain aurait pu se prêter à leur fuite, ils allaient trop vite. Finalement, ils abordèrent un virage serré. Le camion ralentit jusqu'à ne plus avancer qu'au pas. C'est alors que James remarqua ce qu'il cherchait depuis un moment : l'arbre parfait.

– Là, indiqua-t-il à Precious, qui comprit aussitôt.

Il attendit jusqu'au dernier moment et souleva Precious

dans les airs. Celle-ci s'agrippa à une belle et grosse branche puis se hissa rapidement dans l'arbre où elle demeura tapie de façon à ne pas être vue dans les rétroviseurs du camion. James se retourna. Elle avait déjà disparu.

Maintenant, c'était son tour. Et ça s'annonçait ardu. En effet, la forêt était plus clairsemée par ici, qui plus est, le camion reprenait de la vitesse. Il fallait faire vite. Hélas, aucun arbre idoine en vue.

« Enfer. » Il ne pouvait plus attendre davantage. Pas d'autre choix. Ça passe ou ça casse. Il passa la courroie de la gourde en travers de sa poitrine et grimpa doucement sur le rebord du plateau, écartant les bras pour tenir son équilibre. Il allait droit sur une branche. Mais le camion roulait beaucoup plus vite maintenant. Il l'entendit qui se préparait à changer de rapport. Strabo écrasa l'accélérateur en passant au point mort.

C'était maintenant ou jamais.

James se détendit et sauta du camion. La branche le heurta comme la massue d'un géant. Étonnamment, il ne s'écroula point sur la route. Mieux, dans la semi-inconscience qui suivit le choc, il balança machinalement les jambes et se retrouva solidement accroché à la branche. Une nausée secoua son ventre. Des points noirs dansaient devant ses yeux. Il ne respirait plus. C'est tout juste s'il vit le camion s'éloigner lentement, dans un nuage de poussière. Pourtant, il attendit bien qu'il passe un virage, un peu plus loin, pour définitivement s'évanouir… et choir sur le sol.

Il revint à la vie avec la sensation d'eau sur son visage. Il ouvrit les yeux et découvrit Precious, agenouillée à son chevet.

– Ne gâche pas l'eau, coassa-t-il d'une voix rauque.

– Sont-ce là tous les mercis que je récolte ?

– Excuse-moi, grogna James en se redressant.

Il but une gorgée d'eau. La gourde était déjà presque vide.

– Merci, dit-il en la rebouchant.

– Tu es blessé ?

– Je ne crois pas. À tout le moins, rien de cassé, dit James en se relevant péniblement et en clignant des yeux pour éloigner les trente-six chandelles qui y dansaient. Il faut qu'on s'éloigne de la route.

Sa poitrine brûlait, il avait encore le plus grand mal à respirer. Precious lui prêta son aide. Elle le prit par le bras et ils s'éloignèrent de la piste en clopinant.

James jeta un regard autour de lui. D'un côté de la route, le paysage s'ouvrait rapidement sur un plateau aride, émaillé de quelques rares buissons d'épines. S'ils s'aventuraient par là, ils seraient facilement repérés. De l'autre, s'élevait un haut massif rocheux, en partie couvert de grands arbres.

– Il faut qu'on parte aussi loin que possible d'ici, dit-il, bien que parler le faisait souffrir. Ils ne vont pas tarder à s'apercevoir que nous ne sommes plus là. Ils feront sans aucun doute demi-tour pour revenir sur leurs pas. On doit grimper par là.

– Tu y arriveras ?

– Bien sûr, coupa James. Ne t'inquiète pas pour moi. Go !

Les premiers mètres furent aisés. À l'ombre des grands arbres, l'air était frais et le sol douillet. Mais, à mesure qu'ils grimpaient, les arbres se raréfièrent au profit des cactus. La roche à nu se fit omniprésente. Bientôt, ils se retrouvèrent exposés à flanc de montagne, rôtis par le soleil de midi, perdus au milieu des rochers abrupts et coupants, à travers lesquels il était particulièrement ardu de trouver une route.

Ils se déplaçaient d'un surplomb à un autre, faisant leur possible pour rester à l'ombre. James grimpa sans cesser de vérifier qu'ils n'étaient pas visibles depuis la piste. Ils progressaient lentement, douloureusement. James était au plus mal. Il avait l'impression qu'à tout instant, il pourrait rendre ses tripes près d'un cactus. Il pria pour ne pas s'être fait trop de mal à l'intérieur.

– Jusqu'où on va comme ça ? geignit Precious.

– Aussi loin que possible, répondit James d'une voix cassée. Plus on mettra de distance entre la piste et nous, moins ils auront de chances de nous retrouver.

– Ils ne reviendront pas, objecta Precious. Trop pressés d'arriver à Palenque. On s'use pour rien.

– Pour l'instant, essaye de ne pas user ta salive, ironisa James.

Puis, soudain, il se jeta sur elle et la plaqua derrière un rocher.

– Qu'est-ce que tu fais ? s'insurgea Precious.

Pour toute réponse, James colla une main sur sa bouche.

– Écoute, murmura-t-il quand il fut certain qu'elle se tairait.

D'en bas, ils entendirent le ronron régulier d'un camion qui ratissait la piste. Le véhicule les dépassa. Une minute plus tard, il fit demi-tour avant de s'arrêter sous eux.

– Ne bouge pas, murmura James en la lâchant.

Precious se pelotonna derrière le rocher, tremblante de peur.

– Si j'avais un revolver, je descendrais et je les tuerais tous les deux, siffla-t-elle sans desserrer les dents.

James sentit le pistolet de l'officier mexicain, toujours coincé dans sa ceinture, au niveau des reins, sous sa chemise. Il jugea préférable de ne pas lui en parler. Si, par mégarde, ils engageaient une fusillade contre Mme Glass et Strabo, il savait pertinemment qui perdrait. Il avait vu assez de gens mourir ces derniers jours pour mesurer la dangerosité de ces deux-là.

– On ne peut pas les affronter seuls, déclara James.

– Je les ferai pendre pour ce qu'ils ont fait à Garcia, répondit Precious.

– J'ai encore du mal à croire qu'il est mort.

– Le pauvre, se lamenta Precious. Il a été si gentil avec Jay

Jay et moi, alors qu'il ne nous connaissait même pas. Il a sauvé la vie de Jay Jay pendant l'inondation. Et puis il a essayé de l'emmener à l'hôpital, et ça lui a coûté la vie. Crois-moi, eux aussi vont devoir payer pour ça.

– Je comprends tout à fait ce que tu veux dire, murmura James. Mais maintenant, on ne peut rien faire. Ce qui compte pour le moment, c'est de rester en vie, alors tiens-toi tranquille et arrête de parler.

Ils attendirent ainsi pendant près d'une heure avant d'entendre le camion redémarrer et reprendre sa route. James eut alors un brusque coup de fatigue, il baissa le menton sur sa poitrine et sombra dans un demi-sommeil.

Precious le secoua doucement pour le réveiller.

– Qu'est-ce qu'on fait maintenant ? demanda-t-elle. Ils sont partis ?

– Je crois.

– On redescend ?

– Non, trop dangereux.

– On ne va tout de même pas passer la nuit ici, si ?

– Non, il faut qu'on trouve un abri. Et puis aussi de l'eau. Le petit fond qui reste dans la gourde ne nous permettra pas de tenir bien longtemps.

– Oui, bon ! Je sais ! Pas la peine de s'appesantir lourdement non plus ! Je croyais bien faire. Mais tu aurais peut-être préféré que je te laisse agoniser au milieu de la route ?

– Bien sûr que non. Ce n'est pas ce que je voulais dire. Il n'y avait aucun sous-entendu dans mon propos. C'est obligé que tu sois toujours aussi susceptible ?

– J'ai chaud, je suis fatiguée et j'ai faim, répondit piteusement Precious.

– Moi aussi. On va attendre ici que ça se rafraîchisse un peu, puis on cherchera un coin où se cacher pour la nuit.

Ainsi attendirent-ils patiemment que le soleil se couche sur la Sierra Madre et que le versant sur lequel ils se trouvaient soit baigné d'une ombre pourpre. Puis ils contemplèrent l'obscurité qui gagnait la plaine verdoyante, juste avant le ruban argenté de la mer, tout là-bas, à l'horizon.

La température chuta rapidement. James se sentait courbaturé de partout.

– Allez, on y va, suggéra-t-il sans conviction.

Se relever s'avéra une torture, se remettre à grimper, un supplice. Il y parvint néanmoins, emmenant Precious dans son sillage, qui avançait à contrecœur et ne cessait de grommeler dans sa barbe. Ils suivirent une petite ravine escarpée et entendirent bientôt un bruit d'eau. Ils suivirent le bruit et, finalement, franchirent une crête derrière laquelle ils découvrirent une large cuvette, lovée au creux de la montagne. Les abords de cette piscine naturelle étaient parsemés de végétation. Une fine cascade d'eau argentée s'écoulait dans le bassin.

Precious éclata d'un rire cristallin. Ils se précipitèrent ensemble au bord de l'eau où, couchés sur le ventre, ils burent de longues lampées d'eau fraîche.

– On va bivouaquer ici, dit James en roulant sur le dos, les yeux perdus dans un ciel qui s'assombrissait lentement. C'est parfait !

– James ?

– Mmh ?

– Je n'arrête pas de penser à Jay Jay. Je me fais du souci pour lui. À ton avis, il va bien ?

– J'en suis persuadé, mentit James qui était largement aussi inquiet qu'elle. En ce moment même, il doit être confortablement installé dans un lit d'hôpital tout propre, à manger des glaces.

Precious éclata de rire.

– Jay Jay adore les glaces, surtout fraise et chocolat.

– Demain matin, répondit James, on arrêtera une voiture sur la piste et on fera du stop jusqu'à Veracruz. Comme ça, vous serez à nouveau réunis et l'on pourra peut-être même contacter ton père par radio. Il faut qu'on essaye de le prévenir de l'arrivée prochaine de Mme Glass.

– Oui…, répondit simplement Precious avant de s'enfermer dans le silence, comme si d'autres mots pouvaient empêcher ces chaudes paroles de devenir réalité.

Avant qu'il ne fasse trop noir, ils ramassèrent des fougères, des feuilles et de la mousse afin de constituer une couche sommaire. Ils étaient tous deux éreintés. Le sommeil serait facile à trouver ce soir, ce qui n'empêcha pas James de rester longuement assis, à observer Precious. Quand il fut certain qu'elle dormait, il s'allongea à son tour et ferma les paupières. Trop épuisé pour penser à demain, quelques instants suffirent à le faire sombrer dans les bras de Morphée.

Mais Precious avait fait semblant. Dès qu'elle entendit la respiration de James se faire plus lente et plus profonde, elle ouvrit les yeux et le regarda.

Un mince rayon de lune courait sur sa peau. Elle rabattit la mèche rebelle qui lui tombait systématiquement devant les yeux et lui souhaita bonne nuit.

Precious fut réveillée par une odeur de feu de bois. Elle était transie jusqu'aux os, mais James était levé et il avait déjà préparé un feu.

Il avait les cheveux mouillés, comme en témoignaient les mèches collées à son front. Il avait pris un bain à la cascade. Il ne portait que son caleçon. Le reste de ses vêtements séchaient, accrochés à quelque branche. Il avait d'affreux bleus au niveau des côtes.

– Bien dormi ? demanda-t-il quand il vit qu'elle se réveillait.

– Mmh, oui, merci, répondit Precious dont l'estomac émit

aussitôt un long grognement plaintif, qui déclencha l'hilarité des deux. Qu'est-ce que j'ai faim ! Je ne pourrai pas marcher aujourd'hui.

– Pourtant, il le faudra bien, répondit James. On doit redescendre sur la piste.

Pour toute réponse, Precious poussa un ronchonnement fâché. De toute évidence, la faim lui mettait le moral en berne. Elle étudia le bas de sa robe, tout déchiré, baissa les yeux sur ses mains noires de crasse, et se souvint soudain qu'elle avait promis de ne plus pleurer ; aussi se contenta-t-elle de serrer les poings et de les abattre sur le sol.

– J'en ai marre de tout ça, aboya-t-elle férocement. Je veux un repas décent, un bain chaud… Je veux me changer…

– Eh bien ! Je ne peux rien pour le bain chaud, en revanche, il y a une douche tout à fait convenable juste là. Certes, elle est froide, mais tu peux aussi y laver ta robe !

La perspective d'un bain d'eau claire eut le don de balayer ses idées noires. Elle se leva d'un bond, joyeuse à nouveau.

– Tu ne dois pas regarder !

– Ne t'inquiète pas pour ça, répondit James en récupérant ses vêtements. Moi, je vais voir si je ne peux pas nous dégotter quelque chose à manger.

Precious se précipita près du bassin, retira sa robe… et plongea. L'eau glaciale était aussi claire que du cristal. Durant un instant, elle oublia tout, sinon le contact de l'eau sur sa peau et la pression qu'elle exerçait sur ses tympans. Elle émergea à la surface, un sourire radieux aux lèvres. Elle nagea doucement jusqu'à la cascade, où elle goûta cette eau qui dégringolait sur sa tête, sa nuque et ses épaules : le meilleur massage qu'elle ait jamais eu. Elle démêla quelques nœuds dans ses cheveux et laissa l'eau emporter ses angoisses.

Pendant ce temps, James suivait la piste d'un animal, sur

le versant opposé du cratère, s'enfonçant entre les rochers, le pistolet à la main. Il était loin d'être persuadé qu'il trouverait un gibier comestible par ici, mais il voulait être prêt au cas où l'éventualité se présenterait néanmoins.

Un petit oiseau brun décolla du sous-bois et s'éleva dans le ciel en battant des ailes. Insectes mis à part, ce fut la seule créature qu'il croisa durant les minutes qui suivirent.

Il avisa alors quelques gros cactus à figues de Barbarie. Bien sûr, la plante ne portait encore aucun fruit, il faudrait attendre des mois pour cela, mais il se souvint d'avoir vu du cactus cuit, dans un bouiboui de bord de route, à Tampico. On appelait ça des *nopalitos*. Il coupa donc quelques jeunes pousses arrondies, en faisant bien attention de ne pas se piquer, et il s'assit sur un rocher au soleil pour les débarrasser de leurs piquants et de leur petit duvet épineux avec le couteau de Strabo. Une agréable chaleur s'insinua dans ses membres à la faveur du soleil. Une douceur d'autant plus savoureuse que ses vêtements mouillés, qui collaient à sa peau et l'entravaient, étaient atrocement froids.

Assis sur son rocher, totalement absorbé par sa tâche, il ne remarqua pas immédiatement qu'il n'était pas seul. Une autre créature voulait également profiter du soleil matinal. Il s'agissait d'un gros lézard, un iguane pour être précis, dont l'aspect repoussant évoquait immédiatement l'ère préhistorique. Animal à sang froid, ne disposant d'aucun moyen de réchauffer sa température par lui-même, il n'avait d'autre choix que d'exposer sa peau flasque et fripée au soleil pour retrouver une température idéale.

Celui-ci possédait une queue mesurant bien cinquante centimètres et un corps de la taille d'un gros chat. En l'observant plus avant, James remarqua, quelques mètres plus loin, deux autres de ses congénères, immobiles sur des pierres, la tête dressée à l'affût du danger.

Bougeant le plus lentement possible, James avança la main sans quitter des yeux le gros reptile qui était le plus proche de lui et la referma sur la crosse de son pistolet. Il leva doucement la mire et arma précautionneusement le chien, qui se positionna dans son arrêt avec un gros clic. Puis il affina sa visée, observant l'animal dont les yeux rejetés sur les côtés de la tête lui offraient un champ de vision impossible à prendre en défaut.

James enleva le cran de sûreté, tenant fermement le lourd pistolet.

Il retint sa respiration, ferma un œil et appuya sur la détente. La gâchette était beaucoup plus dure que ce qu'il avait escompté. Il appuya plus fort, encore plus fort…

La détonation fut incroyablement puissante et l'arme bondit littéralement au creux de sa paume. Il demeura un instant hébété, mille cloches sonnant à ses oreilles, un picotement parcourant son bras.

Aucun signe des trois lézards. Il avait certainement manqué sa cible.

Il s'avança néanmoins vers l'endroit où se trouvait celui qu'il avait visé et inspecta les alentours.

Au hasard d'une pierre, il ne tarda pas à retrouver le gros corps noir et gris, à la peau bariolée… sans tête.

James eut beau la chercher partout, il ne la retrouva pas.

Il ramassa le lézard, dont le contact était doux, chaud et râpeux. Ses pattes bougeaient encore légèrement.

Il présagea que Precious serait plutôt dégoûtée de manger du lézard, et il ne voulait certainement pas lui rendre la vie plus difficile qu'elle ne l'était déjà, aussi déplia-t-il son couteau et éviscéra-t-il la bestiole sur le champ. Puis il coupa les pattes de manière à faire disparaître les pieds griffus et sectionna une bonne partie de la queue. Il s'apprêtait à enfiler la chose sur une branche droite quand Precious débarqua en courant.

– Que se passe-t-il ? demanda-t-elle. J'ai entendu un coup de feu.

– Ne t'inquiète pas, tout va bien. Ce n'était que moi. J'ai tiré notre petit déjeuner.

– Tu as une arme ?

James haussa les épaules.

– Ben oui, quoi ! Je l'ai prise à l'officier mexicain.

– Tu l'as eue pendant tout ce temps ?

– Precious, plaida James avec indignation, que crois-tu qu'il se serait produit si j'avais essayé de m'en servir ? À l'heure qu'il est, je serais aussi mort que ce lézard.

Precious était sur le point de répondre quelque chose quand, avisant soudain l'iguane, elle se figea, horrifiée.

– Tu ne veux tout de même pas nous faire manger ça ! s'offusqua-t-elle en reculant de deux pas, la main sur la bouche.

– Comme tu voudras, répondit James en emportant sa prise et ses morceaux de cactus au camp.

En sortant du bain, Precious avait chargé le feu de gros morceaux de bois, afin de pouvoir faire sécher ses vêtements. De grosses braises rougeoyaient dans le foyer.

Étranger aux réprimandes outrées de Precious, James s'assit par terre et approcha le lézard des flammes. Sous l'effet de l'intense chaleur, la peau se mit à bouillonner, avant de craqueler et de s'assombrir. Couvant sa chasse des yeux, James tournait et retournait sa broche pour que chaque partie de l'animal soit cuite uniformément.

Bientôt, une plaisante odeur de viande grillée se répandit dans le cratère. L'eau à la bouche, James se tourna vers Precious et constata qu'elle avait son air de lionne affamée. Bientôt, elle vint discrètement s'asseoir à côté de lui.

Quand l'iguane fut cuit, il pela le craquant de la peau avec la lame de son couteau avant de découper l'animal en morceaux. Cela ressemblait à n'importe quel plat de viande maintenant. Y goûter confirma son impression, ça aurait pu ressembler à du poulet, en un peu plus fort. Quoi qu'il en soit, ça faisait un bien fou de manger de la viande chaude.

Precious ne résista pas bien longtemps à la tentation de goûter. Elle attrapa prudemment un petit morceau, le mit sèchement dans sa bouche et mâcha en plissant les yeux. Puis elle se détendit, et en prit un morceau plus gros. Finalement, elle y prit goût et ne s'en laissa pas compter.

Elle mangea voracement. Du jus de viande coulait sur son menton. Accroupie ainsi près du feu, elle ressemblait à un animal sauvage. L'ovale de son visage n'était plus encadré que par une grossière masse de cheveux d'où toute trace de mise en plis sophistiquée avait disparu, quant au maquillage, il n'était plus qu'un lointain souvenir.

James esquissa un sourire. On pouvait presque la voir évoluer d'heure en heure. Elle commençait à comprendre que bien des choses qu'elle jugeait essentielles ne l'étaient finalement pas du tout, et cette prise de conscience l'affermissait, la rendait adulte.

En moins de temps qu'il n'en faut pour le dire, il ne resta plus de l'animal qu'un tas de petits os et de peau brûlée. James fit alors dorer les *nopalitos* sur la braise avant de les couper en tranches. C'était savoureux, bien qu'un peu gluant.

Ensuite, ils s'allongèrent tous deux dans l'herbe, repus, et, durant quelques instants, oublièrent tous leurs problèmes.

Cette insouciance ne fut que de courte durée. Un nuage passa devant le soleil, plongeant le cratère dans l'ombre. Precious frissonna.

– On ferait peut-être bien d'y aller, dit-elle en se rappelant subitement que la journée s'annonçait chargée s'ils voulaient effectivement retrouver JJ à Veracruz.

– Tu as raison, on devrait déjà être partis, répondit James en suçant ses doigts graisseux avant de se relever énergiquement.

Ils éteignirent le feu, remplirent la gourde d'eau fraîche et s'engagèrent dans la douloureuse descente jusqu'à la route.

Une heure plus tard, ils étaient assis sous un arbre, prêts à arrêter la première voiture qui se présenterait.

Les minutes s'égrenèrent. Un paysan sur son âne passa lentement devant eux, animal et homme paraissant aussi accablés de chaleur et d'ennui l'un que l'autre. Puis ils entendirent une voiture, mais elle allait dans le mauvais sens. Elle les dépassa et disparut dans un nuage de poussière et de gaz d'échappement. Enfin, ils entendirent une autre voiture, qui, elle, roulait dans la bonne direction. Ils bondirent sur leurs pieds et firent de grands signes. Le véhicule ne prit même pas la peine de ralentir. Le chauffeur se tenait droit sur son siège, les yeux rivés sur la piste. Les cris stridents dont Precious gratifia son passage n'y changèrent rien.

Ils retournèrent sous leur arbre et reprirent leur place à l'ombre dans un silence pesant.

– Si ça se trouve, on va rester là des jours, grogna Precious d'un ton maussade. Et pendant ce temps, Mme Glass prend de l'avance. Il faut qu'on prévienne mon père. Il faut absolument qu'on trouve de l'aide.

– Je sais, répondit James calmement. Il faut juste être patient. Quelqu'un va finir par passer, tu vas voir.

L'écho de sa phrase n'était pas dissipé qu'un bruit de moteur se fit entendre, venant du nord. Une voiture ! D'un même élan, ils se levèrent et scrutèrent la piste, pleins d'espoir. Enfin, la silhouette d'une automobile apparut au loin : une berline Dodge, noire, qui roulait à vive allure.

Cette fois, ils n'allaient pas laisser passer leur chance. Ils se précipitèrent au milieu de la route en hurlant comme des fous en faisant de grands mouvements des bras.

– Elle ralentit, dit Precious avec enthousiasme. Elle s'arrête !

Effectivement, la Dodge ralentit jusqu'à s'immobiliser quelques mètres devant eux.

– On dirait que nos vœux sont exaucés, glissa James avant de s'avancer vers le véhicule, son sourire le plus avenant coincé sur les lèvres.

Le conducteur descendit. Le sourire disparut instantanément.

La dernière fois qu'il avait vu cet homme, c'était en suspension dans les airs, au deuxième étage de la villa des Stone. Leurs regards s'étaient croisés, alors, tout comme ils se croisaient en ce moment même.

Manny, le beau gosse de l'équipe montée par Mme Glass.

Manny, que James avait poussé par la fenêtre, et qui, présentement, le tenait en joue avec son revolver.

Un instant, le temps parut s'arrêter.

17

Manny la Rombière

Manny transpirait abondamment. Ses yeux injectés de sang, qui oscillaient sans cesse comme s'il avait suivi le vol d'une mouche particulièrement hystérique, brillaient d'un éclat dément.

Il regarda James d'un air mauvais, puis il tourna la tête vers Precious et se renfrogna encore davantage, tentant vainement de trouver un sens à ce qu'il voyait. Il cligna des paupières, passa une main sur sa bouche.

– Ahah ! éructa-t-il finalement en se secouant une jambe. Je te connais, toi !

– J'en doute, répondit James avec assurance. Comment serait-ce possible ?

– Mmh mmh ! Je te connais, répéta Manny en secouant doucement la tête. Et je connais la fille, aussi.

Il braqua son revolver sur Precious d'une main tremblante.

– C'est la fille Stone. Oui, je la reconnais. La petite fifille à Jack Stone. Et *toi*...

Il plissa les yeux en fusillant James du regard.

– Toi, je t'ai vu pendant l'ouragan. C'était toi ! Pas d'erreur ! C'est toi qui m'as balancé par la fenêtre !

– Pas du tout, nia James. Vous devez confondre avec un autre.

– Non, non, non, non, non…, rétorqua Manny avec un sourire sournois. Mais ce coup-ci, je te tiens, vaurien. Et tu vas comprendre ta douleur. Au fait, il est où l'autre ? Il est où le chiard ?

– Laissez-nous tranquilles, supplia Precious.

– Tu parles, je devrais plutôt vous descendre tous les deux sur-le-champ, oui !

Il se figea avec un grognement plaintif et se tint la tête, semblant pris d'un affreux accès de douleur.

– Ah, la vache ! J'ai un de ces mal de chou, moi !

Et il ferma énergiquement les yeux un instant, parfaitement oublieux de James et de Precious. Quand il les rouvrit, il apparut étonnamment calme et serein. Son visage n'exprimait plus aucune souffrance. Il tourna son regard au loin, vers la mer, puis reporta son attention sur James, ne semblant plus le reconnaître.

– Y avait quelqu'un d'autre ici. Non ? Je parlais avec lui, y a deux minutes…

La mâchoire de James s'en déboîta pratiquement. Au moment où Manny avait bougé la tête, la gravité de ses blessures était apparue au grand jour. Un morceau de son crâne, au-dessus de son oreille droite, pendait lamentablement sur le côté, seulement retenu par un bout de peau hérissé de cheveux. Quand il bougeait, le morceau d'os oscillait d'avant en arrière, comme une trappe qui s'ouvre et se ferme. Et, dans le premier cas, elle révélait un fragment de cervelle d'un étrange gris rose, qui scintillait sous une membrane caoutchouteuse.

Sa chemise était entièrement tachée de sang, mais l'hémorragie avait cessé depuis longtemps. Les bords de la plaie étaient noirs et croûteux. James suivait obstinément des yeux le bout de crâne pendouillant, hésitant entre haut-le-cœur et envoûtement.

Manny baissa les yeux sur le revolver qu'il tenait dans la main comme s'il n'avait aucune idée de la manière dont cet objet avait pu se retrouver là. Il fourra l'arme dans sa poche.

– Je voudrais aller à Veracruz, dit-il. C'est la bonne route ?

– Oui, répondit James.

– Ah ! Enfin quelqu'un qui parle américain. Je fais que monter et descendre cette route. À croire que c'est la seule ouverte…

– En effet, confirma James. Vous cherchez Veracruz ? C'est par là !

Et il tendit le bras avec assurance en direction de la ville.

– Ah ça ! Pour sûr, ça fait du bien de rencontrer un compatriote au milieu d'un long voyage.

James se retourna vers Precious et l'interrogea du regard.

– On peut vous montrer le chemin si vous voulez, proposa-t-elle en s'avançant timidement.

– Volontiers ! s'exclama Manny. Montez, je vous en prie !

Quand, se dirigeant vers la voiture, elle arriva à la hauteur de James, celui-ci lui lança une nouvelle œillade.

– Au moins, c'est une voiture, murmura-t-elle en passant.

Et elle avait raison. C'était bien un moyen de transport, même si le conducteur dudit véhicule n'avait plus toute sa tête et que, si d'aventure il la retrouvait, la première chose qui lui passerait par le crâne serait de faire illico passer James de vie à trépas. C'était dangereux, très dangereux. En même temps, une telle opportunité ne se représenterait peut-être pas de sitôt.

Mais quand, presque par mégarde, Precious posa les yeux sur la blessure de Manny, elle ne put s'empêcher de coller une main devant sa bouche pour réprimer une nausée avant de s'éloigner de la voiture à reculons, le visage pétrifié d'horreur.

Manny leur jeta un regard noir à tous les deux, un regard où brillait la démence.

– Montez ! ordonna-t-il.

Ils obéirent. James s'installa à l'avant, à côté de Manny, Precious à l'arrière. Avant de démarrer, Manny les reluqua une fois encore.

– J'suis sûr qu'on s'est déjà vus, dit-il en posant le revolver sur ses genoux. Où, j'sais pas, mais j'vous connais de quelque part.

– Nous sommes vos amis ! répondit James. Vous vous souvenez ?

– Voilà, c'est ça ! Tous amis ! s'enthousiasma Manny avec une joie d'enfant. On est une famille. Ouais ! Oh, M'ma va être si contente de nous voir ! Je vais lui raconter tout de A à Z. Ce qu'elle va rire ! Elle rit toujours ! « Ça mange pas de pain », comme elle dit. Waouh, mec ! Pour une tempête, c'en était une bonne là-bas, hein ? T'aurais dû me voir. Je crois que je me suis cogné la tête sur un sale truc parce que je me souviens pratiquement de rien. Me suis juste réveillé dans les buissons. J'savais pas où j'étais. Ils m'ont abandonné derrière eux, t'y crois à ça, mon pote ? Cette sorcière m'aurait laissé crever sur place. Mais, comme tu vois, j'suis pas homme à me laisser abattre. J'ai marché, marché encore, jusqu'à n'en plus pouvoir ; puis emprunté une voiture…

James s'arrêta sur un petit trou dans le pare-brise. Intrigué il le toucha du doigt.

– Ah ouais, ça ! s'esclaffa Manny en laissant échapper un fou rire atrocement aigu, presque comme un cri. C'est tout moi, ça ! Le bichon à sa mama. J'ai tiré dans le pare-brise. Bang ! Le conducteur voulait pas s'arrêter. C'est pas dégueulasse, ça ? J'ai besoin d'une voiture et, lui, il s'arrête pas. Ben, maintenant, il est arrêté pour de bon, le bouffeur de *nachos* !

Sans la moindre sommation, Manny sauta sur les freins, attrapa son revolver et le braqua sur la tempe de James.

– Toi, je t'ai déjà vu ! grogna-t-il en relevant le chien du revolver. C'est toi le rat qui m'a balancé par la fenêtre. Oh, bonne mère, tu vas regretter d'avoir fait ça…

Le regard de Manny était trouble, chaotique, plus animal qu'humain. James comprit aussitôt qu'il devait agir avec lui comme avec un chien sauvage.

– Je vais te faire sauter la cervelle, dit Manny en pressant la bouche de son canon sur le crâne de James.

– Non, dit fermement James.

Le malfrat fronça les sourcils.

– Range ton arme, Manny, poursuivit James du ton le plus apaisant qu'il pût trouver. Tu ne vas tout de même pas me tuer. Je suis ton ami. Ami, tu te souviens ? Tu n'as aucune raison de me tuer.

Manny lutta pour empêcher son cerveau de battre la campagne. Des larmes perlèrent à sa paupière inférieure.

– Je suis tellement embrouillé, dit-il. Il y a quelqu'un dans ma tête qui n'arrête pas de chuchoter, de chuchoter, et parfois ça hurle si fort que je ne peux plus réfléchir. Oh, mon vieux, tu sais pas quel calvaire c'est.

– Ce n'est pas moi que tu veux abattre, poursuivit James. C'est Mme Glass, tu te souviens ? Elle t'a abandonné, Manny. Elle t'a laissé pour mort.

– Mme Glass ? répéta Manny, qui semblait tourner et retourner ce nom dans les méandres accidentés de son cerveau mutilé ; finalement, il poussa un profond soupir et essuya d'un revers de manche les larmes qui mouillaient ses joues. Ouais ! Mme Glass. C'est ça ! Mais on va la retrouver, t'inquiète pas pour ça.

– Alors mettons-nous en route, il commence à se faire tard.

– Tu as raison, répondit Manny en relançant le moteur.

Et ils repartirent.

James remarqua rapidement que, tant qu'il conduisait,

Manny était capable de rester concentré et d'afficher un comportement presque normal. Aussi décida-t-il de l'entretenir à propos de son passé afin de l'empêcher de s'interroger davantage sur l'identité de ses passagers, et sur ce qui s'était passé à la villa des Stone.

Son discours avait beau être embrouillé et sans suite logique, sautant sans cesse d'un incident à un autre, James put bientôt se faire une idée de la sinistre existence de Manny. Il était né à New York. Son père, un petit truand sans envergure, n'avait pas réellement vu grandir son fils en raison de ses condamnations à répétition. Pour finir, il était mort d'un empoisonnement du sang après avoir été blessé au couteau lors d'une rixe, quand Manny avait dix ans. Ce dernier avait suivi les traces de son père. Il avait été pickpocket, mulet, sentinelle pour les gangs, cambrioleur, puis, quand il avait été assez grand, il avait pris du galon et était devenu *bootlegger*. Armé d'un fusil, il passait de la bière en fraude lors d'incessants voyages entre le Canada et l'Amérique prohibitionniste.

– Mais ça me suffisait pas, expliqua Manny. J'en voulais plus. Je voulais mon propre gang, avoir mon nom en haut de l'affiche, faire en sorte qu'on se souvienne de moi. À New York, c'était impossible. Les gangs établis et les autorités locales se partageaient déjà toute la ville. Il n'y avait pas de place pour un nouveau. En revanche, dans le Midwest, au Kansas, dans le Nebraska, le Michigan ou l'Ohio, il y avait encore des places à prendre. Tous les jours, une nouvelle terreur défrayait la chronique en braquant une banque : Machine Gun Kelly, Pretty Boy Floyd, Baby Face Nelson, John Dillinger, Bonnie et Clyde. Et ouais ! Pas seulement des mecs, des gonzesses aussi, comme Ma Barker. Enfin, bref, c'était là que ça se passait et je n'allais sûrement pas laisser filer ma chance. D'ailleurs, tu as sûrement entendu parler de moi. Manny la Rombière !

Il éclata d'un rire fou avant de se tourner vers James.

– Manny la Rombière. C'est comme ça qu'ils m'appelaient, rapport aux fringues de femme que je mettais pour braquer les banques. Ah ça, j'étais même plutôt gironde…

James observa les traits fins et harmonieux du malfrat et put sans peine l'imaginer travesti en femme. À la seule évocation de cette image, son sang se glaça.

– Ce que je faisais, poursuivit Manny, c'est que je rentrais dans une banque, je papillonnais en faisant les yeux doux au blaireau derrière son guichet et, quand il était bien chauffé à blanc, que je l'avais bien à ma pogne, je sortais le flingo de mon sac et je faisais le ménage. Ça marchait à tous les coups. Ensuite, je me changeais dans la voiture pendant que ces crétins de pandores bouclaient la région à la recherche d'une braqueuse. Les journalistes devenaient dingues. « La veuve noire » qu'ils m'appelaient, ou « La mante religieuse », « La blonde empoisonnée »… Les affranchis, eux, savaient très bien qui j'étais. Ils connaissaient tous mon blaze. Manny la Rombière ! Mais bon, les choses se sont vite gâtées, tu peux me croire. Les banques ont commencé à faire de plus en plus gaffe. Ils suspectaient toutes les bonnes femmes qui poussaient leur porte. C'est pour ça que j'ai demandé à mon frangin, Louis, de marcher avec moi.

Emporté par son récit enthousiaste, Manny négligeait de plus en plus sa conduite. La voiture tanguait d'un côté à l'autre de la piste, il changeait régulièrement de file, conduisant tantôt à gauche, tantôt à droite.

– Ralentis, Manny, conseilla James. On n'a pas besoin d'aller si vite.

– Ouais, t'as raison, répondit Manny en riant. Un moment, j'ai cru qu'on se taillait après un braco. Je pensais qu'on avait les flics au cul. J'entendais les sirènes, les crissements de pneus, et tout ça…

James nota que des billets de banque traînaient un peu partout dans la voiture. Difficile de savoir où Manny s'était procuré tout cet argent – il ne s'en souvenait probablement pas lui-même. James présagea qu'il l'avait volé en route, se gardant bien de poser la moindre question. En effet, Manny ne semblait plus posséder de mémoire récente, en revanche, les souvenirs lointains lui apparaissaient avec la même précision et la même clarté que s'ils s'étaient produits la veille.

– Parle-moi un peu de Mme Glass, suggéra James. Depuis quand tu es avec elle ?

– Pas longtemps, répondit Manny. C'est mon premier boulot pour elle. Strabo est le seul de la bande avec qui elle a déjà travaillé. On était au Texas, moi et Louis. On a braqué une banque à San Antone et ça a tourné vinaigre. Énorme fusillade. J'ai passé la frontière en douce et je suis allé me planquer à Monterrey, en attendant que ça se tasse un peu. C'est là que j'ai rencontré un casseur de coffres à moitié sourd nommé Kesstudi. C'est lui qui m'a mis au parfum. Il m'a dit qu'y avait une frangine qui cherchait des hommes pour une affaire. J'saurais pas dire si c'est nous qui l'avons trouvée ou l'inverse. Toujours est-il qu'on a pris rencard. Elle s'est pointée avec un Jap' et un nabot et on s'est vite retrouvés à causer oseille. Le coup devait avoir lieu quelque part sur la côte mexicaine ; ce serait du billard qu'elle disait. Bon Dieu, j'arrive toujours pas à croire qu'elle m'ait enflé comme ça, et Kesstudi pareil. Me laisser pourrir à Tres Hermanas, moi, Manny la Rombière ! Mais elle perd rien pour attendre, cette vache-là. Je ne m'arrêterai pas tant que je ne l'aurai pas retrouvée et, quand ça arrivera… Oh ! mec, t'auras intérêt de te planquer parce que va y avoir du sport ! Si elle croit qu'elle peut me carotter ma part comme ça, elle va vite déchanter. Si elle croit que… que… Oh ! ça, elle va voir, elle va le regretter. Elle est où, d'abord ?

James sentit que Manny n'allait pas tarder à succomber à un nouvel épisode de dinguerie, à moins qu'il ne parvienne à le détourner de son chemin.

– T'inquiète pas, Manny, tout va bien, dit-il d'une voix calme. Toi, tu irais où si tu étais à sa place ?

– J'irais droit à Veracruz, rétorqua Manny. Pour prendre le premier bateau hors de ce pays pourri.

– Parfaitement, acquiesça James. Et ça tombe bien puisque c'est là qu'on va, tu te souviens ? Tout ce qu'il faut, c'est qu'on arrive à Veracruz. La dernière chose à faire serait de changer nos plans en cours de route.

– Ouais, s'exclama Manny avec un petit rire carnassier. Je l'ai toujours su. Tu vois ! Elle ne peut pas m'avoir. Manny la Rombière ne ramasse pas les miettes. Oui, Manny la Rombière, c'est comme ça qu'ils m'appelaient, rapport aux nippes...

Et c'était reparti. Il avait déjà raconté toute l'histoire au moins trois fois. James en connaissait tous les tenants et les aboutissants, même si, dans la bouche de Manny, ceux-ci n'étaient pas toujours très clairs.

Ils dépassèrent le mont Orizaba, dont le sommet, coiffé de neige, s'élevait dans le ciel sur leur droite. À mesure qu'ils retrouvaient la civilisation, l'état des routes s'améliorait et, bientôt, ils croisèrent des habitations et des gens. Ils traversèrent de petits villages, puis quelques bourgs, qui les rapprochaient d'autant de leur destination finale : Veracruz.

Dieu merci, ils y étaient presque.

Après quoi il ne leur resterait plus qu'à fausser compagnie à Manny à la première occasion, ce qui ne devrait pas poser trop de problèmes, compte tenu de l'état de confusion dans lequel il se trouvait. Ils seraient arrivés à bon port. Ils seraient en sécurité.

Malheureusement, on n'en était pas encore là. Derrière

son volant, Manny transpirait comme un bœuf. Il régnait une atmosphère de plus en plus étouffante dans l'habitacle, où des mouches avaient réussi à s'introduire. Elles virevoltaient autour de la plaie, qui commençait à sentir, et butinaient la blessure dès qu'elles le pouvaient.

En fin d'après-midi, une grappe de constructions blanches se dessina enfin à l'horizon, sur la côte. Hélas, ce fut aussi le moment où la Dodge commença à montrer des signes de fatigue.

– On est à sec, expliqua Manny. Il faut qu'on fasse le plein.

– On y est presque, se lamenta James, qui n'arrivait pas à croire qu'ils allaient s'arrêter si près du but. Plus que quelques kilomètres ! Allez !

Par chance, il ne leur restait pratiquement plus que de la descente pour atteindre la bande côtière. Manny mit à profit les déclivités pour couper le moteur et descendre en roue libre. Lorsque, par malheur, il devait relancer le moteur sur le plat, la voiture hoquetait et cahotait.

– Allez, bébé, suppliait Manny. Tu peux le faire.

C'est alors que James avisa une petite cahute plantée à un carrefour affichant fièrement que l'on y vendait des produits de la ferme et de l'essence.

– On est sauvés, s'exclama James tandis que Manny poussait un cri de joie hystérique.

La Dodge vint littéralement mourir devant la pompe. Un calme absolu régnait au-dehors. L'endroit semblait désert.

– Pourquoi diable est-ce que tout est toujours fermé dans ce foutu pays ? demanda Manny. Comment veulent-ils que ça marche ?

Il ouvrit violemment la portière et se déplia hors de l'habitacle. Puis il s'étira afin de soulager ses muscles perclus par les longues heures de route. Il pencha la tête à gauche et à droite, faisant craquer ses vertèbres, ce qui le fit grogner d'aise.

– *Hola !* appela-t-il. Bougez-vous un peu. Vous avez un client.

Une porte battante ne tarda pas à s'ouvrir. Une Mexicaine semblant exténuée sortit.

– Ah, ben c'est pas trop tôt ! s'écria Manny. Le plein, s'il vous plaît. *Entiendes ?*

– Plein ? bougonna la femme.

– C'est cela même, répondit Manny en se tournant pour jeter un coup d'œil à la route.

Ce faisant, il offrit le spectacle de sa blessure à la pompiste. Subjuguée, celle-ci marmonna quelque chose, qui ressemblait à une prière.

– C'est quoi le problème ? pesta Manny. Pourquoi tu me regardes comme ça ? Tu veux ma photo ?

Psalmodiant toujours, la femme recula en secouant la tête.

– Je t'ai demandé où était le problème ? répéta Manny en avançant vers elle. Ma parole, on dirait que t'as vu un fantôme.

James sortit à son tour.

– Qu'est-ce qu'il lui prend à celle-là ?

– Remonte dans la voiture, répondit James. Je m'en occupe.

– Hé ! Ne me parle pas comme si j'étais un gamin, hein, Louis !

– Je ne suis pas Louis, répondit James. Je ne suis pas ton frère.

– Allez, arrête ton char, Louis, répliqua Manny en riant. Tu me prends pour un demeuré ou quoi ? Allez, arrête, tu me fous la migraine.

Et il poussa un long gémissement animal qui se termina en une sorte de grognement.

Profitant de ce répit, la femme disparut à l'intérieur et tira le loquet de la porte intérieure.

– Sors de là tout de suite, beugla Manny. Tu m'entends ? J'ai besoin d'essence. *Gasolina.*

Sans autre sommation, il défourailla et ouvrit le feu sur la cahute en riant comme un possédé. James se réfugia dans la voiture.

– Qu'est-ce qu'on fait ? demanda Precious.

– Si on pouvait au moins arriver à Veracruz…

– On essaye de partir en courant ?

– Trop risqué. Il nous tirerait comme des lapins.

– J'en peux plus, James ! Je ne pourrai pas tenir une minute de plus coincée ici avec ce brindezingue. Le trou qu'il a à la tête me donne la nausée.

– Tiens bon, répondit James. On y est presque.

Manny revint à la voiture. Il posa son revolver sur le toit et ouvrit le bouchon d'essence. Puis il attrapa le tuyau de la pompe et commença à remplir le réservoir. Soudain, il se pencha à la vitre.

– Pourquoi elle me regardait comme ça, Louis ? J'aime pas quand les gens me regardent comme ça !

Le ronron d'un moteur lui fit tourner la tête et James découvrit une voiture de police qui avançait dans leur direction. À bord se trouvaient deux policiers, probablement alertés par les coups de feu. Ils s'arrêtèrent sur le bas-côté, à quelques dizaines de mètres derrière eux, et sortirent de leur véhicule. Ils échangèrent quelques mots et s'approchèrent prudemment de Manny, qui leur tournait le dos et qui ne s'était pas encore aperçu de leur présence.

– Manny, je crois qu'on ferait mieux d'y aller, dit James.

– Mais c'est pas encore plein…

– Tant pis. Allez, on y va.

Manny finit par percevoir un bruit derrière lui. Il fit volte-face et avisa les deux policiers.

– *Buenos días*, dit-il avec un grand sourire. Comme vous pouvez le voir, le tacot a soif.

Un des policiers dit quelque chose en espagnol.

– *No entiendo*, expliqua Manny. *No hablo español.*

L'autre policier esquissa un geste vers le revolver qui pendait à sa ceinture, mais Manny fut plus prompt que lui à réagir. Il lâcha le tuyau, saisit son arme sur le toit de la voiture et tira immédiatement en direction des agents. Ceux-ci ne durent d'avoir la vie sauve qu'à la rapidité avec laquelle ils se jetèrent par terre. Manny tira deux autres coups de feu et remonta précipitamment en voiture.

– Tirons-nous d'ici en vitesse, dit-il en démarrant en trombe.

S'emmêlant un peu les pinceaux dans les vitesses, il écrasa l'accélérateur, arrachant à la vieille Dodge un râle à fendre l'âme. Le hurlement d'une sirène résonna dans leur sillage. James jeta un œil au rétroviseur et vit la voiture de police qui les prenait en chasse.

– Prends le volant, ordonna Manny, qui n'avait pas lâché son revolver.

Sans ralentir, il se pencha à la portière, se déhancha, et tira une volée de balles.

Il y eut un bruit sourd, aussitôt suivi d'un puissant éclair. Manny avait fait sauter la pompe à essence. Une immense torchère orange et noire s'éleva dans les airs, obscurcissant le ciel derrière eux.

18

Changement de programme

Un ardent brasier orange, accompagné d'un épais panache de fumée violette, envahit la route. La voiture de police, sirène hurlante, ne tarda pas à jaillir du rideau de fumée, tel un spectre sorti tout droit des enfers.

– Waouh ! hurla Manny en reprenant le volant. Un peu d'action, ça nous manquait, hein, Louis !

Penché à la fenêtre, un des policiers tirait consciencieusement sur la Dodge. Pour l'instant, celle-ci allait trop vite pour lui. Toutes ses balles manquèrent leur cible. Mais James savait aussi que, s'ils ne parvenaient pas à les semer, tôt ou tard leur chance finirait par tourner. Il se recroquevilla donc sur son siège, essayant de se faire aussi petit que possible. Une petite médaille à l'effigie de la Vierge de Guadalupe était collée sur le tableau de bord. Il commençait à sérieusement envisager de lui envoyer quelques prières.

Manny était bon pilote, qui plus est, il possédait une grande expérience des poursuites. Ils filaient à toute allure sur la route, décollant sur les bosses, dérapant de façon spectaculaire dans les virages. Tant et si bien que la voiture de leurs poursuivants rapetissa peu à peu dans les rétroviseurs jusqu'à, finalement, disparaître.

– On dirait qu'on a un peu abusé, concéda Manny. Veracruz, c'est cuit pour nous. Ils sont sûrement sur le pied de guerre à nous attendre là-bas.

James était en effervescence, affreusement fébrile. Veracruz représentait la sécurité, le renfort d'une aide précieuse. Veracruz signifiait retrouver JJ et mettre un point final à cette épreuve. Tout cela était parti en fumée et ils se retrouvaient à filer sur la route côtière en direction du sud sans destination précise et sans espoir de secours. Il y avait bien quelques bourgades sur la route, ils pourraient éventuellement convaincre Manny de s'arrêter dans la prochaine, mais si la police mexicaine avait passé le mot en aval, ils seraient accueillis par une volée de plomb. Il sentit le revolver s'enfoncer dans le creux de ses reins. Et s'il le sortait ? Et s'il tuait Manny ? Non. Pas en roulant à cette vitesse. Sans compter que Manny avait toujours le sien sur ses genoux.

Et puis, la vérité c'était que Manny était habitué à tirer sur les gens, James pas.

La route sur laquelle ils se trouvaient sillonnait le cœur de la bande côtière, une terre plate et fertile, bordée par l'océan. Les traces du passage de la tempête étaient visibles ici aussi, même si elles étaient sans commune mesure avec les dégâts au nord. De l'eau stagnait encore un peu partout, mais les gens semblaient avoir repris le cours normal de leur existence. Quand le jour déclina, ils croisèrent nombre de paysans qui rentraient des champs, juchés sur leur âne, ou tenant les rênes d'une charrette tirée par un mulet. Autant d'obstacles qui les obligèrent à ralentir jusqu'à finalement s'arrêter complètement devant un troupeau de moutons qui traversait la route.

– Mince, grogna Manny en s'épongeant le visage du plat de la main. Dans des moments comme ça, je regrette de ne pas connaître le pays un peu mieux.

– Où va-t-on ? demanda tristement Precious depuis la banquette arrière.

Manny sursauta, l'air effaré, comme s'il avait oublié jusqu'à l'existence de sa passagère. Il se retourna brutalement sur son siège.

– Quoi ?

– Je demandais juste où on va, répondit Precious.

– Où on va ? répéta Manny. Je vais te le dire, moi, où on va… on va…

Un éclair de démence sauvage passa à nouveau dans ses yeux. Tant qu'ils roulaient, ils n'avaient pas eu besoin de réfléchir. Maintenant qu'ils s'étaient arrêtés, son esprit embrumé luttait de toutes ses forces défaillantes pour trouver un sens à tout ça. Il se mit à trembler.

– Il y a eu une tempête, dit-il. Un gamin…

– On va retrouver Mme Glass, s'empressa d'enchaîner James, dans l'espoir de l'empêcher de repenser à ce qui s'était passé.

– Parfaitement, s'exclama Manny en abattant ses deux poings sur le volant.

Puis il eut à nouveau l'air délirant. Cette fois, il était comme un petit garçon perdu.

– Elle est où ? demanda-t-il d'une voix plaintive. Je ne sais pas où elle est.

– Ne t'inquiète pas, répondit James. On la trouvera.

Manny attrapa son revolver et, de son bras armé, se mit à faire de grands gestes dans l'habitacle exigu de la voiture.

– Où elle est ? beugla-t-il. Où elle est cette damnée bougresse ? Dis-le moi, Bon Dieu ! Dis-le-moi ou je te jure que je te fais sauter la cervelle !

D'une main, il attrapa James au collet et le plaqua contre la portière, tandis que, de l'autre, il lui enfonçait le canon de son revolver dans la joue.

Les idées se bousculèrent dans la tête de James. Devait-il dire toute la vérité à Manny ? Essayer de le convaincre d'aller jusqu'à Palenque, en espérant qu'ils y arriveraient avant Mme Glass et Strabo ? Ensuite, ils pourraient éventuellement prévenir Jack Stone…

Non. C'était trop risqué. Que se passerait-il si Mme Glass était déjà sur place ?

Il avait déjà dépensé tellement d'énergie à essayer de lui échapper, c'eût été pure folie que de se précipiter à nouveau dans ses bras, et, avec Manny dans les pattes, ce serait comme fourrer la tête dans un nid de guêpes.

Mais alors que dire ? Il fallait bien qu'il dise quelque chose sinon Manny allait lui tirer une balle en pleine tête. Encore fallait-il donner la bonne réponse… »

– Palenque, cria Precious avant qu'il n'ait eu le temps de parler. Elle est allée à Palenque.

Manny se calma et baissa son arme.

– Palenque, hein ? Très bien. Tu peux nous y conduire ?

James acquiesça en frottant son cou endolori. Ainsi Precious avait-elle pris la décision pour lui. Et il y avait fort à parier qu'elle avait tenu le même raisonnement que lui.

Va donc pour le nid de guêpes.

Manny redémarra la voiture.

– Cette femme pensait pouvoir me doubler et s'enfuir. Mais personne ne double Manny la Rombière.

– Parle-moi d'elle, demanda James.

– De qui ?

– De Mme Glass. Parle-moi de Mme Glass.

– Elle est pas du genre causante, avoua Manny. Le plus souvent, elle se la boucle. Pas comme les donzelles que je connais, blah, blah, blah, tu vois le tableau ? Mais, un soir, Strabo nous a raconté son histoire. Apparemment, c'est une boche.

– Une Allemande ? s'exclama James.

– Ouaip ! Theda Horowitz. Née à Cincinatti, de parents émigrés allemands. Elle a déménagé à Los Angeles quand elle était môme.

Borné par le fil de l'histoire, Manny retrouva peu à peu son calme. James était bien placé pour savoir avec quelle facilité il entrait et sortait de son état délirant. Mais, pour l'heure, tentant de se remémorer ce que lui avait dit Strabo, il semblait relativement lucide.

– Durant toute son enfance, elle a vécu comme n'importe quelle petite Américaine, mais quand on est entrés en guerre, en 1917, les choses ont commencé à se gâter pour elle et sa famille car beaucoup de Yankees se sont retournés contre les fridolins. Tu sais quoi ? Le plus drôle, c'est que plein d'Allemands qui vivaient aux États-Unis ont changé leur nom. Les Schmidt sont devenus des Smith, les Silbermann des Silver, les Garfinkle des Garfield, et j'en passe. Faut dire que, nous autres ricains, on est des sacrés patriotes ! Mais la combine n'a pas marché pour le père de Theda, qui a perdu son boulot. Le monde de la petite Allemande s'est écroulé. Elle a commencé à mal tourner, à se battre. Une fois, à l'école, elle a salement amoché une gamine avec un surin. Elle a plaidé qu'elle ne faisait que défendre son honneur, mais ça ne l'a pas empêchée de se retrouver en cabane. Elle n'avait que dix-sept ans. C'est là que sa carrière criminelle a réellement débuté. Au trou, elle a fait la connaissance de vrais truands.

« Six mois après être sortie de taule, elle était mariée à une gouape du coin nommée Billy Grosman. Personne pourra jamais dire si elle est née mauvaise ou si elle l'est devenue, ce qui est sûr, c'est qu'elle s'est révélée vraiment douée pour le job. Billy Grosman traficotait le long de la frontière mexicaine. En fonction de la demande, il passait de la drogue, de l'alcool, des flingues ou des gens. Avec Theda à ses côtés, il a semé la terreur dans tout le comté de Los Angeles. Mais, un jour, sa chance a tourné. Un gang *mexicano* rival lui a tendu une embuscade dans un hôtel et l'a transformé en passoire. Theda était avec lui. Elle a été gravement blessée. Les Thompson à camembert, ça fait du dégât. Strabo a laissé entendre qu'elle portait encore les stigmates de cette nuit-là, mais, personnellement, je ne les ai pas vus.

« Après ça, elle s'est planquée pour se faire oublier et, quelque part au sud de la frontière, s'est mariée avec un type appelé Glass. J'ignore ce qu'il lui est arrivé à celui-là. Probablement mort. Il semblerait que les types avec qui elle sort ont une fâcheuse tendance à finir dans un placard réfrigéré à la morgue. Un moment, elle a été avec Legs Diamond. La rumeur raconte que, lorsqu'il est tombé, c'est elle qui l'avait donné. Je te le dis, Louis ! Cette nana, c'est un vrai poison. On n'aurait jamais dû frayer avec une vipère pareille.

Soudain, Manny s'interrompit et poussa un râle plaintif en secouant la tête, ce qui eut pour effet de faire battre le bout de calotte crânienne détaché.

– Ça va ? demanda James.

Manny regardait en tous sens, l'air affolé.

– Louis ! Je me souviens plus du chemin, dit-il, hagard. Je reconnais pas la route.

James avait définitivement abandonné l'idée d'expliquer à Manny qu'il n'était pas son frère Louis. Tout ce qui pouvait le détourner de son accident chez les Stone était bon à prendre car, tant qu'il n'y pensait pas, Precious et lui profitaient d'une relative tranquillité.

– C'est la bonne route, répondit James d'une voix apaisante. Ne t'inquiète pas. Continue de rouler.

– C'est la route de la maison ?

– C'est ça ! C'est la route de la maison.

Cette confirmation sembla lui convenir, car c'est avec une énergie retrouvée qu'il repartit.

– Quand on arrive, Louis, je vais embrasser Mama et la serrer bien fort dans mes bras. Oh ! comme elle va être contente de revoir son petit gars. Waouh ! Je rentre à la maison, M'ma. Moi et Louis, on rentre à la maison. L'ont pas tué, M'ma. Il est là, à côté de moi. Tu peux le toucher, lui parler et tout et tout. C'est un miracle, M'ma. Comme je t'le dis, un vrai miracle ! Et c'est moi, ton petit gars, qui suis responsable de ce prodige. Je peux ressusciter les morts, M'ma. Va savoir, j'suis peut-être un de ces faiseurs de miracles. Un saint ! Ou un truc comme ça !

Manny divagua ainsi pendant plusieurs kilomètres avant de s'épuiser et de se murer dans un silence seulement rompu par les borborygmes qu'il se marmonnait occasionnellement à lui-même.

La nuit tomba rapidement. Bientôt, cette route infinie n'apparut plus que dans le pinceau des phares. Excepté quelques chemins de terre boueux menant à des fermes isolées, aucune voie ne croisait celle sur laquelle ils se trouvaient. Manny commençait à fatiguer. Il conduisait depuis environ huit heures et, même si la route était totalement déserte, James redoutait l'accident.

Finalement, il s'endormit pour de bon et James dut rattraper le volant pour éviter qu'ils ne percutent un arbre.

Manny se réveilla et arrêta la voiture avant de bâiller à s'en décrocher la mâchoire. Dans le silence de la nuit, on n'entendit plus que le petit cliquetis régulier du ralenti.

– Mon bon Louis, j'suis claqué ! dit-il en attrapant son revolver pour vérifier s'il était chargé.

Après quoi, il piqua littéralement du nez et ajouta avec un profond soupir :

– Je pourrais dormir mille ans.

– Repose-toi, répondit James d'un ton conciliant. Moi, je vais conduire.

– Bonne idée, Louis. Tiens, prends le volant, proposa

Manny en s'extrayant du véhicule tandis que James se glissait sur le siège conducteur.

Manny fit le tour de la voiture et s'installa côté passager. James remarqua aussitôt qu'il avait l'air fébrile.

– N'essaye pas de m'embrouiller, grogna Manny d'une voix menaçante.

– Que veux-tu dire ?

– Je sais qui tu es, répondit Manny en enfonçant le canon de son revolver dans les côtes de James.

– Je peux t'emmener là où tu veux aller, rétorqua James, cherchant désespérément un moyen de changer de sujet. Je peux te conduire à Mme Glass.

– Ouais, dit Manny en esquissant un petit sourire. Mme Glass, c'est ça.

James engagea la première et démarra. Il conduisait d'une manière douce et coulée, menant la voiture à allure régulière, espérant ainsi faire retomber Manny dans les limbes. Hélas, à chaque fois qu'il tournait la tête, deux yeux noirs lui répondaient, ainsi que l'affreuse bouche du revolver, toujours braqué sur son ventre.

– Mama me manque tellement, confessa Manny après un long silence. Je n'aurais jamais dû m'emporter contre elle. On n'aurait jamais dû se disputer. Comme je regrette… Comme je regrette d'avoir levé la main, Louis. C'était la seule qui pouvait me faire tout oublier simplement en me prenant dans ses bras. – Il soupira dans l'obscurité. – Mais tout va redevenir comme avant, Louis, tu vas voir. Comme quand on était gamins. Tu te souviens ? Les heures qu'on passait à jouer dans la cour, et M'ma qui nous appelait pour dîner. J'entends encore sa voix : « Les garçons ! *Chow time*[1] ! »

1. Jeu de mots sur *show time*, expression qui pourrait se traduire par « que le spectacle commence ! » et *chow*, « bouffe, boustifaille ».

Je n'aurais jamais dû la frapper. Mais c'est du passé tout ça, on va être une famille à nouveau, hein, Louis ? Nous trois. Et je m'assiérai à table ; je réciterai le bénédicité ; et le Seigneur nous honorera de ses grâces ; et Il oubliera toutes les mauvaises choses que j'ai faites. Dis-moi que c'est comme ça que ça va se passer, Louis, dis-le-moi…

– Te bile pas, répondit James. Tout va bien se passer. Dors en attendant.

– Mmh, t'as raison.

De guerre lasse, James cessa de surveiller Manny pour se concentrer sur la route qui s'étirait devant lui.

– Il dort, murmura finalement Precious.

En effet, tout portait à croire que Manny était profondément endormi. Il avait la tête basculée en arrière, la bouche grande ouverte et les yeux clos. Toutefois, sa main agrippait toujours aussi solidement son revolver.

– Tu crois qu'on peut être à Palenque avant Mme Glass ? demanda Precious.

– Elle avait beaucoup d'avance, fit remarquer James. Mais leur camion était très lent et, qui plus est, ils ont dû changer de véhicule. On a peut-être une chance.

– Parfait, faut-il encore qu'on trouve quelque chose pour Manny.

– Je sais, confirma James. Et vite avec ça, car on n'aura peut-être pas une chance comme celle-là de sitôt. Le problème, c'est que j'ai peur qu'il se réveille si je m'arrête.

– Tu as un pistolet, non ? Donne-le-moi et je le tue.

– Tu es certaine que tu pourrais le faire ?

– Non, confessa Precious benoîtement.

– Moi non plus, confia James. Pas de sang-froid.

– Alors on fait quoi ?

– La porte. Est-ce que tu peux atteindre la poignée sans le réveiller ?

– Oui, je crois.

– Je vais compter jusqu'à trois. À trois, tu ouvres la portière et je le pousse dehors.

– J'sais pas si je vais pouvoir…

– Un…

– James !

– Deux…

– Attends !

– Trois !

Tout se passa très vite, mais pas assez pour que James rate une expression qu'il avait déjà vue sur le visage de Manny : le même regard ahuri et incrédule qu'il lui avait vu lorsqu'il l'avait poussé par la fenêtre, à Tres Hermanas.

Il faut dire à sa décharge que, d'une seconde à l'autre, il passa d'un sommeil paisible, bercé par le ronron de la voiture, à un déchaînement de vent et de bruit, qui le vit voler un instant dans les airs en battant pitoyablement des bras avant de disparaître, happé par la nuit.

Dans la voiture, il y eut un court silence, auquel succédèrent presque aussitôt les cris de joie et les rires enthousiastes de Precious et de James, qui écrasa la pédale d'accélérateur en hurlant victoire. Ils entendirent bien quelques coups de feu claquer derrière eux, mais ils étaient déjà hors de portée. Ils avaient réussi. Ils l'avaient fait. Manny la Rombière s'était fait avoir par deux gamins.

Ils roulèrent longtemps, droit devant eux, discutant passionnément, jusqu'à ce que James ne puisse plus garder les yeux ouverts. Alors ils s'arrêtèrent au bord de la route, sous un bosquet d'arbres. Ils fouillèrent la voiture. James fourra les billets volés dans ses poches. Ils espéraient également trouver de la nourriture, mais ils ne dénichèrent finalement que quelques fruits à moitié pourris et un paquet de gâteaux secs, rendus mollassons par l'humidité. Trop affamés pour faire les difficiles, ils s'en fourrèrent de pleines poignées dans la bouche.

Avant de dormir, James étudia la carte qu'il gardait avec lui depuis des jours, celle-là même qu'il avait récupérée dans la Duesenberg. Il y avait très peu de routes dans cette région. Celle sur laquelle ils se trouvaient filait au sud-ouest, à travers les hauts plateaux du Chiapas, une région isolée, dominée par la forêt tropicale, et qui s'étendait sur des centaines de kilomètres, jusqu'à la frontière avec le Guatemala.

– On est encore loin de Palenque ? demanda Precious.

– Je ne crois pas. Un jour de route tout au plus.

Ils s'installèrent à même le sol pour la nuit. Les étoiles scintillaient derrière le noir feuillage des arbres. James était trop fatigué pour ressentir quoi que ce fût, espérance, crainte ou exaltation.

Quand il rouvrit les yeux, le jour pointait. Une aurore blafarde, grise, froide et bruineuse, peinait à remplacer la nuit. Une demi-heure plus tard, ils étaient de retour sur la route qui grimpait doucement à l'assaut des contreforts du Chiapas. Le soleil chassa bien vite les nuages matinaux. Dans la voiture, il faisait chaud et humide.

Ils négocièrent un plein d'essence dans un petit hameau dont le chef était le fier propriétaire d'une antique Ford modèle T et roulèrent toute la matinée sur des routes qui serpentaient de plus en plus profondément dans la jungle. Il leur était difficile de suivre la carte, celle-ci étant plus que sommaire sur cette partie enclavée du pays. Plusieurs fois, ils se retrouvèrent acculés dans un cul-de-sac et durent faire demi-tour. Ils se seraient même définitivement perdus s'ils n'étaient tombés par hasard sur un campement de bûcherons qui leur indiquèrent la route à suivre. En milieu d'après-midi, à leur grand soulagement, ils passèrent la pancarte peinte à la main qui marquait l'entrée de Palenque.

Il leur fallut une autre heure pour trouver l'aérodrome, enfoui au milieu des arbres. Ils avaient pratiquement perdu espoir quand, au hasard d'un virage, à travers l'épais rideau d'une végétation luxuriante, ils aperçurent une immense trouée plane, au sol couvert de gazon.

Échoué au milieu de la piste, une aile plantée dans le sol à cause d'un train d'atterrissage cassé, se trouvait le Tin Goose de Jack Stone.

– Enfin ! s'exclama Precious tandis que la voiture s'arrêtait doucement. On y est ! J'ai du mal à y croire.

James ne répondit mot. Il était trop tendu pour cela. Certes, ils avaient réussi, ils avaient atteint leur but. Mais maintenant ? Qu'allait-il se passer ?

Aucun signe de Mme Glass. Était-elle venue et repartie ? Était-elle toujours en chemin ? De fait, l'endroit semblait désert. Mais la vie lui avait appris à se méfier des apparences.

Il ramassa le revolver qu'il avait déposé sur le plancher de la Dodge, ouvrit la portière et descendit.

Au bord de la piste, se dessinait la silhouette d'une longue hutte, basse, au toit couvert de chaumes de palmes. Il fit un pas dans cette direction.

Un oiseau piailla. Un cri affreusement strident.

James perçut un mouvement. Il s'immobilisa. Instantanément, une puissante détonation déchira l'air et une balle vint se loger avec un bruit sourd dans la calandre de la Dodge. Un jet de vapeur chuinta du radiateur percé.

James eut à peine le temps de s'aplatir contre le sol qu'une deuxième balle passait en sifflant au ras de sa tête, avant de finir sa course en claquant dans les feuillages.

19

Palenque

– Debout ! Mains sur la tête, *señor* !

James leva timidement un œil et découvrit un Mexicain dégingandé qui était sorti de la hutte, fusil de chasse en main.

– Lâche ton arme et lève-toi !

James laissa tomber son pistolet et se releva.

– Ce fusil est chargé à la chevrotine, *señor*, prévint l'inconnu. À cette distance, je peux vous couper en deux. Alors mains sur la tête !

James obtempéra docilement.

Deux autres Mexicains émergèrent des buissons, sûrement les auteurs des premiers coups de feu.

– Qui es-tu ? demanda celui qui tenait le fusil de chasse.

James entendit s'ouvrir la portière de la voiture, derrière lui. Il aurait voulu crier à Precious de rester où elle était, mais c'eût été trop risqué. En effet, si l'homme au fusil de chasse agissait avec assurance, les deux autres, en revanche, semblaient fébriles et dangereusement nerveux.

– Beto ! s'écria Precious. C'est Beto, le copilote de papa.

– Precious ? C'est toi ? demanda l'homme en baissant son fusil.

James poussa un immense ouf de soulagement en voyant Precious qui traversait le gazon au pas de course pour se jeter dans les bras de l'homme qui, une seconde plus tôt, le tenait en respect avec son arme.

Jugeant sans doute qu'il avait atteint un point de non-retour, le cerveau de James cessa un instant de fonctionner, ses jambes le trahirent, il se retrouva assis par terre, pris d'un vertige.

Plus tard, dans la cahute, tandis que Precious et James prenaient leur premier repas digne de ce nom depuis des jours, Beto leur raconta ce qui s'était passé.

L'avion avait été sérieusement endommagé par la tempête, mais Stone était néanmoins parvenu à le poser sans encombre. Pourtant, avec le train d'atterrissage cassé, il était hors de question de redécoller. Aussi se retrouvèrent-ils coincés ici dans l'attente de pièces de rechange. Grâce à la radio du bord, ils avaient finalement réussi à contacter la capitainerie de Veracruz et, le jour suivant, celle-ci leur avait passé le message de Garcia leur indiquant que Precious, JJ et James étaient sains et saufs et qu'ils étaient partis à Puente Nuevo. Stone et Charmian avaient voulu remonter pour les rejoindre, mais ils ne disposaient d'aucun moyen de transport et se trouvaient à des kilomètres de la ville la plus proche. Par radio, Stone avait demandé de l'aide aux quatre coins du pays et avait fini par dénicher une voiture supposée venir les chercher depuis Tabasco. Mais la voiture n'était jamais arrivée, pas plus d'ailleurs que les autres membres de l'expédition de Charmian. La tempête avait bouleversé tous les plans.

– Et puis nous avons reçu un nouveau message de Veracruz, poursuivit Beto. Un Japonais avait ramené Jay Jay.

– Jay Jay ? s'exclama Precious. Comment va-t-il ?

– Aux dernières nouvelles, tout va bien, répondit Beto avec un grand sourire où ne brillait qu'une dent en or. Le message venait de l'hôpital. Il a une blessure à la jambe, mais à part ça, tout va bien.

– Dieu soit loué, soupira Precious avant de fondre en larmes.

– Mais ça a rendu ton père comme fou, continua Beto. Il ne savait que faire. Pour finir, il est parti à pied, avec Charmian et son guide, Mendoza, dans l'espoir de trouver une voiture qui pourrait les conduire à Veracruz.

– C'était quand ? demanda Precious.

– Il y a deux jours, répondit Beto. J'ai essayé de les en dissuader. La région n'est pas sûre, les routes sont mauvaises. Même avec le soutien de Mendoza, l'entreprise paraissait risquée, mais tu connais ton père… Il m'a demandé de rester ici et de veiller sur l'avion, avec ces deux *muchachos*, employés du terrain d'aviation. Ton père m'a ordonné de tirer à vue sur quiconque essayerait de s'approcher de l'appareil.

– Est-ce que quelqu'un est venu ? demanda James. Un homme et une femme.

– Non, personne, répondit Beto. Vous êtes les premières personnes que je croise depuis que je suis arrivé ici. Je suis content que tu n'aies rien, Precious. Ton père sera heureux de l'apprendre. Tous les matins, à huit heures, je mets en marche la radio. Je ne la laisse branchée que quelques minutes, pour économiser la batterie. Peut-être que le *señor* Stone nous contactera demain.

– D'autres personnes sont en route, annonça James d'un air sombre.

Et il mit Beto au courant pour Mme Glass et Strabo. Quand il eut terminé, celui-ci parut inquiet mais, finalement, il se contenta de hausser les épaules, comme si l'affaire ne dépendait déjà plus de lui, mais de quelque puissance supérieure.

– À ton avis, quand arriveront-ils ?

– Ce n'est qu'une question de temps, répondit James. Nous devons partir.

– Impossible, dit Beto avec un triste sourire. J'ai promis au *señor* Stone de rester ici.

– Qu'y a-t-il de si précieux à bord de cet avion pour que vous deviez le garder au péril de votre vie ? demanda James. Certainement pas le matériel de ma tante...

Tout en posant la question, il pressentit qu'il connaissait la réponse.

Quand ils eurent terminé leur repas, James emmena Precious à l'extérieur.

– Les plans volés, dit-il quand il fut certain qu'on ne pouvait pas l'entendre.

– Oui, eh bien ?

– Ils sont sûrement dans l'avion, dit James. Ça aurait été trop risqué pour ton père de les prendre avec lui jusqu'à Veracruz.

– Dans l'avion ? répéta Precious. Mais où dans l'avion ? Ce serait encore plus risqué...

– Souviens-toi de ce que Mme Glass a dit, poursuivit James. Ton père a aménagé des caches secrètes. Allez, viens, on va voir.

Ils grimpèrent à bord du Tin Goose. Derrière la cabine de pilotage se trouvait un compartiment pour six passagers puis une cale de fret remplie à ras bord de caisses et de boîtes destinées à l'expédition de Charmian, aujourd'hui avortée. Il était difficile de se déplacer à l'intérieur de l'avion, penché comme il l'était. S'appuyant sur la carlingue, ils explorèrent la cabine comme ils le purent.

Ce fut Precious qui la repéra la première, sous une des caisses : une plaque de métal carrée, scellée par quatre vis qui ne correspondaient pas à celles du reste de la carlingue. Ils soulevèrent la caisse pour y regarder de plus près, puis fourragèrent alentour jusqu'à ce qu'ils trouvent, près de la queue, une trousse à outils, attachée au fuselage par des sangles. James l'ouvrit et attrapa l'un des tournevis.

Les vis étaient faciles à enlever. Quand ils retirèrent la plaque de métal, ils découvrirent plusieurs objets soigneusement emballés et parfaitement rangés dans un compartiment secret.

Parmi ces objets, quelques petites statues de jade, des bijoux mayas en or, et un attaché-case en crocodile dans lequel ils trouvèrent un porte-documents de cuir contenant des papiers à en-tête de l'US Navy.

Precious s'assit sur le plancher bancal, les papiers sur les genoux. Elle semblait dévastée, au bord des larmes.

– J'imagine qu'une part de moi aurait voulu ne jamais trouver ces documents, confessa-t-elle. Je voulais croire que Mme Glass mentait.

– Non. Rappelle-toi ce que tu as dit… Tu as peut-être raison.

Precious releva la tête et croisa le regard de James. Une lueur d'espoir brillait au fond de ses yeux vides, rougis par l'angoisse et le manque de sommeil.

– Ton père voulait les rendre, dit James en attrapant fermement Precious par les épaules.

Il avait dit ça avec tellement de sincérité que, pour un peu, il y aurait lui-même cru.

Le visage de Precious s'éclaira.

– Oui, dit-elle avec conviction en se relevant d'un pas hésitant. En attendant de les lui rendre, nous devons les soustraire à Mme Glass. Tout repose sur nous maintenant.

– Crois-tu que Beto soit au courant ? demanda James alors qu'ils quittaient l'avion.

– Je l'ignore, mais je pense qu'il est préférable de ne rien dire. Moins de gens seront au courant, mieux ça vaudra.

– Soit, acquiesça James. Pour l'heure, la priorité, c'est de s'éloigner au plus vite de cette piste. Mme Glass et Strabo ne vont plus tarder maintenant.

– Mais je ne peux pas m'en aller, gémit Beto quand ils lui annoncèrent qu'ils partaient. J'ai donné ma parole au *señor* Stone.

– Il ne s'agit que d'un avion, fit valoir Precious. Personne ne va le voler. Ne crois-tu pas que mon père préférerait que tu nous aides à le retrouver plutôt que de rester ici ?

– *Sí, sí*, bien sûr, concéda Beto d'un air contrarié. Mais votre voiture est en panne. Nous allons devoir marcher. Et il est déjà tard. Bientôt il fera nuit. Nous devons attendre le jour.

– C'est trop dangereux, objecta James. Ils peuvent arriver d'une minute à l'autre.

– Ce qui serait trop dangereux, c'est de partir ce soir, dit Beto. Et puis, la radio est là. Je suis sûr que le *señor* Stone va appeler demain matin. Alors je pourrai le mettre au courant de ce que nous faisons, et lui demander s'il est d'accord pour que je laisse l'avion.

– Si Mme Glass arrive entre-temps, elle nous tuera tous, s'emporta Precious.

– Très bien, très bien, dit Beto en se prenant la tête entre les mains. Laissez-moi réfléchir.

Il demeura silencieux un long moment avant de finalement relever la tête.

– Voilà ce qu'on va faire, annonça-t-il. Vous deux, vous partez d'ici et vous allez vous cacher dans un endroit sûr. Moi, je reste avec les gardes. Nous serons prêts si jamais ils se montrent. On est armés. Si tout se passe pour le mieux, je parlerai au *señor* Stone demain matin à huit heures, après quoi je viendrai vous chercher et nous partirons ensemble.

– Entendu, concéda James. – À l'évidence, il était inutile de vouloir le faire revenir sur sa décision.

– Mais où allons-nous nous cacher ? demanda Precious.

– Dans la jungle, répondit Beto. Vous irez à Palenque. Ne vous inquiétez pas, il y a un chemin qui part derrière la hutte. En une demi-heure tout au plus, vous y serez. Je vais vous donner une lampe torche, de la nourriture et de l'eau. Surtout ne vous écartez pas du sentier : comme ça, vous ne pouvez pas vous perdre.

Un quart d'heure plus tard, Precious et James s'engageaient sur un étroit sentier arraché à la jungle à coups de machette, les plans volés en sécurité dans un cartable de cuir trouvé dans la hutte.

Le soleil se couchait et une incroyable cacophonie s'emparait de la forêt. À croire que tous les animaux et les insectes à des kilomètres à la ronde avaient choisi ce moment pour appeler leurs copains. L'air résonnait de gazouillis, de caquètements, de hululements, de pépiements et de cris divers et variés.

– Je ne comprends pas, dit Precious en chassant un moustique du plat de la main. Si la ville de Palenque n'est qu'à une demi-heure de marche, pourquoi papa n'y est pas allé pour chercher de l'aide ?

– Oh, Palenque est certes une ville, répondit James. Mais elle est inhabitée depuis près de mille ans. C'est une ancienne cité maya, abandonnée pour une raison inconnue. Aujourd'hui, elle est envahie par la jungle. Charmian m'a tout raconté. J'étais très jaloux quand j'ai compris que je n'irais pas avec elle. Bizarre comme les choses changent. Son expédition à elle est tombée à l'eau et voilà que moi, je marche sur les traces des Précolombiens.

Le spectacle qui s'offrit à eux lorsqu'ils arrivèrent aux ruines dépassait tout ce qu'ils avaient pu imaginer. Les vestiges de plusieurs constructions imposantes, en partie enfouies sous la végétation, s'élevaient au milieu de la jungle. Des pyramides, des temples, des palais dont les façades sculptées d'innombrables motifs entrelacés rayonnaient d'un halo doré dans les dernières lueurs du jour. Chaque regard était l'occasion d'une nouvelle découverte : des alcôves, des terrasses, des escaliers, d'intrigants tumulus recouverts d'herbe, avec, au centre, au sommet d'une plate-forme surélevée, une étonnante tour carrée de quatre étages, ouverte à tout vent sur chacune de ses faces, qui dominait un ensemble de ruines plus petites.

– On devrait essayer de grimper là-haut, dit James en pointant la tour du doigt. On sera en sécurité et on aura un excellent point de vue sur les alentours.

Ils gravirent les marches de la plate-forme et se retrouvèrent face à un dédale de corridors, de cours et d'antichambres reliées les unes aux autres.

– À ton avis, c'était quoi ? demanda Precious en s'extasiant devant les bas-reliefs et les frises, témoins d'une civilisation depuis longtemps disparue et dont il émanait un sentiment de profonde étrangeté.

– Peut-être un palais, répondit James. En tout cas, c'est de loin la construction la plus imposante.

Ils explorèrent les galeries jusqu'à découvrir un passage jusqu'à la tour, au bout duquel ils comprirent bien vite qu'ils ne pourraient pas dépasser le premier palier.

– Ça ne fait rien, on est déjà très bien ici, dit James en balayant des yeux la clairière en contrebas.

Le soleil avait disparu. Le ciel s'assombrissait rapidement. Depuis leur promontoire, au-dessus de la cime des arbres, ils avaient une vue imprenable sur toute la région. Palenque avait été construite sur une crête, probablement pour surveiller les environs. James et Precious dominaient un océan de végétation, un océan qui virait peu à peu au noir et qui donnait le sentiment de ne jamais devoir finir.

Ils partagèrent leurs vivres et mangèrent assis sur la pierre, au son du coassement des grenouilles et des stridulations des criquets. Après quoi, ils prirent leurs aises et tentèrent de dormir un peu. Ils avaient bien emporté avec eux des couvertures, mais l'endroit était affreusement inconfortable et il faisait horriblement froid. Aussi se contentèrent-ils de contempler les étoiles qui scintillaient dans le ciel et de se laisser bercer par l'infini remue-ménage de la faune sauvage.

– J'ai tellement honte, murmura finalement Precious.

– De ton père ?

– Non. De moi. De mon comportement.

– Tu t'en sors très bien, répondit James. La plupart des gens auraient baissé les bras depuis longtemps, et pas seulement des filles.

– Tu sais, j'en ai découvert beaucoup sur moi-même ces derniers temps. Et quand je repense à la manière dont je me comportais avant, je me sens vraiment coupable. De la manière dont j'ai pu traiter les domestiques par exemple. J'imagine que je tenais ça de ma mère. Elle n'a jamais aimé vivre au Mexique. Elle préférait l'Amérique, les magasins chics, les restaurants, les gens. Elle détestait ce pays. J'imagine qu'elle se vengeait sur le petit personnel. Moi, je pensais que c'était comme cela qu'il fallait se comporter. Au début, je l'ai fait pour l'impressionner et m'attirer ses bonnes grâces. Et puis c'est devenu une habitude. Il faut croire que je me sentais importante en réprimandant les domestiques. Plus jamais je n'agirai de la sorte. Jamais. J'ai vu à quel point les Mexicains sont gentils et braves. À chaque fois que je ferme les yeux, je revois ce pauvre homme,

Garcia, s'écrouler dans la poussière en tenant Jay Jay dans ses bras.

– Moi aussi, j'y repense souvent, confessa James. C'était horrible.

– Et maintenant Beto, poursuivit Precious. Il n'était pas obligé de rester là pour garder l'avion de mon père. Pourtant il l'a fait, parce qu'il avait donné sa parole.

– Et aussi parce qu'il est têtu, nuança James. J'espère qu'il ne le paiera pas de sa vie.

– Oh ! ne dis pas ça, s'insurgea Precious en prenant appui sur un coude. Si quelqu'un d'autre était tué, je ne le supporterais pas.

– Pourtant, c'est plus que probable. Du moins, tant que nous n'aurons pas rendu ces papiers à leur légitime propriétaire.

– Nous le ferons, affirma Precious en se recouchant. Je sais que nous le ferons.

20

Une colonne en marche

James dormit mal cette nuit-là, d'un sommeil agité par des rêves troublants dans lesquels il tentait vainement d'échapper à un sombre ennemi sans visage. Il rêva également de sa mère. Elle était assise à côté de son lit et lui lisait une histoire mais, dès qu'il levait les yeux, elle se transformait en Mme Glass.

Il ouvrit un œil à l'instant où le soleil dardait ses premiers rayons au-dessus de la cime des arbres et où le jour s'engouffrait dans la tour, dont les montants dessinaient des carrés de ciel gris-rose.

Il grogna. Les douleurs étaient toujours plus difficiles à supporter au lever, où chaque contusion, chaque coupure, chaque éraflure se rappelait douloureusement à son bon souvenir. Une affreuse migraine lui tenaillait le crâne. Ses côtes le lançaient. Le froid de la nuit, conjugué à l'humidité matinale, lui transperçait les os. Globalement, il se sentait plus fatigué que lorsqu'il s'était couché.

Oui, mais il était vivant. Et après quelques étirements et quelques échauffements, il n'y paraîtrait pratiquement plus. Il se mit péniblement debout et roula des épaules afin de détendre sa nuque ankylosée.

La tête abandonnée sur son bras, le visage grotesquement déformé par le sommeil, Precious dormait toujours. Il se garda de la réveiller et s'assit au bord du parapet, les jambes pendant dans le vide, pour contempler la naissance du jour nouveau. Pour un peu, il se serait cru encore en train de rêver. Cet endroit avait quelque chose de si irréel avec sa grande tour insolite, sa pyramide à étages et ses monuments aux murs magnifiquement sculptés. Et puis la jungle, qui luttait pied à pied pour reprendre ses droits là où l'homme l'avait chassée. Le tout baigné d'une lumière surréaliste, presque inquiétante, qui illuminait le sommet des monuments d'une violente lumière dorée en laissant leur base dans une ténébreuse obscurité, évocatrice de mort.

Bientôt, il perçut un mouvement derrière lui. Il tourna la tête et vit Precious qui s'agitait avant de cligner des paupières et de lever vers lui un regard larmoyant.

– C'est le matin, dit-elle d'une voix ensommeillée. Aucun signe de Beto ?

– Il est encore trop tôt.

Ils burent un peu d'eau, avalèrent quelques bouchées, et décidèrent de quitter la tour pour attendre Beto là où il aurait le plus de chances de les trouver.

Ils descendirent de leur promontoire et traversèrent l'entrelacs de corridors et de chambres de l'antique palais maya en direction des marches. Le sous-bois était encore plongé dans la pénombre. Une fine brume flottait sur l'herbe. Rien ne bougeait. Un lourd silence pesait sur la jungle. Ils descendirent l'escalier qui courait sur toute la hauteur du contrefort, et frissonnèrent en pénétrant dans l'ombre de la base.

– On va aller se poster à l'entrée, dit James. Il y a un petit monument à l'endroit où débouche le chemin. On pourra s'y cacher, juste au cas où.

– J'en ai assez de fuir. J'en ai assez de me cacher.

– C'est presque terminé, répliqua James d'un ton rassurant, ignorant encore qu'il ne pouvait se tromper davantage.

En effet, quand ils tournèrent à l'angle du palais, ils tombèrent nez à nez avec Manny, qui sembla aussi surpris qu'eux de les voir.

Les idées se bousculèrent dans la tête de James. Comment diable Manny était-il arrivé ici ? Il était parfaitement inconcevable qu'il ait pu faire le chemin à pied.

Il en était encore à chercher une explication à ce prodige quand Strabo et Mme Glass émergèrent de l'ombre.

– Bonjour, Precious, lança Mme Glass avec un petit sourire. On a pris un auto-stoppeur. Incroyable tout ce qu'il avait à nous dire !

Ses yeux se portèrent sur James.

– Oh, mais c'est à peine croyable ! Voyez qui est là aussi. Ce bon vieil Angel Corona, si tant est que ce soit comme ça que tu t'appelles. Manny, ici présent, me dit qu'il t'a vu à la villa des Stone et que tu l'as balancé par la fenêtre.

– Il raconte aussi qu'il peut ressusciter les morts, répondit James en faisant une ultime tentative pour prendre l'accent mexicain. Cet homme est complètement fou.

– Et après ? Quelle différence cela fait-il ? demanda Mme Glass en s'avançant vers James d'un air menaçant. Vois-tu, en partant de Tres Hermanas, je comptais quatre équipiers. À cause de toi, j'en suis réduite à deux, qui plus est, comme tu le dis si bien, l'un d'eux n'a plus toute sa tête. Aussi, il est grand temps que je mette un terme à ton travail de sape avant que tu ne ruines toute mon entreprise. Pour commencer, tu vas me dire qui tu es vraiment, poison.

– Mon nom est Bond, James Bond.

– Non, non, non, non, non, s'écria Manny en secouant la tête, le morceau de calotte balançant contre son crâne. C'est mon frère Louis.

– C'est pas l'heure de plaisanter, coupa Strabo.

– On a braqué une banque, poursuivit Manny, sûr de son fait.

– Mais de quoi tu parles ? demanda Strabo.

– On était en train de prendre la tangente, moi et Louis, et…

– Oh ! Ferme-la. Tu me soûles.

Mais Manny ne l'entendait pas de cette oreille.

– Ne me parle pas comme ça, éructa-t-il en attrapant Strabo au collet. T'as compris ? Ne me parle plus jamais comme ça.

Strabo se dégagea d'un ample geste du bras et leva les yeux vers Mme Glass, qui regardait la scène, légèrement interloquée.

– Argh ! grogna Manny en se prenant la tête entre les mains. J'sais plus trop où j'en suis.

– Ça va, Manny, coupa Mme Glass. On va s'occuper de toi.

Aussitôt, le visage de Manny s'éclaira d'un sourire enfantin.

– Je savais que je pouvais compter sur toi.

– Sûr, embraya James. Tu peux lui faire confiance, elle t'a laissé pour mort sur les lieux du crime, tu te souviens ?

– C'est vrai ça ! se rembrunit Manny en se campant face à Strabo et Mme Glass avec un air de défi. Vous m'avez laissé crever comme un chien. Vous vouliez tout le pognon pour vous, hein ? Jamais je n'aurais dû m'embarquer avec vous.

– Ça, c'est une idée, s'exclama Strabo avec un sourire carnassier. Mais il n'est jamais trop tard pour bien faire. Pourquoi ne pas finir le boulot maintenant ? Comme ça, on pourra se partager ta part…

– Arrête ça, Strabo, ordonna Mme Glass. Quant à toi, Manny, si quelqu'un t'a jamais doublé, c'est ce gamin. J'te rappelle qu'il t'a balancé de ta propre bagnole. C'est nous qui t'avons ramassé en train d'errer sur la route. C'est nous qui t'avons secouru.

Manny semblait plus embrouillé que jamais, ses yeux nébuleux oscillant entre Mme Glass et James. Ce dernier évita soigneusement de croiser son regard, aussi dérangeant qu'insondable.

– Qu'avez-vous fait à Beto et aux gardes ? demanda Precious d'une voix cassée par l'angoisse.

– Beto ? C'est donc comme ça qu'il s'appelle... Il n'a pas dit grand-chose.

– Vous l'avez tué ?

– Tué ? Non, répondit Mme Glass. Il nous aurait fallu une éternité pour trouver cet endroit. On avait besoin de quelqu'un pour nous indiquer le chemin. On l'a juste ligoté avant de venir vous chercher. Il s'est défendu comme un beau diable. Pas comme les deux autres. Ils ont détalé comme des lapins au premier coup de feu. Mais, comme je l'ai dit, Beto, puisque c'est ainsi qu'il s'appelle, ne s'est pas montré très loquace. Alors peut-être que toi, ma chérie, tu vas me répondre. Où diable est ton père ?

– Il est parti, répondit Precious d'un ton définitif et provocant. Il est retourné à Veracruz. Vous avez perdu votre temps en venant ici.

Mme Glass poussa un profond soupir.

– Alors ? On fait quoi maintenant ? demanda Strabo.

– On les emmène avec nous, répondit Mme Glass en tournant les talons. Mais fouille-les d'abord.

Strabo fit un signe de tête à Manny, qui lui confia son pistolet avant de palper James. Il trouva bien vite le revolver de l'officier et le couteau de chasse de Strabo. James le laissa les lui prendre sans regimber. En revanche, lorsque Manny entreprit de fouiller Precious, celle-ci protesta avec véhémence, ruant dans les brancards pour ne pas se séparer de son cartable en cuir.

– Il n'y a rien là-dedans. Laissez-moi...

– Qu'est-ce que c'est que ça ? dit Manny en sortant le porte-documents du cartable.

Strabo laissa échapper un long sifflement admiratif avant de rugir de rire. Il appela Mme Glass, et ensemble ils parcoururent les papiers en s'extasiant à demi-mot.

– Alors là, chapeau, ma chérie ! dit finalement Mme Glass en remettant le porte-documents dans le cartable, qu'elle cala solidement sous son bras. Tu nous gâtes ! Je n'ose imaginer tous les efforts que tu viens de nous épargner.

Après un silence rieur, elle se tourna vers Manny et lui asséna une claque dans le dos, comme si elle avait voulu le faire sortir de sa torpeur.

– Surveille-les de près, grand !

– T'inquiète pas, M'man. Je les ai à l'œil.

– Sacré toi, bougonna Strabo en s'éloignant en compagnie de Mme Glass.

Une fois à l'écart, ils entamèrent une discussion à voix basse, surveillant occasionnellement Manny du coin de l'œil. Strabo fit plusieurs fois non de la tête avant d'éclater de rire. Mme Glass, comme à son habitude, demeurait impénétrable.

Precious et James s'assirent sur les marches du palais. Venus de nulle part, des nuages assombrissaient le ciel, apportant avec eux un fin crachin, qu'ils remarquèrent à peine. Des mouches ne tardèrent pas à venir bourdonner autour de leurs têtes, attirées par la plaie de Manny. James était trop démoralisé pour seulement prendre la peine de les chasser.

Precious rompit le silence la première.

– Qu'est-ce qui va se passer maintenant ? demanda-t-elle.

– Silence, coupa Manny.

– Tu peux leur faire confiance, répondit James, indifférent à l'ordre de son gardien. Ils ont ce qu'ils veulent. Ils n'ont plus besoin de nous dorénavant.

– La ferme !

– Ils vont se débarrasser de nous, Manny. Et toi avec. C'est évident.

– Je fais partie de la bande, se défendit Manny, paraissant soudain moins sûr de lui.

– Tu es blessé. Tu n'es qu'une charge pour eux. Tu vas les ralentir.

– Ils ne tenteraient rien contre moi. J'ai toujours mon flingue.

– Ah oui ? Où ça ?

Manny fronça les sourcils et se palpa frénétiquement à la recherche de son arme.

– Mon flingue ! Où est mon flingue ?

– C'est Strabo qui l'a pris.

Manny ressemblait à un garçonnet perdu dans une grande gare. Il jeta un regard inquiet à Strabo, porta les mains à sa tête, grogna.

– Viens, dit James en prenant Precious par la main. Ne restons pas là.

Et ils détalèrent à toutes jambes, bondissant et louvoyant, en direction de la forêt, dont l'orée se trouvait à une quinzaine de mètres. Des cris résonnèrent derrière eux, suivis de coups de feu – d'abord un coup de semonce, puis des tirs clairement destinés à les abattre.

Une balle crépita dans les airs non loin de l'oreille droite de James.

Il se risqua à tourner la tête. Manny était sur leurs talons, Strabo derrière lui, qui refaisait rapidement son retard, ses courtes jambes pilonnant le sol comme les pistons d'une machine à vapeur lancée à plein régime.

Il leva son revolver.

James tira Precious de côté. Ils avancèrent en zigzag tandis qu'une nouvelle balle déchirait l'air.

Soudain, ils furent happés par la jungle.

Il faisait sombre sous les arbres. Tout était calme. Ils suivirent la piste d'un animal, s'enfoncèrent dans l'épaisse végétation en repoussant les lianes, les fougères et les arbustes qui leur barraient le chemin. D'énormes toiles d'araignées pendaient entre les branches. Ils les transpercèrent sans même y penser.

Ensuite, ils passèrent plusieurs monuments en ruine – des parties de l'ancienne cité maya pas encore déblayées –, puis un magnifique totem de pierre entièrement sculpté, et un peu plus loin, une statue de jaguar à moitié enfouie sous la terre.

Ils couraient à l'aveuglette, suivant le chemin qui serpentait, tournait et se rétrécissait avant de s'engouffrer entre deux parois rocheuses couvertes d'épineux. Soudain, ils furent bloqués. Un arbre déraciné, couvert de coléoptères, de chenilles, d'araignées et de milliers d'autres rampants qui, telle une armée en mouvement, semblaient tous venir à leur rencontre, leur interdisait d'aller plus loin.

Un bruissement, que James interpréta comme le bruit d'un ruisseau, ou d'une rivière, vibrait par-delà le tronc.

– Je ne passe pas là-dessus, affirma Precious d'un ton catégorique. Je déteste les insectes.

James n'était pas sûr non plus de vouloir le faire. La surface du bois grouillait d'insectes, certains très gros, d'un aspect repoussant et, à en juger par leurs couleurs et leurs aiguillons, sûrement venimeux.

– Demi-tour, s'écria James après un court moment de réflexion.

Ils revinrent sur leurs pas, courant entre les rochers.

Toutefois, en passant un angle, ils furent accueillis par une détonation qui leur vrilla les tympans. Une branche explosa, provoquant l'envol d'un essaim de mouches en colère.

– Allez, assez joué, dit Strabo en avançant vers eux, pantelant et suant.

Precious et James s'immobilisèrent, main dans la main.

Un sourire se dessina lentement sur le grossier faciès de Strabo, qui portait encore la trace des coups que lui avait assénés Garcia.

– Ça fait longtemps que j'attends ce moment, grogna-t-il.

Une grosse guêpe d'un noir bleuté, avec des ailes orange, avait été dérangée par le coup de feu que Strabo avait tiré dans l'arbre. Elle décrivit de grands tourbillons belliqueux dans les airs, vrombissante comme quelque aéronef à la recherche de sa cible. Après quelques hésitations, elle piqua droit sur Strabo, qui essaya de la chasser de sa main libre.

– Dégage, beugla-t-il en se débattant.

Déjà, la guêpe était sur lui. L'instant suivant, son dard s'enfonçait dans le cou du gangster. Celui-ci poussa un affreux hurlement, lâcha son revolver, qui disparut dans la végétation du sous-bois, et porta instinctivement une main à la piqûre.

La guêpe en question était une Tarantula hawk, un insecte dont la piqûre est plus douloureuse que la plupart des morsures de serpents. Son venin lui sert à tuer les tarentules et, même s'il n'est pas mortel pour les humains, il paralyse un homme pendant plusieurs minutes. Strabo tira son couteau de chasse de sa ceinture et fit quelques pas chancelants, cherchant de l'air. Déjà son visage et son cou commençaient à enfler.

– Voyons s'il n'y a pas un autre moyen de passer, dit James en faisant volte-face et en tirant Precious vers l'arbre mort.

James inspecta les rochers. Hélas, les plantes grimpantes hérissées d'épines étaient presque aussi peu attirantes que les nuées d'insectes grouillant sur le tronc d'arbre.

James essaya d'écarter quelques buissons, mais ne parvint qu'à s'abîmer les mains. Il étouffa un juron. Precious le tira par le bras et pointa du doigt l'entrée du goulet.

Strabo enfilait le sentier au pas de charge, son visage boursouflé de manière grotesque hésitant entre le violet et le rouge vif. Ses yeux jaunes étaient si exorbités qu'ils semblaient devoir jaillir de ses orbites. Un horrible grognement sifflant s'échappait de ses lèvres pourpres.

Le soleil se reflétait sur la sinistre lame de son couteau de chasse quand il passait dans une trouée.

– À l'abri, ordonna James en attirant Precious contre la paroi rocheuse.

Puis il se raidit et évalua rapidement les options qui s'offraient à lui.

Strabo approchait, telle une féroce bête fauve, cinglant l'air de sa lame.

James ne le quittait pas des yeux.

Au dernier moment, il se plaça face à l'assaillant et mit à profit l'inertie de ce dernier pour le propulser dans les airs, essayant de se souvenir des leçons apprises avec Sakata. Sous l'impact de la charge, il se laissa tomber en arrière et attrapa Strabo par la chemise, tout en plaçant un pied sous son aine.

Ensuite, il n'eut plus qu'à pousser sur sa jambe, et Strabo décolla, le souffle coupé par la surprise. Il réalisa une sorte de saut périlleux dans les airs, se cogna la tête contre le tronc pourri, puis s'abîma lourdement de l'autre côté avec un bruit sourd.

James se releva promptement et épousseta la terre et les brindilles collées à ses vêtements. Puis il ramassa le couteau abandonné par Strabo et se mit en garde. Prêt à toute éventualité, il attendit, sur le qui-vive.

Aucun bruit ne venait de l'autre côté du tronc, sinon le doux bruissement qu'il avait entendu plus tôt. Peut-être que Strabo était tombé dans le ruisseau.

Non. Il y aurait eu un plouf, or James avait clairement entendu un bruit sourd et mat.

Peut-être que le coup sur la tête l'avait assommé, ou que le venin de la guêpe l'avait paralysé ?

Il n'y avait qu'une seule façon d'en avoir le cœur net. James s'approcha prudemment du tronc, s'attendant à chaque instant à voir jaillir l'horrible faciès de Strabo, vomissant un chapelet d'obscénités.

Il *devait* voir.

Ignorant la marée d'insectes qui noyait toujours la surface du tronc, il y posa un pied et s'avança, sentant les carapaces craquer sous sa semelle. Il vérifia rapidement ce qui se trouvait de l'autre côté, fut piqué trois fois dans la manœuvre, et recula aussitôt.

– Alors ? demanda anxieusement Precious. Que s'est-il passé ? Il est mort ?

Blanc comme un linge, James acquiesça en silence.

L'horreur de ce qu'il avait vu dépassait tout ce qu'il aurait pu imaginer. Bien qu'entr'aperçue, l'image s'était durablement imprimée sur sa rétine.

Une rivière d'insectes, de peut-être cinq mètres de large, des millions d'individus, qui rampaient comme une créature géante, en dévorant tout sur son passage. Une colonie de fourmis légionnaires, que rien ni personne ne pouvait arrêter. Des araignées, des scorpions, des lézards et même un serpent luttaient vainement pour échapper à ce raz de marée bouillonnant de petits corps noirs surmontés de têtes rouges armées d'impitoyables mandibules. Les fourmis s'accrochaient à tout ce qu'elles pouvaient : une patte, un élytre, une antenne, un œil – après quoi, elles paralysaient la proie à force de morsures avant de la débiter en petits morceaux.

Étendu au milieu de ce maelström répugnant se trouvait Strabo. James avait vu juste. La piqûre de guêpe conjuguée au coup sur la tête l'avait paralysé aussi sûrement que les morsures de fourmis engourdissaient les proies plus petites. Son corps se tordait et se convulsait sous les spasmes, mais il était incapable de se lever. Les fourmis le submergeaient, s'insinuant sous ses vêtements, dans ses narines, sa bouche, ses oreilles. Elles lui mordaient les paupières, attaquaient ses lèvres. Il disparaissait sous un tapis de fourmis.

James avait déjà entendu parler des fourmis légionnaires. Comment, par exemple, elles pouvaient marcher en formation pendant toute une journée, puis former un nid, le soir venu, afin de se reposer en vue de l'expédition du lendemain. En fait, les insectes qui grouillaient sur le tronc tentaient juste de fuir. Eux avaient eu de la chance. Ils avaient échappé au monstre. Les autres, les malchanceux, ceux qui ne s'étaient pas montrés assez rapides, étaient tous impitoyablement dévorés.

– James ? demanda Precious. Que lui est-il arrivé ?

– Il ne nous créera plus de problème. Viens, partons tant qu'il en est encore temps.

Il prit la main de Precious et, une fois de plus, ils revinrent sur leurs pas, avançant prudemment, ne sachant à quoi s'attendre. Quand ils parvinrent à l'endroit où Strabo avait laissé tomber son arme, ils s'arrêtèrent et se mirent en quête du revolver, fouillant l'épaisse végétation qui bordait le sentier – une tâche rendue pénible par la chaleur et l'exceptionnel taux d'humidité de l'air. Des gouttes d'eau tombaient sans discontinuer du feuillage au-dessus d'eux. Bien vite, ils se retrouvèrent trempés et couverts de boue.

Finalement, c'est Precious qui le trouva. Mais à peine se fut-elle relevée, tenant triomphalement le revolver, que Manny accourut dans le chemin.

– Ils arrivent. Louis, ils arrivent.

– Qui ? demanda James.

– J'sais pas, les flics, j'imagine.

– Qui est après toi, Manny ? C'est Mme Glass ?

Le visage de Manny s'assombrit. Il s'arrêta un instant pour réfléchir.

– Oui. C'est elle, dit-il finalement. Ça ne peut être qu'elle.

Avant que James ait eu le temps de le retenir, Manny arracha le revolver des mains de Precious et tira sauvagement en amont du sentier.

– Par ici ! cria-t-il ensuite, attirant Precious dans les buissons.

James n'eut d'autre choix que de les suivre.

Ils s'enfoncèrent dans la jungle, se frayant difficilement un passage à travers l'inextricable couverture végétale et s'engagèrent dans une descente, à flanc de colline. James avait beau faire, impossible d'arrêter Manny. Pour finir, il bondit sur lui et le plaqua contre un arbre.

– Attends ! C'est n'importe quoi. Nous allons nous perdre.

– Ils arrivent, répliqua Manny en jetant des regards angoissés autour de lui. Ils sont après moi.

– Et moi je crois qu'il n'y a personne à tes trousses, je me trompe ?

– Je ne sais pas, répondit Manny, apeuré. Je ne sais plus rien.

James ne voulait pas le brusquer. Pour l'heure, Manny semblait avoir totalement oublié qu'on l'avait jeté d'une voiture en marche, et c'était très bien comme ça.

– Du calme, Manny. Nous allons nous occuper de toi, ne t'inquiète pas. Tout va bien, dit James en écrasant du plat de la main un moustique posé sur son bras.

Il détestait les moustiques. L'été dernier, il avait été tellement piqué qu'il avait failli en mourir. Aujourd'hui, c'est tout juste s'il sentait leur piqûre, mais il gardait une haine féroce contre ces affreuses créatures.

– Il faut que je me repose, dit Precious en se laissant tomber à terre.

– On ne peut pas rester ici, répliqua James. Il faut qu'on bouge. On doit trouver de la nourriture, un abri, un moyen de nous sortir de là.

– On doit y retourner, dit Precious. On ne peut tout de même pas la laisser s'en tirer comme ça.

– Je veux bien, mais par où on va ? On est complètement perdus. Si d'aventure on parvient à s'extraire de cette jungle, alors on pourra penser à Mme Glass. D'ici là, la question, c'est survivre.

– On avait les documents entre nos mains, James. Maintenant c'est elle qui les tient. Je les lui ai offerts sur un plateau.

– On ne pouvait absolument rien faire, nuança James. Ne sois pas si dure avec toi-même.

– Je vais les récupérer, affirma Precious. Je ne connaîtrai pas le repos tant que je ne les aurai pas repris.

– Très bien, s'exclama James avec colère. Mais tu conviendras qu'au milieu de cette jungle, à des kilomètres de la première zone habitée, on ne peut pas faire grand-chose !

Silencieux, et d'humeur maussade, ils se mirent en quête d'un passage. Trois heures plus tard, ils erraient toujours dans la forêt, plus désorientés que jamais.

Ils étaient sur le point de perdre tout espoir quand ils tombèrent enfin sur un signe encourageant. James remarqua un gros arbre dont l'écorce était taillée en chevrons. Une sève gluante et caoutchouteuse suintait du tronc et gouttait dans un sac de toile.

Un peu plus loin, ils découvrirent un autre arbre exploité de manière similaire, puis ils tombèrent enfin sur une ébauche de chemin, grossièrement taillé au cœur de la forêt. Ils suivirent le sentier, croisant d'autres arbres dont on recueillait la sève, jusqu'à flairer une odeur de feu de bois et de cuisine. À travers l'épais feuillage, ils aperçurent un campement au milieu d'une clairière.

– Du calme, dit James en posant une main sur le bras de Manny. Ne dis pas un mot. Laisse-moi faire. Je t'en prie. Qui que ce soit, je ne veux pas les effrayer, alors pour l'amour du ciel, range-moi ce flingue. Si tu dégaines, on est cuits.

Manny hocha la tête d'un air penaud, comme un petit garçon essuyant docilement les réprimandes de son père. Et ils s'avancèrent dans le camp, James en tête.

21

Les *chicleros*

Le camp était certes sommaire, mais tous les équipements de base y étaient. Des moustiquaires étaient tendues un peu partout, des hamacs pendaient entre les arbres, la nourriture était conservée dans des cantines métalliques et une citerne assurait l'approvisionnement en eau potable.

Quatre hommes se pressaient autour du feu, au-dessus duquel pendait un énorme chaudron contenant une épaisse substance gluante, qui ressemblait à de la colle et qu'un des hommes mélangeait consciencieusement avec un morceau de bois. Tous semblaient farouches et à moitié sauvages, comme s'ils n'avaient pas quitté la forêt depuis des mois. Ils avaient de longs cheveux noirs et la peau tannée des Indiens.

Non loin de là, une femme était assise à côté d'un autre foyer. Elle préparait à manger en tenant dans ses bras un enfant au visage maculé de morve et de terre.

Les hommes accueillirent les nouveaux venus par une série de regards hostiles ; l'un d'eux cognant négligemment sa machette contre sa jambe.

– *Hay alguien que hable inglés ?* demanda James.

Après un court silence, un homme s'avança.

– *Sí*, dit-il. Moi, je parle *un poco* inglish.

– Nous sommes perdus, poursuivit James. *Perdidos*. Nous avons eu un *accidente*...

L'homme fronça les sourcils et grimaça en étudiant l'entaille dans le crâne de Manny. Il siffla et fit signe à ses amis d'approcher. Un attroupement traversé de conciliabules passionnés se créa autour du trépané.

– Attention, dit James, redoutant que cette soudaine promiscuité ne fasse retomber Manny dans une crise de démence. Ne vous approchez pas trop près.

Et, profitant que Manny regardait ailleurs, il se tapota la tempe du bout du doigt pour indiquer que l'homme n'était pas tout à fait sain d'esprit. D'un hochement de tête, l'homme indiqua qu'il avait compris et fit signe à ses compagnons de reculer.

– Je vous en prie, se lamenta Precious. Nous avons très faim. *Memuero de hambre*.

– Manger ? demanda l'homme en mimant le fait de porter de la nourriture à sa bouche.

James hocha péniblement la tête.

– Nous avons besoin de nourriture, dit-il. Et aussi d'un guide, quelqu'un qui puisse nous montrer le chemin jusqu'à un village ou une ville.

– *Un guía ?* demanda l'homme.

– *Sí*, confirma James, bien qu'il ne fût pas certain de pouvoir faire confiance à ces hommes ; mais, pour l'heure, ils étaient son seul espoir, aussi ajouta-t-il : nous avons de l'argent. *Pesos*. Nous pouvons vous payer.

L'homme lui répondit par un sourire.

– D'abord manger, dit-il d'un ton conciliant.

James se laissa choir sur le sol, soulagé. Le fumet s'échappant de la cocotte était délicieux. Ce n'était peut-être qu'une clairière dans la jungle mais, soudainement, cet endroit lui parut le meilleur restaurant du monde.

La femme leur servit un plat de haricots, de riz, de tortillas et de piments furieusement forts. James mangea jusqu'à la dernière miette en faisant passer le tout à grandes gorgées d'eau fraîche. Quand tous trois eurent terminé, ils restèrent assis en silence, repus, laissant à leur métabolisme le temps d'intégrer cet apport d'énergie si longtemps attendu.

Rassasié par cette nourriture simple et savoureuse, James sentit ses forces et, avec elles, son moral revenir à de meilleures dispositions. Le ventre plein, il pouvait enfin envisager les choses du bon côté.

Une fois encore, ils avaient échappé à la mort. Mme Glass avait les documents, mais elle était seule dorénavant, les membres de sa bande ayant sombré les uns après les autres. Et ça, c'était déjà une petite revanche.

Il se tourna vers Precious et lui adressa un grand sourire, auquel elle répondit spontanément. Le premier que James lui voyait de toute la journée.

Il la regarda un instant et la trouva belle.

Puis il détourna les yeux et reporta son attention sur le travail des hommes, qui avaient retiré l'énorme chaudron du feu pour le faire refroidir, et qui continuaient à mélanger son contenu caoutchouteux en faisant de grands fils avec la gigantesque cuiller. Quand ils furent satisfaits de la consistance et de la température du mélange, un des hommes s'enduisit les bras d'une pâte savonneuse pour se protéger, puis plongea les mains dans la gamelle pour en retirer une poignée de gomme chaude, qu'il reposa rapidement dans un moule de bois et en lissa la surface. Il réitéra l'opération plusieurs fois puis démoula les blocs d'un marron doré sur lesquels il grava ses initiales avant que ceux-ci n'aient totalement refroidi.

Curieux d'apprendre de quoi il s'agissait, James fit l'effort de se lever et de se joindre aux hommes.

– Qu'est-ce que c'est ? demanda-t-il.

– *Chicle*, répondit Elijio, celui qui parlait anglais. Nous *chicleros.*

– *Chicle*? répéta James, qui n'avait jamais entendu ce mot auparavant. Ça sert à quoi ? Une sorte de caoutchouc ?

– Presque, dit Elijio. C'est pour goume.

– Goume ? Vous voulez dire *gum*?

– *Sí*, acquiesça Elijio. Chewing goume. Pour vendre aux Yankees.

– Du chewing-gum ? s'extasia James. Vous voulez dire que vous récoltez du chewing-gum !

Il en éclata de rire. Du chewing-gum, il en avait mâché des quantités, mais au grand jamais il ne s'était posé la question de savoir d'où ça venait.

Un des autres *chicleros* préleva un morceau sur un bloc de *chicle* et l'offrit à James, l'invitant à y goûter. C'était dur et fade, pourtant, après quelques vigoureux coups de dents, la substance se ramollit.

Il la mastiquait encore le soir venu, quand ils s'installèrent près du feu, les yeux perdus sur le ballet des chauves-souris qui chassaient les insectes attirés par la lumière. James négocia avec Elijio un prix pour que celui-ci les guide hors de la jungle. Ils s'accordèrent sur deux cents pesos. Tout le temps qu'avait duré la discussion, la femme avait préparé une bouillie à partir de feuilles et de baies qu'elle avait récoltées dans la forêt. James supposait qu'il s'agissait d'un nouveau plat. Il s'avéra pourtant que c'était destiné à la blessure de Manny. Ils le persuadèrent que tout allait bien se passer, et la femme recolla doucement le morceau de calotte crânienne avant de recouvrir la plaie d'une épaisse couche de pommade. Enfin, elle protégea le tout par un bandage serré en lui marmonnant quelques mots auxquels il ne comprit rien.

James n'était pas mécontent que le trou béant soit enfin soustrait aux regards. Le spectacle de cette plaie le rendait malade. Pour autant, l'opération n'avait en rien amélioré l'état mental de Manny, qui semblait flotter entre deux réalités sans savoir ni où il se trouvait ni qui étaient ces gens.

Il plut durant la nuit. James se réveilla trempé jusqu'aux os et couvert de tiques, qui avaient profité des interstices de la moustiquaire pour se payer un petit déjeuner sanguin. Le leur consista en un plat de haricots et de tortillas, agrémenté de plusieurs tasses d'un café noir et amer, d'une force rare. Une fois le tout avalé, ils se mirent en route, Elijio ouvrant la voie. Le petit matin était frisquet. Une fine brume humide flottait entre les arbres. Le *chiclero* connaissait parfaitement la forêt. Il les guida avec la même aisance que s'il s'était promené dans une ville totalement balisée.

Pour autant, la progression était difficile, les sentiers étroits et ils devaient fréquemment couper à la machette des feuilles et des lianes qui leur barraient le passage. Quand ils s'arrêtèrent enfin pour manger, Elijio expliqua qu'ils se trouvaient environ à mi-chemin de leur destination : une petite communauté sur les rives du Rio Usumacinta à partir de laquelle ils pourraient trouver un bateau pour quitter la jungle.

Au déjeuner, ils se restaurèrent de… haricots et de tortillas froides. Si, hier soir, James avait pu concevoir ce menu comme un don du ciel, la monotonie de ce régime lui pesait dès le lendemain.

Un groupe de singes hurleurs, batifolant dans les arbres au-dessus d'eux, accompagna leur déjeuner d'un concert de cris délirants. Un ara rouge virevolta dans les airs, ses couleurs écarlates tranchant sur le camaïeu gris-vert de la forêt.

Quand ils se remirent en marche, Precious demanda à James quelle suite il comptait donner aux événements.

– Je ne sais pas, répondit ce dernier. D'après ce que j'ai compris, la rivière en question va se jeter dans le golfe du Mexique. Depuis la côte, on devrait facilement pouvoir trouver un bateau pour remonter jusqu'à Veracruz.

– Non, pas Veracruz, réfuta Precious.

– Comment ça ?

– Jay Jay est en sécurité. Mon père est à ses côtés, inutile d'aller à Veracruz.

– Mais… Et toi ? protesta James. Tu n'es pas en sécurité ! Tu ne veux donc pas rejoindre ton père ?

– Si. Mais il y a un préalable, répondit doucement Precious. Je dois tout arranger d'abord.

– Écoute, arrête de penser à Mme Glass, coupa James. Tu te fais du mal. Oublie un peu cette histoire.

– Impossible, James. Il faut qu'on l'arrête. C'est notre destin, comme si Dieu lui-même nous avait confié cette mission.

– Prends garde, tu commences à me faire penser à Manny, ironisa James.

Mais Precious ne lui rendit pas son sourire. Il réalisa alors qu'elle était sérieuse.

– Regarde les choses en face, poursuivit-elle. Chaque fois que nous avons tenté de lui échapper, le destin nous a repoussés vers elle. Après la tempête, à Puente Nuevo, elle nous retrouve, Jay Jay et moi ; ensuite, quand enfin on lui fausse compagnie, on tombe sur Manny. On lâche Manny, on se retrouve nez à nez avec elle à Palenque. Et, à chaque nouvelle rencontre, il en manque un : Kesstudi, Sakata, Strabo. Je te le dis James, c'est écrit. On doit partir à sa recherche, on doit récupérer les plans volés. Crois-moi, on peut le faire. Et ce sera comme si toute cette histoire n'avait jamais existé.

– À l'heure qu'il est, elle doit déjà être en route pour son île, objecta James.

– Tu vois ! On sait même où elle est. C'est pas un signe, ça ?

– Je ne suis pas certain que l'île en question, Lagrimas Negras, soit vraiment un endroit où j'ai envie d'aller.

– Très bien. Si tu ne viens pas avec moi, j'irai seule, rétorqua Precious en hâtant le pas d'un air buté, comme pressée de passer à l'action.

Un instant distancé, James remonta rapidement à sa hauteur.

– Écoute, tu n'es qu'une jeune fille de bonne famille, que crois-tu pouvoir faire contre une criminelle de son espèce ?

– Je ne sais pas. Mais avant que tout ça ne commence, je me croyais incapable de faire la moitié des choses que j'ai faites. Dans un sens, tu m'as ouvert la voie.

La nuit était déjà tombée quand ils arrivèrent en vue d'un agrégat de baraques délabrées et de tentes hors d'âge, installées au bord de la rivière. Le village était habité de solides gaillards à la mine patibulaire qui semblaient tous converger vers un même point de ralliement : un bouge miteux d'où suintait une lumière jaunâtre qui se reflétait sur la rue boueuse.

Ils avaient marché toute la journée et James était trop épuisé pour seulement parler. Manny, plus égaré que jamais, avait les yeux rouges et fiévreux ; Precious, suite à son bref accès d'irrépressible énergie, s'était réfugiée dans l'humeur maussade et acrimonieuse que James lui avait si souvent vue – et il pouvait difficilement lui en vouloir.

James paya ses deux cents pesos à Elijio, qui les présenta au bûcheron français qui devait les emmener sur la rivière. Après quoi le solide petit *chiclero* fit ses adieux et disparut dans la jungle. James se demanda s'il comptait marcher toute la nuit pour faire le chemin inverse. De fait, le voyage semblait avoir glissé sur lui comme une inoffensive averse, il était presque aussi frais qu'au départ.

James mâchait toujours la gomme qu'on lui avait donnée. Plus jamais il ne mangerait un chewing-gum sans repenser à Elijio et à ses *chicleros*, qui travaillaient en pleine jungle, loin de tout, pour récolter la matière première grâce à laquelle de grandes compagnies occidentales fabriquaient cette gourmandise dont des millions d'enfants étaient friands.

Il y avait des chambres à louer derrière le bar. James paya une somme parfaitement disproportionnée pour trois lits. Les locaux, pour leur part, continuèrent gaiement à boire, à se chamailler et à chanter jusqu'à l'aube. James en fut quitte pour une nouvelle nuit blanche.

Il n'était pas seul dans ce cas. En effet, Manny ne cessait de se lever et d'arpenter la pièce avant de finalement sortir. James se leva et alla le rejoindre.

Il le trouva assis sur les marches, fumant une cigarette qu'il avait achetée au bar.

James s'assit à côté de lui.

– Est-ce que tu as déjà entendu parler d'une île nommée Lagrimas Negras ? demanda-t-il.

– Tu veux rire ? s'écria Manny. Tout le monde en a entendu parler. Mais c'est une légende, elle existe pas cette île.

– Ce n'est pas ce qu'avait l'air de dire Mme Glass. Elle comptait s'y rendre.

– On rêve tous d'aller à Lagrimas, répondit Manny. En tout cas, tous les mauvais garçons avec les poches pleines qui ont envie de se faire oublier. Là-bas, c'est le paradis des bandits ! Tu peux vivre comme un roi sans que personne vienne te chercher des noises. Pas de flicaille. Pas de juge. Rien. Mais tu peux m'en croire, il faut un sacré paquet d'oseille pour entrer. J'vais te dire, Louis : si j'avais le pèze, c'est là-bas qu'j'irais. Ouais, là-bas…

Ils poursuivirent ainsi la discussion jusqu'à ce que Manny déraille à nouveau et que James soit contraint de le raccompagner dans la chambre et de le mettre au lit. Il s'assit à son chevet et attendit qu'il s'endorme.

Le lendemain, ils achetèrent des provisions de première nécessité, après quoi le bûcheron français les embarqua tous les trois sur une barge, aux côtés d'un Mexicain et de son âne. Puis ils larguèrent les amarres, poussant devant eux une flottille de troncs d'acajou destinés à la scierie de Tabasco.

Manny s'installa à la poupe. Il n'avait nul besoin de compagnie puisqu'il faisait les questions et les réponses. Precious et James s'accoudèrent au bastingage et regardèrent défiler le paysage. L'eau de la rivière était épaisse et boueuse, aussi brune qu'un bol de thé au lait. Un aigle pêcheur fondit à la surface des flots et repartit en tenant un poisson argenté entre ses serres. Un héron cendré traversa le ciel de son vol majestueux. Un crocodile rampa hors des hautes herbes de la berge et se glissa dans l'eau.

– Tu étais sérieuse quand tu parlais de poursuivre Mme Glass ? demanda James.

– Je n'ai jamais été plus sérieuse, rétorqua Precious. J'ai promis que je la tuerai, et je le ferai. Si elle a cru un jour pouvoir détruire ma famille et tout ce que je chérissais sans en subir les conséquences, elle s'est lourdement trompée. Tu connais l'histoire des Furies romaines ?

– Vaguement. Des sortes de diablesses, non ? Avec des serpents à la place des cheveux ?

– Précisément. Et quand elles se déchaînaient, il était impossible de les arrêter avant qu'elles n'aient accompli leur mission, c'est-à-dire qu'elles aient pourchassé et puni les impies. Eh bien, vois-tu, je n'ai peut-être pas de serpents sur la tête, mais je ne vais pas m'arrêter avant d'avoir atteint mon but. Ça, je peux te l'assurer.

– Je te crois, répondit James. Mais je ne te laisserai pas accomplir seule ce projet. On est sur le même bateau, au propre comme au figuré, et on restera ensemble jusqu'à la fin, aussi cruelle soit-elle.

– Jusqu'à la mort !

– Espérons ne pas en arriver à de telles extrémités, rétorqua James, le regard perdu dans les remous paresseux de la rivière.

22

Vous êtes sûrs de savoir où vous mettez les pieds ?

Ils voguèrent calmement le reste de la journée ainsi que toute la nuit. Au lever du soleil, ils arrivèrent à un endroit où la rivière se divisait en trois bras distincts. Les hommes séparèrent les troncs en plusieurs ballots, qu'une fois ficelés, ils envoyèrent dans différentes directions. James, Manny et Precious changèrent de barge et prirent le bras le plus à l'est. Quelques heures plus tard, ils arrivèrent dans le petit port de Carmen.

Bien vite, ils se trouvèrent une *cantina* où régnait une folle agitation et s'attablèrent devant des assiettes de *huevos rancheros* accompagnés de *tamales.* La *cantina* était prisée des routiers. Après plusieurs demandes infructueuses, ils trouvèrent finalement un chauffeur qui accepta, contre rémunération, de les conduire vers le nord, jusqu'au port de Campeche, sur la côte ouest de la péninsule du Yucatán.

Tous trois s'entassèrent dans la cabine en tentant de faire abstraction de l'affreuse odeur des porcs tassés à l'arrière. Était-ce l'effet du cataplasme, toujours est-il que Manny semblait revenir à la vie. Il portait toujours le bandage improvisé dans la jungle et ne se plaignait plus que rarement de son mal de tête – mais peut-être fallait-il y voir simplement la conséquence de se retrouver dans un environnement plus familier que la forêt et la rivière. De fait, il fut soudain pris d'un vif intérêt pour le paysage : les reflets chatoyants du soleil sur les eaux turquoise de l'océan sur leur droite et l'aride plateau qui s'étendait à l'infini devant la calandre du camion.

– C'est un bien beau pays, Louis. C'que j'suis content que tu sois là pour partager cette aventure avec moi !

– Moi aussi, répondit James, se prêtant docilement au jeu.

– Tu sais, j'ai pas eu le choix, là-bas, à San Antone, ajouta Manny.

– Que veux-tu dire ?

– Je n'avais d'autre choix que de te laisser, Louis. Comment j'aurais pu savoir que les flics nous attendraient ?

– Tu pouvais pas, approuva James.

– Exactement. J'savais que tu comprendrais. Si j'étais resté, j'serais mort aussi. Tu comprends ça, hein ?

– Bien sûr que je comprends. T'avais pas le choix, un point c'est tout.

Manny éclata de rire avant de poursuivre :

– Ah, mon bon Louis ! Tu m'enlèves un sacré poids. Tu vois, je commençais à me demander si t'étais pas revenu dans un but précis, comme ces bons dieux de fantômes qui reviennent hanter les vivants qui leur ont fait du mal. Tu m'en veux pas, Louis ? Hein, tu me jures ?

– Ne t'inquiète pas pour ça, répondit James.

– Quand j'ai appris que t'étais mort, quand j'ai appris que les flics t'avaient plombé de vingt-trois balles, j'savais plus quoi penser. J'ai cru qu'j'allais devenir barjo. Je m'en suis voulu à mort. Et puis j'ai réfléchi, et réfléchi encore, tourné mille fois tout ça dans ma tête, mais la conclusion, Louis, c'est que j'avais pas le choix. La même chose qu'avec la mère.

Elle aurait jamais dû me crier dessus comme ça. J'ai pas eu le choix.

Par le passé, Campeche avait été un important centre portuaire. Depuis, l'essentiel du trafic s'était déplacé vers Progresso, un port plus moderne, à la pointe septentrionale du Yucatán. Il restait néanmoins encore quelques cargos qui chargeaient et déchargeaient là, aussi Precious et James estimaient-ils avoir de bonnes chances de trouver un capitaine de navire qui accepterait de les emmener à Lagrimas Negras.

Ils prirent deux chambres à l'hôtel Cuahtemoc et, dès le lendemain, se mirent en quête d'un passeur. Ils tentèrent leur chance au bureau du fret, à la capitainerie ainsi que dans de nombreux bars et cafés.

La plupart de ceux à qui ils s'adressèrent n'avaient jamais entendu parler de Lagrimas Negras, les autres s'esclaffaient en leur répondant comme s'ils étaient fous, d'autres enfin les maudissaient en étouffant un juron avant de les envoyer au diable.

Finalement, à dix heures ce soir-là, suivant les conseils d'un groupe de marins, ils se rendirent dans un bar miteux où ils dénichèrent un officier en second anglais, soûl comme une barrique, qui prétendit que son capitaine les emmènerait s'ils pouvaient payer le prix du voyage.

James fut ainsi contraint d'offrir la quasi-totalité de l'argent qui lui restait et, quand il vit l'homme s'enfoncer dans la nuit en comptant les billets avec un petit rire satisfait, il s'attendait sincèrement à ne plus jamais le revoir ; ni lui ni son argent.

Contre toute attente, à cinq heures, le lendemain matin, un dinghy les attendait comme convenu près d'un petit embarcadère de pierre. Le second, à l'évidence toujours aussi soûl, était à son bord, prêt à les emmener à son bateau, qui avait jeté l'ancre plus loin dans la rade.

– Vous êtes sûrs de savoir où vous mettez les pieds ? demanda le second pendant qu'ils s'éloignaient lentement au son aigrelet du petit moteur de l'annexe.

– Oui, répondit James.

– Je ne vous demanderai pas pourquoi vous voulez aller là-bas, tous les trois.

– Quand bien même il vous en viendrait l'envie, nous ne vous répondrions pas, répliqua James.

Le commandant en second éclata de rire, rota, et se tint coi jusqu'à ce qu'ils s'arrêtent contre la coque d'un cargo baptisé le *Lady Grey*.

Le bateau était chargé de sisal et de peaux de bêtes, et le capitaine qui les accueillit sur le pont était un barbu, bourru et ventru, originaire du Yorkshire, une cigarette pendant en permanence à sa lèvre inférieure.

– Alors les voilà, ces fameux passagers, dit-il en les jaugeant tous trois d'un rapide coup d'œil. Drôle d'attelage, en vérité. Et je m'y connais. Bon, autant vous le dire tout de suite, ce bateau n'est pas un traîne-touristes. Je n'ai pas de cabines libres pour vous. Vous mangerez avec l'équipage. Mais le prochain repas ne sera servi que demain matin, juste avant que nous arrivions dans l'île. D'ici là, vous dormirez où vous pourrez, sur le pont ou dans la cale, pour moi ça ne fait aucune différence. Bonne traversée !

Dans un premier temps, tous trois tentèrent d'élire domicile parmi les peaux, pensant que ce serait doux et confortable. C'était oublier l'horrible remugle des cuirs qui rendait impossible tout séjour dans la cale. Ils déménagèrent donc sur le pont, où ils s'installèrent sous les canots de sauvetage.

La traversée fut ennuyeuse et monotone. James en profita pour se reposer. Il s'assit sur le pont, au soleil, et se laissa bercer par le ronron du diesel, dont les fumées se mêlaient aux embruns iodés de la mer.

Il se demanda si tout ceci n'était pas un rêve. C'était fou de se précipiter ainsi dans l'inconnu en compagnie d'une fille obsédée par la vengeance et d'un braqueur de banques fêlé. Qu'allaient-ils trouver sur cette île ? Tout ce qu'il en savait, c'était ce que Manny avait bien voulu lui raconter. Et les trois quarts du temps, il déraillait. L'histoire des bandits semblait toutefois prendre corps, car on les traitait d'ores et déjà comme tels. Bizarrement, James se sentait plus proche de Manny que de ces marins qui les regardaient de haut.

Le jour céda lentement sa place à la nuit. Une nuée d'étoiles apparut dans le ciel.

Precious émergea de sous le canot de sauvetage et se mit à faire les cent pas sur le pont. Depuis le départ, elle s'était tenue silencieuse, perdue dans ses pensées. Peut-être qu'elle aussi se posait des questions. Peut-être qu'elle aussi se demandait si c'était vraiment la chose à faire. Elle avait changé. Elle était très différente de la fillette qu'il avait rencontrée dans sa villa du bord de mer.

Au fait, c'était quand ? Ça lui parut des années en arrière.

Precious arrêta de battre la semelle et s'approcha de James.

– Je n'arrive pas à dormir, dit-elle.

– Pourtant, tu devrais, répondit James en se levant.

– Je sais, murmura-t-elle.

Et, avant que James ne comprenne ce qui lui arrivait, elle le prit dans ses bras et le serra très fort.

– Merci, lui glissa-t-elle à l'oreille.

– De quoi ? demanda James, légèrement décontenancé.

– Merci de m'aider, murmura-t-elle encore. Je sais, j'ai dit beaucoup de choses quand on était dans la jungle, mais je ne crois pas que j'aurais eu le courage de faire ça toute seule.

Elle déposa furtivement un baiser sur ses lèvres et se faufila sous le canot.

James s'allongea sur le pont, sa veste en guise d'oreiller,

et se perdit dans la contemplation des étoiles. Bercé par le rythme des vagues, il se laissa lentement envahir par un profond sommeil qu'aucun rêve ne vint perturber.

Un coup de botte dans les côtes se chargea de le réveiller au point du jour. Le second, goguenard, le toisait de toute sa hauteur.

– Debout, là-dedans, dit-il. Bon pied, bon œil. On est arrivés.

Le ciel était un triste lavis grisâtre seulement rompu de quelques zébrures rose vif. James se sentait nauséeux et désorienté. Il s'assit, se frotta les yeux et se gratta le crâne. Precious et Manny émergèrent de leur réduit sous le canot de sauvetage, l'air aussi vaseux que lui.

À quelques miles du bateau, par tribord, se dessinaient les contours d'une île dont James avait du mal à évaluer l'étendue dans la faible lumière de l'aube.

– Combien de temps avant qu'on accoste au port ? demanda-t-il.

– Accoster au port ? s'esclaffa le second. Tu nous prends pour des fous ou quoi ? Non, non, mon petit, c'est là que le voyage s'arrête. Tu sais ce qu'y a, là-bas ? Aucun bateau n'accoste jamais, à moins qu'il ait un sale business à faire. Mais bon, ça, c'est pas mon problème. C'est le tien. À partir de maintenant, tu ne peux plus compter que sur toi-même.

Et pour bien faire comprendre en quelle estime il portait ceux qui désiraient se rendre sur cette île, il cracha ostensiblement par-dessus bord.

– Une barque, alors ? s'écria James. Vous allez au moins nous approcher de la côte avec une barque ?

– Je ne suis pas un pirate, s'offusqua le second. Je n'ai aucune sympathie pour vous, mais ce n'est pas une raison pour vous noyer. Venez !

Ils enjambèrent le bastingage et descendirent le long de la

coque du navire en s'accrochant à une corde à nœuds. Un canot les attendait en bas, avec quatre hommes d'équipage somnolents qui s'accrochaient aux rames pour ne pas s'endormir.

Le canot vogua lentement sur les eaux sombres jusqu'à se trouver à quelque cinq cents mètres de la côte.

– Terminus, tonna le second. Ce serait trop dangereux d'aller plus loin. Il y a des hauts-fonds, et puis la barrière de corail est redoutable. J'espère pour vous que vous savez nager.

– Certes, bougonna James, mais…

– Y a pas de mais, coupa sèchement le second. Soit vous nagez jusqu'à la côte, soit vous retournez avec nous sur le *Lady Grey*. Prochaine étape, Kingston.

– Je vous ai payé pour que vous…

James n'eut pas le temps de finir sa phrase que le second dégainait un revolver.

– Assez discuté, dit-il cruellement en les menaçant de son arme. Sautez à la baille et nagez.

James prit Precious par la main et l'entraîna avec lui avant qu'elle ait pu émettre la moindre objection. Quelques secondes plus tard, ils entendirent un plouf leur indiquant que Manny les avait imités.

James battit des pieds et sentit des roches coupantes sous lui. Un puissant courant les tirait vers de gros rouleaux qui se brisaient sur la barrière de corail.

Le canot n'était déjà plus qu'un point à la surface des flots, fuyant vers la masse sombre du cargo.

Precious et James échangèrent un regard apeuré. Manny était introuvable.

S'ils parvenaient à atteindre la terre ferme, ce serait un vrai miracle.

3. Lagrimas Negras

Collège d'Eton
Eton
Comté de Windsor

Cher James,

En ma qualité de professeur principal, il m'a paru de mon devoir de vous écrire pour vous entretenir des dernières nouvelles en provenance d'Eton. Hélas, j'ai bien peur de ne jamais pouvoir me départir de mon rôle d'enseignant, et, même à plus de dix mille kilomètres de distance, je m'inquiète encore de votre éducation. Je suis sûr que votre admirable tante fait de son mieux pour vous faire réviser, mais je sais aussi à quel point vous préférez les activités de plein air aux arides sessions d'étude, et combien l'acquisition d'un savoir théorique, qu'à n'en pas douter vous jugez poussiéreux et dénué d'intérêt, vous barbe. Mais cela ne me détournera pas de ma route, qui consiste à vous faire rentrer dans le crâne quelques rudiments d'instruction, en espérant qu'il vous en reste quelques bribes.

Comme vous l'aurez sans doute noté, j'ai joint à ce courrier deux ou trois manuels auxquels vous voudrez bien avoir l'obligeance de jeter un œil, ainsi que des questionnaires d'évaluation à remplir. Sur une autre feuille, vous trouverez également des « devoirs » à faire. Rassurez-vous, rien que quelques analyses grammaticales, ainsi qu'un thème et une version latines, pour éviter que vous ne soyez totalement rouillé à votre retour. Tous ces exercices ne font que reprendre des choses que nous avons déjà vues ensemble, vous ne devriez donc pas éprouver de difficultés majeures. Toutefois, comme je vous l'ai dit, je ne voudrais pas que votre cerveau se ramollisse lors de votre séjour au pays du sombrero. Je vous fais confiance pour profiter à plein de ce voyage au Mexique et, en dépit de cette lettre et de mes remarques, ne travaillez pas trop !

Car, voyez-vous, je réfléchis aussi à votre retour à Eton au troisième trimestre. Je pense qu'il serait plus agréable pour vous de vous replonger doucement dans le bain de l'école. Dans cette optique, je me demandais si vous vouliez vous joindre au voyage que l'école organise à Kitzbühel pendant les vacances de Pâques. Les Alpes devraient être magnifiques à cette période. Il y aura de l'escalade, de la marche, de la luge et du ski (si le temps s'y prête). Je suis certain qu'un tel programme réjouira un garçon aventureux et sportif tel que vous. Quoi qu'il en soit, réfléchissez-y et dites à votre tante de m'écrire quand vous aurez pris une décision.

J'ai du mal à croire que ça fait déjà un an que vous êtes à Eton. Le temps semble me filer entre les doigts aussi sûrement que le sable du désert. Les mois passent sans même que je m'en aperçoive. Je me souviens de la première fois où je vous ai vu avec la même clarté que si c'était hier. Ce matin de septembre où j'ai trouvé un grand garçon réservé, debout devant ma porte. Vous manquiez encore d'assurance, comme tous les nouveaux, mais comme vous avez vite appris ! En un rien de temps, vous êtes devenu un jeune homme hardi et confiant et j'ai tout de suite su que l'école aurait un jour à s'enorgueillir de vous compter dans ses rangs, d'abord pour vos qualités d'athlète. Vous vous souvenez de la frénésie du trophée Hellebore et de votre victoire dans l'épreuve de cross-country ? Vous y avez démontré des ressources et des qualités mentales dignes de quelqu'un deux fois plus âgé que vous. À ce propos votre absence se fait cruellement sentir dans les courses du moment, mais je suis certain que, même au Mexique, vous faites tout pour rester affûté.

Je suis persuadé que les livres et leur érudition académique ne pèseront que de peu de poids dans votre avenir, mais je suis tout autant convaincu que vous êtes destiné à de grandes choses ! Pour ma part, je ne fais que remplir mon devoir en vous envoyant cette missive que vous accueillerez assurément comme un affreux pensum vous rappelant à la vie scolaire et à laquelle vous répondrez, comme à l'accoutumée, de la manière qui vous siéra.

Il est temps pour moi de vous quitter, tant doit être grand votre désintérêt à l'égard des divagations d'un vieux professeur de collège.

Bonne chance pour les « devoirs ».

Amicalement,

Michael Merriot

23

Dans les bras de sa mère

James luttait pour reprendre connaissance, comme une mouche engluée dans une impitoyable toile d'araignée. Repoussant les derniers fils, il prit conscience de la lumière, des bruits du monde extérieur et d'une douce brise caressant sa peau.

Il entendait deux choses : un souffle chuintant et une trompette poussant une note aussi répétitive qu'affreusement dissonante. Essayant de mettre un nom sur ces bruits, il réalisa que le premier était le ressac indolent de la mer sur le sable, et le second, le cri d'un oiseau.

Dans un second temps, il tenta d'interpréter ce qu'il voyait. Ça ressemblait à un rutilant monceau d'or, répandu sous ses yeux en un amas dont la surface semblait onduler. Les contours des pépites les plus proches étaient clairement définis, mais le reste était flou et se perdait dans le brouillard. Il plissa le nez, quelque chose appuyait sur son visage. C'est alors qu'il comprit que ce qu'il regardait n'était pas de l'or, mais du sable. Il gisait face contre terre, à moitié enfoui dans le sable.

Mais alors, il était donc sur la plage ? Oui. Il sentait la chaleur du soleil sur son dos et, quand il détourna les yeux, il découvrit, à quelques mètres de lui, un gros morceau de bois blanchi par la mer qui l'avait rejeté sur la plage.

Tout lui revenait maintenant. Le plongeon dans l'eau tiède des Caraïbes, la lutte contre les vagues et le courant, puis il avait nagé de toutes ses forces vers le rivage, se sentant tiré en arrière à chaque nouvelle lame, d'un gris noir, qui menaçait à chaque fois de l'envoyer par le fond. Il lui avait fallu refuser de céder, battre l'eau à la recherche d'air, le corail coupant ses jambes et son ventre et réduisant sa chemise en lambeaux. Essayer de trouver un passage, ballotté d'un côté à l'autre, contre les rochers. Precious, à bout de forces, appelant à l'aide. La tirer sur la barrière de corail, chercher désespérément une issue jusqu'aux eaux calmes qui leur tendaient les bras, à quelques encablures de là, de l'autre côté de la barre. Manny introuvable. Tant pis. Dans ces moments-là, c'est chacun pour soi, ou plutôt, seulement lui et la fille. Combien de temps étaient-ils restés dans l'eau ? Ça lui avait paru des heures. Puis, enfin, le souvenir douloureux d'une puissante vague qui les avait violemment rejetés sur le bord. Il s'était sûrement cogné la tête car, à partir de là, il n'avait plus aucun souvenir. L'instant d'après, il se débattait dans une gluante toile d'araignée.

Il était encore en un seul morceau, même si celui-ci était sévèrement meurtri et bleui. Mais où était Precious ? Était-elle parvenue à rejoindre le bord ? Il rampa dans le sable chaud, se redressa et évalua rapidement l'étendue de ses blessures. Sa chemise avait disparu et son pantalon était en lambeaux. Il était éraflé au bras et à l'épaule. La partie droite de sa poitrine était couverte de sang coagulé. Il avait un affreux bleu à la hanche. Mais, grâce à Dieu, il était entier. Bras, jambes, mains, pieds, tout était en place. Son cœur battait. Ses poumons se gonflaient.

Un petit crabe rouge taquinait avec curiosité une croûte à sa cheville. Il l'arracha à son festin et le jeta dans la mer.

L'effort que lui avait demandé ce geste insignifiant l'avait épuisé. Il s'écroula à nouveau dans le sable et ferma les yeux, retombant presque instantanément dans un profond sommeil.

Une ombre passant sur son visage le réveilla. Il frissonna et ouvrit les yeux. Debout à côté de lui, quelqu'un le regardait.

– T'as cru que tu pourrais m'avoir, hein ? demanda une voix.

James cligna des yeux dans la lumière aveuglante du soleil. L'homme n'était qu'une silhouette mais il paraissait indubitable qu'il s'agissait de celle de Manny, et il pointait sur lui le revolver de Strabo.

« Ça ne s'arrêtera donc jamais ! »

– Manny, bafouilla faiblement James. Tu t'en es tiré, finalement. Où est Precious ?

– Laisse la fille en dehors de ça. C'est entre toi et moi.

Au prix d'un douloureux effort, James roula sur le côté et s'assit.

– T'as voulu me doubler, hein ? poursuivit Manny.

Il était trempé, il avait perdu sa veste ainsi que le bandage qu'il portait autour de la tête, mais, mis à part ces détails, il semblait avoir moins souffert que James.

Ses yeux brillaient d'un éclat de folie.

– Me doubler ! Moi ! éructa-t-il. Tu apprendras que personne ne prend Manny la Rombière pour une cruche !

James avait l'impression que sa tête allait éclater tellement il avait mal. Il eut juste le temps de basculer en avant et il vomit dans le sable.

Il avait besoin d'ombre.

Il avait besoin de manger et de boire.

La dernière chose dont il avait besoin c'était que Manny pique une nouvelle crise contre lui.

– Pas maintenant, Manny, gémit-il d'une voix éteinte.

– Tu as essayé de te faire passer pour mon frère Louis,

embraya Manny avec véhémence. Pendant tout ce temps, tu as fait semblant. J'sais pas comment t'as fait. T'as dû me jeter un sort ou faire un tour de magie. Mais je t'ai découvert, petit malin. Tu n'es pas Louis. Tu l'as jamais été. Et tu sais quoi ? Je sais qui tu es en vrai. Ouais, mon pote. Ça te la coupe ça, hein ? Tu es le type qui a essayé de me buter à Tres Hermanas, et celui qui m'a poussé de la bagnole. Precious et toi, vous êtes de mèche.

À l'évocation de ce nom, James revint soudain à lui. Il se leva et balaya la plage du regard, ne tenant aucun compte de Manny.

Mais Precious était introuvable. Il ne vit qu'une étendue de sable doré, des palmiers, et n'entendit que le bruit des vagues.

– Où est-elle ? demanda James. Où est Precious ?

– T'inquiète, je me suis occupé d'elle, répliqua Manny.

– Quoi ? Qu'est-ce que tu dis ? s'étrangla James, fou à l'idée que, après tout ce qu'ils avaient traversé ensemble, Manny ait pu lui faire du mal. Qu'est-ce que tu lui as fait ? Avoue !

– Mais je t'ai dit, je m'en suis occupé. Maintenant, dis-moi *qui* ? Hein ? Qui le saura jamais ? Réponds un peu à cette question. Qui le saura jamais ?

– Savoir quoi ?

– Que c'est moi qui vous ai tués, toi et la fille. Car c'est bien ce que je vais faire. Je vais t'abattre et te laisser sur cette plage à te faire bouffer par les crabes. Tu pensais que je m'apercevrais de rien juste parce que j'ai pris un coup sur la tête, mais tu t'es gouré, mon pote. J'suis pas crétin. J'suis peut-être barjo, mais pas crétin.

James était de plus en plus désespéré. Qu'était-il arrivé à Precious ? Il jeta un œil par-delà les palmiers, dans les terres, là où s'élevait une abrupte colline poussiéreuse, seulement rompue, çà et là, de gros pitons rocheux. Un bouquet de grands cactus saguaro semblait les surveiller de loin, tel un groupe d'hommes debout, pointant leurs regards dans leur direction. Une mouette poussa un cri, comme un cri de fille.

– Qu'est-ce que tu lui as fait ? hurla James.

– La ferme, coupa Manny. Je voudrais pas que tu me jettes un nouveau sortilège. Tu n'es pas Louis et tu me feras plus croire à tes bobards.

– Non, je ne suis pas Louis, répliqua James avec tout le fiel dont il était capable. Parce que tu l'as laissé se faire massacrer. San Antone ? Ça te dit quelque chose ? C'est là que tu l'as laissé ramasser vingt-trois balles sous le feu des policiers. Alors non, effectivement, je ne suis pas Louis, et je remercie le Seigneur de ne pas l'être.

– Boucle-la, beugla Manny. Je ne veux plus t'entendre.

– Non, je ne me tairai pas, hurla James. Je sais tout sur toi, Manny, y compris comment tu as tué ta propre mère. Tu sais ? Ta chère Mama !

– Non, tu mens, s'insurgea Manny. Pas ma mère. Pas la Mama !

– Peut-être que tu n'as pas fait exprès de la tuer, poursuivit froidement James. Peut-être que tu voulais seulement la faire taire, pourtant tu l'as fait. Tu l'as tuée. Tu l'as frappée, elle est tombée et elle est morte. Elle ne sera plus jamais là pour toi, Manny, car à l'heure qu'il est, elle au paradis, alors que toi, tu iras droit en enfer.

– Non, sanglota Manny en secouant la tête, ce qui eut pour effet de rouvrir son horrible plaie au crâne. Tu mens ! Tu mens tellement que tu me donnes la migraine. Tais-toi.

– Oyez, tout le monde ! Regardez-le, ce farouche gangster, le célèbre Manny la Rombière, qui a tué sa propre mère et qui n'a rien fait pour sauver son frère de la mort.

Manny ferma les yeux, refoulant ses larmes. C'était tout ce que James attendait. Il se baissa précipitamment, attrapa le morceau de bois mort, et cogna la main armée de son adversaire.

Une détonation déchira l'air. L'arme virevolta un instant dans les airs avant de s'écraser dans le sable. Tous deux bondirent simultanément à sa recherche, enfonçant leurs ongles dans le sol, roulant sur la plage.

– Je vais te faire ravaler tes mensonges, grogna Manny en refermant ses doigts sur le revolver.

– Compte là-dessus, répondit seulement James.

Et le coup partit.

James sentit son souffle chaud contre sa poitrine, mais ce fut Manny qui reçut la balle. Touché à l'épaule, il s'écroula en arrière avec un soupir.

Il gisait, immobile sur le sable, livide de douleur, sa blessure saignant abondamment. Face à ce spectacle, faisant soudain fi de tout ce qui avait précédé, James le prit en pitié. Il déchira un morceau de la chemise que Manny portait et appuya le tissu sur la plaie dans l'espoir de faire cesser l'hémorragie.

Déjà, ses yeux se perdaient dans le vague. Il était à l'agonie, hagard.

– J'ai mal, Louis, gémit-il – la perte de sang le faisant retomber dans son délire. Je pensais qu'ils t'avaient eu mais, finalement, c'est moi qui crève. J'y comprends rien.

– Détends-toi, reste calme, répondit James. Je vais essayer de trouver de l'aide.

Mais Manny le repoussa vivement, ramassa le revolver et se remit maladroitement debout, chancelant d'un pied sur l'autre. Il jeta un regard éperdu autour de lui, avisa les grands cactus dans les rochers.

– Louis ! C'est qui ceux-là ? demanda-t-il, une main devant le front pour se protéger du soleil, la tache de sang grandissant à vue d'œil sur sa chemise.

– Il n'y a personne là-bas. Assieds-toi et repose-toi.

– Mais non ! Regarde ! Tu ne les vois donc pas ? Qu'est-ce qu'ils veulent ? Pourquoi ils me regardent comme ça ?

James tenta alors de lui retirer le revolver, mais il s'y accrochait avec une énergie malsaine.

Manny poussa James hors de son passage et se mit à marcher d'un pas raide vers la ligne d'arbres adossés à la plage. James se précipita à sa suite. Dès qu'il fut dans les rochers, Manny ouvrit le feu sur les cactus, arrachant le « bras » de l'un d'entre eux, avant de s'acharner sur le tronc du végétal anthropomorphique, jusqu'à ce que celui-ci ne soit plus qu'un amas de pulpe sanguinolente.

– Y vont arrêter de me mater, dis ! Louis ! Comment ça se fait qu'y me connaissent ? Comment y peuvent savoir ce que j'ai fait ?

– Il n'y a personne là-haut, répondit James. Rien que des cactus.

Manny se figea, ne sachant visiblement plus où il se trouvait. C'est alors qu'un cri résonna au loin, venant de l'autre côté de la petite crête.

Manny fit volte-face, les joues mouillées de larmes.

– Et là ? Tu l'as entendu, non ? Louis ! T'es sourd ou quoi ?

Il s'arrêta une nouvelle fois et un sourire enfantin, aussi désarmant que naïf, illumina son visage.

– Oui, tu as raison, j'ai entendu quelque chose, concéda James.

– C'est M'ma ! Louis ! Je suis sûr que c'est M'ma ! Elle nous appelle pour dîner. On va être à nouveau réunis. Nous trois, comme avant.

Il se rua en avant, laissant sur place James, qui crapahutait derrière lui. De l'autre côté de la colline se trouvait une cuvette où la végétation était plus dense : agaves, figuiers de Barbarie, ainsi que de gros cactus ronds comme des barriques qui évoquaient des pelotes à épingles géantes. Au centre s'élevait un autre cactus saguaro qui, de fait, semblait les inviter à courir se réfugier dans ses bras grands ouverts.

– Prem's, cria Manny, dont même la voix semblait retrouver des accents juvéniles. J'arrive, M'ma…

– Non, cria James.

Mais c'était trop tard. Manny avait dévalé la pente, était monté sur un rocher et s'était jeté à corps perdu dans les « bras » du cactus.

Il poussa un cri terrifiant avant d'éructer :

– Louis ! C'est un piège ! Ils nous attendaient. Va-t'en ! Ouh, ce que ça fait mal !

Se débattant pour tenter de se libérer, il ne parvint qu'à s'enfoncer plus profondément dans le bouquet de cactus. Il tira plusieurs coups de feu.

James s'aplatit derrière un rocher pour éviter une éventuelle balle perdue. C'est alors qu'il entendit résonner des bruits de pas. Quelques instants plus tard, un groupe d'Indiens aux longs cheveux noirs émergèrent des buissons. Ils portaient tous le même habit de coton blanc, simple et ancestral, sur lequel contrastait la modernité de leurs fusils. Ils crièrent quelque chose à Manny, que James ne put saisir, et probablement pas Manny lui-même qui, noyé dans un océan de souffrance et d'incohérence, se débattait frénétiquement dans les cactus en hurlant comme un diable et en tirant ses dernières balles au petit bonheur.

Sous le regard pétrifié de James, un Indien leva calmement son fusil et tira. Un coup et un seul, suivi d'un lourd silence.

Les hommes échangèrent quelques mots. Le tireur fit non de la tête.

Ignorant les roches coupantes qui lui lacéraient la peau, James s'aplatit contre le sol, espérant qu'ils ne l'avaient pas vu.

Le contact dur et froid de l'acier contre sa nuque mit fin à ses derniers espoirs.

– Tu bouges, t'es mort, dit calmement une voix derrière lui.

24

L'Élixir Pinaud

Assis devant l'immense table d'acajou de sa salle à manger, El Huracán prenait son café du matin. Les fenêtres du balcon étaient ouvertes, les fins voilages ondulaient sous la brise venue de l'océan. Le soleil avait déjà bien entamé sa course. Il dardait ses rayons dans un azur ponctué de quelques nuages cotonneux, comme si un peintre soucieux d'équilibre avait voulu rompre la monotonie du ciel. Toutes les senteurs de l'île flottaient dans l'air matinal : l'odeur lourde de la jungle, le parfum caractéristique de la mer et, plus proche, le fumet des cuisines où l'on préparait le petit déjeuner. Pour sa part, il était levé depuis des heures, mais nombre de ses « hôtes » dormaient tard et, par voie de conséquence, mangeaient tard.

Il se languissait de l'arrivée du printemps, quand l'île se couvrirait de fleurs aux couleurs vives, exhalant de lourds parfums suaves, et quand les arbres ploieraient sous le poids des fruits. Mais il savait aussi que cela arriverait bien assez tôt. Le temps passait vite depuis quelques années, le rapprochant inéluctablement de la fin.

On frappa à la porte. Un de ses hommes montra sa tête dans l'entrebâillement.

– Qu'est-ce que c'est ?

– On a trouvé les autres.

– Amène-les.

– Il n'en reste qu'un. Un jeune garçon. On a dû éliminer l'homme qui l'accompagnait.

Pour toute réponse, El Huracán grogna et hocha la tête. Puis il prit ses aises dans son fauteuil, étendit les jambes sous la table, et alluma un cigare.

Le garçon en question était grand, brun, ses cheveux en bataille lui tombaient sur le front. Il avait la peau tannée par le soleil et était couvert de coupures, d'éraflures, de bleus et de piqûres d'insectes. Il était à demi nu et, à en juger par son regard gris-bleu, froid comme l'acier, il aurait facilement pu être un de ces enfants sauvages qui grandissent dans la jungle.

Ses yeux étaient durs. Ils brillaient d'un éclat coupant qui semblait dire qu'en dépit de ce qui était arrivé à l'enveloppe, l'intérieur était intact, que le cœur battait toujours avec la même force.

El Huracán esquissa un sourire. Le garçon lui plut immédiatement.

– Apportez-lui quelque chose pour se couvrir ! ordonna le maître des lieux, dont l'ordre fut aussitôt suivi d'effet, un homme se précipitant dehors dans l'instant. Assieds-toi, je t'en prie.

Prudemment, le garçon prit place à table, craintif et tendu comme un jaguar.

– Tu as faim ?

Le garçon acquiesça d'un signe de tête. El Huracán claqua des doigts et un autre de ses domestiques se glissa furtivement hors de la pièce.

El Huracán observait fixement son hôte, tirant nonchalamment sur son cigare. James, pour sa part, ne le quittait pas des yeux non plus.

– J'ai de nombreuses questions à te poser, dit finalement El Huracán. Mais elles peuvent attendre que tu aies mangé. Il en est une, pourtant, que je voudrais te poser sans attendre. Es-tu venu délibérément à Lagrimas Negras ?

Le garçon opina du chef.

– Sais-tu ce qu'est cette île ?

Une fois encore, le jeune homme acquiesça.

– Sais-tu qui je suis ?

Cette fois, le garçon fit non de la tête.

– C'est moi qui dirige cet endroit. Tu es sur mon île. On m'appelle El Huracán.

– L'Ouragan ? dit James, surpris.

– Exactement. Et tout comme avec l'ouragan de la réalité, il est inutile de discuter avec moi car je suis à la fois roi, garde des Sceaux, juge, jury et bourreau. Il n'y a de règles ici que celles que j'édicte. Mon pouvoir est absolu. Mes paroles ont force de loi. Je tiens mon nom d'un dieu maya – Hurakan – dieu du vent et des tempêtes et, de fait, ici, je *suis* Dieu.

Le premier homme revint, tenant dans ses bras une couverture traditionnelle, aux couleurs vives. Il s'approcha sans bruit du garçon et la lui déposa sur les épaules. Le garçon la serra contre lui. Une minute plus tard, un plateau apparut comme par enchantement, avec du pain, de la viande froide, du fromage, des fruits, des noix, un verre de jus d'orange et une pleine carafe d'eau glacée.

El Huracán ne quitta pas le garçon des yeux tandis que celui-ci se jetait avidement sur la nourriture, attaquant méthodiquement chacun des plats jusqu'à ce que toutes les assiettes soient vides.

– Bon, revenons-en à nos affaires, dit El Huracán quand il eut terminé. Pourquoi es-tu ici ?

Le garçon se redressa sur sa chaise et se recula de la table.

– J'ai suivi quelqu'un.

– Ah ?

– Mme Glass, poursuivit le garçon. Mme Theda Glass.

– Mmh... Et que comptiez-vous faire à la *señora* une fois que vous l'auriez retrouvée ?

– Elle a quelque chose qui ne lui appartient pas.

– Tu as pris un grand risque en venant ici.

– Je sais.

El Huracán souffla un gros nuage de fumée bleue.

– Tu apprendras que j'ai établi plusieurs règles auxquelles je n'entends pas déroger.

Le garçon le regarda droit dans les yeux, non sans impertinence. Il attendait, pas effrayé le moins du monde, mais écoutait attentivement.

– Au premier rang de ces règles, il y a le fait que seuls ceux qui ont de l'argent sont autorisés à séjourner sur mon île. Or, je n'ai qu'à te regarder pour dire que tu n'as rien.

– Effectivement, même pas un *peso*, répondit le garçon en haussant les épaules. Et après ?

– En temps normal, tu serais immédiatement expulsé. Je te remettrais *manu militari* entre les mains de la police, de l'armée ou de quiconque tu fuyais.

– Je ne fuis personne, répondit le garçon. Je vous l'ai dit. Je suis venu chercher Mme Glass. C'est tout.

– Tu me poses un problème, répliqua El Huracán. Je n'ai jamais vu débarquer quelqu'un comme toi auparavant. Tu n'es pas de la police, tu es trop jeune pour ça. Mais alors, qui es-tu ?

– Un garçon ordinaire.

El Huracán pouffa doucement.

– Allons, allons, dit-il. Je n'ai pas besoin de ton curriculum pour voir que tu es tout sauf un garçon ordinaire. Je vais te dire qui tu es. Tu es James Bond. Tu as roulé Mme Glass dans la farine en lui faisant croire que tu étais un petit malfrat mexicain afin de pouvoir sauver deux jeunes Américains qu'elle avait kidnappés.

– Dites donc, vous en connaissez un rayon sur mon compte…

– Tout savoir fait partie de mes attributions.

– Dans ce cas, où est-elle ?

– Qui ça ?

– Mme Glass. Je suppose que c'est elle qui vous a raconté tout ça. Et j'imagine aussi qu'elle vous a vendu les documents volés.

El Huracán le regarda froidement, sans piper mot.

Aux yeux de James, toute cette situation paraissait presque irréelle. Il était venu sur cette île sans savoir à quoi s'attendre, mais jamais il n'aurait imaginé ça. Cet endroit ressemblait plus à un hôtel de luxe qu'à une planque de criminels.

En outre, il ne se serait jamais attendu à y rencontrer cet homme élégant et avisé, dont le physique atypique, à mi-chemin entre un Amérindien et un Africain, semblait en parfaite adéquation avec sa personnalité, la plus étrange que James ait jamais croisée. En effet, il émanait de lui une froideur, une inertie et une vigilance de tous les instants qui tenaient davantage du reptile que de l'être humain.

James se souvint alors du gros iguane qu'il avait tué. La bête lui était apparue comme une survivance d'une ère incroyablement ancienne, un reliquat de la préhistoire, ce qui expliquait son étrangeté. Le regarder droit dans les yeux pendant une éternité n'eût pas suffi à savoir ce qu'il avait dans la tête ou dans son cœur froid ; eh bien, cet homme était pareil.

Son nom, El Huracán, évoquait la destruction et le chaos, mais son œil était comme celui du cyclone, sombre et faussement calme.

– Puis-je vous poser une question ? demanda James.

El Huracán prit une lampée de café et s'essuya délicatement les lèvres dans une serviette d'un blanc immaculé, avant de hocher la tête.

– La fille qui était avec moi ? demanda James. Precious Stone ? Vous savez où elle est ?

El Huracán claqua des doigts et dit quelque chose à l'un de ses hommes, qui baissa la tête avec déférence et s'éclipsa.

– Elle est arrivée ce matin, dit enfin El Huracán. Elle errait sur la place comme un rat tout juste échappé des eaux. Elle réclamait de l'aide, expliquant que son ami était inconscient sur la plage, en compagnie d'un fou. Mais elle ne voulait rien nous dire d'autre, ni qui elle était, ni comment elle était arrivée là, ni pourquoi. Maintenant, je sais.

– Où est-elle ? Elle n'est pas blessée ?

– Ne te fais pas de souci pour elle, James. Elle va bien.

Quelques instants plus tard, un cri de joie résonna à l'autre bout de la pièce et Precious fit son apparition, vêtue d'une simple tunique de paysanne. Elle courut à la rencontre de James et le prit dans ses bras.

James la serra contre lui.

– Comme c'est touchant, ironisa El Huracán. Alors comme ça vous êtes Precious Stone. J'aurais dû m'en douter.

Celle-ci tourna la tête vers le maître des lieux et se renfrogna.

– Mme Glass est ici, expliqua James. Elle lui a tout raconté.

– Certes, mais à l'entendre, toute cette histoire était terminée, ajouta El Huracán. De toute évidence, ce n'est pas le cas. Il reste un chapitre à écrire.

– Qu'allez-vous faire de nous ? demanda Precious.

– On verra ça plus tard. Trêve de bavardages, répondit El Huracán en tapant dans ses mains. Mes hommes vont vous conduire à vos chambres, puis ils vous apporteront de nouveaux vêtements. Prenez un bain. Après quoi, vous irez consulter mes médecins personnels, qui s'occuperont bien de vous. Reposez-vous. Nous aurons le temps de reparler de tout ça plus tard. Je vais faire préparer un bon dîner, que nous partagerons ensemble, et au cours duquel je vous ferai part de ma décision vous concernant. Pour l'heure, allez.

C'est tout juste si James vit passer les heures suivantes, qui se fondirent dans une sorte de brouillard. Dans un premier temps, Precious et lui prirent possession de leurs chambres, deux pièces contiguës, avec balcon commun et vue sur la mer, dans un des immeubles donnant sur la place centrale.

James prit une douche brûlante, ignorant les morsures de l'eau bouillante sur ses plaies, et se frictionna tout le corps avec un savon ordinaire. C'était si bon de se sentir enfin propre. Il se lava les cheveux avec un shampoing doux, qui moussait énormément, et regarda avec délectation les volutes grisâtres de crasse disparaître en tourbillonnant dans le siphon. Il nota la marque qui s'étalait en gros caractères sur l'étiquette de la bouteille de shampoing : « Élixir Pinaud », et se jura de ne plus utiliser que ça, en souvenir de la meilleure douche de sa vie. Ensuite, bien que propre comme un sou neuf, il sauta dans la baignoire et se prélassa dans l'eau jusqu'à ce qu'elle soit pratiquement froide.

Enfin, sentant la rose et drapé dans une épaisse robe de chambre descendant jusqu'aux pieds, le pas lourd et somnolent, il fut conduit au bloc médical où un médecin et deux infirmières prirent sa température, son pouls et sa tension. Ils palpèrent ses os, ses articulations, pansèrent ses plaies, et examinèrent jusqu'au dernier centimètre de peau pour s'assurer que tout allait bien.

– Comment vous êtes-vous fait ça ? demanda le médecin en sondant un furoncle sur l'épaule de James.

– Oh, ça ? Ce n'est rien, juste une piqûre d'insecte qui met du temps à guérir. Je l'ai depuis des jours. Ça fait un mal de chien.

– Comme si quelque chose vous grignotait la chair sous la peau ?

– Exactement.

– Mmh… *Dermatobia Hominis*, dit le toubib avec une grimace désabusée.

– Et en langage courant ? Ça donne quoi ?

– Une myiase, expliqua-t-il froidement, toujours aussi hermétique. Dans la région, on appelle ça le ver macaque. Il s'agit d'une larve, la larve d'une mouche pour être exact. En clair, la mouche adulte capture un moustique et pond un œuf sur sa trompe. Ensuite, quand celui-ci pique une proie, il injecte en même temps l'œuf sous la peau de sa victime. Après quoi, celui-ci éclot, et la larve n'a plus qu'à se nourrir des tissus de l'hôte pour se développer.

– Vous voulez dire que j'ai un ver qui grandit dans mon épaule ? s'étrangla James.

– Exactement, acquiesça le médecin. Et un autre dans le dos. Mais rassurez-vous, ça fait mal car la tête de l'asticot est crénelée et hérissée de petites épines, mais c'est bénin. Vous allez voir…

Incrédule, James observa le médecin appliquer une tranche de lard cru sur le furoncle.

– C'est pour quoi faire, ça ?

– Ça va le leurrer, répondit le docteur. Voyez-vous, le ver respire grâce à une canule qui affleure à la surface de votre épiderme. Le gras du lard va l'asphyxier. Il va donc sortir de sa cachette et se frayer un chemin jusqu'à la sortie. D'ici à quelques jours, nous n'aurons plus qu'à retirer le morceau de lard et la fève y sera.

Légèrement nauséeux, James fut reconduit à sa chambre, où il s'effondra sur son lit. La dernière chose qu'il entendit avant de s'endormir fut le verrou de sa chambre qui se refermait.

« Ça ressemble peut-être à un hôtel, se dit-il juste avant de sombrer, mais il ne faudrait surtout pas se fier aux apparences. »

Quelques heures plus tard, Precious et James se retrouvèrent sur le balcon commun aux deux chambres, où, assis dans deux gros fauteuils en osier, ils bavardèrent en profitant de la vue sur la mer.

– Qu'est-ce qui s'est passé ce matin ?

– Tu t'es assommé en essayant de me faire passer la barrière de corail, répondit Precious. Ensuite, on a été balayés par une grosse vague. J'ai réussi à te traîner jusqu'à la plage, mais je n'arrivais pas à te ranimer. J'ai eu si peur. Il faisait encore sombre. Manny était déjà là. Il a dû trouver un chemin plus facile pour passer. Il était en plein délire. Il disait qu'il allait s'occuper de moi. Je voulais aller chercher de l'aide, mais il m'en empêchait. À la fin, j'ai fait semblant de vouloir aller me reposer et je me suis éclipsée dès que l'occasion s'est présentée.

– J'ai cru qu'il t'avait fait du mal, répondit James. J'étais complètement affolé.

– Je peux très bien me défendre toute seule, coupa Precious.

– En effet, je commence à le croire, confirma James avec un grand sourire.

– Mais j'ai été idiote, poursuivit amèrement Precious. Vraiment idiote. C'est vrai, qu'allions-nous faire en venant ici ? Nous nous sommes jetés dans la gueule du loup sans même avoir réfléchi à un plan. Je me suis laissé aveugler par la vengeance.

– C'est pas le moment de flancher, objecta James. On trouvera bien un moyen, tu verras.

James s'était levé dans l'après-midi et avait partagé un déjeuner tardif avec Precious. Comme convenu, on leur avait donné des vêtements propres. Des tenues traditionnelles, simples et sans prétention, mais propres et confortables. Precious avait glissé une fleur au-dessus de son oreille. Une fois encore, James pensa qu'elle était bien plus belle sans son maquillage, ses robes alambiquées et ses coiffures tarabiscotées.

Tandis qu'ils parlaient, la lumière déclinait lentement dans le ciel, qui se para de reflets pourpres et mordorés. Des lampes se mirent à scintiller partout dans l'île. La symphonie des insectes s'ouvrit. L'air était doux et calme. Ils se croyaient dans un rêve. Voilà si longtemps qu'ils n'avaient goûté un tel sentiment de sécurité. Enfin, ils pouvaient se détendre. Une sensation pour le moins paradoxale si l'on tenait compte du fait qu'ils étaient dans un repaire de criminels notoires et que leur sort reposait entièrement entre les mains du plus terrible d'entre eux : El Huracán. En effet, en dépit des qualités que James pouvait reconnaître à cet homme, il était également conscient que celui-ci pouvait le tuer sans un remords et que personne, non, vraiment personne ne le saurait jamais.

Enfin retentirent les coups sur la porte qu'ils attendaient depuis un moment et qu'ils redoutaient tant. C'était l'heure de dîner, l'heure d'apprendre ce qu'El Huracán leur réservait.

James se précipita dans sa chambre et tenta rapidement de donner une forme convenable à ses cheveux – en vain, comme à l'accoutumée. Il étudia son reflet dans le miroir. Il se trouva amaigri et vieilli. Il se demanda s'il pourrait jamais reprendre sa vie à Eton.

« À condition que j'y retourne un jour », ajouta-t-il mentalement.

Ça faisait bizarre d'imaginer la vie là-bas qui continuait sans lui. Tous ces garçons tranquillement assoupis dans leur chambre, sans plus de souci que de gagner le match de cricket contre l'internat voisin ou traduire au mieux quelques lignes de latin. Depuis la lettre de Pritpal, il n'avait eu aucun contact avec l'école. Il ignorait encore qu'une pile grandissante de courrier l'attendait à la poste centrale de Mexico City.

Un courrier qu'il ne lirait jamais.

Il quitta sa chambre, retrouva Precious, et tous deux traversèrent la place sous bonne escorte. Certes, il avait demandé à Precious de ne pas perdre espoir, mais ses sentiments contredisaient ces belles paroles. Il se sentait dans la peau du condamné qu'on mène à l'échafaud.

La place était noire de monde, essentiellement des hommes, et une poignée de femmes. James chercha Mme Glass du regard, mais elle n'était pas parmi elles.

On les conduisit dans la salle à manger où James avait vu El Huracán pour la première fois. La pièce était déserte, mais quatre couverts impeccablement dressés, avec force argenterie et verres de cristal, les attendaient. Ils s'assirent et attendirent, trop nerveux pour parler.

James trompa l'attente en étudiant les images accrochées aux murs, dont la plupart étaient des plans et des croquis relatifs à la longue histoire de l'île. Il y avait aussi quelques pièces d'art maya, deux cartes détaillées, d'anciens plans de la prison, des dessins d'architecte pour les travaux de rénovation d'El Huracán et une rangée de documents sur le commerce triangulaire.

Son attention se reporta sur la table. Precious était perdue dans la contemplation des deux autres couverts, qui l'intriguaient, elle aussi. Il paraissait raisonnable de présumer que l'un d'eux était destiné à leur hôte, El Huracán, mais l'autre ? À qui était-il destiné ? Et qu'est-ce que cela laissait présager ?

Ces questions trouvèrent rapidement une réponse ; El Huracán venait de faire son entrée, Mme Glass à son bras.

Elle portait une robe du soir dispendieuse, avec parure de bijoux assortis, ses cheveux étaient retenus dans un turban de soie auquel était épinglée une broche en diamant.

Elle riait et parlait gaiement mais quand elle avisa ses convives, ses lèvres se figèrent et son sourire disparut.

– Eh bien, bonjour, dit-elle d'un ton glacial pendant qu'El Huracán l'accompagnait à son siège.

– Bonjour, répondit James.

Precious resta de marbre.

– Inutile de faire les présentations, n'est-ce pas ? ironisa El Huracán. Bien ! Nous avons beaucoup de choses à nous dire. Aussi ai-je pensé que ce serait mieux de le faire les yeux dans les yeux.

– Je n'ai rien à dire à cette femme, siffla Precious d'un ton cassant.

– Je te rassure, chérie, répondit Mme Glass avec un petit sourire moqueur, la réciproque est vraie.

– Je vous en prie, coupa El Huracán. Je vous demanderai de bien vouloir laisser vos piques au vestiaire. Considérez que vous êtes en terrain neutre. Je ne tolérerai aucune acrimonie dans cette pièce. Rien ne doit venir troubler le charme de notre dîner, que je souhaite civilisé, pour ne pas dire mondain.

Il claqua des doigts et un domestique versa un verre de vin blanc frais à Mme Glass.

25

Dîner mondain

On servit une soupe de poisson, et, durant quelques minutes, tous les quatre mangèrent et devisèrent avec grande politesse. El Huracán demanda à Precious et à James s'ils étaient satisfaits de leur chambre ainsi que du traitement qu'ils avaient reçu à l'infirmerie. Le maître de céans voulut connaître tous les détails, y compris les plus répugnants, des vers macaque que James avait récoltés. Il leur confia ainsi qu'il avait passé de nombreuses années dans la jungle, quand il était plus jeune, ce qui l'avait rendu familier avec ces « insatiables petits gloutons », comme il aimait à les appeler.

Soudain, Precious laissa tomber sa cuillère sur le bord de son assiette.

– Je ne peux pas, s'écria-t-elle. Comment pouvons-nous dîner comme si de rien n'était alors que cette femme a ruiné ma vie ? Elle a tué un nombre incalculable de gens, elle a volé mon père. Je ne supporterai pas une minute de plus d'être assise à la même table qu'elle.

– Eh bien, dit El Huracán, un sourire espiègle éclairant son faciès millénaire. Qu'avez-vous à dire pour votre défense, madame Glass ?

– Je n'ai pas à me justifier, répondit hautainement cette dernière. Il y a des gens cent fois pire que moi qui se prélassent sur la place en ce moment même sans avoir à répondre aux ridicules accusations d'une morveuse. Vraiment, je m'attendais à mieux de votre part, El Huracán ! J'ignorais que vous accueilliez les délinquants juvéniles dans votre repaire !

– Tous ceux qui veulent venir sont les bienvenus, rétorqua calmement El Huracán.

– Je vous en prie, n'ajoutez pas le mensonge à l'offense, poursuivit Mme Glass. Je sais parfaitement que ceux qui ne peuvent payer sont expulsés illico.

– Malheureusement, il m'est impossible de renvoyer ces jeunes gens. Ils en ont trop vu. Ils pourraient ébruiter l'existence de mon île, trahir mes secrets.

– Dans ce cas, pourquoi ne pas les avoir déjà tués ?

– Il fallait bien que je sache qui ils étaient.

– Au cas où vous l'auriez oublié, j'ai payé mon séjour ici au prix fort, s'insurgea Mme Glass. Les documents sont en votre possession.

– Et je vous en remercie car ils sont de grande valeur, répondit El Huracán en faisant un signe à son valet qui déposa sur la table la pochette de cuir contenant les documents volés.

Il caressa doucement l'emblème de l'US Navy.

– Ces papiers vous garantissent un long et agréable séjour parmi nous.

Il leva subitement les yeux vers Mme Glass.

– Bien sûr, vous êtes au courant qu'il n'y a pas de retour en arrière possible ?

– Maintenant, je le sais, répondit Mme Glass d'un ton cassant. Et de vous à moi, je trouve que ça craint.

– Oh, vous verrez, on s'y fait, répondit El Huracán, magnanime. D'ici peu, vous aurez oublié qu'un autre monde a seulement pu exister en dehors de ces côtes.

– Ces documents ne lui appartiennent pas, enragea Precious. Ils sont à mon père. Si vous aviez un tant soit peu d'amour-propre, vous me les rendriez.

– Allons, allons, dit El Huracán. Vous savez très bien qu'ils n'appartiennent pas davantage à votre père qu'à quiconque ici puisque lui-même les a volés.

– Mon père n'est pas un voleur.

– Ah non ? répondit El Huracán, faussement surpris. Vous savez, Precious, il se trouve que j'ai bien connu votre père. En effet, j'ai eu plus souvent qu'à mon tour recours à son avion et à ses talents de pilote. Il n'est pas mauvais homme. Non. Il a juste essayé de tirer son épingle du jeu, comme tout le monde. Mais il eût été préférable pour lui de se cantonner à ses petits trafics. En se mêlant de secrets militaires, il a pris part à un jeu qui le dépassait. Un jeu où les risques encourus sont autrement plus élevés. Ces documents ont affecté la vie de beaucoup de gens, et la plupart ne sont même plus là pour dire à quel point.

– Faire du trafic est une chose, ajouta Mme Glass. Se rendre coupable de recel de secrets d'État en est une autre. Il aurait mieux fait de laisser cela à des professionnels.

– Serait-ce ce que vous prétendez être ? demanda Precious avec une pointe de sarcasme. Mais une professionnelle de quoi ? Du meurtre ? De l'escroquerie ? Du kidnapping ?

– J'imagine qu'on peut dire de moi que je suis une espionne.

– Pour le compte de qui ?

– Le plus offrant.

– Ne me faites pas rire, railla Precious. Manny nous a tout raconté à votre sujet. Comment vous vous êtes mariée à un gangster de Los Angeles et comment vous avez échappé de justesse à la mort lors d'une fusillade.

– Certes, mais il ne vous pas raconté le reste de l'histoire.

Et pour cause, il ne la connaissait pas. Il ne vous a pas dit, par exemple, comment je me suis fondue dans le paysage avant de passer la frontière mexicaine pour m'établir en Amérique latine durant plusieurs années. Il ne vous a pas dit non plus qu'ensuite j'ai traversé le Pacifique pour aller au Japon. J'avais décidé de parachever ma formation par un tour du monde du crime.

« Au Japon, j'ai rencontré les yakuzas, en Chine, les Tongs. J'ai également passé beaucoup de temps avec les gangs indiens puis des clans criminels des Balkans. En Italie, je me suis acoquinée avec Cosa Nostra, où j'ai fait la connaissance de ce cher feu Strabo. J'ai finalement atterri en Allemagne, où je me suis aperçue qu'il n'était pas si évident de faire la différence entre les escrocs et les politiciens. Le pays était en pleine ébullition à l'époque, avec la montée du NSDAP d'Adolf Hitler.

« Puis j'ai rencontré un Américain, Alan Glass. Un homme fascinant, pétillant d'intelligence, sans aucun état d'âme et très, très charmant. Il m'a appris tout ce qu'il est possible de savoir sur le métier d'espion. Il connaissait tout le monde et les jouait tous les uns contre les autres. À la fin, je ne suis même pas certaine que lui-même savait de quel côté il était. Il était agent double, triple, voire quadruple. Il était capable de vendre les mêmes informations aux Russes, aux Anglais, aux Américains, aux Allemands, et le pire, c'est qu'ils croyaient tous qu'il était leur plus fidèle agent. Nous nous sommes mariés et, durant un temps, nous avons été très heureux. Mais ça ne pouvait pas durer. Un beau jour, il n'était plus là. Il avait disparu. Je ne l'ai jamais revu. J'ai supputé un coup des Russes, mais aujourd'hui encore, je ne suis sûre de rien.

« Le lendemain matin, j'étais dans un avion qui me ramenait aux États-Unis. Je suis directement allée à Washington où j'ai été reçue avec les honneurs. Pensez, un de leurs meilleurs agents en Europe… Je leur ai raconté un tas de sornettes pour les amadouer. En fait, je leur disais juste ce qu'ils voulaient entendre. Pour finir, j'ai été invitée à dîner avec le Président et ils ont enterré sans rechigner mon passé, disons… moins reluisant.

– Pourquoi ? l'interrompit Precious. Pourquoi auraient-ils fait une chose pareille ? Je ne vous crois pas.

– Je te l'ai dit, mon ange, répondit Mme Glass en sirotant son verre de vin. J'étais un gros poisson, une héroïne dorée sur tranche. En outre, je pouvais leur être utile. Un des gros problèmes de l'Amérique, c'est le crime organisé. Les gangs ont pris le pouvoir. Je te rappelle que, lorsque je suis rentrée, au milieu des années trente, la prohibition était encore en vigueur. En résumé, les choses allaient au plus mal pour l'administration centrale. Logiquement, ils cherchaient quelqu'un pour travailler avec eux, quelqu'un capable d'infiltrer les réseaux du crime organisé.

« J'ai fait ce qu'ils demandaient. Je suis revenue à mes premières amours. Le premier gangster dont je me suis occupé était Legs Diamond. Je l'ai approché, je l'ai aidé à relancer ses affaires et, dès que le moment s'est présenté, je l'ai éliminé. Pendant que je le regardais se vider de son sang, je me suis fait une promesse : ne jamais finir comme lui. J'aspirais à un autre destin. Et quoi de plus logique pour l'accomplir que de mettre à profit les connexions que j'avais de par le monde dans le crime, l'espionnage et la politique ? Ainsi suis-je devenue mercenaire, vendant les informations que je détenais à qui était disposé à les payer.

Elle marqua une pause et se tourna vers Precious.

– Et c'est là, mon ange, que j'ai fait la connaissance de ton cher papa.

Elle laissa planer un silence, tourna la tête vers James, et reprit :

– J'ai passé des marchés avec des gangsters de New York, des agents du Guépéou russe, des assassins japonais, des bandits mexicains et, aussi incroyable que cela puisse paraître, c'est un écolier anglais qui a failli me faire plonger.

Elle leva son verre et salua James avec un sourire moqueur.

– À ta santé, James Bond ! J'espère que tu es content de ce que tu as fait parce que te voilà coincé ici avec moi pour le reste de ta misérable vie.

– J'ai bien peur qu'elle ne marque un point, confirma El Huracán avec un haussement d'épaules. Car je ne vois vraiment pas comment je pourrais vous laisser partir.

Un frisson glacé parcourut l'échine de James. Le rêve se transformait en cauchemar. Precious avait raison. Ils s'étaient aveuglément précipités sur cette île sans avoir un seul instant évalué ce qui se passerait une fois qu'ils y seraient.

Precious se prit la tête entre les mains. Deux grosses larmes tombèrent dans son assiette.

El Huracán parlait toujours, mais James ne l'entendait plus. Seul résonnait le ronron de sa voix, calme et monocorde, comme celle d'un professeur ahanant son cours magistral. Il mit plusieurs secondes à reprendre le fil de la conversation.

– … vous allez devoir payer pour rester. Je vous autorise à demeurer dans la chambre d'hôte pour cette nuit mais, dès demain matin, vous serez transférés dans le dortoir des ouvriers. Nous aviserons alors quel emploi vous siéra le mieux : aux cuisines peut-être, ou dans les champs. Vous avez l'air costaud, James, et il se trouve que nous avons toujours besoin de bras sur nos chantiers, mais peut-être préféreriez-vous un emploi de serveur ou de barman ?

James ne répondit pas. Il ne laisserait personne décider ainsi de sa vie. Damné soit-il s'il se rendait sans combattre. Ils étaient arrivés jusque-là, ils iraient jusqu'au bout. Mais pour l'heure, il était important de ne rien dire. Il attendrait d'être seul avec Precious pour réfléchir à un plan, et passer à l'action le moment venu.

À six heures le lendemain matin, alors qu'aucun « hôte » n'était encore levé, James fut conduit au pilori, au centre de la place, où une vingtaine d'hommes attendaient patiemment. Ils étaient tous amérindiens et portaient tous le même vêtement de travail de coton blanc. Un contremaître prénommé Morales les divisa en équipes et leur assigna une tâche à chacun. James intégra un groupe chargé de reconstruire un vieux pont de pierre, près du port. Ils travaillèrent sans arrêt jusqu'à midi, heure à laquelle on leur distribua une ration de riz, de maïs et de haricots, puis ils reprirent le travail qui s'éternisa jusqu'au coucher du soleil. Le rythme était peu soutenu. Les hommes travaillaient sans se presser, mais efficacement. James n'eut pas de problème à les suivre, qui plus est, il prit plaisir à ce travail physique : préparer le ciment et porter des pierres.

Tout en travaillant, il en profita pour étudier les allées et venues dans le port. Durant la journée, deux petits bateaux accostèrent pour décharger du ravitaillement. Trois gardes armés patrouillaient sur le quai, contrôlant systématiquement tous les marins qui entraient et sortaient. Deux autres gardes se tenaient dans une tour de guet en pierre, équipée d'une mitrailleuse lourde.

Se glisser discrètement dans un des bateaux relevait tout simplement du phantasme. Les hommes d'El Huracán surveillaient les opérations avec la vigilance de faucons en chasse et les marins de passage étaient visiblement pressés de repartir.

Le lendemain, l'équipe de James grimpa sur le plus haut point de l'île pour réparer un énorme château d'eau en acier. De là-haut, il avait une vue imprenable sur la mer. De toute évidence, il était illusoire de fuir à la nage. Aucune autre terre n'était visible ; en outre, son expérience de la barrière de corail, qui ceinturait entièrement l'île, lui avait prouvé à quel point ces eaux étaient dangereuses.

Ils travaillèrent sur le réservoir pendant deux jours, découpant de fines feuilles d'acier et d'aluminium avec de puissantes cisailles pour ensuite colmater les conduites qui sortaient de la cuve.

Assis sous le soleil des Caraïbes, dans la douceur de la brise océanique, James aurait presque pu se voir passer le restant de ses jours ici. Il se demanda combien de temps il lui faudrait pour totalement oublier son ancienne vie.

« Non. »

Jamais. Il n'allait pas pourrir ici éternellement.

Sa résolution se fit plus déterminée encore quand il fut assigné à sa tâche suivante. Ils s'enfoncèrent vers le centre de l'île jusqu'à une étroite gorge traversée par un pont délabré dont l'accès était gardé aux deux extrémités. Curieux de savoir ce qui se trouvait de l'autre côté, James découvrit, au terme d'un chemin tortueux trouant une petite forêt, qu'il s'agissait de l'endroit où El Huracán concentrait, à l'abri des regards, l'essentiel de ses cultures vivrières. Des poulets, des ruches, des moutons et des chèvres s'ébattaient dans une cuvette au sol fertiles densément planté de maïs et de légumes, surtout des tomates, des poivrons et des oignons.

James fut surpris de constater que tous les ouvriers agricoles étaient âgés, entre cinquante et soixante ans, bien qu'il fût difficile de le savoir avec précision, tant la malnutrition et les mauvais traitements dont ils semblaient l'objet les faisaient paraître vieux avant l'âge. En outre, contrairement aux autres travailleurs de l'île, seule une poignée d'entre eux étaient d'ascendance mexicaine. Le dos voûté sur leur triste labeur, ils étaient l'image même de bêtes de somme. James n'était pas au bout de ses surprises. En effet, il fut choqué de voir que des gardes armés les surveillaient depuis des miradors en bois, disséminés un peu partout, comme s'ils étaient des travailleurs forcés.

James et son équipe étaient venus réparer une clôture de fil barbelé et on l'avait bien prévenu de ne pas adresser la parole aux vieux ouvriers agricoles. Il les observa s'échiner à la tâche sous un soleil de plomb. À un certain moment, un des ouvriers jeta sa pelle et cria quelque chose au garde. Celui-ci s'approcha de lui d'un pas désinvolte et, comme si de rien n'était, l'assomma d'un affreux coup avec la crosse de son fusil. Après cet incident, aucun ouvrier n'osa plus lever les yeux.

Au déjeuner, l'équipe de James fut escortée jusqu'à un endroit ombragé, qui surplombait le lit caillouteux d'une rivière à sec où peinaient d'autres vieux, creusant et charriant des tonnes de terre pour les passer au tamis sur de longues goulottes de bois où circulait un filet d'eau. Ils étaient maigres, épuisés et visiblement à bout de forces.

James, qui s'était lié d'amitié avec un Indien du nom de Moises, et qui possédait l'avantage de parler espagnol ainsi que quelques mots d'anglais, lui demanda ce qu'ils cherchaient dans le lit de cette rivière.

– *Oro*, répondit Moises dans un murmure, faisant comprendre à James qu'il valait mieux pour lui de s'abstenir de poser d'autres questions à ce sujet.

De l'or ! Ainsi donc, ces pauvres hères squelettiques lavaient-ils du sable aurifère !

Ils cessèrent le travail plus tôt que les autres jours pour pouvoir rentrer avant la nuit. Tandis qu'ils marchaient en cadence sous la frondaison des arbres, James demanda à Moises qui étaient ces gens qu'ils avaient vus dans les champs. Moises, comme la plupart des autres Indiens, fumait une énorme cigarette faite main. Une épaisse fumée âcre accompagnait la cohorte.

– *Dinero*, répondit Moises.

– De l'argent ?

– *Sí*, confirma Moises. Eux pas avoir *dinero*. Pas d'argent. Eux travaillent pour El Huracán.

– Quoi ? s'étrangla James. Tu veux dire que ce sont des gens qui sont venus ici de leur plein gré, et qu'ils n'ont plus d'argent pour payer… ?

– Ne parle pas de ça, l'interrompit Moises. *Silencio*.

Impossible de lui en faire dire davantage. James en était conscient. Il avait rapidement appris que les hommes d'El Huracán étaient passés maître dans l'art de se montrer muets comme des tombes. Ils ne lui seraient d'aucune aide dans le cas d'une évasion car, de deux choses l'une, soit ils étaient farouchement loyaux envers leur maître, soit trop terrorisés pour seulement évoquer certains sujets.

Ce soir-là, James fut en proie à un profond désespoir. Un groupe de musiciens cubains jouait des airs de rumba sur la place. L'heure était à la fête. Les gens discutaient et dansaient, beaucoup étaient soûls, ce qui n'était guère surprenant vu qu'il n'y avait pratiquement rien d'autre à faire de la journée que boire.

Il balaya du regard les trognes crâneuses et endurcies de ces hommes. Si ces farouches bandits n'avaient pu s'échapper de cette île, quelles chances avait-il, lui ? Il avait bien essayé de demander à quelques-uns d'entre eux s'il existait un moyen de s'enfuir. Pour toute réponse, on lui avait ri au nez.

– Hé ! Gamin ! héla un gros bonhomme adipeux avec de petits yeux aux reflets jaunâtres.

James s'approcha.

– Sers-nous une bouteille de vieux rhum, gamin ! Avec deux verres.

– Je ne suis pas serveur, répondit James.

L'homme s'arrêta, légèrement interloqué.

– Un jeune garçon comme toi ? Un hôte ?

James haussa les épaules. L'homme était assis à une table, sous une tonnelle de vigne vierge, en compagnie d'un autre Américain, petit, nerveux et secoué de tics.

– T'es un dur, toi, hein ? ironisa ce dernier.

Une fois encore, James haussa les épaules.

– Tiens, prends une chaise et viens t'asseoir avec nous, proposa le premier.

James prit place à leurs côtés et découvrit rapidement que ces hommes répondaient aux délicats sobriquets de Chunks et Dum-Dum. Tous deux étaient braqueurs de banques et ils ne tardèrent pas à abreuver James du récit de leurs exploits, là-bas aux États-Unis, chacun essayant de renchérir sur l'autre. James supposa que tout le monde ici avait déjà entendu leurs histoires et qu'ils avaient vu en lui une oreille indulgente. Très vite, ils en arrivèrent à de sombres histoires de meurtres et aux détails sordides des tueries auxquelles ils avaient assisté. Il paraissait évident qu'ils voulaient faire peur à James, malheureusement pour eux, celui-ci en avait déjà beaucoup vu en dépit de sa courte existence, qui plus est, il n'était pas facilement impressionnable.

– Mais la mort la plus cruelle à laquelle j'ai jamais assisté, dit Chunks, c'était ici même à Lagrimas Negras. Le type s'appelait Bobby King. Je le connaissais peu. Un faisan, très imbu de lui-même.

– L'a buté sa femme, renchérit Dum-Dum.

– Y se faisait pas à la vie sur l'île, poursuivit Chunks. Il a essayé de faire passer un message à l'extérieur en soudoyant un des péons. Mais c'est arrivé aux oreilles du vieil iguane.

– Ouais, l'Ouragan est au courant de tout, confirma Dum-Dum. Impossible de lui échapper, il a des yeux et des oreilles qui traînent partout.

– Il a fait subir à King une sorte de chemin de croix, expliqua Chunks. *La Avenida de la Muerte* qu'il appelait ça, le couloir de la mort, si tu préfères. Et il lui a dit que s'il arrivait au bout il serait libre de partir.

– Quitter l'île ? demanda James avec un soudain intérêt.

– Comme je te le dis, répondit Dum-Dum. Mais le type n'avait aucune chance.

Il éclata d'un rire aigre.

– Mon vieux, ça valait le coup d'œil. En plus, j'ai gagné un bon paquet de fric en pariant sur l'endroit où il s'écroulerait. Chunks, ici présent, a fini totalement à la ramasse, mais le truc, vois-tu, c'est qu'avant que King n'entame son calvaire, aucun d'entre nous ne savait à quoi s'attendre.

– La première épreuve, c'était les bébés crocodiles, déclara Chunks. Un plein bassin de petits croqueurs. Ah ! la vache, qu'est-ce qu'on a pu rigoler ! T'aurais dû l'entendre gueuler.

– Comme un bébé, confirma Dum-Dum. Il a chialé aussi tout le long du goulet à scorpions. Faut dire que quand c'était pas les bestioles qui le piquaient, c'était les clous du plafond.

– Il est même pas arrivé à la moitié du parcours, regretta Chunks en secouant tristement la tête. Ça m'a coûté bonbon.

– T'as déjà vu un mec bouffé par un jaguar ? demanda Dum-Dum en se penchant vers James avec un regard vicieux.

Il laissa échapper un petit rire rauque ; James suffoqua dans les lourds relents d'alcool.

– Remarque, moi non plus… avant ce jour-là. Et, croismoi, je ne veux plus jamais revoir ça. Pourtant j'en ai vu…

– Et s'il était arrivé au bout ? l'interrompit James.

– Eh ben ? Et après ?

– El Huracán l'aurait laissé partir ? C'est bien ça que vous êtes en train de dire ? King aurait pu quitter l'île ?

– Ça, c'est ce qu'a raconté le vieil iguane. Il a aussi avoué que personne n'était jamais arrivé au bout, alors…

– Il l'a fait cuire sur le gril, ajouta Chunks. Ça a brûlé la semelle de ses godasses et même la plante de ses pieds. Au point que ça sentait la viande rôtie, t'as qu'à voir !

– Racontez-moi ça en détail, demanda James en s'approchant de la table. Je veux savoir précisément tout ce qu'il a dû traverser.

26

Sacrifié volontaire ?

– Ce que vous avez sous les yeux est un terrain réservé au jeu de ballon, dit El Huracán. Il y en avait un dans chaque cité maya, juste à côté des temples. Vous connaissez la tradition maya du jeu de balle ?

James secoua la tête.

– Ils prenaient ça très au sérieux, poursuivit El Huracán. C'était à mi-chemin entre un rituel religieux et un sport. Mais j'imagine qu'on peut en dire autant du base-ball ! Les anciennes civilisations d'Amérique latine possédaient une approche très intéressante de la vie, de la mort et de la guerre. Ils considéraient la guerre comme une sorte de jeu et, avec le temps, leurs jeux sont devenus une sorte de guerre.

On était dimanche, jour de repos, et le vieux Mexicain avait décidé d'emmener James visiter les ruines. Celles-ci étaient protégées par une clôture, et interdites aux hôtes. Elles semblaient faire la fierté de leur propriétaire, qui était particulièrement heureux d'en faire profiter James. Nombre d'entre elles étaient encore en assez bon état pour permettre de se faire une idée assez précise de ce que l'endroit avait pu être. James feignait de s'y intéresser dans l'espoir de pouvoir observer le couloir de la mort de plus près.

– Pour les Mayas, reprit El Huracán en s'asseyant sur les gradins qui bordaient l'arène, le but de la guerre n'était pas de tuer l'ennemi, mais de le faire prisonnier. Plus un guerrier faisait de prisonniers, plus il était respecté et adulé. Les captifs étaient ramenés en ville, puis conduits au temple, où un prêtre leur arrachait le cœur alors qu'ils étaient encore en vie afin de l'offrir à l'insatiable appétit de leurs dieux toujours avides de sang frais.

Le jeu de balle était une autre cérémonie religieuse accomplie en leur honneur. Des jeux se déroulaient à chaque fête religieuse. Parfois, les participants étaient des esclaves, mais pas systématiquement. Le but du jeu était de faire rebondir la balle sur les parois de l'arène en évitant de la faire tomber au centre.

Les joueurs ne devaient utiliser ni leurs mains ni leurs pieds pour frapper la balle, qui était lourde et dure, car faite de caoutchouc pur. Seuls les hanches, la poitrine, les épaules et les genoux étaient autorisés, ce qui explique qu'ils s'harnachaient de protections rembourrées.

La balle ne devait jamais s'arrêter car elle symbolisait la course du Soleil dans les cieux. Tu vois ces ouvertures rondes, en haut des murs ?

James opina du chef.

– Les joueurs devaient essayer d'y faire passer la balle, un exercice difficile si l'on considère qu'ils ne pouvaient ni la lancer à la main ni tirer au pied. Le plus souvent, les joueurs de l'équipe qui perdait la partie étaient décapités. Ah ça ! Ils savaient motiver les troupes.

El Huracán éclata de rire et gratifia James d'une grande claque dans le dos. Après quoi, il se leva et conduisit son invité vers la pyramide, dont ne restait que la base.

– Même les dieux jouaient au ballon, poursuivit-il. C'était une activité centrale dans le mode de vie maya. Tu as déjà entendu parler des Jumeaux héroïques ?

– Non, répondit James.

– Un jour, peut-être, je te raconterai leur histoire.

C'est alors qu'ils parvinrent aux vestiges de la pyramide dans lesquels El Huracán avait construit l'amorce de son Golgotha indien. James voyait clairement le parcours qui serpentait à ses pieds et disparaissait en direction de la plus petite pyramide.

– À l'époque de sa splendeur, cette construction était bien plus haute, reprit El Huracán. Beaucoup de strates ont disparu, mais, par le passé, elle était flanquée d'un escalier dont le sommet tutoyait les nuages.

– Là où l'on sacrifiait des êtres humains ? demanda James.

– Laisse-moi te montrer quelque chose, répondit El Huracán.

Et il mena James devant un mur couvert d'inscriptions sculptées dans la pierre, d'obscurs pictogrammes, appelés glyphes, et qui constituent la base de l'écriture maya.

– Regarde là, dit El Huracán en pointant du doigt une série de figures. Ça montre une victime que l'on conduit à la pyramide. Ce devait être un sacrifice particulièrement important car le personnage porte une imposante coiffe de plumes. Ils l'ont paré de telle sorte qu'il soit la vivante incarnation d'un dieu.

James étudia plus attentivement la représentation. On y voyait la victime festoyer, recevoir les honneurs d'un banquet, puis gravir les marches vers l'autel et enfin, couchée sur le dos, se faire arracher le cœur avec une dague de pierre par le prêtre.

– Quand se tenait une cérémonie, expliqua El Huracán, les marches de cette pyramide ruisselaient de sang, une vraie cascade. Cette pyramide était dédiée à Hurakan, dieu du vent et des tempêtes, qui était également un dieu créateur, celui-là même qui a créé le monde et l'homme. Une force ambivalente en quelque sorte, à la fois fondatrice et destructrice.

Mon père, Gaspar, fut déporté sur cette île quand elle était encore une colonie pénitentiaire. Il a participé à la révolte des prisonniers qui a renversé l'administration. Plus tard, il a été le seul à réussir à s'échapper, quand la marine américaine a attaqué le fortin. Il s'est caché dans le dédale de corridors et de chambres que renfermait cette pyramide. Les Américains l'ont poursuivi ; sous terre, lui fuyait comme un rat pris au piège. Finalement, il a trouvé un tunnel qui menait jusqu'à la mer, et il est parvenu à prendre la fuite, entre autres grâce à la tempête qui faisait rage ce jour-là, et qui lui a permis de voler un bateau. Tout ça s'est passé il y a quatre-vingts ans. Il m'a baptisé Hurakan en hommage au dieu qui l'avait protégé. Quand je suis venu sur l'île, j'ai fait excaver ce dédale pour que le vent y coure, et aussi pour servir de décor à certains de mes petits jeux.

– Allez, viens, ajouta El Huracán en prenant James par les épaules. Ce n'est pas pour toi.

– Ces ruines ou l'île dans son entier ?

– Les deux, mon garçon. Je t'aime bien, James, c'est pourquoi j'ose te le dire en toute franchise : tu n'aurais jamais dû venir ici.

– Pourtant, tous ne sont pas des criminels, argua James. Vos domestiques, par exemple, et les gardes, et les hommes qui travaillent pour vous…

– Non, effectivement, ce sont des Amérindiens. Des descendants directs de ceux qui ont construit cette cité. Je connais la plupart d'entre eux depuis toujours. Ils sont d'une loyauté sans faille à mon égard. Je leur fais confiance.

– Et les musiciens qui jouent le soir ?

– La prochaine fois, regarde-les bien, répondit El Huracán. Mes hommes les sélectionnent soigneusement, et pas seulement pour leurs qualités d'interprètes. Ils sont tous aveugles. Ils reçoivent une paye conséquente, en échange de quoi il leur est formellement interdit de parler à qui que ce soit. Ils viennent pour une soirée et ont quitté l'île avant le lever du soleil. Ils ne voient rien. Ils ne parlent à personne, ils ne peuvent donc rien raconter. Contrairement à Precious et toi, qui en savez beaucoup trop.

– Et si on vous faisait le serment de ne rien dire ? Si l'on vous promettait d'oublier que nous sommes seulement venus ici ? Qu'on vous promette de tout oublier, vous, Mme Glass... Ce n'est pas juste de nous garder ici. On a une famille, des amis...

– Je me demande combien de fois ces paroles ont résonné entre ces murs, répondit El Huracán. Combien de captifs des Mayas ont imploré ainsi, alors qu'on les traînait au supplice ?

– Mais... je croyais qu'ils acceptaient leur sort, dit James. Que cela faisait partie de leurs croyances, de leur conception de la vie... N'était-ce pas un honneur que d'être sacrifié ?

– Sans doute, admit-il. Mais je reste persuadé qu'au fond, tous pleuraient et appelaient leur mère à l'instant de monter ces marches.

– Pourtant, il arrivait qu'on leur donne la meilleure des nourritures et qu'on les traite comme des dieux vivants avant qu'ils soient sacrifiés ?

– Quand bien même, James. Connais-tu une seule personne qui voudrait volontairement être sacrifié ?

James baissa les yeux sur le long goulet qui serpentait dans le sol et qui semblait si inoffensif à la lumière du soleil. Puis il se remémora la sordide histoire que lui avaient racontée Chunks et Dum-Dum.

Si tel était l'unique moyen de quitter cette île, il n'avait d'autre solution que de s'y soumettre. Mais en aurait-il le cran ?

– Es-tu devenu fou ? hurla Precious, stupéfaite. Je t'interdis d'y penser, même pas une seconde.

– Mais il n'existe aucun autre moyen de quitter l'île, objecta James. Crois-moi, j'ai bien regardé. À la nage, c'est impossible, donc à moins de voler… Quant à essayer de se glisser en douce sur un bateau, j'ai étudié la question, on serait abattus à coup sûr. En revanche, quiconque réussit à aller au bout du calvaire est libre de partir.

– Oui, mais je te rappelle aussi que tu as dit que personne n'était jamais parvenu à atteindre la ligne d'arrivée de ce… comment ça s'appelle déjà ?

– *La Avenida de la Muerte*, répondit James d'un ton penaud.

– Le boulevard de la mort ! Rien que ça ! Allez, je t'en prie, oublie.

– Pour une personne seule, la tâche est peut-être insurmontable, mais nous sommes deux. Si on s'entraide, on a une chance d'y arriver. On pourrait s'entraîner. On pourrait manigancer un plan. Ça vaut le coup d'essayer, Precious. Crois-moi, c'est notre unique espoir.

Le soleil se couchait. Ils marchaient sur la plage. Tous deux avaient été transférés de leurs luxueux appartements du premier jour aux dortoirs des ouvriers – un pour les femmes, un pour les hommes –, ce qui ne les empêchait pas de se retrouver le soir, après le travail.

Precious avait été affectée à la blanchisserie. Elle qui n'avait jamais travaillé de sa vie trouvait le labeur harassant et ennuyeux au possible. La seule chose à laquelle elle pouvait se raccrocher, c'était de retrouver James, le soir venu.

Ils avaient retiré leurs chaussures. Le sable était doux et chaud sous leurs pieds. Les palmiers bruissaient dans la brise du couchant. Des centaines de crabes minuscules jaillissaient subitement de leur trou et filaient quelques instants sur la plage avant de disparaître à nouveau.

– C'est du suicide, murmura amèrement Precious. Des serpents, des scorpions, un jaguar et Dieu sait quoi d'autre encore… Non, je ne pourrai jamais.

– Tu as fait des tas de choses ces derniers temps que tu ne te serais jamais crue capable de faire, même dans tes rêves les plus débridés. Je suis sûr que tu peux.

– Non, je ne peux pas. Toi, peut-être, mais moi, non.

James l'attrapa par les épaules et la regarda droit dans les yeux.

– Écoute-moi. Je sais que tu es forte et courageuse parce que tu me l'as déjà prouvé. La question c'est : veux-tu rester pourrir ici le restant de tes jours ? Franchement, j'aurais du mal à le croire.

Il tendit le bras vers le large, en direction de la ligne plus sombre que dessinait le continent au ras de l'horizon.

– Quelque part là-bas, ta maison, ton père, ton frère t'attendent. Pense à Jay Jay. Crois-tu que ça lui plairait de ne plus jamais revoir sa grande sœur ? Et toi ? Tu aimerais être séparée de lui pour toujours ? Il t'aime, Precious. Ton père t'aime. Et même si je ne la connais pas, je suis sûr que ta mère t'aime aussi.

– Non, elle ne m'aime pas, répondit Precious du tac au tac.

– Ne dis pas ça, protesta James, pris de court.

– Je te l'ai dit. Elle est partie. Je me souviens encore de la première fois où elle a quitté la maison. Elle a dit qu'elle rentrait aux États-Unis pour voir ses amis. Les fois suivantes, c'était pour rendre visite à sa sœur, puis à sa mère, puis pour faire des achats. Et à chaque fois, elle restait plus longtemps.

La dernière fois, je savais qu'elle ne reviendrait pas. Elle déteste le Mexique mais, si elle m'avait aimé moi, elle serait restée.

James ne sut que répondre. Il savait courir, se battre, grimper aux arbres ; il pouvait guider Precious hors d'une jungle hostile et poursuivre Mme Glass jusqu'en enfer mais, quand il était question de blessures d'âme et de sentiments intimes et personnels, il se sentait totalement désemparé.

– Pourquoi crois-tu que j'étais cette sale petite garce ? demanda Precious d'un ton courroucé en tournant les talons et en quittant la plage.

Resté seul, James ne fit pas le moindre geste pour la retenir. À quoi bon ? Il avait beau se creuser la cervelle, il ne trouvait rien d'intelligent à dire.

Le lendemain matin, le chef d'équipe, Morales, annonça qu'il avait besoin d'hommes pour une mission dans les *túneles*. James demanda à son ami Moises de lui traduire.

– Les *túneles*, expliqua ce dernier. Sous la pyramide.

– Les tunnels ? s'exclama James, imaginant aussitôt qu'avec un peu de chance on l'enverrait faire des travaux d'entretien sur le boulevard de la mort.

– *Sí*, confirma Moises. *Los Indios* n'aiment pas aller là-bas. Endroit pas bon.

Les autres hommes rechignant à se porter volontaires, James trouva facilement une place au sein de l'équipe. À son grand désarroi, il découvrit bien vite que les travaux de maintenance concernaient non pas le calvaire lui-même, mais les conduits qui se trouvaient juste en dessous. Il comprit également pourquoi les hommes n'aimaient pas ce travail. En effet, les étroites galeries étaient affreusement basses, il était très difficile de s'y mouvoir et l'air y était étouffant. Les ouvriers ne pouvaient s'y déplacer qu'en file indienne. Ils avançaient à la lueur de lampes à huile en traînant leurs outils et leur lourd matériel derrière eux. Par moments, ils devaient même se faufiler dans d'étroites ouvertures en rampant.

Une partie de ces tunnels était l'œuvre des Mayas. Certaines parois étaient couvertes de glyphes, de crânes et de créatures mythiques. D'autres, en revanche, paraissaient plus récentes et avaient sans doute étaient construites quand El Huracán avait aménagé son fameux parcours de la mort. James s'émerveillait des talents de bâtisseurs des Mayas, qui avaient construit ces immenses édifices sans utiliser ni la roue ni aucun outil en métal, une prouesse qui forçait l'admiration.

Ils atteignirent un endroit où le plafond était percé d'une série de grilles et de volets qui semblaient reliés à un enchevêtrement compliqué de tuyaux rouillés, au-delà duquel la galerie se poursuivait, alimentée par d'autres arrivées de conduits. James présuma qu'il s'agissait d'écoulements d'eau. En effet, les saignées à ciel ouvert du calvaire devaient sans nul doute se remplir d'eau à la saison des pluies, et il fallait bien que celle-ci s'écoule. En outre, le parcours comportait des retenues d'eau, ce qui expliquait le réseau compliqué de tuyauteries.

Plus loin, ils passèrent à côté d'une chambre souterraine qui accueillait une impressionnante machinerie : d'énormes engrenages de bois, reliés entre eux par de longues courroies de cuir. James jeta un œil à l'intérieur. Le mécanisme semblait destiné à actionner trois énormes pierres rondes, encastrées dans le plafond. James pensa aussitôt à une sorte de meule. Il n'eut pas l'occasion d'approfondir la question. Déjà, les hommes le pressaient d'avancer, le sentiment général étant que plus vite on se mettrait au travail, plus vite on sortirait de ces maudits tunnels.

Il faisait une chaleur accablante là-dessous. La progression était pénible. Tous les hommes avaient tombé le haut pour ne garder que leurs shorts. Transpirants et pantelants, ils arrivèrent épuisés à leur destination et durent s'asseoir un moment pour récupérer.

Ils se trouvaient dans une petite chambre dont le sol était percé d'une évacuation creusée directement dans la roche. Érodé par l'eau, le puits était lisse et recouvert d'une épaisse couche d'algues vertes. James se pencha et le vit disparaître en serpentant dans les entrailles de la terre. Un instant, il se demanda s'il ne s'agissait pas là du tunnel par lequel Gaspar, le père d'El Huracán, avait échappé aux Américains, des années auparavant.

Tout semblait indiquer qu'il s'agissait du collecteur principal, car la canalisation de pierre qu'ils avaient empruntée s'y jetait, tout comme plusieurs caniveaux de surface. Un panneau de métal, d'une taille bien plus imposante que celle des vannes qu'ils avaient croisées jusqu'ici, était placé juste au-dessus. Mangée par la rouille, la porte était constellée de moisissures et d'algues. Elle était verrouillée par un système à volant, mais fuyait en divers endroits. L'eau suintait et ruisselait dans le collecteur. D'importants travaux avaient eu lieu ici. Les murs avaient été consolidés par des remblais de pierre et de béton qui avaient fini par se fissurer sous l'effet des infiltrations d'eau.

Il était difficile de se mouvoir dans l'étroite chambre. James faillit tomber dans le collecteur. Moises le rattrapa de justesse.

– Va pas tomber là-dedans, Jaime, dit-il en riant. Tu filerais jusqu'à la mer. Faudrait un filet pour te ramener.

De fait, tout était glissant par ici. L'humidité et l'odeur de moisi rendaient l'air irrespirable, d'autant plus que s'y mêlait un remugle de coquillages pourris dont James n'arrivait pas à saisir la provenance.

Leur mission consistait à remplacer les blocs de pierre les plus abîmés par ceux qu'ils avaient péniblement traînés avec eux depuis l'entrée. James fut chargé de préparer le ciment devant servir de mortier pendant que d'autres hommes taillaient les blocs neufs à la bonne mesure.

Il était impossible de se lever dans ce réduit. James avait l'impression que son dos allait se casser en deux. Heureusement, les hommes travaillaient d'arrache-pied aujourd'hui, pressés qu'ils étaient de quitter au plus vite cet endroit nauséabond. Les vieilles pierres furent remplacées en un temps record.

– Qu'y a-t-il derrière la porte ? demanda James dès qu'il eut l'occasion de s'adresser discrètement à Moises.

En effet, il avait noté que les hommes semblaient craintifs devant ce panneau d'acier et qu'ils renâclaient à s'en approcher de trop près.

– Un monstre, répondit Moises. Hun Came. Il est dans un grand bassin d'eau.

James enjamba prudemment le puits et se recroquevilla pour étudier la vanne de plus près.

– Ça s'ouvre de l'autre côté ? demanda-t-il.

– Non, seulement d'ici.

Les relents de poisson étaient encore plus forts sous la vanne. De toute évidence, ils provenaient du bassin. James leva les yeux. Il y avait une sorte de cheminée sur le côté, un conduit d'environ six mètres qui filait droit vers le ciel. Il passa la tête à l'intérieur, se releva et remarqua un trou dans la paroi. Une petite pierre manquait. Il essaya de voir à travers le trou, mais il faisait trop sombre pour distinguer quoi que ce soit, en outre, l'épouvantable odeur de poisson était repoussante.

– Mets pas ta tête là-dedans, Jaime, cria Moises depuis le bas. Il va te la bouffer.

Puis il dit quelques mots dans son dialecte aux autres hommes, qui éclatèrent tous de rire.

James entendit quelque chose bouger dans l'eau trouble. Il frissonna.

Precious avait raison.

Tenter l'épreuve de *La Avenida de la Muerte* était un acte de pure démence.

Mais quel choix avait-il ?

27

La danse du chapeau

Precious abhorrait le travail à la blanchisserie. Déjà, ses mains se couvraient de rougeurs et de gerçures à force d'être constamment immergées dans l'eau savonneuse. Il lui arrivait de regarder les autres femmes, penchées sur leurs éviers, frottant énergiquement un drap sale de leurs gros bras puissants, et de s'imaginer comme elles dans dix ans, vieille et usée.

Elle pouvait pratiquement voir sa vie s'écouler dans le siphon avec l'eau crasseuse. Elle avait souvent rêvé de ce qu'elle ferait une fois adulte. Et lavandière ne lui avait jamais traversé l'esprit.

En plus de laver, elle devait aussi faire le ménage, généralement celui des chambres d'hôte, pourtant, le matin même où James crapahutait dans les galeries souterraines, on l'avait envoyée à la résidence d'El Huracán. Une des filles qui y travaillaient habituellement s'était fait porter pâle et, tout comme les hommes regimbaient à aller dans les tunnels d'El Huracán, les femmes étaient effrayées à l'idée de se rendre dans sa résidence. Precious fut donc désignée comme remplaçante.

Trois femmes courtaudes, dont aucune ne parlait anglais, ni ne semblait l'apprécier particulièrement, étaient également du voyage. Marchant les yeux baissés, Precious manqua de bousculer un des hôtes, et tressaillit d'horreur en s'apercevant qu'il s'agissait de Mme Glass, vêtue d'un long peignoir, les cheveux enturbannés dans une serviette. Clairement, elle sortait tout juste d'un massage et d'une séance de mise en beauté à l'institut d'El Huracán. Elle toisa Precious des pieds à la tête avec un air d'absolu contentement.

– Regardez qui voilà, dit-elle d'un ton lourd de sarcasmes. Une des petites soubrettes du patron.

Et elle rejeta la tête en arrière pour éclater d'un rire si cristallin que l'on aurait pu croire à du verre brisé s'abîmant sur le sol.

Precious baissa la tête et hâta le pas pour rattraper les deux autres femmes de chambre, qu'elle vit s'arrêter un instant sur le pas de la porte d'El Huracán et se signer en levant les yeux au ciel, avant de pénétrer craintivement à l'intérieur. À les voir comme ça, on aurait pu croire qu'elles passaient les portes de l'enfer.

Une fois à l'intérieur, elles poussèrent Precious vers des toilettes et lui confièrent une serpillière, un seau, un chiffon, ainsi qu'une pile de torchons propres.

Les toilettes en question étaient les plus grandes que Precious avait jamais vues, et elles étaient impeccablement propres. Elle ne se sentait pas moins blessée de devoir les nettoyer.

Alors voilà à quoi elle en était réduite : récurer des toilettes !

Eh bien, elle ne le ferait pas. Precious Stone, fille du célèbre Jack Stone ne récurerait pas des w-c. Un point, c'est tout !

Elle s'assit sur la cuvette, croisa les bras sur sa poitrine d'un air buté, et se perdit dans la contemplation de l'image accrochée au mur face à elle.

Elle tressaillit en réalisant, quelques minutes plus tard, que ce qu'elle regardait n'était autre qu'un croquis de *La Avenida de la Muerte.* Elle se leva et s'approcha. Aucun doute. Il s'agissait bien du plan détaillé du calvaire – un dessin à main levée, possiblement l'œuvre d'El Huracán en personne –, qui montrait tous les corridors, les passages et les chambres, avec des annotations pour chacun.

Son cœur battait à tout rompre dans sa poitrine. Elle jeta rapidement un œil aux autres cadres de la pièce : uniquement des plans des différents édifices de l'île, mais aucun autre ne représentait le chemin de croix.

Elle ferma la porte à clé, attrapa le cadre accroché au mur et retira précautionneusement le croquis, qu'elle fourra dans le pli d'une serviette sale, puis mit un cadre contenant un dessin similaire à la place du croquis manquant.

Après quoi, elle nettoya promptement la pièce et changea les serviettes sales, qu'elle plia en une pile bien nette.

La journée semblait vouloir s'étirer à l'infini. Pourtant, l'heure tant attendue finit par arriver et, le plan soigneusement caché dans ses vêtements, elle courut rejoindre James sur la plage.

– Tu avais raison, dit-elle hors d'haleine dès qu'elle fut arrivée près de lui. Je ne peux pas continuer ainsi. J'ai eu un coup de déprime, voilà, mais je n'abandonnerai pas. Et je ne laisserai pas cette femme rire la dernière, ça non !

Tout en parlant, elle avait sorti le dessin et l'avait tendu à James.

Il ne put s'empêcher de la serrer dans ses bras quand il comprit de quoi il s'agissait.

– Je te l'ai dit, c'est le destin, affirma Precious. J'étais assise là, sans rien faire et sur quoi je tombe ? C'était fatal. On va le faire. On va fuir cette île et, d'une manière ou d'une autre, on va récupérer les plans volés.

– Les plans…

Dans son obsession de trouver une échappatoire, James les avait totalement oubliés.

Pour l'heure, la question devrait attendre, d'autant qu'ils étaient certainement enfermés en lieu sûr, à la banque d'El Huracán. Jamais James ne pourrait les sortir de là. La première de leurs priorités consistait à fourbir un plan pour s'échapper. Il serait toujours temps de venir chercher les documents plus tard.

Le croquis n'était pas aussi détaillé qu'il y paraissait au premier abord. Les chambres étaient certes clairement désignées par le nom du dieu auquel elles étaient dédiées, en revanche, leur contenu n'était que partiellement évoqué. Le document comportait néanmoins suffisamment d'indices pour qu'ils en déduisent les grandes lignes. Qui plus est, toutes les cotes y étaient indiquées.

– Regarde, s'écria James en posant le doigt sur une galerie latérale qui décrivait un arrondi en bordure du schéma. C'est là que j'ai travaillé aujourd'hui. C'est un collecteur d'eau de pluie.

Il lui raconta brièvement sa journée dans les *túneles*.

– J'ignore ce qu'est exactement Hun Came. Mais de toute évidence, le grand bassin constitue l'épreuve finale.

Sans attendre, ils se mirent à échafauder un plan.

Pour commencer, ils réalisèrent une copie du croquis. Le matin suivant, Precious cacha l'original dans un tas de serviettes propres et le remit à sa place dans les appartements privés d'El Huracán. Le soir, James et elle se rejoignirent dans une bâtisse en ruines, perdue au milieu des arbres derrière la plage, dont ils avaient décidé qu'elle fournirait un parfait décor pour construire une réplique du couloir de la mort.

Ils commencèrent par déblayer ronces et lianes, puis ils empilèrent des pierres les unes sur les autres. Ils prirent les mesures en nombre de pas et délimitèrent le parcours en utilisant des branchages, des palmes ainsi que des rouleaux de corde et de ficelle qu'ils avaient pu chaparder ici ou là. Quand ce fut fait, ils s'entraînèrent à courir, sauter et escalader les différents obstacles. Ils faisaient la course pour voir qui des deux rampait le plus vite sur le ventre. Ils sprintèrent à travers les arbres en essayant d'éviter les branches afin d'aiguiser leurs réflexes, enfin, ils étudièrent le parcours à la recherche d'éventuels raccourcis et évaluèrent les meilleures tactiques pour passer chacun des obstacles. Ils évoquèrent jusque tard dans la nuit les épreuves qu'ils auraient à affronter, espérant que ces palabres les rendraient plus familières et, par là, moins terrifiantes. En effet, ils étaient conscients que leur principal ennemi serait leur propre peur. S'ils parvenaient à garder la tête froide et à éviter la panique, ils auraient bien plus de chances de s'en sortir vivants.

C'était drôle de s'entraîner ainsi tous les deux ; pour un peu, ils se seraient crus en train de jouer. Precious avait retrouvé la flamme. Les récentes épreuves l'avaient encore endurcie. Les muscles de ses bras et de ses jambes étaient solides et fermes, son regard clair, ses cheveux brillants, son teint radieux. Chaque soir, en se glissant dans leur lit, éreintés par le travail et l'entraînement, ils se couchaient avec le sentiment du devoir accompli et la satisfaction des progrès réalisés. Leurs têtes n'avaient pas touché l'oreiller qu'ils dormaient d'un sommeil profond et réparateur. Le sommeil du juste.

Durant la journée, James travaillait aussi dur que possible, s'échinant comme un diable avec la barre à mine, cognant comme un sourd avec la masse, transportant sans relâche les sacs de sable ou de ciment. Il creusait, soulevait, tirait, cognait et coupait avec une énergie qui faisait plaisir à voir, aiguisant sa force et son endurance. En effet, il lui faudrait être en parfaite condition physique s'il voulait avoir une chance de sortir entier du calvaire.

Ainsi s'était-il rapidement bâti une solide réputation d'ouvrier sérieux et dur au mal ; le premier à se porter volontaire pour les tâches ingrates et le dernier à quitter le chantier le soir. Morales avait acquis une telle confiance en lui qu'il lui avait confié en toute quiétude une clé de la grande resserre en pierre où l'on entreposait tout le matériel et où l'on pouvait trouver tous les outils possibles et imaginables. Au fond, il y avait même une remise blindée pour les explosifs qui, à l'occasion, servaient à dégager les gros blocs de roche.

Des bâtons de dynamite dormaient au fond des tiroirs de lourdes commodes métalliques, tandis que des rouleaux de mèche attendaient sagement sur des étagères. James se remémora les leçons apprises auprès de Kesstudi, dans le champ de pétrole désaffecté, et un plan se fit lentement jour dans sa tête.

Après le travail, il avait pour habitude de nettoyer soigneusement tous les outils de l'équipe avant de les remettre en place dans la remise, qu'il laissait toujours impeccablement rangée. En effet, il faisait tout pour s'attirer les faveurs de Morales, en prenant soin, toutefois, de ne pas éveiller les soupçons de ses coéquipiers. Il fallait à tout prix éviter que l'on découvre ce qu'il avait derrière la tête.

Un soir, après leur séance d'entraînement quotidien, alors qu'ils étaient assis sur la plage, occupés à découper des formes dans des plaques de métal qu'il avait barbotées à l'établi, James gratta négligemment le furoncle que lui avait causé le ver macaque à l'épaule, et qui était toujours protégé par le pansement que lui avait fait le médecin.

– Ça fait mal ? demanda Precious.

– Pas autant qu'avant, répondit James. En revanche, ça gratte à devenir fou.

– Tu crois que le ver est mort maintenant ?

– J'imagine. En tout cas, je ne le sens plus gigoter.
– Et si on regardait ? demanda Precious, toute excitée.
– Ça risque de pas être beau à voir.
– Et après ? J'adore les trucs horribles. Allez… s'il te plaît… j'ai vraiment envie de voir.
– Si tu insistes…
James arracha le pansement avant de retirer délicatement la tranche de lard qui avait noirci avec le temps. Nichée au creux d'un trou dans sa chair, la tête blanchâtre de la larve était clairement visible. Trop dégoûté pour faire quoi que ce soit d'autre, James fit mine de remettre l'emplâtre.
– Laisse ! Je vais le faire, l'interrompit Precious.
Elle s'approcha de la plaie et, avec un plaisir malsain, où la fascination le disputait au dégoût, elle pressa les bords de la plaie jusqu'à ce que la larve soit entièrement extraite. Puis, d'une chiquenaude, elle l'envoya balader dans le sable, pour le plus grand plaisir d'un petit crabe, qui se précipita sur la dépouille minuscule, la prit dans ses pinces et la porta à sa gueule.
– Beurk, grogna Precious avec une moue dégoûtée. C'est immonde.
Après un moment de silence, elle demanda si elle pouvait s'occuper de celui que James avait dans le dos.
Quand elle eut terminé, elle se pencha subitement sur lui et l'embrassa.
– En quel honneur ? demanda James.
– Pour te porter chance.
– Chance ? Et pourquoi ?
– Parce qu'on ne peut pas repousser l'échéance plus longtemps, répondit-elle. Nous sommes aussi prêts qu'on ne le sera jamais. Et puis, ça commence à m'obséder. C'est pas bon. Je pourrais finir par changer d'avis. Et toi, qu'en penses-tu ?
– Je me sens prêt, répondit James en se relevant d'un

bond et en époussetant le sable qu'il avait sur son pantalon. On fait comme on a dit ?

– À la virgule près, confirma Precious.

– Bon, très bien. Il doit être environ huit heures. Il me reste une dernière chose à faire. Tiens-toi prête, on se retrouve sur la place dans une heure.

Precious s'éloigna. James la suivit des yeux un moment avant de tourner les talons et de disparaître sous les arbres. À une cinquantaine de mètres derrière la plage se trouvait un arbre creux soigneusement recouvert de branches mortes et de palmes. James les retira et sortit son butin de sa cachette. Il vérifia l'ensemble une fois, deux fois, puis il prit la direction de l'entrée des tunnels.

On était samedi soir, la nuit la plus agitée de la semaine. La place était noire de monde. Un groupe de mariachis jouait une musique entraînante. Les trompettes barrissaient sur un puissant accompagnement de guitares, tandis que le chœur poussait la vocalise à l'unisson. Une joyeuse intempérance régnait parmi les convives. Un autre samedi soir à Lagrimas Negras, une nouvelle bacchanale dans une fête sans fin.

James arriva à neuf heures, comme prévu, et chercha Precious du regard. Jouant des coudes au milieu de la foule qui se pressait sur la place, James entra en collision avec une femme vêtue d'un habit de gaucho, composé d'un pantalon évasé à la cheville et d'un grand chapeau. James leva les yeux et reconnut Mme Glass. La couronne de cheveux blonds qui tombait du chapeau était toujours aussi impeccable, mais elle paraissait plus vieille. Elle avait pris un peu de poids. Son visage était bouffi. Apparemment, la vie de patachon ne lui était guère bénéfique. En outre, tout portait à croire qu'elle était soûle.

– Ce ne serait pas ce bon James Bond ? dit-elle avec une pointe d'ironie cruelle. J'ignorais qu'El Huracán autorisait les domestiques à se joindre à ses hôtes.

– Vous pouvez dire ce que vous voulez, je m'en contrefiche, répondit négligemment James. Parce que moi, je suis sur le départ.

– Ne me faites pas rire, j'ai les lèvres sèches. Vous savez bien qu'il n'y a aucun moyen de quitter cette île pourrie.

– Pour vous, peut-être, poursuivit James. J'ai bien peur, en effet, que vous ne soyez condamnée à moisir ici pour le restant de vos jours, mais moi, non. Ne vous inquiétez pas, je vous enverrai des cartes postales.

Mme Glass éclata de rire. Un rire aigu, amer et grinçant, comme le cri d'une mouette en colère.

James s'approcha d'elle.

– Regardez autour de vous, lui glissa-t-il discrètement à l'oreille.

– Et pour quoi faire, Grand Dieu ?

– Dites-moi seulement si vous voyez une seule personne âgée sur cette place.

Mme Glass fronça les sourcils, mais s'exécuta néanmoins.

– Bon, et après ? demanda-t-elle, légèrement irritée.

– Vous ne vous êtes jamais demandé pourquoi ? Pourquoi il n'y avait aucune personne âgée parmi les hôtes ?

– Bien sûr que non, répondit Mme Glass en haussant les épaules. Franchement, c'est le cadet de mes soucis.

– Et pourtant..., rétorqua James, volontairement évasif. À votre avis, que se passera-t-il quand vous serez à court d'argent ?

Mme Glass plissa les yeux et marqua un temps d'arrêt.

– Où voulez-vous en venir à la fin ?

– Voyez-vous, il se trouve que je les ai vus, moi, les vieux, répondit James. Ceux qui sont restés ici trop longtemps et qui n'ont plus d'argent pour payer. El Huracán les fait trimer comme des bêtes de somme dans ses plantations. Maintenant, vous voudrez bien m'excuser, j'ai à faire. Profitez bien de votre séjour !

Pour toute réponse, Mme Glass se jeta sur James et lui attrapa le cou à deux mains.

– Je vais t'étrangler, grogna-t-elle, furieuse. Tu n'es qu'une plaie ! Tout ça c'est de ta faute !

James saisit ses poignets et tenta de se dégager. Mais, bouillante de colère, elle lui serrait la gorge avec une force irrépressible. James ne pouvait plus parler, et pratiquement plus respirer.

Il en arriva bien vite à la conclusion qu'il était inutile de chercher à lui faire lâcher prise et que l'attaque était encore la meilleure défense.

Il lui asséna un violent coup de pied au tibia.

Elle grogna, mais ne relâcha pas pour autant son étreinte. Pire, un sourire carnassier se dessinait sur ses lèvres, et ses yeux lançaient des éclairs.

À bout d'arguments, James lui balança une puissante gifle du revers de la main, faisant basculer sa tête sous l'impact et voler son chapeau.

Mme Glass poussa un cri suraigu et lâcha aussitôt James, comme s'il s'était soudain transformé en tison ardent. Elle baissa les yeux et chercha désespérément son chapeau, perdu au milieu de la foule.

James comprit alors pourquoi il ne l'avait jamais vue autrement que la tête couverte. L'impeccable couronne de cheveux blonds qui tombait de ses chapeaux était tout ce qu'elle avait sur la tête. Sur le haut du crâne, elle était entièrement chauve. Et pas seulement chauve ! Sa peau glabre et pâle était boursouflée et crénelée comme un champ fraîchement labouré.

L'épisode du mitraillage dont elle avait miraculeusement

réchappé revint en mémoire à James. À l'évidence, elle en avait néanmoins gardé des traces, sous la forme d'une horrible tonsure grossièrement cicatrisée et éternellement dépourvue d'attributs capillaires.

Il la prit en pitié. Elle offrait un spectacle pathétique ainsi pliée en deux au milieu de la foule, cherchant frénétiquement son chapeau. D'autant que les hôtes, peu charitables, commençaient déjà à la montrer du doigt en riant.

Il faut dire que la compassion n'était pas le fort de ces rustres, qui n'aimaient rien tant que voir un de leurs congénères à l'agonie. Et puis ils s'ennuyaient. Il ne se passait jamais rien sur l'île. Alors pensez ! Une hystérique à moitié chauve cherchant éperdument son chapeau égaré par terre... Probablement la scène la plus hilarante à laquelle il leur était donné d'assister depuis au moins un an. Un homme ramassa le chapeau et fit mine de lui rendre. Mais dès qu'elle approcha pour s'en saisir, il le jeta dans les airs. Un autre homme le rattrapa et se livra au même manège. Un poignant jeu de chat se mit bientôt en place, voyant Mme Glass courir en sanglotant d'un homme à un autre, au milieu des rires sadiques des convives, tandis que son chapeau volait dans toutes les directions. Un des hommes poussa le vice jusqu'à tapoter le sommet de son crâne chauve, comme aurait pu le faire un torero dans l'arène, ce qui ne manqua pas de susciter un concert de olés et de rires gras.

Un esprit facétieux se chargea de renseigner le groupe de musiciens, qui entonnèrent aussitôt l'air sautillant du *Chapeau mexicain.* Les hôtes apprécièrent la blague et reprirent tous en chœur.

James n'en pouvait plus. Il se fraya un chemin parmi le cercle de fâcheux et, dès que l'occasion se présenta, il attrapa le chapeau et le rendit à Mme Glass.

Si elle ressentit quelque gratitude, elle n'en montra rien.

Le mal était fait. Elle tenta de reprendre un peu de contenance et, blême de rage, fusilla l'assistance du regard. Il ne faisait pourtant guère de doute que cette séance l'avait brisée. Le masque inflexible qu'elle s'était si patiemment construit au fil des ans était finalement tombé, prouvant, si cela était nécessaire, que personne n'est invulnérable.

Elle remit son chapeau, tourna le dos à James, et quitta la place sans un mot, sous les quolibets et les sifflets.

James retrouva Precious assise derrière le groupe de mariachis, sirotant un verre de limonade glacée. Il s'assit à côté d'elle et agrippa sa main.

– Tu as tout ?

Elle opina du chef et lui montra les deux lettres qu'elle tenait dans sa main, pliées en deux minuscules rectangles de papier.

James connaissait le contenu de ces lettres. Après tout, il en avait lui-même écrit une.

Precious avait signé l'autre.

S'il vous plaît, aidez-moi. Je m'appelle Precious Stone. Je suis retenue prisonnière ici, à Lagrimas Negras. Livrez cette lettre à mon père : Jack Stone – Tres Hermanas, Mexique. C'est un homme riche. Il saura vous récompenser comme il se doit.

Le même message, en espagnol cette fois, suivait en dessous.

Celle de James disait à peu près la même chose.

Ils attendirent patiemment que le groupe fasse une pause. L'attente dura une bonne heure, les musiciens enchaînant inlassablement leur répertoire, jusqu'à ce que deux serveurs, les bras chargés de plateaux de nourriture et de boissons, s'avancent vers eux et donnent enfin le signal de l'entracte.

James étudia attentivement les membres du groupe, tous aveugles, comme El Huracán l'avait indiqué. Ils se tenaient à l'écart des hôtes et discutaient calmement entre eux. James saisit sa chance dès que celle-ci se présenta. Il se faufila près d'eux et glissa discrètement sa missive dans la poche d'un trompettiste. Precious, de son côté, fit mine d'être serveuse. Elle s'activa un instant entre les musiciens, ramassant les verres vides. James la vit glisser sa lettre dans l'habit du chanteur.

Quand elle revint avec les verres vides, James prononça un simple « c'est bon » et ils se fondirent dans la foule. Quelques mètres plus loin, ils se souhaitèrent bonne nuit et retournèrent chacun à leur dortoir.

Le plan venait d'être mis à exécution. Le sort en était jeté.

Maintenant, il ne leur restait plus qu'à attendre, et voir si les choses tournaient comme ils l'escomptaient.

28

Cours, petit, cours !

Cette nuit-là, James était trop agité pour trouver le sommeil. Il resta un long moment allongé sur sa couchette, les yeux fixés au plafond.

Tous les événements des jours passés lui revenaient en mémoire. L'inondation à Puente Nuevo, où JJ avait failli se noyer, le redoutable voyage en camion dans les plaines inondées, l'échauffourée avec les soldats, la halte au derrick désaffecté, la mort de Kesstudi et celle de Garcia. Le souvenir de Sakata emmenant JJ en lieu sûr et ce pauvre fou de Manny, avec son trou dans la tête, pendant la virée dans la jungle. Il se rappela les *chicleros*, dont il avait précieusement conservé la boule de gomme, collée sous le montant de son lit. Si d'aventure il réussissait à s'en sortir, ça lui ferait un bon souvenir.

Il pensa également à Precious. Comme elle avait changé, et comme les gens pouvaient être différents de l'idée qu'on s'en faisait, une fois qu'on les connaissait bien. Il se remémora avec mélancolie le petit cottage du Kent, mourant d'envie d'y retrouver le luxe de draps propres, dans son lit à lui, au cœur de la paisible nuit anglaise.

Lentement, le sommeil l'enveloppa de son engourdissement réparateur, ou plutôt quelque chose ressemblant au sommeil, un état intermédiaire entre le rêve et l'éveil, qui fut interrompu au beau milieu de la nuit par trois gardes armés faisant bruyamment irruption dans le dortoir. Les autres hommes ouvrirent un œil, pestèrent et jurèrent. Les gardes ne leur accordèrent pas la moindre attention. Ils foncèrent droit sur James et le tirèrent sans ménagement de son lit. Il eut juste le temps de fourrer la gomme dans sa bouche avant qu'ils ne le traînent dehors.

Les hostilités étaient lancées.

– Je t'avais prévenu. On ne peut pas s'échapper d'ici. Tu connaissais les règles. Vous avez commis un acte stupide et infantile. D'ailleurs, comment ai-je pu oublier un seul instant que c'est ce que vous étiez ? Deux enfants stupides !

Jusqu'ici, James n'avait jamais vu El Huracán perdre la maîtrise de ses émotions. Pourtant, présentement, il semblait blessé et en colère, comme un professeur d'école trahi par son meilleur élève, ou un père désenchanté par les agissements de son fils.

Ils se trouvaient dans la salle à manger d'El Huracán. Precious était là aussi, les yeux aussi vitreux que ceux de James.

– Vous pensiez sérieusement que ça avait une chance de marcher ? tonna El Huracán en lançant les deux lettres sur la table. Vous ne croyez pas que des dizaines d'hommes ont tenté ce genre de tour avant vous ?

James ne pipa mot, se gardant bien de répondre que, non, il n'avait pas pensé une seule seconde que les musiciens livreraient ces mots à M. Stone. Car là n'était pas le but de la manœuvre.

– Ça valait le coup d'essayer, lâcha James, faussement penaud.

– Tu me déçois, James, répondit El Huracán en soupirant. Tu sais, je te surveille. Mes hommes me font un rapport quotidien sur toi. Tu es bon travailleur, qui plus est, tu ne manques pas d'intelligence. Je commençais à penser que tu me serais d'une plus grande utilité ailleurs que sur les chantiers. Et maintenant, ça !

Il ramassa les morceaux de papier et les jeta à la face de James. Les deux lettres voletèrent innocemment dans les airs avant de tomber sur le sol. Puis il se tourna brusquement vers la fenêtre, le regard perdu dans la nuit. Le ciel était nuageux et d'un noir d'encre.

– Qu'est-ce que je vais faire de vous maintenant ? se lamenta-t-il finalement.

– Il n'y a qu'une chose que vous puissiez faire, répondit James.

– Laquelle ?

– *La Avenida de la Muerte.*

Légèrement désarçonné, El Huracán écarquilla les yeux avant de se renfrogner en secouant la tête.

– Non, pas ça !

– Je croyais que vous aviez des règles ? lança James effrontément. Que quiconque surpris à vouloir s'échapper était puni ?

– Oui, mais pas de cette façon.

– La règle, c'est la règle. Sinon où irait-on ?

– Les règles, c'est moi qui les fais, s'emporta El Huracán. Si je dis que *La Avenida* n'est pas pour vous, et bien vous n'irez pas, un point c'est tout.

– Très bien, dans ce cas, nous dirons à tout le monde que le grand El Huracán s'est attendri, qu'il change les règles en fonction de son humeur.

– Silence, aboya le maître des lieux, avant de se ressaisir et d'esquisser un sourire.

Il s'assit à la grande table et se versa un verre de rhum.

– Asseyez-vous, ordonna-t-il.

Precious et James s'exécutèrent.

– Il n'y aura pas de changement de programme, déclara doucement le vieil homme en plongeant son regard dans celui de James. Je vais te faire une proposition. Tu es courageux, débrouillard et malin, et apparemment, tu es aussi têtu et insoumis que je le suis moi-même. Je ne vais pas vous punir. Ni l'un ni l'autre. Et je ne vais pas non plus vous garder comme domestiques.

– Esclaves, vous voulez dire, s'exclama Precious.

El Huracán ne put s'empêcher de pouffer.

– Voyez-vous, je suis un homme très occupé. J'ai besoin de gens de valeur pour m'épauler dans ma tâche, j'ai besoin d'un assistant. Quelqu'un que je pourrais former. Et puis, personne n'est éternel ; ça me tranquilliserait de savoir que Lagrimas Negras sera entre de bonnes mains quand je ne serai plus là. Et qui sait, ces mains sont peut-être les tiennes, James.

– Êtes-vous en train de dire que je pourrais un jour prendre votre place ? demanda James, totalement éberlué.

– J'ai bien des fils, poursuivit El Huracán. Mais en ce qui me concerne, c'est comme s'ils n'existaient pas, le simple reliquat d'un passé sur lequel je ne veux pas revenir. Il faut dire que je n'ai jamais été très doué pour souder une famille. Toi, tu viens d'ailleurs, tu es pur, pas comme tous ces criminels sans foi ni loi. Oui, un jour tu pourrais prendre les commandes de cet endroit, et le faire bien. Qu'est-ce que tu en dis ?

– Désolé, mais la perspective de devenir geôlier ne m'enchante guère. Celle de bichonner une meute de truands et de meurtriers, pas davantage. J'ai bien peur que vous ne vous soyez mépris à mon égard. Je ne suis pas celui que vous croyez. Vous avez vécu trop longtemps ici. Vous avez oublié comment les gens normaux réagissent, pensent et se comportent. Jamais je ne deviendrai votre poulain et chaque minute passée sur cette maudite île, je la consacrerai à trouver un moyen de m'échapper. Vous n'avez pas d'autre choix que de nous soumettre, Precious et moi, au couloir de la mort.

El Huracán baissa la tête, visiblement blessé.

– Tu ne sais pas ce que tu dis, bougonna-t-il, les yeux humides.

– Si, je le sais, rétorqua James. Mettez-nous à l'épreuve et, si l'on en réchappe, laissez-nous partir.

– Personne n'y est jamais arrivé.

– Il y a une première fois à tout, répondit James. Nous vous demandons solennellement de parcourir le chemin de croix en échange de notre liberté.

Le regard d'El Huracán se fit dur comme de l'acier trempé.

– Je me suis trompé sur ton compte, cracha-t-il d'un ton venimeux. Je pensais que tu étais intelligent, mais ce n'est pas le cas. Tu es stupide. Et stupide tu mourras.

Il appela ses gardes.

– Emmenez-les en cellule dans les ruines. Qu'ils se reposent et se restaurent convenablement. Je veux qu'ils nous offrent le meilleur des spectacles. À midi, ils seront mis à l'épreuve.

Il marqua une pause, les regarda un instant tous les deux, avant de mettre fin à la discussion d'un ultime et lapidaire *adios.*

Huit heures s'étaient écoulées quand la porte de métal barrant l'accès au boyau de pierre coulissa enfin. Precious et James émergèrent à la lumière aveuglante du soleil, dans la chaleur torride du calvaire. James pressa la main de Precious dans la sienne.

– Prête ? demanda-t-il, la gorge sèche d'appréhension et la langue pâteuse d'angoisse.

Precious acquiesça d'un hochement de tête, trop anxieuse pour prononcer la moindre parole. Dans leurs dos, deux Indiens armés de lances se tenaient prêts à les cornaquer dans le goulet au cas où ils hésiteraient.

Mais ils n'avaient nullement l'intention de se perdre en atermoiements, ayant compris au cours de leurs entraînements que le meilleur moyen d'envisager cette épreuve était de passer le moins de temps possible sur chaque obstacle.

Ils avancèrent dans la lumière. Des acclamations hystériques, et quelques souffles courts, leur parvinrent d'en haut. Une vingtaine d'hommes se massaient pour assister au spectacle. De toute évidence, on ne leur avait pas dit que les victimes du jour seraient deux enfants. La dureté de leur cœur allait, elle aussi, être mise à rude épreuve.

À n'en pas douter, El Huracán avait trié les spectateurs sur le volet. Ce chemin de croix n'était pas une simple récréation. Il avait également valeur d'exemple. El Huracán voulait leur montrer ce qui arrivait à quiconque venait à lui désobéir. Ces hommes s'étaient probablement plaints, ou bien avaient-ils caressé l'idée d'une rébellion ou tout simplement contesté son autorité.

Eh bien aujourd'hui, ils allaient comprendre ce qui leur arriverait au cas où ils ne rentreraient pas rapidement dans le rang. L'enseignement qu'ils en tireraient serait limpide. Si El Huracán était capable de faire ça à de pauvres enfants sans défense, quel funeste sort leur réserverait-il à eux ?

En ce moment même, l'homme tant redouté devait se tenir au milieu de sa cour, affichant un sourire de circonstance et redoublant d'amabilités à l'égard de ses hôtes, comme s'il avait assisté à quelque compétition de trotteurs sur un champ de courses huppé et non à un sacrifice humain.

James tenta de faire abstraction des spectateurs pour se concentrer sur les défis qui l'attendaient. Rien ne devait venir troubler son attention. Il fallait qu'il se souvienne des leçons apprises lors de leurs séances d'entraînement, durant ces longues soirées sur la plage en compagnie de Precious, et qu'il garde la tête froide, ainsi qu'une détermination sans faille.

Des fèces animales souillaient les dalles de pierre qui descendaient en pente douce jusqu'à un bassin rempli d'une eau saumâtre, tirant sur le vert. Tous deux savaient pertinemment qu'ils devaient plonger et franchir une arche immergée pour atteindre la chambre qui se trouvait de l'autre côté – tout comme ils connaissaient l'origine des excréments.

Cette première station consistait en un bassin rempli de bébés crocodiles particulièrement hargneux.

L'eau du bassin puait, mais Precious et James également. En effet, ce dernier avait été récemment chargé d'enduire de répulsif l'embase de certains bâtiments. La recette maison pour éloigner les nuisibles était une pâte nocive à base d'huile de menthe, d'ail et de thym, d'œufs pourris, de sel et d'eau.

Cette mixture était conçue pour repousser les serpents et les lézards. Certains hommes s'en enduisaient les jambes quand ils travaillaient dans la jungle et l'on en gardait toujours quelques rations, soigneusement scellées dans des sacs de cuir souple, dans la remise à outils.

James n'avait eu aucun mal à en subtiliser un pour chacun, qu'ils avaient camouflé sous leurs vêtements la veille au soir. Avant d'entrer dans le calvaire, profitant d'un moment de solitude, ils s'étaient rapidement enduit tout le corps de cette pâte aux relents méphitiques. Ils n'avaient pas la moindre idée de son efficacité sur les crocodiles, mais au moins avaient-ils l'impression d'avoir fait quelque chose pour se préparer.

Ils s'enfoncèrent dans l'eau d'un pas décidé. Elle était à la température de leurs corps. James pria pour que le répulsif ne se dissolve pas trop rapidement. Quand bien même ce serait le cas, l'eau porterait l'infernale puanteur jusqu'aux narines de ces sales petits gloutons, qui en concluraient peut-être que ce n'était pas leur quatre heures qui traversait leur bassin.

L'eau leur arrivait aux genoux, aux cuisses, à la ceinture, à la poitrine…

Et finalement, au cou.

– Maintenant, ordonna James. Fais vite !

Ils prirent leur respiration et plongèrent sous l'arche de pierre. Parvenus de l'autre côté, ils se ruèrent dans la traversée du bassin en courant comme des dératés, faisant autant d'éclaboussures que possible et hurlant à pleins poumons dans l'espoir d'effrayer les petits crocos.

À un certain moment, James crut sentir quelque chose qui lui mordillait le talon, mais cela pouvait aussi bien être le fruit de son imagination. Arrivés de l'autre côté, sans couper leur élan, ils plongèrent sous la seconde arche et sortirent rapidement de l'eau.

Des acclamations, et même quelques cris d'encouragement, fusèrent du groupe de spectateurs. James ausculta rapidement son corps : aucune trace de morsure. Un coup d'œil à Precious lui apprit qu'elle aussi s'en était tirée indemne.

James esquissa un sourire. Ils étaient sortis sans une égratignure de la première épreuve. Ils avaient bien une chance. Pour autant, le moment n'était pas venu de se congratuler en se donnant de grandes tapes dans le dos. Les petits trous qui parsemaient le sol étaient là pour leur rappeler qu'à tout instant de sinistres poinçons de métal pouvaient jaillir du dessous pour les embrocher.

Ils échangèrent un bref regard, puis reculèrent chacun de leur côté jusqu'à ce que leurs talons touchent le mur extérieur. Après quoi ils basculèrent en avant et nouèrent leurs bras, comme deux premières lignes adverses dans une mêlée de rugby. James avait la tête coincée sous l'épaule droite de Precious et inversement. Appuyés ainsi aux murs, ils formaient une voûte au-dessus de l'allée, leur tête à un bon mètre cinquante du sol.

De toutes les manœuvres qu'ils avaient répétées, celle-ci était la plus périlleuse, d'autant que James s'apercevait maintenant à ses dépens que l'allée était légèrement plus large que celle qu'ils avaient construite sur la plage. Trop tard, ils n'avaient plus qu'à faire de leur mieux.

Fermement accroché à son vis-à-vis, James leva un pied, le posant à plat sur le mur. Precious fit de même. Il ne leur restait plus qu'à monter l'autre pied à l'unisson.

– À trois, dit James. Un, deux, trois...

Et ils levèrent ensemble l'autre jambe, posant le pied plus haut que le précédent, se retrouvant en totale suspension au-dessus du sol, seulement maintenus par la pression exercée par l'autre.

– Encore, grogna James, qui compta à nouveau jusqu'à trois pour donner le signal d'un nouveau pas vers le haut.

Les premiers poinçons jaillirent du sol, fendant l'air de manière parfaitement inoffensive.

Puis, glissant les pieds de côté, ils avancèrent dans l'allée, forçant sur leurs muscles pour ne pas désolidariser leur pont humain. Les efforts requis étaient immenses. Déjà, James sentait d'affreuses crampes tétaniser ses jambes. Ils progressaient néanmoins, doucement, tout doucement, leurs corps tremblants sous la tension.

Ainsi pressés l'un contre l'autre, dans la chaleur de midi, la puanteur du répulsif prenait à la gorge, mais c'est tout juste si James la remarqua, concentré qu'il était sur sa marche en crabe le long du mur, en parfaite synchronisation avec Precious, tandis que sous eux, les cruelles piques giclaient de leur logement. James pria pour qu'ils ne glissent pas, car un seul pied, perdant ne serait-ce qu'un appui, et c'en serait fini de leur belle cascade. Tous deux s'empaleraient tête la première sur les piques.

Mais il n'en fut rien et ils atteignirent enfin le bout de l'allée. La prochaine épreuve était les scorpions. Pour pénétrer dans leur repaire, il fallait se glisser par une étroite ouverture, au pied du mur.

Precious et James n'avaient aucune intention de ramper au milieu de ces petites bêtes, préférant au contraire passer par-dessus.

Mais au préalable, il leur fallait grimper sur le toit de l'antre.

– Ça va ? demanda James.

– Je crois, oui, répondit Precious. Mais je ne tiendrai pas longtemps, mon cou me fait un mal de chien.

– Allez, encore un effort. Un… deux… trois…

Et une fois encore, les pieds bien à plat contre la paroi verticale, ils grimpèrent de quelques centimètres, poursuivant leur effort jusqu'à se trouver au sommet du mur qui barrait l'allée.

Il ne leur restait plus qu'à sauter sur la grille d'acier qui couvrait la fosse aux scorpions et à marcher tranquillement jusqu'au bout.

Les spectateurs applaudissaient, riaient et poussaient des hourras.

– Vous trichez, beugla El Huracán de sa voix de stentor.

– Montrez-moi la règle qui l'interdit, répondit James.

– Ouais, acquiesça une voix parmi les spectateurs. Moi, en tout cas, je leur tire mon chapeau. En plus, quel style !

– Très bien, concéda El Huracán. Continuez.

Precious et James s'arrêtèrent un instant pour reprendre leur souffle. Ils étaient en parfaite sécurité sur leur promontoire, les scorpions grouillant sous leurs pieds comme quelque exhibition organisée par un zoo.

Arrivés au bout, ils sautèrent sur un muret en contrebas et plongèrent leurs regards dans le terrier de l'anaconda. Le plus gros reptile qu'ils avaient jamais vu était paisiblement lové au fond de son trou, prêt à déclencher une attaque au moindre stimulus extérieur.

– Jusqu'ici, tout va bien, déclara James.

– Oui. Trois de moins, plus que sept.

– Prête pour la prochaine ?

– Fin prête.

– Bon, espérons que la chance continue à nous sourire. J'y vais en premier.

James ferma les yeux, rentra les épaules et plia les genoux.

Normalement, ils auraient dû pénétrer dans la fosse au serpent depuis le goulet aux scorpions, et donc tomber directement sur le dos de l'anaconda. Mais, de là où ils étaient, il était théoriquement possible de sauter par-dessus.

La fosse mesurait environ six mètres, qu'il fallait franchir sans élan. Heureusement, ils avaient l'avantage de la hauteur.

Le problème, c'était que jusqu'ici, ils s'étaient entraînés sur la plage, là où un saut raté ne signifiait rien d'autre que ramasser du sable plein le visage. En revanche, ici, la même cause produirait des effets bien plus effrayants, à savoir : atterrir sur le dos d'un affreux serpent, aux dimensions gigantesques.

Par chance, James était habitué à gérer ce genre de stress. L'art du saut sans filet n'ayant plus de secrets pour lui depuis les innombrables cascades sur les toits d'Eton, avec le club du Danger.

Il se ramassa sur lui-même et se détendit brutalement vers l'avant, se réceptionnant sans encombre de l'autre côté, où il amortit l'impact par une roulade.

– Vas-y, cria-t-il dès qu'il se fut relevé. Tu peux le faire. Comme à l'entraînement.

Precious prit une profonde inspiration et se détendit en poussant un puissant cri de guerre.

Elle passa l'épreuve haut la main, se réceptionnant avec une chute avant identique à celle de James.

Ils venaient d'effacer Gucumatz, le dieu-serpent, sans même l'avoir tiré de sa sieste.

James aida Precious à se relever. Ce n'était pas le moment de faiblir. Ils entraient maintenant dans le domaine de Kinich Kakmo, le dieu-soleil.

En d'autres termes, les plaques chauffantes.

Ils pouvaient déjà sentir la chaleur montant du sol. Des volutes d'air chaud dansaient devant eux.

Ils avancèrent d'un pas rapide, mais évitèrent de courir, conscients que s'ils venaient à tomber, ils seraient gravement brûlés.

Une partie de leurs préparatifs avait consisté à tailler laborieusement des formes épousant celles de leurs chaussures dans les fines feuilles d'acier que James et son équipe avaient utilisées pour réparer le réservoir d'eau. Ces inserts isoleraient leurs pieds durant un temps mais, dès que la chaleur de l'acier chauffé au rouge traverserait la semelle, ces plaques conduiraient la chaleur, il ne fallait donc pas lambiner en chemin.

Leurs chaussures mouillées couinaient à chacun de leur pas. Une forte odeur de brûlé emplissait l'air. Pourtant, il apparut bien vite qu'une fois de plus, ils avaient mystifié El Huracán. Une minute plus tard, ils s'enfonçaient dans la tranchée inondée qui séparait cette partie du calvaire de la suivante.

Ils savaient que la douve grouillait de sangsues, aussi ne s'attardèrent-ils pas, fût-ce pour se rafraîchir les pieds. Les bras levés au-dessus de la tête, ils se hâtèrent de traverser.

Après ça, les choses allaient devenir beaucoup plus difficiles. Chunks et Dum-Dum avaient décrit assez précisément l'épreuve suivante, mais ce qui se trouvait au-delà leur était totalement étranger. Le croquis volé les avait aidés, leur donnant les cotes et les distances, mais il était loin d'avoir dissipé toutes les zones d'ombre.

James tenta de faire le vide dans sa tête.

« Une chose à la fois. »

Il allait avoir besoin de toute sa concentration pour affronter Balam-Agab, le jaguar de la nuit.

Ils s'avancèrent lentement dans l'allée, cherchant des yeux les fils de fer coupants comme des rasoirs tendus en travers du chemin. Un grincement leur indiqua qu'on ouvrait la trappe de la bête.

Cette fois, aucun artifice ne leur viendrait en aide. En effet, ils avaient eu beau chercher durant des heures, ils n'avaient rien trouvé pour survivre à cette épreuve. De fait, que pouvaient-ils faire face à un jaguar, sinon prier pour atteindre les lames de fer avant que le fauve ne les croque ?

James jeta un regard par-dessus son épaule et vit le félin s'avancer en trottinant dans le goulet, reniflant l'air en tous sens. L'animal avisa les enfants et fronça le museau avant de fléchir les pattes et de se tapir sur le sol avec un long grognement sourd. La bête avait pris la sinistre posture que James avait vu tant de chats domestiques adopter, lorsqu'ils avaient flairé une souris.

Le prédateur avait identifié sa proie, maintenant, il la traquait.

29

Supplice sucré

Habité par l'instinct de la chasse, le jaguar rampait vers eux, le corps tapi sur le sol, ses grands yeux jaunes fixés sur sa proie. Il était maigre et racé, son poil luisant ; El Huracán s'était sans doute assuré qu'il soit soigné, mais pas trop nourri.

Le cœur de James battait la chamade. Sa respiration s'accéléra. Durant un instant, il en oublia les pièges qui l'attendaient le long du parcours. Il n'était pas assez brave pour détacher ses yeux du fauve. Les fils d'acier aiguisés comme des rasoirs lui étaient sortis de la tête. Il rampait à reculons, tétanisé par la peur, se répétant mentalement une suite de mots à l'infini.

« S'il te plaît, ne saute pas, s'il te plaît, ne saute pas, s'il te plaît, ne saute pas… »

– James !

Il s'immobilisa au moment précis où Precious l'avait interpellé, et sentit une piqûre dans son cou, suivie d'un picotement accompagnant la coulée d'un liquide chaud dans son dos.

Il avait atteint le premier câble. Il s'en détacha, fit un pas vers le félin et regarda frénétiquement autour de lui. Il n'aperçut que Precious, retranchée dans le coin de la saignée, qui observait la scène d'un air terrifié.

Il porta une main à son cou. Il l'en retira pleine de sang. C'était la première blessure récoltée dans le calvaire et, si le jaguar bondissait, ce serait peut-être aussi la dernière.

Le félin continuait d'avancer.

James n'avait d'autre choix que de tourner le dos à l'animal et de se concentrer sur le câble. Il dut faire appel à ses dernières ressources pour trouver la force de détourner les yeux de la bête en chasse.

Dans un premier temps, aveuglé par la peur, il ne vit rien. Il mit quelques secondes à réaliser que les gouttes rubis qu'il voyait perler devant ses yeux étaient pendues au filin mortifère.

Il s'agenouilla sur le sol, les yeux fixés sur le mortel réseau de câbles entrecroisés qui traversait la saignée en tous sens sur plus de cinq mètres.

Il devait forcément y avoir un moyen de passer, ce n'était pas le dernier obstacle. Oui, le câble suivant était à hauteur de genoux et il y avait de la place au-dessus. Il enjamba le fil, luttant désespérément pour garder son équilibre. Puis, toujours courbé en deux, il passa l'autre jambe. Il ne pouvait se redresser entièrement car un troisième fil était tendu juste au-dessus de lui.

Precious était clouée au sol. Le jaguar avançait sur elle. Il était à sa portée.

– Bouge, hurla James. Maintenant.

Ce cri lui fit l'effet d'un électrochoc. Elle hocha nerveusement la tête et s'approcha du piège d'acier.

– Baisse-toi, dit James.

Et il la guida à travers le premier rideau de câbles.

Le jaguar s'immobilisa, comme s'il marquait un temps

d'attente. Connaissait-il le principe du piège ? Avait-il l'habitude d'attendre que ses proies s'empalent sur les câbles avant de les récupérer ?

Le félin poussa un miaulement de dépit.

Precious et James s'étaient entraînés dur sur cette partie. Ils avaient fixé des cordes en travers de leur terrain et, en se stabilisant l'un l'autre, avaient maintes fois répété les gestes permettant d'enjamber ou de passer sous l'obstacle.

Hélas, les choses étaient bien plus périlleuses dans la vraie vie. Non seulement les câbles étaient pratiquement invisibles, mais en plus, ils étaient disposés de telle manière qu'il était très difficile de passer leur maillage. Sans compter la peur qui leur tenaillait les entrailles et le jaguar qui les suivait des yeux d'un air affamé. En définitive, James et Precious se déplaçaient maladroitement, par gestes brusques et saccadés. Au propre comme au figuré, ils étaient sur le fil du rasoir. Ils avancèrent néanmoins, les yeux rivés sur les redoutables câbles, conscients qu'au moindre faux pas, ceux-ci les découperaient aussi sûrement qu'un fil d'acier s'enfonce dans une motte de beurre.

Ils rampèrent comme des serpents, firent des pointes de ballerine un soir de première, défièrent les lois de l'anatomie par toutes sortes d'improbables contorsions, mais au final, en se portant mutuellement assistance, ils progressaient sans trop d'accrocs.

Le jaguar, qui n'osa pas s'aventurer dans cette affreuse toile d'araignée métallique, ne fut bientôt plus qu'un mauvais souvenir. Seul un féroce rugissement leur rappela son existence.

Ils franchirent le dernier câble et réalisèrent soudain que cette épreuve laisserait des traces. En plus de l'entaille au cou, James constata avec déplaisir que le plastron de sa chemise était déchiré et qu'une fine ligne rouge barrait sa poitrine. Precious était blessée aux bras et aux jambes et, certaines de ses coupures saignaient abondamment.

Mais ça aurait pu être pire, bien pire.

Un bruit sourd les rappela à la réalité. Un profond grondement, comme deux énormes pierres frottant l'une contre l'autre. Ils avaient étudié les plans, en outre, James avait vu la machinerie dans les tunnels.

Pour autant, ils ne savaient guère à quoi s'attendre.

Ils gravirent une volée de marches, usées par les ans, et l'épreuve suivante s'offrit à eux.

Trois disques de pierre tournant rapidement sur eux-mêmes étaient alignés les uns derrière les autres. Chacune des meules mesurait environ cinq mètres de diamètre et actionnait sur son côté gauche un concasseur de pierre pesant au minimum une tonne. Le bruit de ce mécanisme diabolique était à lui seul une épreuve.

Precious et James devaient franchir les meules une à une, en évitant de se faire happer par les énormes rouleaux compresseurs. La première et la dernière meule tournaient dans le sens des aiguilles d'une montre. En revanche, celle du milieu tournait en sens inverse.

Difficile de ne pas perdre l'équilibre dans ces conditions. Et en cas de chute, les conséquences seraient désastreuses. S'ils tombaient en dehors du disque de pierre, ils seraient découpés par la machinerie située en dessous, et s'ils restaient trop longtemps dessus, ils seraient irrémédiablement réduits en bouillie par le concasseur.

Ici non plus, aucune ruse ne pouvait leur permettre d'échapper au piège auquel, il va sans dire, ils n'avaient eu aucun moyen de s'exercer. Il leur fallait qu'ils s'en remettent à leur sens de l'équilibre et du timing ; sauter sur la première pierre – qui tournait vers eux –, courir en sens inverse à une cadence plus élevée que la vitesse de rotation du disque, puis, dès que c'était possible, bondir sur la deuxième, se laisser porter pendant un demi-tour, et sauter sur la dernière où il fallait reproduire la manœuvre initiale.

– Enlève tes chaussures, conseilla James. Ça te donnera une meilleure adhérence.

Enlevant les siennes, James en laissa tomber une sur la meule. Elle tourna un instant sur le disque de pierre avant d'être avalée par la meule. Une seconde plus tard, elle réapparut de l'autre côté, plate comme une crêpe.

– J'peux pas, se braqua Precious.

– Mais si, tu peux.

– C'est impossible ! On va être broyés !

– Non, on peut y arriver. Écoute, on a réussi jusque-là, non ? On est presque au bout de nos peines. Plus que trois épreuves après celle-ci.

– D'accord, mais tu y vas le premier. Pour que je voie comment tu t'y prends.

– Entendu.

Il y avait juste assez d'espace au sommet des marches pour prendre quelques pas d'élan. James se prépara, calculant que le plus sûr moyen de déjouer ce piège était de commencer par trouver le rythme de course qui lui permettrait de faire du surplace avant d'accélérer progressivement pour préparer son saut dans les meilleures conditions possibles.

Cette mise au point tactique effectuée, il ne lui restait plus qu'à la confronter aux faits.

« Ne réfléchis pas. Agis. »

Il courut, sauta et reprit aussitôt sa course.

Il avait vu juste. Après une réception hasardeuse, il prit bien vite le pouls de la machinerie.

– Tu vois, hurla-t-il à l'adresse de Precious.

Mais, ce faisant, il perdit un peu de vitesse et commença à se rapprocher dangereusement du rouleau de pierre.

Il accéléra et courut bientôt plus vite que le disque ne tournait, se rapprochant de la seconde pierre, séparée de la première par un espace d'une cinquantaine de centimètres. Là, ça devenait plus dur, car le deuxième disque tournait en sens inverse du premier. S'il se loupait, il ne pourrait éviter la chute. Il bondit. Sa réception laissa certes à désirer, mais il parvint néanmoins à rester sur ses jambes. Le disque l'embarqua à vive allure.

Pas le temps de réfléchir. Il devait sauter immédiatement ou bien il risquait d'effectuer un nouveau tour qui se terminerait dans les mâchoires du concasseur. Mettant à profit l'inertie du disque, il se détendit vers la troisième meule et initia sa course avant même que ses pieds ne touchent la pierre.

Grand mal lui en prit car il chancela lors de l'atterrissage. La rotation du disque faisant le reste, il passa cul par-dessus tête et s'écrasa lourdement sur la pierre. Il se releva comme il put et se remit à courir. Hélas, il avait déjà perdu beaucoup de terrain et se retrouvait redoutablement proche du rouleau, qu'il entendait gronder et moudre juste derrière lui, suçant l'air de sa bouche implacable. Il jeta un coup d'œil rapide. Il était juste au-dessus du concasseur. Il suffisait qu'un de ses talons heurte l'horrible meule de pierre pour qu'il soit happé entièrement et réduit en bouillie.

« Bouge, Bon Dieu. Avance ! »

Il puisa dans ses dernières réserves la force d'accélérer et de remonter le disque. Il avançait régulièrement en direction du bord extérieur. Il y était presque. Mais il ne fallait pas se déconcentrer pour autant, car il ne serait en sécurité qu'une fois sur la terre ferme. La distance se réduisait. Deux mètres, un mètre cinquante, un mètre…

« Maintenant ! »

Et voilà. Il l'avait fait. Le sol ne bougeait plus sous ses pieds.

Un tonnerre d'acclamations s'éleva chez les spectateurs qui, de toute évidence, s'amusaient comme des petits fous. James était conscient qu'ils avaient parié sur l'endroit où Precious et lui seraient tués. Il se demanda combien d'entre eux avaient misé sur le fait qu'ils iraient aussi loin.

Sans compter, bien sûr, que Precious n'était pas encore passée.

Il se tourna pour la voir. Pleine d'appréhension, elle attendait au sommet des marches.

– Facile ! hurla-t-il, grisé par son succès. Du gâteau ! Vas-y, c'est marrant !

Precious secoua la tête.

– Allez ! cria James.

Les spectateurs reprirent en chœur.

– A-llez, a-llez, a-llez, a-llez, a-llez...

Soudain, Precious poussa un cri et s'élança.

Elle prit maladroitement pied sur la première pierre, vacilla sur une jambe, sur l'autre, mais parvint miraculeusement à garder son équilibre et à entamer sa course contre le disque.

Ses pieds se mirent à marteler la pierre. Elle luttait de toutes ses forces, menaçant à chaque instant de déraper et de tomber. Une féroce détermination se lisait sur ses traits, tordus sous l'effort. Elle serrait les dents.

James était fier d'elle. Jamais il n'oublierait cette image. L'image d'une femme que rien ni personne ne peut vaincre.

Elle se prépara à sauter sur la deuxième pierre et, avec un nouveau cri de guerre, bondit dans les airs, cheveux au vent, les bras battant l'air comme des fléaux.

Hélas, au premier appui, elle se tordit la cheville et chavira vers l'avant.

Le temps sembla s'arrêter.

James eut l'impression que son cœur se changeait en

plomb. Une affreuse crampe nauséeuse s'empara de son estomac, soudain noyé d'un acide qui lui remontait jusque dans la bouche. Le sang battait à ses tempes, étouffant tous les autres bruits.

C'est alors qu'il réalisa qu'il était dans les airs. Dès qu'il avait vu Precious s'écrouler, il s'était d'instinct mis en action et avait bondi sur le dernier disque de pierre, qui tournait vers elle. Il fit un seul grand pas et fut projeté sur la deuxième meule. Il télescopa Precious de plein fouet, avant même qu'elle ait heurté la pierre. L'impact la fit tomber en arrière. La rotation du disque aidant, elle se retrouva sous la menace directe du concasseur. Une fraction de seconde avant qu'elle ne soit happée par l'implacable rouleau de pierre, James la tira et la força à se remettre sur ses pieds et, sans lâcher sa main, courut, sauta, lutta comme il put contre la giration, avant de sauter à nouveau et d'atterrir en catastrophe sur la terre ferme. Tout s'était passé si vite, dans une telle confusion que, durant quelques secondes, ils eurent autant de mal l'un que l'autre à réaliser qu'ils étaient sains et saufs.

Puis Precious regarda James ; James regarda Precious ; et ils éclatèrent de rire.

James se remit debout et se tourna vers les spectateurs.

– Où êtes-vous, El Huracán ? Montrez-vous ! vociféra-t-il.

Quelques hommes firent un pas de côté. El Huracán apparut. Il s'avança jusqu'au parapet, un large sourire sur les lèvres. Il fumait un gros cigare. Il le retira de sa bouche pour les saluer.

– Force est d'admettre que, jusqu'ici, vous vous en sortez plutôt bien, dit-il. Malheureusement pour vous, vous n'êtes pas encore au bout de vos peines.

– Vous ne nous faites pas peur, cria James en retour. On commence même à bien rigoler !

El Huracán fixa longuement le gamin qui le défiait ainsi. Indéniablement, c'était quelqu'un. Quel dommage qu'il ait refusé de devenir son bras droit ! La jeune Américaine n'était pas mal non plus – beaucoup plus forte qu'elle ne pouvait paraître. Il aurait juré qu'elle s'effondrerait à la première difficulté.

Et dire que, bientôt, tous deux seraient morts. Quel gâchis !

En effet, ni l'un ni l'autre ne pouvait se douter que si personne n'avait jamais franchi la ligne d'arrivée, c'était tout simplement parce que celle-ci n'existait pas. Une fois engagé dans *La Avenida*, on y restait jusqu'à ce que mort s'ensuive.

Bah ! Il prit une bouffée de cigare, en savoura l'épaisse fumée. Au cours de sa longue vie, il en avait vu des gens mourir, certains qu'il avait tant aimés qu'il n'imaginait pas la vie sans eux. Sur le coup, il aurait sans peine pris leur place, si on lui avait donné le choix. Et maintenant... c'est tout juste s'il pouvait encore se représenter leurs visages. Rien d'autre que les personnages d'un livre depuis longtemps oubliés. Ce serait pareil avec James et cette fille. Dans ce bas monde, les gens vont et viennent. Seules les pierres restent.

Pour l'heure, néanmoins, ils avaient franchi avec succès l'épreuve d'Ah Mun, le dieu du maïs et des récoltes. Voyons ce que le suivant, Ah Mucen Cab, le dieu des abeilles, leur réservait.

Une épreuve divertissante, légèrement différente des autres, et aussi un peu plus subtile.

– Tu sens ? demanda James.

– Oui, répondit Precious. Une odeur sucrée. Qu'est-ce que c'est ?

Devant eux, le parcours disparaissait derrière un angle. Ils furent surpris de découvrir ce qui se trouvait de l'autre côté. Le plan faisait état d'une nouvelle cuvette. Ils en avaient déduit que celle-ci serait inondée. Pourtant, ce n'était pas de l'eau qui les attendait dans la saignée, un mètre cinquante en contrebas, mais une sorte d'épais tapis doré dont la surface était constellée de points noirs. L'odeur doucereuse était si puissante qu'elle en devenait écœurante, et de grosses guêpes bourdonnaient dans les airs.

Environ six mètres les séparaient de l'extrémité du passage et aucun moyen de contourner ce sol aux reflets mordorés. De là où ils étaient, celui-ci avait l'air solide, mais rien n'était moins sûr.

– Que fait-on ? demanda Precious.

– Comment ça, que fait-on ? s'écria James qui, grisé par leurs réussites précédentes, commençait à se croire invincible. On continue, pardi !

Et, sans un mot de plus, il se laissa tomber dans le goulet, préparant ses genoux à amortir l'impact d'une réception sur du dur. Au lieu de ça, il heurta la surface dorée avec un bruit mouillé et s'y enfonça jusqu'à la poitrine.

– C'est du miel, s'extasia-t-il en riant. Une piscine de miel. C'est le rêve !

Pourtant, quand il essaya d'avancer, il s'aperçut à ses dépens que le simple fait d'étendre le bras dans cette mélasse lui demandait d'incroyables efforts. Ses vêtements, coulés dans le miel, lui faisaient comme une lourde armure et le tiraient vers le fond. Il arracha sa chemise et, au prix de mille contorsions, parvint à s'en débarrasser.

– Enlève tout ce qui n'est pas près du corps, cria-t-il à l'adresse de Precious, qui s'exécuta aussitôt.

Même sans sa chemise, il lui était quasiment impossible de bouger. Autant essayer de nager dans un pot de colle. Pire, plus il gesticulait et plus il s'enfonçait.

– Descends doucement, conseilla-t-il. Essaie d'avoir le maximum de portance pour ne pas couler.

James se fraya douloureusement un chemin vers l'avant, luttant pour garder la tête hors du liquide collant. Il comprit que les points noirs sur la surface n'étaient autre que des cadavres d'insectes. Si d'aventure il glissait sous la surface, il subirait le même sort qu'eux. Il se débattit pour garder sa bouche et son nez émergés. Le miel avait beau être plus dense et donc plus porteur que l'eau, cet avantage était largement annihilé par sa contrepartie : la difficulté de s'y mouvoir. Et rester immobile revenait à couler doucement.

Il repensa à Kesstudi, sombrant dans sa tourbière, dans le champ de pétrole. Ce devait être tout aussi horrible de se noyer dans du miel, de sentir le liquide sucré envahir sa gorge, puis ses poumons.

Precious était prudemment entrée dans le bassin et essayait tant bien que mal de crawler en surface. Elle comprit bien vite à quel point c'était difficile, d'autant que, dès qu'elle battait des pieds, ceux-ci s'enfonçaient pitoyablement dans la mélasse sans réellement améliorer sa progression.

Pourtant, à force d'efforts, ils parvinrent à avancer. Centimètre par centimètre, luttant contre la résistance du miel, qui les tirait impitoyablement vers le fond. C'était incroyablement éreintant. Ils furent rapidement à bout de forces. Precious avait des cheveux collés partout sur le visage. Elle clignait des paupières pour tenter d'empêcher le miel gluant de poisser ses yeux, qu'elle ne pouvait bien entendu pas frotter puisque ses mains en étaient pleines.

D'en haut, les hommes assistaient à cet étrange spectacle dans un silence fasciné. C'était comme si les enfants nageaient au ralenti, ou dans quelque chose de solide. Aucune ondulation, aucune vaguelette ne courait à la surface du bassin. Les seules détails indiquant qu'il s'agissait d'un liquide étaient les énormes bulles, de la taille d'un ballon de foot, qui remontaient à l'occasion. Suivre leur agonie dans cette mélasse était déchirant. La plupart des hommes avaient oublié leurs paris pour encourager les gamins dans leur effort. C'étaient des guerriers. Ils n'allaient pas laisser une vulgaire bassine de miel les arrêter en si bonne voie.

Ils avaient fait la moitié du chemin, les deux tiers, les trois quarts… Mais ils ralentissaient de plus en plus, et, finalement, le garçon disparut sous la surface. La fille plongea et le rattrapa, toussant, crachant et haletant. Ils n'avaient plus figure humaine, enchâssés qu'ils étaient dans une chrysalide translucide, telles deux mouches piégées dans un pot de miel.

Precious et James étaient à bout de forces, au bord de la rupture. Seule une féroce obstination leur permettait encore d'avancer, sans rien voir, le sucre obstruant totalement leurs yeux. Pour la énième fois, James lança un bras. Il sentit quelque chose de dur. Il tâtonna et comprit qu'il s'agissait de l'échelle permettant de sortir de la fosse. Ils étaient enfin arrivés au terme de l'épreuve. James s'agrippa au barreau, puis il prit la main de Precious et la hissa hors de sa gangue de miel.

Ils gravirent péniblement l'échelle, emportant d'énormes coulures gélatineuses dans leur sillage, avant de s'écrouler sur le pavage de pierre.

C'était presque pire une fois dehors. Le miel s'était insinué partout, dans chaque recoin, chaque cavité, chaque pli. Ils en avaient dans le nez, dans les oreilles, entre les doigts de pied, dans leurs vêtements. Ils essayèrent de l'ôter en grattant avec leurs ongles, mais ça collait et séchait à vue d'œil sous les rayons du soleil.

James aurait donné son bras droit contre une douche. Jamais savon et eau claire ne lui avaient paru aussi désirables.

Combien aurait-il donné pour un flacon d'Élixir Pinaud ?

Precious poussa un grognement plaintif en tentant de décoller les cheveux qui poissaient son visage. Elle jura, la voix cassée par l'épuisement.

Clignant des paupières pour dissoudre le miel qui obstruait ses yeux, James la saisit par les bras.

– Ce n'est pas si grave, dit-il. On a vu pire. Et puis, ça y est. C'est fini. On est passés. Il faut juste ne pas s'écrouler maintenant. Plus que deux.

– J'en peux plus, gémit Precious. J'ai qu'une envie, c'est m'allonger et dormir.

– On aura tout le temps de dormir plus tard, répondit James. Quand tout ça sera terminé, on pourra dormir pendant cent ans.

– Tu as raison. Allez, on y va !

Ils se relevèrent et prirent péniblement le chemin de la pénultième épreuve, marchant en canard et laissant derrière eux des empreintes poisseuses, d'une belle couleur or. Des guêpes bourdonnaient autour d'eux, ils les chassèrent sans grande conviction.

Ils avaient vu le tracé de l'obstacle suivant, et ils s'y étaient longuement préparés. Le schéma montrait un gros tronc suspendu au-dessus d'une fosse par un portique métallique en appui sur les parois.

Tout ce qu'ils avaient à faire, c'était traverser sans tomber dans la fosse, hérissée de redoutables piques en bois qui rendaient l'exercice non seulement effrayant mais également plus que périlleux. Il eût été trop risqué de marcher sur le tronc, aussi avaient-ils décidé de le traverser en rampant.

– On s'en tient au plan, annonça James lorsqu'ils furent en vue du dispositif. On rampe. D'autant qu'on est couverts de miel et que, je ne sais pas ce qu'il en est pour toi, mais moi je n'y vois plus rien.

– Mes yeux n'arrêtent pas de pleurer, avoua Precious. Je suis à moitié aveugle.

Ils jetèrent un œil dans la fosse. Elle était profonde et les pieux paraissaient encore plus mortels que sur le dessin. Si par malheur l'un d'eux glissait, il serait empalé à coup sûr. Il ne leur serait pas donné de seconde chance.

James reporta ensuite son attention sur le tronc lui-même, qui semblait recouvert d'une sorte de fourrure rougeâtre. Pourtant, à y regarder de plus près, il s'aperçut que ce qu'il avait d'abord pris pour un revêtement bougeait.

– C'est quoi ? demanda Precious en essayant de déchiffrer ce qu'elle peinait à voir.

James sentit son cœur chavirer. C'était pire que tout ce qu'ils avaient affronté jusqu'ici.

– Des fourmis, dit-il la mort dans l'âme. Des fourmis légionnaires.

30

Un/Mort

– Oh non ! se lamenta Precious. Pas ça !

Elle n'avait pas vu Strabo gisant dans la colonne de fourmis, lors de la poursuite dans la jungle, James, si. Et cette image le hanterait jusqu'à la fin de ses jours. Ces fourmis-là étaient plus petites. En revanche, leurs têtes, et par là même leurs mandibules, étaient plus grosses. Elles grouillaient par milliers sur le tronc, courant follement dans toutes les directions. Il en tombait bien régulièrement quelques dizaines au fond de la fosse, faisant comme une petite pluie fine au-dessus des pieux qui, eux aussi, grouillaient de ces petits démons écarlates.

Le fait que Precious et James soient couverts de miel de la tête aux pieds n'arrangeait rien. Décidément, El Huracán s'était surpassé pour la fin du parcours, mettant en œuvre tout son génie sadique pour concevoir des épreuves à la cruauté maladive.

– J'y vais d'abord, annonça James. Peut-être que je pourrai t'éclaircir la voie.

– Non, gémit Precious, désespérée. Comment le pourrais-tu ? Il y en a trop. Regarde, il en arrive encore d'autres par l'échafaudage. Ils viennent de les libérer.

– Je peux au moins essayer, non ? coupa James avec une pointe de hargne. On ne va quand même pas abandonner ici.

Une fois encore, El Huracán y alla de sa petite raillerie.

– Vous pouvez aussi abréger vos souffrances, cria-t-il. Pour ça, il vous suffit de sauter sur les pieux, et ce sera vite fini. Voyez cela comme une offrande à la déesse qui préside à cette épreuve : Ixtab, la sainte patronne des suicidés. Les Mayas croyaient que le suicide était le chemin le plus court pour le paradis.

James lui répondit par une insulte cinglante.

Le tronc était suspendu quasiment à hauteur de tête. Il s'approcha, prit une profonde inspiration, posa les mains et prit appui, sentant des dizaines d'insectes se broyer sous ses paumes. Aussitôt, les autres commencèrent à le mordre. Il retira instinctivement ses mains qui déjà le lançaient. Il les secoua violemment, éparpillant miel et fourmis mortes partout autour de lui.

– Je te l'avais dit, geignit Precious. C'est inutile.

– Tais-toi, répondit James, et sans s'accorder une minute de réflexion supplémentaire, il se retourna et se hissa sèchement sur le tronc, poitrine la première.

Puis il avança en se tortillant comme un ver jusqu'à pouvoir prendre appui sur les genoux et les coudes. La douleur était insupportable. C'était comme être piqué sans répit par des centaines d'aiguilles chauffées au rouge, aux bras, aux cuisses, à la poitrine, à l'entrejambe. Tout son corps était secoué d'odieuses petites décharges, correspondant chacune à une paire de mandibules injectant dans ses chairs une quantité infinitésimale d'acide formique.

Son visage n'était qu'à quelques centimètres de la surface du tronc, grouillant de fourmis rouges surexcitées. Perturbées par la topographie singulière du lieu, elles s'agrippaient à tout ce qu'elles trouvaient. Au moins le miel l'empêchait-il de les sentir courir sur lui, en revanche, la couche collante faisait un piège d'une redoutable efficacité. En moins de temps qu'il n'en faut pour le dire, il en eut une bonne douzaine collées au visage, qui le piquaient continuellement. Il sentit bientôt sa joue totalement irritée par l'acide. Il succomba à l'envie de les déloger, mais ne fit qu'empirer les choses en portant à son visage une main qui disparaissait sous une nuée de fourmis rouges.

Il poussa un rugissement et balaya rageusement l'écorce des deux bras. Las, il avait beau en écraser et en faire tomber des cohortes entières dans la fosse aux pieux, il en arrivait toujours davantage, qui repeuplaient sans tarder les zones rasées. En outre, plus il frottait le tronc et plus il en ramenait sur ses bras.

Il ne lui restait plus qu'une chose à faire, ramper de toutes ses forces et arriver au bout le plus vite possible. Il ondoya vers l'avant, sentant les fourmis sous son ventre, les voyant gonfler par vagues quand il avançait les bras.

– Pense à autre chose, cria-t-il à Precious. Suis-moi de près, accroche-toi et serre les dents. Elles ne te tueront pas. Pense à demain. Pense à l'année prochaine. Tout ça ne sera plus qu'un mauvais souvenir, à condition que tu t'agrippes et que tu ne me quittes pas d'une semelle.

James sentit le tronc bouger. Puis il entendit Precious suffoquer à la vue de cette marée rouge, et enfin pousser un cri de guerre pour se motiver et entrer en action.

Il avança plus vite.

– Ça va ?

– Je suis juste derrière toi, répondit-elle. Ne t'arrête pas.

– J'en avais pas l'intention, grogna James d'une voix rauque.

Une poignée de fourmis dansaient devant ses yeux, accrochées à ses sourcils, agitant frénétiquement leurs pattes et leurs antennes. D'autres lui mordaient les paupières, d'autres, plus nombreuses encore, plantaient leurs mandibules dans sa lèvre inférieure. Il les ratissa d'un coup de dents, les écrabouilla entre ses mâchoires. Il cracha et jura. Il bouillait, enrageait. La douleur le rendait hystérique.

Il lança furieusement les bras en avant et perdit prise, basculant sur le côté du tronc. Il planta ses ongles dans l'écorce, tenta de se raccrocher avec les genoux, mais c'était inutile. Le miel était bien trop glissant.

Il glissa encore. C'était fini. Dans une seconde, il serait mort. C'est alors qu'il sentit la main de Precious se refermer sur sa cheville. Elle l'avait agrippé si fort qu'il avait l'impression d'avoir le pied pris dans un étau.

Il pendait tête en bas au-dessus des pieux acérés. Si Precious lâchait, il s'empalerait à coup sûr. Au moins ce serait rapide. Le supplice s'arrêterait. Il serait offert en offrande à Ixtab. Après tout, peut-être qu'elle avait effectivement ses entrées au paradis.

« Non. Cela n'arrivera pas. »

Il leva les yeux et découvrit le visage de Precious, vrillé par la douleur. Le dernier de ses muscles, le dernier de ses tendons était bandé, contracté, crispé. Elle serrait les dents, une grimace animale aux coins des lèvres. Il lui devait, au moins à elle, de continuer à lutter.

– Je vais t'amener à la traverse, dit-elle.

Et, avec un grognement plaintif, elle le balança dans les airs, d'abord en arrière, puis en avant. James creusa les reins et lança les bras, parvenant de justesse à attraper la tige de métal.

Precious lâcha son pied, James se hissa sur la traverse. Il était sauvé.

C'était prodigieux. Il n'eût jamais imaginé que Precious possédât la force de le tenir comme ça. La preuve que le stress et l'instinct de survie peuvent pousser un organisme à accomplir des choses qu'il serait incapable de réaliser en temps normal.

James retourna sur le tronc et reprit sa course en avant, labourant la marée de fourmis rouges. Si Precious pouvait le porter par un pied, lui pouvait bien supporter quelques morsures d'insectes.

Sans cesser de hurler, il se porta vers l'avant, priant pour que Precious soit juste derrière lui, car la perdre maintenant eût été insupportable.

Il atteignit enfin le bout du tronc. Il se laissa glisser et s'écrasa tel un poids mort dans un lit de plumes.

Une seconde plus tard, Precious l'imita, faisant voler dans les airs un nuage de duvet blanc.

James avait l'impression que jamais plus il ne pourrait faire le moindre geste. Il eût voulu rester dans ce lit de plumes pour toujours. Son corps était encore couvert de fourmis agonisantes, qui se débattaient mécaniquement, plantant désespérément leurs mandibules dans les morceaux de chair accessibles. Il s'en soucia à peine. Son corps dolent était virtuellement insensible à la douleur, et le simple fait d'être encore de ce monde agissait comme un baume apaisant qui l'enveloppait de la tête aux pieds.

Il ferma les yeux, mais une minuscule petite voix résonna au fond de son crâne, lui demandant de se lever et de continuer à se battre. Il se remit péniblement debout et regarda autour de lui.

Il n'y avait pas que du plumage ici, les anciens propriétaires étaient là également, qui déambulaient en se rengorgeant, picorant des grains de maïs sur le sol, quand ils ne se chamaillaient pas les uns les autres à grands coups de bec en battant des ailes. Le sol était jonché de fientes. James avança en traînant des pieds, se souciant comme d'une guigne de ce qui s'écrasait sous la plante de ses pieds.

Il s'arrêta pour permettre à Precious de le rejoindre. Elle faisait peine à voir ainsi couverte de plumes, de fourmis rouges et de miel, sans compter les traces de fientes sur ses jambes nues. En d'autres circonstances, ç'aurait pu être drôle. Il se souvint par exemple de la première fois où il l'avait vue, il aurait payé cher alors pour la voir dans cet état. Mais là, c'était trop cruel.

Il se remémora aussi les bas-reliefs que lui avait montrés El Huracán et qui montraient comment les Mayas honoraient leurs victimes sacrificielles en les drapant de somptueuses étoffes et en les coiffant de magnifiques plumes multicolores. La scène présente s'apparentait à une affreuse parodie, une comédie burlesque. Non seulement El Huracán allait les tuer, mais en plus, avant cela, il voulait les humilier.

James essuya un peu de la mélasse qui poissait le visage de Precious. Sur ses joues, des larmes se mêlaient au miel.

– Nous y voilà, dit James d'une voix qu'il eût voulue rassurante. Xibalba. La dernière épreuve.

– Ça va être horrible, j'en suis sûre, sanglota Precious.

James posa les yeux sur les glyphes qui ornaient les murs – un enchevêtrement de squelettes et de monstres –, sans pouvoir en déduire un sens précis.

– Hun Came, dit-il, répétant ce que Moises lui avait dit quand ils se trouvaient dans les tunnels, sous le chemin de croix.

– Qu'est-ce que ça veut dire ? demanda Precious.

– Un/Mort, répondit une voix au-dessus d'eux.

Ils levèrent les yeux : El Huracán les toisait de toute sa hauteur, les mains sur les hanches.

– Les Mayas aimaient associer des chiffres à leurs dieux. Hun Came était le premier dieu de Xibalba, le royaume des morts maya, le monde souterrain. Le chemin de Xibalba était semé de nombreux obstacles : d'affreux buissons aux épines acérées, une rivière de scorpions, une rivière de sang et même, une rivière de pus. Et, une fois arrivé, vous deviez encore affronter les autres défis mortels que les Seigneurs du monde souterrain ne manquaient pas de vous lancer. Pour vous, cependant, il n'y aura qu'une épreuve : affronter Un/Mort en personne.

Il éclata d'un rire guttural.

– Alors, James Bond ! On fait moins le fier, maintenant, hein ?

Un à un, les autres hommes mêlèrent leur rire au sien, soucieux de montrer qu'ils étaient de son côté.

– Pourquoi les plumes ? demanda un gangster rougeaud qui se tenait au côté d'El Huracán. Juste un gag ?

– Certainement pas, répondit-il. Un/Mort a un faible pour le poulet, mais il ne dédaigne pas non plus tout ce qui est sucré. Il va flairer les poulets, le goût du miel… et attaquer. Il n'a pas été nourri depuis des semaines. Il doit donc avoir très faim. Vous allez l'entendre mettre à mort ses proies et s'en repaître. Vous les entendrez crier, mais vous ne les verrez pas. Un/Mort mérite un peu d'intimité, après tout, c'est un dieu.

– Mais c'est quoi exactement ? demanda une voix.

– C'est Hun Came, répondit El Huracán avec grandiloquence sur un ton qui n'engageait pas à la contradiction.

La discussion s'arrêta là.

Precious et James poursuivirent leur marche et pénétrèrent dans le domaine de Xibalba, l'ultime station de *La Avenida de la Muerte* qui n'allait pas plus loin. L'allée où ils se trouvaient s'ouvrit sur une place au centre de laquelle s'élevait une petite pyramide. Celle-ci était de facture moderne même si son dessin était inspiré des constructions mayas. Ils savaient, grâce aux plans, qu'elle était creuse et qu'elle recouvrait une immense retenue d'eau.

La pyramide possédait un escalier sur chacune de ses quatre faces et était surmontée d'une vaste plate-forme de pierre.

– Allons-y, dit James en prenant la main de Precious.

Soudain, il se sentit étonnamment proche de l'état d'esprit qui devait animer les prisonniers de guerre mayas qui gravissaient les marches les menant à une mort certaine. En effet, depuis qu'il s'était extrait, non sans difficultés, du lit de plumes, il se sentait étrangement léger et détaché, comme si tout ça arrivait à quelqu'un d'autre. C'était surnaturel. Les fourmis avaient mordu quelqu'un d'autre, l'étroit carcan de douleur dans lequel il agonisait était porté par un autre, les odeurs de miel et de poulet venaient d'ailleurs.

Arrivés au sommet de la pyramide, ils découvrirent un trou circulaire dans le sol à travers lequel, plusieurs mètres plus bas, on pouvait voir la surface de l'eau. James reconnut une odeur de poisson qui ne lui était pas étrangère.

– Écoute-moi, dit-il instamment. Je ne voulais pas t'en parler avant, pour ne pas t'effrayer, mais maintenant, il est trop tard pour ce genre de scrupules.

– Que veux-tu dire ?

– Il y a bel et bien une sortie.

– Vraiment ? s'extasia Precious en esquissant un sourire derrière ses larmes. Comment le sais-tu ?

– Tu te souviens du panneau d'acier dont je t'ai parlé ? Celui que j'ai repéré dans les tunnels ? Et du déversoir qu'ils utilisent pour purger le réservoir ?

– Mais tu as dit qu'on ne pouvait pas ouvrir la vanne de ce côté, objecta Precious.

– Si, on peut, répondit James. C'est un truc que je tiens de Kesstudi.

– Quel truc ?

– Avec la quantité d'explosifs appropriée, on peut ouvrir n'importe quelle porte.

– Certes, à condition d'avoir des explosifs.

– La nuit dernière, poursuivit James, avant de te retrouver sur la place, j'ai pris de la dynamite dans la réserve du chantier et je suis allé dans les tunnels. J'ai fixé trois bâtons au mécanisme d'ouverture de la porte et fait passer une mèche dans un conduit, juste au-dessus de l'eau. J'ai aussi laissé des allumettes. On n'aura pas beaucoup de temps. J'ignore de quelle nature elle est, mais ce qui est sûr, c'est qu'il y a une menace là-dessous. En revanche, si je parviens à aller jusqu'au trou et à allumer la mèche, on n'aura plus qu'à attendre trois secondes et… boum !

– Boum, on sera réduit en miettes…

– Effectivement, c'est une éventualité. Mais l'eau devrait amortir l'explosion. Du moins c'est ce qu'il faut espérer. Ensuite, on fonce dans le conduit de vidange.

– Une question ! Est-ce que tous les jeunes Anglais sont aussi dingos que toi ?

– La plupart, répondit James. Alors ? Qu'est-ce que tu en dis ? Tu me fais confiance ?

– Non. Mais pour toi, j'irais jusqu'en enfer.

– Dans ce cas, allons-y… avant que Satan ne s'impatiente.

Le sommet de la pyramide dominait l'endroit où se tenaient les spectateurs. El Huracán les observait, une main au-dessus des yeux pour se protéger du soleil.

– Tiendrez-vous parole ? hurla James en baissant les yeux vers lui.

– Cela va sans dire, répondit El Huracán. On ne change pas la règle en cours de partie.

– Donc, si nous sortons vivants de cette dernière chambre, vous nous laisserez quitter l'île ? Libres ?

– Entièrement libres, confirma El Huracán. Je donnerai même une grande fête en votre honneur avant votre départ.

– Il n'y a pas d'autres règles, disons… cachées ? hurla James.

– Aucune.

– Quelle que soit la manière ? C'est entendu ?

– Vous avez ma parole, James. Ces hommes m'en sont témoins. Si vous sortez vivants de l'antre de Un/Mort, la fille et vous serez libres de partir.

Precious agrippa le bras de James.

– J'y vais la première cette fois.

– On y va ensemble, rétorqua James.

Sur ces mots, ils s'assirent au bord de l'ouverture et se prirent la main.

– Quoi que ce soit, ça n'attaquera pas immédiatement. La bête va d'abord chercher à nous identifier. En revanche, dès qu'elle aura pris sa décision, elle n'hésitera plus. Prête ?

– On se revoit en enfer, répondit Precious.

Et ils se laissèrent tomber.

Ils filèrent un instant dans l'obscurité avant de heurter l'eau avec un bruit sourd, comme un coup de canon. Ils coulèrent jusqu'au fond du bassin, approximativement trois mètres sous la surface, où leurs pieds entrèrent en contact avec une dalle de pierre recouverte d'une vase gluante. Ils poussèrent sur leurs jambes et remontèrent aussitôt à la surface pour reprendre leur souffle.

Au moins ce plongeon les avait-il débarrassés du miel et des plumes dont ils étaient souillés. Ils n'eurent pas le loisir de profiter de cette sensation. James devait faire vite.

Il filtrait juste assez de lumière par l'ouverture pour éclairer une vaste cavité carrée. Sur une sorte de saillie artificielle, le long d'un des murs, gisait un énorme animal, dont ils ne distinguaient que la sombre silhouette.

James supposa que le mur où était logée la porte devait se

trouver à l'opposé du reposoir où était allongée la bête. Il nagea promptement et inspecta la paroi à la recherche de l'orifice.

Maudissant le manque de lumière, il ratissa frénétiquement des yeux le mur plongé dans la pénombre.

– Dépêche-toi, James, balbutia Precious.

Il entendit l'animal se redresser sur son promontoire de pierre et pousser un grognement guttural.

James palpa le mur.

« Pourquoi ne le trouvait-il pas ? »

D'inquiétants frottements lui indiquèrent que l'animal se mouvait lourdement.

« Mais il était où, ce trou ? »

– Là ! s'écria Precious, sa voix se réfractant en échos sur les parois de la grotte. Tu es sur le mauvais mur !

James tourna sèchement la tête. Precious tendait le bras vers un mur adjacent, sur la gauche.

« Exact. » Il distinguait déjà une petite tache plus sombre dans la maçonnerie.

Il se précipita et plongea le bras dans la cavité. C'était bien ça. Il tâtonna à l'intérieur, battant des pieds pour extraire son tronc de l'eau. Il sentit les contours de la boîte d'allumettes et referma précautionneusement sa main dessus.

Si par malheur il faisait tomber la boîte dans l'eau, ce serait fichu.

– Ça bouge, dit Precious d'une voix tremblante. Dépêche, elle arrive.

Un nouveau grognement résonna dans la grotte. La bête se redressait de manière menaçante. Ils l'entendaient renifler, flairer, grogner ; ils percevaient jusqu'au son de ses griffes raclant le sol.

James tira doucement sur la mèche, jusqu'à ce que dix centimètres dépassent du conduit, puis il ouvrit prudemment la boîte d'allumettes.

Il jeta un œil par-dessus son épaule et vit l'énorme masse noire quitter son perchoir et s'enfoncer lentement dans l'eau. Il réfréna difficilement un haut-le-cœur. Il n'allait pas y arriver à temps.

D'une main tremblante, il fourragea dans la boîte d'allumettes, en faisant tomber plusieurs dans l'eau. Enfin, il parvint à en saisir une qu'il frotta maladroitement sur le grattoir. Il l'avait mouillée, elle ne s'allumait pas. Il la frotta à nouveau.

Toujours rien.

Il sentit soudain des remous dans l'eau, annonciateurs de la bête qui approchait.

Il laissa tomber la première allumette et en prit une autre.

Il la frotta. Une minuscule étincelle apparut sur la tête de soufre, qui s'embrasa aussitôt en crachotant. La flamme éclaira un instant la grotte. James eut juste le temps d'apercevoir une forme reptilienne glisser silencieusement à la surface de l'eau boueuse.

Il approcha la flamme de la mèche, qui s'alluma instantanément. L'étincelle crépitante remonta le long du mur avant de disparaître dans la cavité. La grotte retrouva son obscurité initiale.

– Éloigne-toi du mur, ordonna James à l'adresse de Precious, qui frappait frénétiquement la surface de l'eau dans l'espoir d'éloigner l'animal.

Tandis que tous deux se débattaient dans le bassin, James sentit quelque chose de dur, comme un cuir atrocement coriace, s'insinuer entre ses jambes. Il se prépara à l'affreuse morsure, deux monstrueuses mâchoires s'ouvrant sur son torse.

Il n'y tint plus. Toute la tension accumulée au cours des dernières heures se changea en un cri dément.

Le bruit emplit l'abjecte grotte souterraine… et ce fut le silence.

C'était comme si une main géante s'était refermée sur l'édifice.

Le temps retint son vol.

Une terrible onde de choc traversa le bassin. Totalement abasourdi, James ne voyait plus rien, n'entendait plus rien, ne sentait plus rien. Une formidable pression l'étreignait de toutes parts, lui donnant l'impression que sa cervelle allait gicler de ses tympans.

Et puis soudain, le monde explosa, dans une dantesque éruption d'écume et de roche.

L'usage de ses sens lui revint comme une gifle. Il se sentit attiré sous l'eau, vers le mur.

« La bête l'avait eu et l'emmenait au fond ? »

Non. C'était autre chose. C'était le courant. La force d'attraction des trombes d'eau qui s'écoulaient par une large ouverture dans le fond du bassin.

Il perdit Precious de vue et fut emporté par le furieux tourbillon. Sa tête heurta quelque chose. Ses côtes furent rouées de coups. C'est alors qu'il réalisa qu'il était dans le conduit d'évacuation. Ça avait marché. Il était entraîné vers la sortie aussi sûrement qu'une araignée poussée vers le siphon d'un évier par le débit d'un robinet. Et Precious était là aussi, juste devant lui, qui glissait sur le toboggan de pierre lisse et luisant.

« Incroyable ! Ils l'avaient fait ! Ils avaient vaincu El Huracán ! »

« Pas tout à fait. »

Les divinités mayas n'avaient pas dit leur dernier mot. Elles n'allaient pas abandonner leurs proies promises sans une ultime manœuvre pour les emmener à Xibalba, le royaume des morts.

Un/Mort n'en avait pas fini avec eux.

Il entendit un horrible mugissement, regarda derrière lui

et découvrit un crocodile géant qui suivait le même chemin qu'eux dans l'étroit puits, son ventre blanchâtre contrastant avec l'obscurité du conduit.

James n'avait pas pensé à ça.

Certes, Precious et lui s'échappaient par l'évacuation, mais Un/Mort avec eux. Qui plus est, cette cascade le rendait fou de rage et de peur. Il donnait de furieux coups de dents, se contorsionnait en tous sens, hurlait comme un cochon.

Le conduit d'évacuation avait la forme d'un interminable toboggan. Precious criait sans discontinuer tandis qu'elle filait dans la pente, fendant les eaux usées et ricochant contre les blocs de roche que le torrent charriait avec lui. James ne savait pas ce qu'il craignait le plus : s'écraser contre un rocher ou être éviscéré par le crocodile.

Le conduit vira sèchement à droite. James fut projeté contre la paroi. L'impact lui coupa le souffle. Il se retourna juste à temps pour voir le gavial fondre sur lui. Emportée par son élan, la bête grimpa sur lui. Instinctivement, James l'attrapa et, sans trop savoir comment, parvint à nouer ses bras autour de son long museau. Homme et animal poursuivirent leur course folle ainsi enlacés, James ne quittant pas des yeux l'horrible pupille jaune et serpentine qui brillait d'éclats meurtriers.

Le crocodile se débattait de toutes ses forces, ruant, se tortillant, s'arc-boutant. Ses petites pattes, cherchant désespérément à freiner sa chute, creusaient de profonds sillons dans la pierre tendre. Ils roulèrent l'un sur l'autre. Un instant, James se retrouva dessus. Puis ils passèrent lourdement un nouveau coude. James roula à nouveau sous l'animal et fut contraint de lâcher prise. Hélas, le crocodile était déterminé à l'avoir, déterminé à tuer l'intrus qui avait fait voler son monde en éclats. Il reculait la tête, creusait son dos, donnait des coups de gueule.

Soudain, le conduit se scinda en deux. James fut emporté d'un côté, le crocodile de l'autre.

Il y eut un bref instant de calme et de silence – James glissant sur la pierre couverte d'une épaisse couche d'algues –, puis les deux sections se rejoignirent.

Un/Mort était-il devant ou derrière ?

Un mugissement terrifiant lui signifia qu'il était sur ses talons. L'horrible gueule ne tarda pas à réapparaître, toutes dents dehors. La tête de James heurta une pierre saillante et il perdit momentanément connaissance, continuant de glisser sans savoir où était le haut et où était le bas.

La seconde suivante, il ressentit une étrange sensation d'apesanteur. Il ouvrit les yeux et constata qu'il volait dans les airs, les horribles mâchoires du crocodile à quelques centimètres de sa tête. Il distinguait clairement sa langue rose vif, sentait son haleine fétide. Ils planaient ensemble.

Le crocodile porta une attaque, James se contorsionna. Les mâchoires se refermèrent avec un claquement sec.

La queue du gavial fouetta l'air. James se retrouva projeté au loin.

Son corps sans vie s'enfonça en tourbillonnant dans l'inconscience.

Un léger plouf résonna dans l'obscurité.

31

Une silhouette dans la tour

James s'éveilla gisant sur un étroit parapet de pierre accroché à la paroi d'une grotte sous-marine. Precious caressait son visage.

– Décidément, ça va devenir une habitude que je te sauve des eaux.

– Qu'est-il arrivé au crocodile ? demanda James avec un brin d'affolement.

– Je ne sais pas. Peut-être qu'il a nagé au large, peut-être qu'il est mort, mais ce qui compte c'est qu'il ne soit plus là.

– Alors, on l'a fait ?

– On dirait. Dis donc, quelle journée !

– Et quelle fille !

– Je sais, dit-elle en déposant un doux baiser sur ses lèvres.

Transis de froid, de peur rétrospective, il ne ressentait plus rien, c'était comme être embrassé par un ange.

Ils attendirent ainsi un moment, James la tête posée sur les genoux de Precious, jusqu'à ce que des bruits de moteurs et des éclats de voix sur la mer ne viennent rompre le silence.

Precious appela, un canot emportant une des sections

indiennes d'El Huracán ne tarda pas à faire son apparition dans la grotte.

Precious et James quittèrent leur perchoir et montèrent à bord. Les Indiens les regardaient avec un mélange de crainte et de révérence, comme s'ils étaient tout droit descendus d'une autre planète. Après leur avoir donné des couvertures, ils gardèrent prudemment leurs distances.

Le bateau haleta du noir de la grotte à la brillance de la lumière. La journée était magnifique. Le soleil se reflétait dans le bleu de la mer. Des oiseaux virevoltaient dans l'éther entre deux piqués sur les poissons. Des nuages couraient sur l'horizon sous l'effet d'une glorieuse brise marine, d'autant plus glorieuse, pour Precious et James, qu'ils avaient défait Un/Mort, le dieu suprême du royaume d'en bas.

Nul jour n'avait jamais été aussi beau. Nul air n'avait été plus suave à humer.

Le canot vira dans le port, où El Huracán les attendait.

Il les observa mettre maladroitement pied à terre, sans laisser paraître la moindre émotion, un masque. Leur échange se résuma à un : « Vous êtes en vie ! » ; auquel James répondit : « J'en ai bien peur. » Après quoi, El Huracán piétina son cigare en dodelinant de la tête, puis tourna les talons et s'évapora.

Deux jours plus tard, pansés et reposés, Precious et James étaient de retour au port, attendant de prendre place à bord du cargo qui les emmenait sur le continent. El Huracán avait tenu parole, y compris concernant la fête en leur honneur, sur la place. Et il s'était lui-même levé du bout de la table pour leur porter un toast. Mais sa joie sonnait faux et James nota que, ce soir-là, il avait beaucoup bu et très peu mangé.

Un groupe de musiciens était également du voyage. L'un d'eux faisait sonner sa guitare en chantant un air triste. James ne sut jamais si c'était la musique, la douceur d'un jour ensoleillé ou l'odeur des fleurs qui flottait sur l'île mais, durant un instant, il fut désolé de dire adieu à cet endroit.

Precious monta sur la passerelle. James regarda une dernière fois derrière lui. Voyant El Huracán approcher, flanqué de deux gardes, il attendit.

– Je voulais seulement m'assurer que votre « transfert » s'effectuait dans les meilleures conditions, déclara le vieux Mexicain d'un ton espiègle.

– Pas d'as de pique dans votre manche ?

El Huracán leva les mains et exhiba ses poignets afin de prouver sa bonne foi. Son humeur semblait s'être adoucie depuis la fête.

– Pas de ruse. Je veux juste passer un marché avec vous, James Bond.

– Je vous écoute.

– Je veux que vous me juriez que vous ne reviendrez pas chercher Mme Glass.

– Et pourquoi devrais-je accepter une telle chose, je vous prie ?

– J'ai consenti à vous laisser partir.

– Vous n'aviez pas le choix, répondit James, vous avez vous-même fixé les termes de notre accord. Et puis, la loi, c'est vous !

El Huracán haussa les épaules et fouilla ses poches à la recherche d'un cigare.

– Certes, grogna-t-il entre ses dents en l'allumant. Mais vous avez triché.

Cette fois, ce fut au tour de James de répondre par un haussement d'épaules.

– Écoutez-moi bien, monsieur James Bond. Si je voulais, je pourrais vous tuer immédiatement et l'on n'en parlerait plus. Heureusement pour vous, je suis un gentilhomme. En outre, je n'arrive pas à vous haïr, en dépit de tout le mal que vous m'avez fait.

– Je ne peux faire aucune promesse, répondit finalement James.

El Huracán se rembrunit.

– J'ai des amis au gouvernement mexicain, vous savez. Je leur verse assez d'argent pour pouvoir compter sur eux, de plus, une fois qu'un dangereux criminel est arrivé à Lagrimas Negras, il n'en ressort jamais. À sa manière, cette île est encore une prison. Toutes ces femmes et tous ces hommes vont mourir ici, Mme Glass avec eux. Dans un sens, je rends service au monde en l'accueillant ici. Mme Glass a son châtiment. Vous devez le laisser s'accomplir.

– Je suis venu ici pour récupérer quelque chose, dit James. Quelque chose qui me dépasse très largement.

– Les plans volés, soupira El Huracán.

– Exactement, répondit James. Tant que vous serez en leur possession, ce ne sera jamais fini.

– Et que comptez-vous faire, je vous prie ?

– Comme vous le dites vous-même, vous êtes dans une situation rêvée, ici. Tout le monde vous laisse tranquille. Vous êtes roi en votre royaume. Mais à votre avis, que se passera-t-il lorsque le gouvernement américain, dont on ne peut douter qu'il y parvienne un jour, découvrira que vous avez les plans ; et que vous êtes, de ce fait, en mesure de vendre des informations confidentielles à une puissance étrangère ? Vous pensez qu'ils vont vous laisser tranquille ? Dois-je vous rappeler que la Navy est déjà venue une fois ici, et qu'elle a tué tous ceux qui s'y trouvaient ?

– Tous sauf un, rétorqua El Huracán.

– Exact, sauf un. Qui sait ? Peut-être aurez-vous la chance d'en réchapper, comme votre père avant vous… Ce qui est sûr, c'est que cet endroit cessera d'exister.

El Huracán garda le silence un moment. Il souffla sur le bout incandescent de son cigare en réfléchissant, puis il releva les yeux vers James et dit en souriant :

– Vous semblez lire dans mes pensées.

Puis il claqua des doigts et l'un de ses gardes s'approcha, une main enfouie dans une musette.

James se raidit. El Huracán allait-il l'abattre pour finir ?

Pourtant, ce que l'homme sortit de la musette n'était pas une arme, mais le porte-documents en cuir frappé de l'emblème familier de l'US Navy, qu'il tendit respectueusement au vieux Mexicain.

– Les Mayas anciens, dit-il, évoquaient l'existence d'un fabuleux trésor maudit appelé Ouragan d'or. Ils pensaient que quiconque approcherait d'Ouragan d'or verrait sa maison s'écrouler sur lui et les fléaux s'abattre sur sa famille.

Il tendit le porte-documents à James.

– *Ecce* Ouragan d'or, James. Il n'a cessé de semer la mort et la destruction partout où il est passé. Je suis suffisamment riche. Je te le confie. Fais en sorte qu'il retourne à ses légitimes propriétaires.

James prit les documents sous son bras et serra la main du vieil homme.

– Vous pouvez compter sur moi, dit-il.

– Eh ! Vous entendez ? s'exclama El Huracán, tout sourires, en se tournant vers les musiciens. Tu connais cette chanson, James ?

– Non.

– Elle est de circonstance. Une vieille chanson cubaine : *Lagrimas Negras*, les Larmes Noires. Comme mon île. L'histoire d'un amant éconduit qui, malgré tout ce que lui a fait subir sa belle, continue à l'aimer. Je garderai toujours ton souvenir, James. J'ose seulement espérer que, toi aussi, tu te souviendras toujours de mon île… et de son propriétaire.

– Ne vous faites pas de souci pour ça. Je crains, en effet, que vous ne me laissiez quelques souvenirs.

El Huracán fit quelques pas sur la passerelle, à portée de voix de Precious, qui attendait sur le pont, appuyée au bastingage.

– Ça vous intéresse de savoir ce que j'avais parié ?

Precious et James tendirent l'oreille.

– J'ai toujours pensé que vous iriez au bout, poursuivit El Huracán. Jusqu'à la dernière épreuve, et que vous rejoindriez Xibalba. Mais jamais je n'aurais imaginé que vous vous en sortiriez vivants. Tiens, un jour, je t'ai dit que je te raconterais peut-être l'histoire des Jumeaux héroïques. Une fois encore, c'est de circonstance. Ce sont deux petits garçons, qui descendent au royaume d'en bas pour venger la mort de leur père, emporté par les dieux de Xibalba. En chemin, ils subissent de nombreuses épreuves, de plus en plus difficiles, jusqu'à rencontrer Un/Mort et Sept/Mort, les deux plus hautes puissances du royaume des morts. Eh bien, je me souviendrai toujours de vous deux comme réincarnation des Jumeaux héroïques.

Il saisit James par les épaules.

– Je te le propose une dernière fois. Tout cela pourrait être à toi. Tu serais un roi ici.

– Merci, mais je n'aspire à aucun trône. Et ma vie me va très bien.

– Dans ce cas, *adios*, répondit El Huracán avec un clin d'œil.

Puis il tourna les talons et redescendit bruyamment au pied de la passerelle.

Les turbines vapeur s'ébranlèrent. Tandis qu'on larguait les amarres, El Huracán appela du quai, en agitant le bras.

– Au fait, Precious ! J'allais oublier de te dire ! Une surprise t'attend à bord. *Adios !* Ce fut un plaisir !

Precious et James rendirent ses aux revoirs à El Huracán pendant que le bateau s'éloignait du quai et sortait lentement du port.

– Une surprise ? s'exclama bientôt Precious. Quelle genre de surprise ? Encore une crasse ?

– Non, toutes les dettes sont effacées, répondit James en tendant le dossier de cuir à Precious.

Un instant, elle s'arrêta, n'en croyant pas ses yeux. Puis elle fondit en larmes et se jeta au cou de James.

– Oh ! James, sanglota-t-elle, trop émue pour en dire davantage.

Quand elle eut repris ses esprits, ils contemplèrent un moment le port, qui rétrécissait nonchalamment dans le panorama. Au dernier moment, au détour d'une voie d'eau au cœur du récif, ils crurent apercevoir la silhouette d'une femme, portant un chapeau à large bord, qui les observait du haut de la tour dominant le port.

– Precious ! résonna une voix familière qui les fit tous deux tourner les talons et découvrir Jack Stone, semblant plus marqué et plus petit que lorsque James l'avait rencontré pour la première fois.

– Papa ?

– Chérie…

Precious se précipita dans ses bras, laissant James seul au bord du bastingage.

Precious et son père étaient assis sur l'étroite couchette d'une petite cabine, en cale. Tous deux avaient pleuré. Le porte-documents de cuir gisait entre eux.

– Et Jay Jay ? demanda Precious d'une voix tremblante. Il va bien ? Ils ont réussi à sauver sa jambe ?

– Oui, tout est fini. Il est guéri. Il va bien. Encore un peu faible, mais ça va, il marche et il parle. Dieu que ce gamin peut parler ! Toute la journée ! Et tout ce qu'il évoque jamais c'est sa grande sœur… et ce garçon… James Bond.

– Et Sakata ?

– Il a conduit Jay Jay à l'hôpital et a disparu avant qu'on ait eu le temps de lui poser la moindre question. Jay Jay lui doit la vie.

Stone tomba dans les bras de sa fille.

– On ne sera plus jamais séparés, chérie, jamais. On restera tous les trois. Certaines choses vont changer, tu verras…

– Tu vas d'abord commencer par rendre ça, répondit Precious en baissant les yeux sur le dossier.

– Tout à fait. D'ailleurs, c'est ce que je cherchais à faire depuis le début.

– P'pa ! Plus de mensonges, se cabra Precious. Pas à moi.

Stone se passa les mains sur le visage.

– J'ai été stupide, soupira-t-il.

– En effet, acquiesça Precious. Car maintenant, avec ces documents sous le bras, tu vas devoir trouver une drôle d'histoire à leur faire avaler, au gouvernement ou à la Navy. Mais tu es fort pour ça ! Je te fais confiance. Enfin, tu as intérêt, parce qu'il va falloir leur expliquer comment une Américaine du nom de Theda Glass est venue te trouver et t'a demandé de bien vouloir la transporter en Argentine. Ils savent déjà tout sur elle… Ne t'inquiète pas, ça se passera bien.

– Oui, chérie, approuva Stone.

– Mais vous n'êtes jamais arrivés en Argentine. Tu as découvert qu'elle était une criminelle et une espionne et qu'elle avait dérobé des documents classés secret à un officier naval américain. Tu as atterri dans la jungle. Une bagarre s'est ensuivie. Tu as gagné. Et tu t'es aussitôt mis en route pour les États-Unis afin de restituer les documents volés. Tu redeviens un héros. Et nous commencerons une nouvelle vie, comme tu l'as dit.

– Pas de doute, tu grandis vite, ma princesse. Je suis fier de toi.

– Avant, c'était moi qui étais fière de toi.

– Chérie… j'essayais seulement de vous offrir une plus belle vie, à Jay Jay et à toi.

– Ce que tu ne comprends pas, papa, c'est que quand tu fais des choses répréhensibles, même si c'est pour une bonne raison, elles finissent toujours par te rattraper.

James était resté sur le pont. Seul un léger renflement sombre, représentant le sommet de l'île, était encore visible sur la mer. Il pensait à Precious et à son père. Lui n'aurait jamais de père dans les bras duquel se réfugier après une aventure comme celle qu'il venait de vivre, pas plus que de mère. Il se demanda si, sachant que rien ni personne ne l'attendait à la maison, il passerait le reste de son existence à errer de par le monde, en quête de nouvelles expériences destinées à lui faire oublier cette triste vérité.

Il sentit une main se poser sur son épaule. Il se retourna, c'était Precious. Elle affichait une expression qu'il ne sut totalement déchiffrer : un début de sourire sur les lèvres, mais une profonde tristesse dans les yeux.

– Ta tante Charmian t'attend à Veracruz, dit-elle. Elle est restée là-bas pour veiller sur Jay Jay.

– Il va bien ?

– Oui. Je te remercie.

– Finalement, c'est un travail d'équipe, affirma James.

– Oui. Finalement.

– J'aimerais bien savoir ce qui se serait passé si je n'étais pas venu chez toi, le soir de la tempête, demanda James.

– J'imagine que je serais noyée dans un marais, quelque part. Oh ! James, je t'aimerai toujours pour tout ce que tu as fait pour moi.

– Et moi qui pensais que tu me haïssais…

– Je ne t'ai jamais haï.

– Pourtant, c'est bien l'impression que tu donnais.

– Pff, vraiment ! Ce que les garçons peuvent être stupides parfois ! Je suis tombée amoureuse de toi à l'instant où je t'ai vu.

– Tu veux rire ! s'esclaffa James.

– Je ne voulais pas le montrer, bien sûr, mais c'est vrai.

– De toute évidence, les filles aussi peuvent se montrer stupides, parfois.

– La vérité, James, c'est qu'on ne m'a pas appris à croire en l'amour. Au contraire, j'ai appris à garder mes distances vis-à-vis de ce que je désire de tout mon cœur, car je sais qu'au bout du compte, tout ce que l'on aime finit par nous être arraché.

– Mmh… je vois très bien.

– Toi aussi, je vais te perdre, poursuivit doucement Precious. Une fois que nous serons rentrés au Mexique, Dieu sait ce qui se passera. J'ignore comment les choses vont évoluer avec mon père. Mais ce sera différent, ça c'est sûr. Toi ? Tu vas retourner en Angleterre. Peut-être qu'éventuellement je recevrai quelques lettres, mais rapidement, tu m'auras oubliée.

– Jamais je ne t'oublierai.

– D'accord, peut-être pas rapidement, ironisa Precious. Car s'il y a bien une chose que j'ai apprise récemment, c'est qu'on ne se sait jamais de quoi demain sera fait .

– Laisse demain là où il est, répondit James en riant. À chaque jour suffit sa peine !

Il l'enlaça et, ensemble, ils contemplèrent l'île qui s'estompait à l'horizon.

Table des matières

L'auteur

Charlie Higson est né en 1958 en Grande-Bretagne. Après avoir fondé un groupe de musique dans les années 1980, il se tourne vers l'écriture. Auteur de scénarios, et interprète, de séries pour la télévision, Charlie Higson écrit également des romans à suspense pour adultes.

Découvrez les premières aventures de

JAMES BOND

Opération SilverFin

Avant de devenir l'espion mondialement connu, James Bond fut un garçon de treize ans comme les autres. Après la mort accidentelle de ses parents, il intègre le prestigieux collège d'Eton où il devient l'ennemi juré de Georges Hellebore, un garçon arrogant dont le père richissime est fasciné par la science. Lors de vacances en Écosse, James fait la connaissance de Kelly, un gamin débrouillard à la recherche de son cousin mystérieusement disparu. L'enquête des deux garçons les conduit dans une propriété jalousement gardée, appartenant à Hellebore…

La mort est contagieuse

De retour à Eton, James Bond réalise qu'une mystérieuse organisation aux rituels sanglants a infiltré le collège. Et l'un des professeurs semble en faire partie ! Avant d'avoir pu en découvrir davantage, James part en Sardaigne où il rencontre le comte Ugo. Cet Italien fantasque et cruel pourrait bien être lié à l'organisation clandestine…

Poker fatal

Pour une fois, James avait décidé d'aborder sagement sa nouvelle année à Eton, mais voilà qu'une lettre codée le met sur la piste de dangereux criminels. Le professeur Fairburn a été enlevé. Et James a très exactement 48h pour le délivrer. Enlèvements, course-poursuite en voiture, visite nocturne dans un cimetière, rien n'arrêtera James Bond.

À suivre,
le dernier épisode de la jeunesse de

JAMES BOND

Mise en pages : Maryline Gatepaille

Loi n°49-956 du 16 juillet 1949
sur les publications destinées à la jeunesse
ISBN 978-2-07-061736-4
Numéro d'édition : 155405
Numéro d'impression :
Dépôt légal : avril 2008
Imprimé en Italie sur les presses
de GRAFICA VENETA S.p.A.

ISBN 978-2-07-061736-4